COLLECTION FOLIO

Michel del Castillo

Le sortilège espagnol

Les officiants de la mort

Gallimard

Michel del Castillo est né à Madrid en 1933. Toute sa petite enfance, jusqu'en mars 1939, il la passe dans sa ville natale, auprès de sa mère, journaliste républicaine. La guerre civile, avec ses horreurs, constitue sa première et décisive expérience. En 1939, avec la victoire des armées franquistes, il suit sa mère en exil et mène avec elle l'existence précaire des émigrés politiques. Au début de 1940, il est, toujours avec sa mère, interné au camp de Rieucros, près de Mende, où sont détenues des centaines de femmes, en majorité des étrangères et des militantes politiques françaises. La guerre ne se terminera pas pour lui avec la victoire des Alliés, puisque, rapatrié en Espagne, il se retrouvera, de 1945 à 1949, dans un centre de redressement pour mineurs, à Barcelone, l'Asile Durán, de sinistre mémoire. C'est seulement en 1953 que, franchissant clandestinement la frontière, il retrouvera sa patrie et sa famille paternelle. Il reprendra alors ses études, lettres et psychologie, et publiera son premier roman, *Tanguy*, qui remporte un large succès avant d'être traduit en près de vingt-cinq langues. Il ne cessera plus, dès lors, d'écrire, suivi par un public fidèle, et sera plusieurs fois couronné par des prix littéraires : prix des Libraires et prix des Deux-Magots pour *Le vent de la nuit* en 1973, prix Renaudot pour *La nuit du décret* en 1981, Grand Prix R.T.L.-Lire pour *Le crime des pères* en 1993 et le prix Femina Essai pour *Colette, une certaine France* en 1999.

Pour Michel Rodde,
qui a l'âme espagnole.

Préface

Je me souviens de la saison, du décor où j'ai commencé d'écrire ce livre. Un minuscule appartement au premier étage d'un *palazzo* délabré, au fond d'un *vicolo* du Trastevere, à Rome. L'été 1960, torride, écrasait la ville, l'enveloppait d'un suaire de canicule. Chaque jour, les quotidiens annonçaient des records et montraient des touristes se baignant nus ou presque dans le bassin de la fontaine de Trevi. *Tempo di Roma* venait de paraître, la Ville éternelle, remise à la mode, gardait un air de fête.

J'étais follement heureux, c'est-à-dire amoureux ; entre deux baignades à Ostie, deux visites à Positano, de brefs repos sur les hauteurs d'Anacapri, je n'en continuais pas moins de gratter ma plaie.

Le visage tourné vers le mur, je restais penché au-dessus de la feuille blanche, en l'occurrence un cahier d'écolier à la couverture cartonnée d'un bleu électrique. Sur la première page, j'avais tracé en capitales LES OFFICIANTS DE LA MORT, qui fut longtemps dans mon esprit le titre de ce livre singulier, écrit contre mon humeur, qui était au beau fixe.

Plus tard, mon éditeur — il ne s'agissait pas encore de Jean-Marc Roberts qui, lui, n'entend d'un titre que la musique — me persuada qu'un titre comportant le mot MORT ne pouvait pas se vendre. Je me soumis à son verdict.

Sortilège, l'ambiguïté du mot ne me semblait pas trahir le sens du texte. Le sort, évidemment, la chance, mauvaise, la vaticination prophétique, une lumière de magie noire, sulfureuse. Une autre manière de suggérer la mort, moins liturgique, plus insidieuse.

Après avoir écrit le titre, je m'acharnai à extirper cette épine qui, avec chaque mouvement, réveillait une douleur lancinante. J'incisai, tranchai, sous le regard énigmatique, peut-être stupide, d'un énorme chat noir qui répondait au nom de Faraone.

Les années passèrent, je publiai d'autres livres, le désir étiola mon amour. Je tombai malade, et ce livre, commencé dans la splendeur paludéenne d'un été romain, accompagna ma vie. Une page par-ci, un chapitre par-là, un souvenir arraché à l'oubli : chaque passage s'inscrivait dans ma peau, creusait mon masque.

Le manuscrit reposait au fond de mon tiroir sans que j'éprouvasse le besoin de l'éditer. Il aurait pu demeurer longtemps inachevé si deux événements, l'un d'ordre intime, le second relevant du collectif, n'avaient précipité son dénouement.

Jusqu'en 1971, j'avais lâché mes romans ainsi que les fruits se détachent de l'arbre, sans y réfléchir et mû par la seule nécessité biologique d'écrire. Or, couché sur un lit d'hôpital, à Marseille, entre la mort et la vie, mon regard contemplait un enchevêtrement de toitures coiffées de tuiles romaines. Je vis soudain, avec une netteté hallucinée, le dessin de ma vie se former, chacun de mes livres passés ou à venir poursuivant le trait. Je me rappelle la commotion qui me secoua et cette certitude que je voulais me survivre pour parfaire la tapisserie.

Franco mourait en 1975, le livre sortait en 1977, une révolution était accomplie. Les deux événements se rejoignaient.

Rien de moins fortuit que le désordre où ce livre fut composé, je viens de le constater en le relisant. Entre deux élancements, je retournais en Espagne, de la Galice à l'Estrémadure, de la Catalogne à l'Andalousie, confrontant mes souvenirs à la réalité, elle aussi mouvante, du pays. Au fil des ans, je peignais à petites touches la transition, avec ses crispations, ses arrêts, ses accélérations.

La date où j'entrepris de le rédiger commandait ce glissement tellurique. Les technocrates de l'*Opus* arrivaient au pouvoir, organisaient l'économie, préparaient l'ouverture des marchés ; les émigrés partaient à la pêche aux devises fortes, dans les usines de la Ruhr, chez les bourgeois de Passy, cependant que la marée du tourisme recouvrait le pays. Sans rien céder sur les principes, le vieux dictateur consentait aux évolutions. Dans un pays qui a toujours su que le fond se confond avec le style, cette décrispation signifiait un relâchement.

Au cours de ma relecture, j'ai néanmoins ressenti un malaise que le lecteur ne peut pas éprouver. S'agirait-il du vertige que procure cette insidieuse dérive, cette gêne n'aurait rien d'étonnant. Mais une nostalgie suspecte, teintée d'amertume, affleure tout au long de ces textes.

Avec la mort du Caudillo dont l'ombre ridicule et grandiose a écrasé mon destin, ma phrase aurait dû se détendre, ma respiration s'élargir, mon souffle s'apaiser. On chercherait en vain, aux dernières pages de ce journal, ces accents de délivrance. On y entend le soulagement, bien évidemment, mais aussi une sorte de mélancolie désabusée. Peut-être cette agonie bouffonne arrivait-elle trop tard, alors que ma vie s'était faite et défaite ?

Je n'ai cessé, depuis près de quarante ans, de me réclamer de la France, de crier mon dégoût et ma détestation de l'Espagne, mais j'ai hurlé ma haine sous un nom espagnol, derrière un visage d'Arabe espagnol, si bien que mes crachats retombaient sur ma face.

Voilà pourquoi ce livre constitue, croisant le destin du petit Tanguy, l'axe horizontal d'une identité problématique. J'ai voulu me persuader que j'étais français, rien que français, et ce livre avoue que je ne suis *même pas* espagnol. Un produit hybride, fruit d'un métissage culturel.

Hybride et ambigu par l'esprit également. Rapatrié en Espagne à douze ans, ayant passé toute mon adolescence ou dans les bagnes du franquisme clérical ou dans la solitude de la misère et de l'abandon, je n'ai pu me forger aucune autre langue que celle qui, à coups de trique, me fut inculquée. Pour s'évader, il faut avoir conscience d'un dehors. Mon regard s'arrêtait aux murs de ma prison. J'ai par conséquent adopté la stratégie de la taupe ; j'ai creusé mes galeries dans la boue du national-cléricalisme. Devenu aveugle à force de vivre dans l'obscurité, j'ai fini par aimer ce paysage nocturne et fangeux. En maint passage de ce livre, le lecteur sentira cet attachement trouble. Peut-être ne reste-t-il, à l'esclave, d'autre ressource que de baiser ses chaînes ? Je ne fus jamais un officiel de l'anti-franquisme, ni d'ailleurs d'aucune cause, mais traître à moi-même, agent double et même triple, il m'est arrivé de jouir du repos franquiste.

D'aucuns continuent d'écrire que mes livres suivent ma vie ; s'ils lisent celui-ci avec attention, ils s'apercevront que c'est le contraire qui est vrai, ma vie suit mes livres, avec peine souvent. Mon souvenir découvre ce que ma mémoire littéraire connaissait depuis longtemps. Ainsi Antón et ses crimes vivaient-ils tapis derrière les sortilèges de don Pedro, vingt ans avant que leur souvenir se détachât de ma mémoire. De même l'incertitude de ma langue court-elle entre ces pages avant que je ne la redécouvre avec *Mon frère l'Idiot.*

J'avais réussi à me persuader que je parlais le français depuis ma naissance. *Le sortilège espagnol* conserve, de 1945 à 1953, la mémoire d'une expression purement espagnole. En ces années de débâcle, le français de ma petite enfance s'était dissous. Je l'avais tout simplement perdu. J'avais d'ailleurs *tout* perdu. Avant de me pencher sur elle pour la noircir de signes, j'ai été la page blanche où les démences d'une époque se sont gravées en hiéroglyphes.

L'effort pour les déchiffrer, pour tenter de rejoindre l'énigme du texte dont je me sentais constitué, ce combat est peut-être ce qui continue de me toucher dans ce livre.

Alors que *Tanguy*, mon premier roman, donnait l'illusion d'un déroulement, ce texte-ci, inclassable, amorce une déstructuration du récit et institue la double appartenance en métaphore de la trahison.

Il n'importe guère que j'aie perdu l'usage du français, puisque j'en ai fait, pour échapper à l'anéantissement, le fondement de ma personne, réalisant l'aphorisme de Nietzsche : « Deviens celui que tu es. »

Il y a tout juste un an, une nouvelle édition de *Tanguy* a paru chez Gallimard. C'est au tour de ce livre, lui aussi absent des rayons de librairie depuis plus de dix ans.

La réédition de ces deux ouvrages, à première vue si éloignés l'un de l'autre, obéit, on l'a compris, à un souci identique, indiquer les deux axes autour desquels, j'en ai conscience, tous mes livres sont venus s'enrouler.

L'un est celui de l'implosion d'une conscience d'enfant déchiquetée par la guerre. Bien des récits verront le jour avant que, lentement, une mémoire se reconstitue. Mémoire ni vraie ni fausse, seulement authentique, mes lecteurs désormais l'ont admis. Le temps de la narration ne coïncide ni avec la chronologie ni avec la biographie. En pétrissant sa mémoire, l'écrivain donne forme à une vie imaginaire qui le console de celle dont il fut privé.

Si le dessein de cette architecture part de *Tanguy* et de l'amour sans usage dont un cœur d'enfant débordait, les matériaux de la construction, eux, se trouvent dans ce texte.

« Je n'aime pas l'Espagne, je déteste les Espagnols », en attaquant avec cette brutalité rageuse *Le crime des pères*, paru en 1993, je me tenais au plus près des sentiments de révolte et de détestation que l'Espagne m'inspirait entre 1951 et 1953. J'avais vingt ans, je me sentais couler, je vomissais le pays qui me tuait à petit feu.

Il n'a cependant échappé à aucun de mes lecteurs que, si j'ai tant haï l'Espagne, j'y suis, paradoxalement, sans cesse retourné, incapable de m'en détacher. Nulle part mieux que dans *Le sortilège espagnol*, cet envoûtement ne s'exprime.

« Tout avait commencé par un coup de canon », ce roulement de mort qui ouvre *Tanguy* n'inaugure pas le maléfice de l'Espagne : il le scande et le rappelle. Avant de savoir parler, avant de me sentir capable de lier entre elles les sensations qui m'écorchaient, je suçais le poison de l'Espagne. La langue qui m'avait engendré cachait le maléfice des hérétiques pourchassés, des poètes assassinés.

On peut décomposer ce poison dans le langage politique. Je sais pourtant que cette malédiction remonte à plus haut. Elle s'enracine dans le style, qui est l'origine épique de l'Espagne.

Quand elle applique son attention aux questions ultimes, l'Espagne, entre Kierkegaard et Nietzsche, répond par l'esthétique. Ainsi Unamuno se prétendait-il africain, barbare, façons pour lui de refuser l'Europe des systèmes désincarnés. Il pensait autant avec son corps qu'avec son cerveau.

Cette tension appliquée à creuser de plus en plus profond pour atteindre la dure surface des apparences, on la retrouve dans ce livre dont l'écriture a quelque chose d'obsessionnel.

La mémoire s'accroche à l'anecdote et aux repères chronologiques ; elle nous trompe en suivant un temps abstrait. Les souvenirs, eux, avouent, même dans leur inexactitude, car ils renferment le sentiment.

Plus que *Tanguy*, mémoire de fiction, *Le sortilège espagnol*, parce qu'il élabore et comprime les souvenirs, renferme non pas ma vérité, mais la lente conquête d'une authenticité littéraire. Il montre le passage d'une existence invivable à une langue habitable. C'est un livre de transition, qui traverse toute ma vie.

En ce sens, il a quelque chose de religieux, car il lie et relie.

Ce texte trahit l'Espagne par le détachement français, mais c'est pour mieux réintroduire la passion espagnole dans la clarté du français, brouillant le propos. Il marche de biais, en crabe, et il finit par tourner en rond, dessinant ce cercle au centre duquel les gitans situent leurs sortilèges.

Michel del Castillo

PREMIÈRE PARTIE

Le mal d'Espagne

L'Espagne est une douleur énorme, profonde, diffuse.

Ortega Y Gasset.

1

Un livre singulier...

Je ne me propose, dans ce livre, ni de décrire ni d'expliquer l'Espagne. Le voudrais-je que j'en serais incapable, la connaissance que j'ai de ce pays n'étant pas — ou peu — transmissible.

J'y suis né, j'y ai passé toutes les années de mon adolescence, de 1945 à 1953, j'y séjourne régulièrement. Lorsqu'il m'arrive néanmoins de feuilleter l'un quelconque des guides touristiques consacrés à la Péninsule, je m'étonne toujours d'apprendre que j'ai vécu dans le voisinage d'une abbaye romane ou d'un monastère gothique. Mon ignorance — toute relative — s'explique : jamais je n'ai visité l'Espagne comme un touriste désireux de s'instruire. Ni les monuments, ni les musées n'éveillent ma curiosité. Je les fréquente, certes, mais dans un état d'esprit différent de celui du voyageur. Dans les témoignages du passé, je cherche avant tout la confirmation de certaines intuitions qui ont source dans ma personnalité. Ni devant l'Alhambra ni devant les toiles de Vélasquez et de Goya, je ne saurais demeurer un simple spectateur. Ces œuvres ne font pas que parler à mon intelligence et à mon imagination ; elles s'adressent directement à ma mémoire la plus profonde, celle où mes ancêtres continuent de vivre en moi. Le dialogue que j'entretiens avec l'Espagne ressemble à celui de deux époux, depuis longtemps unis. Fait de mille détails inexprimés, tissé de sous-entendus, c'est un dialogue d'initiés.

Je ne pense donc pas que ce livre puisse servir aux millions de touristes qui visitent l'Espagne ou qui, suivant l'expression consacrée, la « font » en deux ou trois semaines.

À qui saurait-il d'ailleurs être d'un quelconque profit ? Mon unique désir, en l'écrivant, a été de coucher sur le papier quelques réflexions, une poignée de souvenirs et d'expériences personnelles.

C'est le 3 octobre 1953, jour où j'ai quitté l'Espagne pour venir me fixer en France, que j'ai commencé de songer à ce livre.

On se tromperait pourtant en croyant que ces pages expriment le regret d'un exilé. En choisissant de vivre en France, je ne m'exilais pas.

Descendant par mon père d'une famille stéphanoise et nantaise, je me suis considéré, depuis l'enfance, comme étant français. Toujours je me suis senti, en Espagne, hors de mon élément naturel. Ma seule méprise fut d'imaginer que je viendrais en France à bout de mes contradictions. Car c'est, paradoxalement, à partir de mon installation à Paris que je me suis mis à prendre conscience de la profondeur de mes attaches avec l'Espagne.

Ce phénomène est d'ailleurs trop banal pour que je m'y attarde.

Je me suis mis à passionnément aimer l'Espagne quand j'ai cessé de souffrir de ses faiblesses.

Oubliant ses petitesses, je n'ai plus voulu me souvenir que de sa grandeur. J'ai soupiré après elle, je l'ai embellie dans mon esprit, je l'ai refaite à la mesure de mes rêves.

Plus tard, j'ai enfin réussi à la voir telle qu'elle est et à comprendre cela même qui me la rendait haïssable quand j'y vivais.

De ces différents états d'esprit, le présent livre garde l'empreinte.

Il ne faut donc considérer cet ouvrage ni comme un guide ni comme un essai. Le premier supposerait des connaissances qui me manquent, le second exigerait un détachement que je n'ai pas atteint. J'hésite à lui accoler un sous-titre : *Règlements de comptes* pourrait servir, à la seule condition de donner à l'expression son double sens comptable et passionnel ; le meilleur cependant, du moins à mes yeux, serait : *Journal d'une maladie.*

Reflet d'une situation singulière

Être espagnol n'est pas une affaire de tout repos. Or, je ne le suis même pas pleinement.

Dans la maison de redressement où je restai quatre ans, de 1945 à 1949, mes compagnons me traitaient de *franchute* et de *hijo de puta de gabacho*, surnoms injurieux donnés aux Français lors de la guerre d'indépendance, en 1808.

Loin de prendre ces injures pour des offenses, je les relevais avec fierté, revendiquant hautement ma qualité de Français. Oui, j'étais un *franchute* ; oui, je plaçais la France au-dessus des autres pays !

Ne verrait-on, dans cette réaction, que la crânerie

d'un gamin fier et piqué dans son orgueil, on se tromperait à moitié.

Français, je voulais l'être en Espagne par protestation. Lire les auteurs français, afficher mon admiration pour les figures de la Révolution, proclamer mon attachement aux valeurs incarnées par la France universaliste de 1792, c'était une manière de m'opposer à la bigoterie, au sectarisme, au fanatisme enfin dont je souffrais alors vivement.

Espagnol, je le suis redevenu en France par fidélité à mes origines. Aussi, se fondant sur mon nom et sur le fait que j'ai situé beaucoup de mes livres en Espagne, certains me considèrent-ils comme un auteur étranger d'expression française. Erreur excusable, mais erreur tout de même.

Je n'ai pas eu à « choisir » de m'exprimer en français pour la bonne raison que le français a toujours été ma langue, depuis ma petite enfance. Je n'en ai pas parlé d'autre avec ma mère, jusqu'à l'âge de neuf ans. Je n'ai jamais cessé de le parler, de l'écrire durant toutes mes années d'apprentissage en Espagne[1], luttant pour ne rien laisser échapper d'un dépôt à mes yeux sacré.

Lors de mon arrivée à Paris, à l'automne 1953, je m'exprimais de façon à la fois pompeuse et fautive. Le plus simplement du monde, il m'arrivait de dire : « Si j'eusse su, madame... » et je n'étais pas peu surpris du léger sourire qui accueillait de tels propos. Mon orthographe était capricieuse, ma syntaxe sentait la poussière des bibliothèques, j'ignorais tout de l'argot. J'étais en somme un jeune Français qui avait vécu une part de son enfance et toute son adoles-

1. Je le croyais quand j'écrivais ces lignes ; en réalité, j'avais, de 1942 à 1953, perdu l'usage du français.

cence à l'étranger où il avait quelque peu perdu l'usage de sa langue native. Tout naturellement, je repris ma place au lycée, puis à la faculté, menant l'existence d'un jeune bourgeois du XVIe arrondissement que rien ne distinguait des autres.

Rien ? Mes mains étaient agitées de tremblements, de bizarres insomnies me tenaient éveillé la nuit, l'obscurité me glaçait d'effroi, des cauchemars traversaient mon sommeil ; j'étais maigre, fébrile, souvent alité ; au restaurant, à la table familiale, une faim sauvage me jetait sur la nourriture dont j'avalais d'invraisemblables quantités. Le jeune bourgeois du XVIe revenait d'un voyage fort mouvementé, et dont il se remettait mal.

Dans ces conditions, la logique eût voulu que je fisse tout pour oublier l'Espagne. Du moins peut-on admettre qu'une telle réaction eût été compréhensible.

J'en reviens cependant au jeune bourgeois qui lisait Sartre et Camus, écoutait, à la lueur des bougies, la musique de Couperin, courait les générales et les premières, fréquentait les soirées dansantes données par les élèves de Polytechnique et de Sciences Po, passait ses étés à Cannes et à Biarritz, découvrait les restaurants étoilés par le guide Michelin, manifestait, place de l'Étoile, contre M. Laniel et fondait en sanglots en apprenant la reddition de la garnison française de Diên Biên Phu, qui donc l'eût soupçonné de se sentir partout mal à son aise ? d'être sans cesse sur le qui-vive ? de traîner derrière soi une mémoire malade de souvenirs ? de s'éprouver et de se voir comme un imposteur ? Quelqu'un se fût-il levé dans l'un des salons que je fréquentais à l'époque et, désignant la porte du doigt, m'eût lancé : « Sortez d'ici, jeune homme ! » — je n'en aurais pas été surpris, tant le sentiment m'habitait de m'introduire partout en fraude. Rien ne me rassurait : ni l'aisance du foyer où je vivais — celui d'un oncle paternel — ni les photos de famille, sagement rangées dans leurs albums, où je pouvais m'assurer que ce milieu était le mien.

Ce n'est pas assez dire que, dans ma vingtième année, je doutais de mon identité. À ma famille bourgeoise, j'avais beau emprunter tous les conformismes : j'étais toujours à côté de moi-même, égaré, comme halluciné. Je m'étais fait inscrire au Racing Club, je jouais au tennis sur les courts du bois de Boulogne, je rendais sagement visite à ma grand-mère, dame très comme il faut, qui achevait sa vie dans un appartement dont les croisées regardaient le chevet de Saint-François-Xavier. Mes efforts renforçaient mon doute au lieu de le guérir.

Mon retour à l'Espagne prenait de ce fait un sens tout particulier. C'était un retour aux sources, un voyage au bout de mes peurs.

Incapable de savoir qui j'étais, je recommençai de m'affirmer espagnol, comme en Espagne je me disais français. Qu'on pût avoir une double origine, que cela comportât même certains avantages de largeur d'esprit, d'une curiosité plus vaste — je ne le soupçonnais pas.

Une enfance de métèque

Mes parents s'étaient déchirés et haïs sous mes yeux. Demeuré seul avec ma mère, elle n'avait cessé de me presser d'épouser sa cause contre mon père. Et cette bataille se livrait en France, en 1939-1940, la France que je regardais comme ma patrie, dont j'aimais déjà jusqu'aux plus humbles détails du paysage, si doux, si serein à mes yeux de gosse né dans le grondement des canons. En me mêlant à ses tumultes passionnels, ma mère ne me séparait pas seulement de mon père, de toute ma famille paternelle, elle m'arrachait au pays de mes rêves, elle m'enlevait à une terre dont je continue, à quarante-deux ans passés, de caresser les contours avec une tendresse émue.

Je ne regrette pas d'être devenu, à cause d'une querelle d'amants, ce métèque jeté à huit ans dans un camp de la Lozère — je ne regrette pas davantage la suite. Je ne me sens riche, au contraire, que de tout ce dont on m'a dépouillé. Je ne réclame pas une part d'héritage. Mon pays ne m'a pas été donné, j'ai dû le désirer longtemps avant de le mériter. Et je ne l'en aime, ce me semble, que mieux, et pour de plus hautes raisons que celles qu'eût pu me fournir ma famille d'administrateurs et de banquiers.

La double appartenance me semblait impossible, et je m'en retournai en Espagne, mentalement d'abord, physiquement ensuite, sous le prétexte de suivre un cours de civilisation grecque à l'université de Salamanque. C'était en 1955.

À l'Espagne, c'est-à-dire à mes années de misère, de solitude et d'humiliation. Aujourd'hui, je pense discerner les motifs secrets de ce retour en arrière. À l'époque, ma conduite échappait à ma raison et je me traitais de fou de vouloir revenir là où j'avais tant souffert.

On mesurera, par ces quelques remarques, à quel point ce livre est plein de contradictions, lesquelles trouvent leur origine dans mon histoire.

D'une part, je ne peux concevoir l'Espagne détachée de moi-même ; je ne saurais non plus en parler comme le ferait un pur Espagnol.

Cette position inconfortable comporte, je l'ai indiqué, des avantages. L'un, et non le moindre, est que je ne suis aveuglé par aucun nationalisme. Avantage considérable si l'on songe aux ravages que pareille maladie fait parmi les Espagnols.

Je sais que l'Espagne n'est pas le plus grand pays du monde, que les Espagnols ne l'emportent pas en tout sur les autres peuples et que la bravoure, la rage de vivre et la générosité ne constituent pas leur apanage exclusif.

D'esprit, de cœur, je me sens européen. N'est-il pas révélateur que j'écrive ces lignes à Rome, dans un appartement dont la fenêtre donne sur un *vicolo* du Trastevere ?

De ma table de travail, je vois la façade vineuse d'un antique palais. Des cris d'enfants qui jouent au ballon sur la chaussée m'arrivent, mêlés aux bruits que font les artisans travaillant dans leurs échoppes...

Ce détachement ne fait que rendre plus mystérieux ce fait : toujours j'ai souffert de l'Espagne comme d'une maladie.

2

« J'ai mal à l'Espagne »

Me duele España, a écrit Miguel de Unamuno. Un auteur a ainsi traduit cette formule : « L'Espagne me fait mal. » Or, Unamuno a dit : *Me duele España* comme on dit : *Me duele la cabeza*, il faut donc traduire, très simplement : « J'ai mal à l'Espagne. »

Bien que cette maladie ait des causes diverses, je désire d'entrée de jeu en relever une : on a mal à l'Espagne comme on souffre d'une occasion manquée. Qui ne porte en lui le regret d'un visage aperçu dans la foule ? Ce sentiment de frustration habite tous les Espagnols.

Nous sommes frustrés de cela même dont nous souffrons : nous sommes frustrés de l'Espagne.

Pareille frustration explique pourquoi les écrivains dits de la génération de 1898 — Machado, Baroja, Azorín, Unamuno et Valle-Inclán —, pourquoi tous ces hommes ont sans relâche disserté sur leur pays.

Certains exégètes ont prétendu que ces auteurs redécouvraient leur patrie. Mais il suffit de lire leurs ouvrages pour s'apercevoir qu'ils ne découvraient pas l'Espagne, ils l'inventaient.

Il semble paradoxal d'affirmer que les plus patriotes parmi les Espagnols étaient des hommes privés de leur patrie. C'est un fait pourtant que tous prirent conscience, vers la même époque, que l'Espagne était un mythe.

Sans doute conviendrait-il de nuancer, d'expliquer surtout : cette génération venait d'être précipitée, par la défaite, du temps éternel du mythe impérial dans le temps rétréci des villages poussiéreux de la Castille et de l'Aragon. Aussi cherchèrent-ils, dans la débâcle des esprits, à combler ce vide en forgeant de nouveaux mythes : le Cid, l'essence tragique de la Castille, Don Quichotte... Toutes les ombres du passé furent invoquées pour meubler la scène, désormais vide et silencieuse.

Comment expliquer que l'écroulement de ce qui restait de l'empire ait fait de cette génération d'Espagnols autant d'apatrides condamnés à chercher leur pays derrière l'écran d'une rhétorique fumeuse ? Ils associaient dans leur esprit l'Espagne et l'empire, ils les confondaient dans un même orgueil ; l'empire s'effondrant.

Prenons une pause. Quoi ! parce que la puissance américaine défait, devant Cuba, l'escadre espagnole, il n'y aurait soudain que le vide ? Pas un coin de paysage, pas un trait de caractère, pas un récit collectif pour donner à tout le moins l'illusion de la cohésion ? Si, justement. Ces auteurs ne se lassent pas de dépeindre le paysage, de chanter les terres, de scruter les visages. Telle une troupe d'ethnologues lâchés dans un continent inexploré, ils peignent, avec une féroce morosité, l'ennui des villages endormis dans la poussière, la sombre majesté des regards croisés sur les chemins qui ne mènent nulle part, l'ignorance et l'oisiveté de la jeunesse. « Est-ce possible que l'Espagne ne soit que cela ? » s'écrient-ils avec rage, avec douleur. Où donc vivaient-ils jusqu'alors ? Eh bien ! Je le note sans ironie : ils vivaient dans la légende.

La lucidité de ces hommes, leur probité ne sont pas en cause. S'ils fuyaient la réalité socio-économique de leur pays, ce n'est pas seulement par lâcheté ou par désespoir. On leur avait, à eux et à leurs pères, crevé les yeux et ils marchaient dans leur siècle, longue procession d'aveugles, au rythme des fifres et des tambours des bataillons des Flandres, persuadés qu'ils arrivaient à Pavie où ils ne manqueraient pas de défaire les troupes du méchant roi des Francs, complice des hérétiques.

La défaite et la perte des colonies, en les délivrant de l'enchantement, leur rendirent brusquement la vue. Et ce qu'ils découvrirent acheva de les désespérer. Ils eurent si mal à l'Espagne, à des degrés divers, qu'ils n'en guérirent jamais tout à fait.

Le mythe espagnol

Risquant d'employer souvent le mot « mythe », je voudrais préciser quel sens je lui donne, sans trop me soucier si cette signification entre ou non dans les vues des spécialistes.

J'appelle « mythe » l'ensemble de récits — inventés ou réels, la chose n'importe pas — qui permettent aux membres d'une communauté de s'éprouver solidaires. Le mythe remplit donc plusieurs fonctions et ceux que ces questions intéressent feraient mieux d'aller regarder du côté de M. Lévi-Strauss.

L'histoire d'un pays est à mes yeux un mythe ou plutôt un ensemble de mythes. Saint Louis, Jeanne d'Arc, Turenne, Clemenceau, Pétain : voilà quelques éléments à partir desquels le premier Français venu, pour peu qu'il ait eu la chance d'apprendre à disserter en trois points, saurait reconstituer le modèle d'un certain idéal français. La foi, la bravoure, la ténacité, la dignité et le réalisme : il ne resterait qu'à broder en y ajoutant l'honneur, la fierté et l'amour de la patrie.

Ces modèles, je suis loin de les mépriser et je ne désire pas les tourner en ridicule. Ils influencent nos plus secrets comportements, ils forgent des armures qui, en des cas exceptionnels, nous aident à demeurer debout, quand l'envie nous prendrait de ramper.

Que le mythe soit aussi une mystification : je ne vois là rien de scandaleux. Sans rêves, aucun homme ne peut espérer seulement se survivre. Et feindre de croire que seule la droite, seuls les réactionnaires s'emploient à forger des mythes dans le sombre dessein de tromper le bas peuple, c'est ou se moquer, ou faire montre d'une singulière naïveté.

La gauche ne combat pas la droite en opposant la vérité au mensonge, mais des rêves à d'autres rêves. Faudrait-il donc démonter ici quelques-uns des modèles de la gauche ? Je laisse au lecteur le petit plaisir de les recenser, d'en combiner plusieurs.

Aussi bien la question n'est-elle pas, à mes yeux, de savoir si tel mythe constitue une mystification, mais plus simplement, si les hommes ont la possibilité d'en vivre. La mort, c'est l'absence de rêves. Quand un peuple refait, collectivement, le même rêve, ce peuple, malgré les apparences, a cessé de vivre. Il bouge, il crie, il chante, il bâtit : il n'invente ni ne crée. Sa vraie vie se déroule alors au fond des cachots, dans les prisons et dans les camps. Auschwitz et le Goulag : deux immenses charniers issus du même rêve répété jusqu'à l'obsession[1].

J'ai indiqué qu'il existait en France des mythes contradictoires, voire contraires, qui maintiennent en fait la vie de la nation. Les mythes conservateurs, avec leurs figures légendaires, leurs archétypes, n'ont pas été forgés que pour mieux exploiter les peuples, encore qu'ils aient pu contribuer à mystifier les couches populaires. Leur utilité première a été d'assurer, malgré le brassage des ethnies, les apports raciaux, les invasions extérieures et les déchirements internes, une cohésion assurant la survie de la collectivité. D'où, à certains moments privilégiés, la rencontre, la fusion même des mythes conservateurs et progressistes. L'Union sacrée en 1915, la Résistance en 1940-1944 virent, dans un passé récent, ce passage d'une mythologie à l'autre, l'archétype revêtant alors un caractère d'extrême ambiguïté, selon qu'on l'envisage depuis l'un ou l'autre de ces modèles affectifs et mentaux. Pour un conservateur, de Gaulle apparut tantôt comme un homme dangereux parce que allié des communistes et des hommes de gauche ; un traître qui déchirait l'unité nationale. Au même moment, la gauche le regardait avec défiance. Ne demeurait-il pas, malgré les apparences, l'élève de Maurras, le monarchiste épris d'ordre et de grandeur ? Et l'homme ne cessa, jusqu'à sa mort, de susciter ces réactions passionnées. C'est qu'il avait sans doute assimilé la double mythologie française et qu'il agissait tantôt en

1. Du mythe à l'utopie, la distance, en politique, est mince. Le totalitarisme impose un rêve collectif unique, que nourrit une utopie meurtrière.

homme d'ordre, tantôt en homme d'inquiétude et de progrès.

Jusque dans une nation de création récente, comme l'est l'Italie, on voit des mythologies diverses induire des comportements collectifs. Mussolini pouvait émouvoir les masses en évoquant l'Empire romain, en jouant des souvenirs mythiques de l'épopée d'une Rome éternelle. Et, tout de même, le mythe révolutionnaire, avec Garibaldi pour archétype, continue-t-il d'agir dans l'inconscient collectif. On trouverait encore un modèle renaissantiste, centré sur la cité, sur la région autonome, avec son imagerie sensitive où la tolérance, l'éclat des lettres et des arts, la culture, au sens le plus haut, suscitent des nostalgies dont le PCI lui-même n'hésite pas à jouer.

Voilà des siècles qu'un mythe unique circule au contraire en Espagne. On chercherait en vain une tradition ouverte qui, à cette histoire officielle, imposée par la contrainte, opposerait un autre texte. Il faut alors entrer dans les prisons, hanter les cimetières, interroger la cohorte des exilés, écouter le peuple surtout qui, faute de pouvoir la dire, pleure cette histoire, la crie, la mime et la tourne en dérision.

Depuis près de dix siècles, l'Espagne vit dans l'ordre de la mort[1]. Agie de l'extérieur, tel un automate par le mécanisme qu'il renferme, l'Espagne bouge, certes, elle perd et gagne des guerres, elle parle. C'est rarement sa voix qu'on entend, moins souvent encore son vrai visage qu'on découvre, ou alors, meurtri, défiguré.

1. Ne pas oublier que ce livre a été écrit *avant* la mort de Franco, publié deux ans après la chute de la dictature.

Seuls les tenants et défenseurs du mythe unique possèdent une définition de l'Espagne. Les autres, ceux qui ne partagent pas cette foi, sont les gitans de l'Histoire, éternels nomades allant d'un exil à l'autre, jusqu'au ravin sec et caillouteux où ils boivent leur sang.

La Croix, ciment de l'unité

Le plus intransigeant des nationalistes, le fondateur de la Phalange, José Antonio Primo de Rivera, donne de l'Espagne cette définition lapidaire : « L'Espagne est un destin commun projeté dans l'universel. » Belle formule, certes, mais qui laisse la question entière : quel est donc ce destin commun que les Espagnols auraient pour mission de projeter dans l'universel ? On y arrive, mais il faut de la patience : c'est la Croix.

À la veille de la guerre civile, le cardinal primat d'Espagne déclarait : « Être espagnol, c'est être catholique. » Moins ambitieuse, cette formule a, sur la précédente, l'avantage de la netteté.

Dans son essai célèbre, *España invertebrada*, le philosophe Ortega y Gasset défend une idée fort voisine. Pour lui, l'Espagne n'est elle-même que dans une entreprise qui la tire hors de ses frontières psychiques et physiques. À ce pays, la médiocrité ne réussit pas. Pour être, il lui faut de vastes desseins à accomplir. S'ils ne conquièrent pas l'Amérique, les Espagnols ne sont rien, et l'Espagne se disloque.

Ortega y Gasset n'est pas un penseur de brasserie et sa thèse vaut qu'on s'y arrête. L'Histoire, la saga des Espagnols, confirme l'analyse : sans une croisade à entreprendre, la nation se disloque ou se déchire. Il n'est d'unité, pour l'Espagne, qu'imposée. Autant dire que ce pays ne possède pas de vie propre, qu'il ne constitue pas un organisme vivant, ce que suggère fort bien le titre de l'ouvrage *L'Espagne invertébrée*. Si le mécanisme se détraque, l'automate s'arrête, redevient une pièce de bois ou de métal. Et voilà l'Espagne, pour exister, condamnée au mouvement perpétuel. Agir ou mourir : tel est le dilemme. Et combien d'Espagnols sont morts, en effet, assis au soleil devant leurs pauvres masures, de faim, de solitude et de désespoir !

Je sais bien qu'il existe actuellement en France un vaste mouvement régionaliste qui accuse le centralisme parisien, création de la bourgeoisie, d'avoir occis toutes les cultures populaires.

Le processus d'unification, pour déplorable qu'il ait été, s'est accompagné en France d'un mouvement révolutionnaire. C'est 1789, c'est 1792 qui ont fait la France actuelle. Le pays devient une nation en proclamant la République et en inscrivant au fronton de ses monuments : Liberté, Égalité, Fraternité. Idéal trahi dans les faits ? Tous les mythes finissent par être trahis dans la réalité et ce n'est peut-être pas cet échec qui importe le plus. Une fois créé, le mythe continue d'agir, de se développer, et tous les rêves d'une république universelle, égalitaire et fraternelle en découlent. Aussi le centralisme jacobin ne se voulait-il pas oppression mais unification dans l'égalité. Que l'Histoire, plus que la littérature, soit pavée de bonnes intentions, je l'admets sans peine. Bonaparte, Thiers et Guizot sont sortis de cette Révolution. Il reste que même ces hommes demeuraient enchaînés au mythe. Ils se savaient, ils se sentaient des usurpateurs et ils étaient contraints, pour assurer leur pouvoir, de faire sans cesse référence au mythe. C'est au nom de la liberté que Bonaparte livre la bataille d'Arcole, au nom de l'égalité et de la fraternité qu'il étend ses conquêtes. Il y a là une perversion du langage ? Certainement. Mais les mythes survivent aux mensonges parce qu'ils resurgissent, intacts, avec chaque génération.

L'unification française a été acceptée par la population parce qu'elle s'accompagnait d'une transformation socio-économique et parce qu'elle commandait aux provinces non de se soumettre à Paris, mais de s'ouvrir au genre humain. L'Auvergnat, le Breton, l'Occitan ont senti, à un moment de leur histoire, qu'ils délaissaient le terroir pour entrer sur la scène du monde. Ils devenaient non pas moins, mais plus. Le mythe révolutionnaire leur donnait une plus vaste dimension, il les élargissait, il les grandissait.

Est-il besoin de le dire ? C'est le contraire qui s'est produit en Espagne. L'unification a signifié le rétrécissement, l'abaissement, l'abrutissement.

Dans l'homélie déjà citée, le primat d'Espagne ajoutait : « En Espagne, on est catholique ou rien du tout. »

« Rien du tout » : peut-on mieux exprimer cette volonté de nier l'autre, de le détruire au besoin ?

L'Espagne n'a pas pu se faire parce que face au mythe catholique... il n'y avait rien. Aussi des Espagnes se sont-elles constituées, hors de portée du regard de l'Inquisiteur.

On comprendra que tous ceux qui ont tenté de se situer par rapport à leur pays et à son histoire aient été acculés à opter entre des systèmes inconciliables. Ces choix, les Espagnols les ont faits dans une tension d'esprit qui constitue l'un des symptômes du mal d'Espagne.

Impossible d'épouser tout à fait un pays sans en

assumer l'histoire, qui est le miroir où la nation se reflète. Or, l'histoire de l'Espagne se caractérise par une absence de continuité qui la rend indéchiffrable au profane. Elle est faite de ruptures dont chacune exige un « engagement ».

Les Espagnols ne s'accordent pas sur le sens à donner à leur histoire ; ils ne se reconnaissent pas en elle. C'est pourquoi Ortega y Gasset a pu dire qu'ils en étaient malades. Ils en souffrent pour la même raison qu'ils souffrent de l'Espagne, parce qu'ils en sont frustrés. Leur histoire n'est qu'une légende, univoque. Elle ne s'est pas faite avec, mais contre eux. Elle résume toutes les contradictions qui les écartèlent ; elle témoigne des mensonges où ils s'égarent. C'est au mieux une chimère, au pis, une falsification.

3

Non pas une, mais « des » Espagnes...

Ni du point de vue géographique ni du point de vue ethnique l'Espagne n'est une : voilà une belle banalité que le premier venu peut aisément vérifier. Quoi de commun en effet entre la Galice, prise entre ses *rias*, largement et voluptueusement ouvertes à l'Atlantique, et les hautes sierras de Lugo où, sur l'herbe mousseuse noyée de brumes, paissent des hordes de chevaux libres ? Quoi de commun entre cette terre celtique du granit et de la bruyère et les immenses plateaux ravinés et desséchés de la Castille ? Oui, mais quoi de commun entre la Bretagne et la Provence, la Saxe et la Silésie ?

Je pourrais suggérer que les diversités françaises restent dans le cadre des différences. Quelque chose a passé entre les régions, un souffle, qui empêche le sentiment de l'exil de se manifester.

En Espagne, il ne s'agit pas de simples différences. Ce sont à tout le moins quatre mondes : le pays méditerranéen — la Catalogne, le Levant jusqu'aux frontières de Murcie ; le Nord — Pays basque, les Asturies, la Galice ; les plateaux du centre, la Meseta — les deux Castille — environnés et isolés du reste du pays par des massifs montagneux difficiles à franchir ; enfin le Sud — Al-Andalous, l'Andalousie — terre d'Orient, si proche du Maroc.

Ce ne sont pas seulement quatre paysages radicalement différents, ce sont autant d'univers aux langues, aux coutumes, à la psychologie et à l'économie tout à fait spécifiques. Au nord, pour ne prendre qu'un exemple, mais significatif, domine la *minifundia.* La petitesse des exploitations condamne les habitants à l'émigration. Au sud, au contraire, on trouve des propriétés de vingt, de trente mille hectares et les hommes continuent de se louer à la journée, de *sol a sol...*

On parle, en Espagne, trois langues, quatre en comptant le galicien, fort proche pourtant du portugais : le basque, le catalan et, bien sûr, le castillan.

Malgré les efforts déployés depuis trois siècles par le pouvoir central pour leur substituer le castillan, chacune de ces langues continue de véhiculer l'essentiel de la pensée et de l'affectivité basque, catalane et galicienne.

Il ne faudrait d'ailleurs pas croire qu'on ne les parle que dans les milieux ruraux, dans l'intimité. Non, on les parle dans toutes les couches de la population, à ciel ouvert, en signe de reconnaissance certes, mais aussi de refus, de protestation vécue. Parler catalan, c'est pour un natif de Barcelone ou de Lerida plus que communiquer avec des compatriotes, c'est manifester collectivement contre la suprématie de la Castille, c'est dire, avec les mots les plus usuels, un non renouvelé cent mille fois par jour à l'idéal fanatique des seigneurs de l'ordre.

L'un de mes meilleurs amis, agrégé d'histoire, diplomate de carrière, s'exprime mieux en français qu'en castillan. Né à Barcelone, il a pourtant dû faire toutes ses études en castillan : n'importe, il a conservé son accent, il trébuche sur les mots les plus courants, comme s'il n'avait eu, durant son parcours universitaire, qu'un souci : vite oublier cette langue imposée par la contrainte.

Pueblo : *village et peuple*

Les Catalans et les Basques, les Andalous et les Castillans ne se sentent pas solidaires. Ils n'ont pas la conscience de ce destin commun que José Antonio Primo de Rivera désignait à l'Espagne. Leur patrie s'arrête aux frontières de leur province, parfois même de leur village. Faut-il s'étonner que *pueblo* signifie à la fois peuple et village[1] ? La patrie, pour un Espagnol, c'est la *patria chica* : son village, sa famille, ses amis. L'étranger commence à la première borne kilométrique, après que les maisons ont cessé.

S'il s'explique par l'Histoire, cet esprit cantonaliste s'enracine aussi dans la géographie. Chaque région vit séparée des autres par de hautes chaînes de montagnes. Deux cols à franchir pour aller du Pays basque en Castille, il faut encore grimper à quinze cents mètres pour passer de la Vieille à la Nouvelle-Castille, tout comme pour atteindre l'Andalousie, le Levant.

L'absence de grands obstacles naturels est ce qui me frappe le plus chaque fois que, revenant d'Espagne, je retrouve la France. Les trains roulent

1. Les villages disparaissent au rythme frénétique de la « mondialisation » et, avec eux, meurent les peuples espagnols. Ne restera bientôt qu'une classe moyenne amorphe, américanisée.

sur d'immenses plaines, les routes tracent d'interminables lignes droites. Le regard se fait à cette géographie plane ; l'esprit ne distingue guère les frontières naturelles car les montagnes elles-mêmes semblent se trouver là pour ménager les transitions.

En Espagne, tout parcours réserve des surprises, chaque déplacement procure le sentiment d'une découverte. Souvent, allant de Saragosse à Madrid, je me suis arrêté au sommet d'un col pour contempler un nouveau pays. Et tous ceux qui ont, un jour, franchi la Sierra Morena, auront éprouvé cette sensation : quitter un pays pour un autre. Aucune transition, pas de nuances : un plateau gris et poudreux d'un côté, une houle rouge et argentée de l'autre. Entre les vastes oliveraies et la steppe ennuyée, une avalanche de roches, des gorges encaissées, un cauchemar minéral aux contrastes romantiques.

Alors que j'habitais Huesca, petit chef-lieu du haut Aragon (c'était dans les années 1950-1953), je disais tout naturellement : « Je vais à la capitale », c'est-à-dire à Saragosse. À quelle autre eussé-je fait allusion ? Madrid n'est, pour les Espagnols, qu'un centre administratif. Le gouvernement y a son siège ; les ministères s'y trouvent groupés : on s'y rend pour régler une affaire, pour effectuer une démarche ; on fait antichambre devant la porte d'un fonctionnaire engourdi dans une arrogance ensommeillée, et l'on s'en retourne au pays.

La remarque a été souvent faite : les peuples montagnards conçoivent difficilement une politique universaliste. On dirait que les problèmes rebondissent sur les pentes qui renferment les vallées.

Le pueblo *s'est fait empire*

Malgré cela, l'Espagne n'a pas cessé d'avoir et d'appliquer une *Weltpolitik*. Et ce n'est pas le moindre paradoxe que ces régions jalouses de leur autonomie, farouchement attachées à leurs privilèges, hostiles au pouvoir central, aient pu s'unir pour des entreprises impérialistes. Ce fait rend d'ailleurs compte de la confusion établie par les nationalistes entre l'empire et la patrie : il explique également la remarque d'Ortega y Gasset. Les aventures extérieures mettent un baume sur les conflits internes. Longtemps l'Espagne a oublié sur la scène mondiale la gale qui la démangeait.

Cependant, il convient de resituer l'aventure impériale à sa juste place. Durant des siècles, c'est un fait, l'Espagne a fui sa misère dans les Amériques. Le rêve de l'Eldorado a consolé les déshérités et a maintenu leurs regards vers l'ailleurs. Rien pourtant ne serait plus erroné que d'imaginer que les Espagnols ont vécu la conquête et la colonisation comme une entreprise exaltante. Les Mémoires des acteurs, tous les documents du temps en témoignent : la majorité partait avec le fol espoir d'amasser assez d'or pour vieillir et mourir au pays. Et rien n'égale la mélancolie de ces milliers d'hommes qui rentrent fourbus, dévorés de fièvres, le corps usé, l'esprit gangrené et qui, assis autour du *brasero*, racontent, par les longues nuits d'hiver, leurs infortunes et leurs désillusions. C'est peu dire que l'aventure impériale n'a pas soulevé l'enthousiasme des peuples d'Espagne : elle les a rendus plus amers, plus désenchantés, plus fatalistes que devant. « Misère et fausse gloire. Songe. Rien » — ces mots, que nous retrouverons, traversent tout le Siècle d'or en même temps que les Cortès rédigent supplique sur supplique, peignant l'affreuse misère des campagnes, l'accroissement du chômage, la recrudescence du banditisme.

C'est ainsi qu'il sied d'interpréter la seconde remarque du philosophe, à savoir que les Espagnols sont malades de leur Histoire. Ils le furent et le demeurent, au propre comme au figuré. D'où cette tension, ces poussées de fièvre qui dégénèrent en accès de rage forcenée.

Dès qu'on gratte un peu le vernis de l'Espagne, on trouve cette tension, prête à éclater. On marche, dans ce pays, au-dessus de trente millions de volcans qui, brusquement, peuvent faire éruption. Cette tension, on la devine et on la flaire partout : jusque dans le sommeil de ce mendiant accroupi qui, soudain, vous perce d'un regard incandescent. Mais elle se traduit rarement par des actes, moins encore par des paroles. Les Espagnols la contiennent, la dominent : *el temple*. Rien de plus éloigné de leur caractère que le « Retiens-moi ou je fais un malheur ». Ils auraient honte plutôt de ce fonds de sauvagerie qui sommeille en eux. Quels efforts ils déploient pour persuader l'étranger qu'ils sont des hommes parfaitement civilisés et qu'on les calomnie en leur prêtant des passions violentes et primitives ! Eux, des Africains ? Une blague de ce vieux fou d'Unamuno ! Mais tous ressentent, un jour ou l'autre, cette tentation de la violence aveugle qui les délivrera de leur angoisse. C'est le sens même du message d'Unamuno, si espagnol malgré qu'en aient ses compatriotes : faire n'importe quoi, accomplir un acte quelconque, fût-il absurde ou fou, plutôt que de s'enliser dans l'ennui, dans la médiocrité.

Dans chaque ville et village espagnols, des bandes

de jeunes gens s'assemblent qui affichent cette ambition : *hacer una barbaridad,* c'est-à-dire accomplir une action barbare. L'expression, en espagnol, n'a rien de péjoratif. On dit : *que barbaridad !* ou : *que atrocidad !* avec une nuance d'amusement, d'admiration.

Le génie dramatique

Le climat aux contrastes violents, la brutale coupure entre l'ombre et le soleil, le jour et la nuit, favorisent peut-être l'exaspération des passions. La terre d'Espagne produit des hommes tantôt figés dans une immobilité sculpturale, tantôt saisis d'une fureur qui les porte aux pires excès. On peut tout dire de l'Espagne, hormis qu'elle aime la mesure. Elle la hait, au contraire, tout comme elle vomit la tiédeur. En elle, les extrêmes se touchent. Son cœur bat de manière arythmique. Sa musique pleure et rit en même temps, ses danses miment l'abandon et le refus, le bonheur et le malheur de vivre, la joie d'aimer et l'impossibilité d'aimer vraiment ; ses poètes, dans une langue qui allie la précision à la plus haute abstraction, le trivial au sublime, célèbrent l'amour éperdu des formes et de ses illusions.

Cette ambivalence — amour/haine, bonheur/malheur, réalité/idéal — explique le « génie dramatique » de l'Espagne. Aucun recul, une totale absence de ce que le jargon psychiatrique appelle l'*insight* ; l'univers mental de l'homme espagnol est fait d'affects qui se succèdent à une vitesse extraordinaire. Trait méditerranéen qu'on retrouve chez les Italiens notamment, lesquels le grossissent, s'en amusent. L'Espagnol, lui, se révèle incapable de prendre de la distance envers lui-même et, par conséquent, de « représenter » ses travers et ses tics : ses passions, quand elles s'éveillent en lui, le dominent, l'emportent pour ne l'abandonner qu'épuisé, vidé, déchiqueté. Il sort de ces accès passionnels comme d'une maladie infectieuse ; hagard, il regarde autour de lui sans bien reconnaître ce qui l'entoure. Pris de honte, il retombe dans son état habituel, une sorte d'apathie dédaigneuse, une léthargie morbide faite d'indifférence et de fatalisme.

Dans aucun autre pays, excepté l'Allemagne peut-être, mais pour de tout autres motifs, l'acte de penser n'est-il plus intimement ressenti comme une aventure hautement périlleuse. Car la pensée ne saurait être, pour l'Espagnol, un outil, pour ne rien dire d'un jeu. Loin de préserver l'homme des actions irréfléchies, elle l'engage en son entier, elle l'ex-pose, le pose hors de lui-même, aux regards des autres, qui le jugent, le condamnent. Tout Espagnol garde au fond de lui la crainte que ses pensées les plus intimes soient traversées, déchiffrées, interprétées. Il sent son moi sans cesse harcelé, menacé. Aussi se tend-il pour se défendre. Chaque personne, en Espagne, croit devoir se définir par rapport à « sa » vérité, pour laquelle elle se résigne à tuer ou à mourir. Un Espagnol ne méprise rien tant que la compromission, la *combinazione*. Il est, d'entre tous les peuples, le moins subtil, le moins rompu aux nuances. Il ne sait ni se faire comprendre ni se faire aimer. Il ne le souhaite d'ailleurs pas. Il suffit à son repos de se sentir fidèle à sa vérité, c'est-à-dire à son honneur.

De telles généralités doivent, il va de soi, être nuancées. On trouve en Espagne autant d'opportunistes, de fourbes et de tartufes que partout ailleurs. Les traits plus haut décrits révèlent cependant un profil psychologique assez répandu pour que la majorité des auteurs, du Moyen Âge à nos jours, l'aient pu relever. Je ne songe d'ailleurs pas à mettre ces traits sur le compte d'une idiosyncrasie particulière qui ferait de l'Espagnol un type achevé ; je les rattache à un ensemble de facteurs — économiques, sociologiques, telluriques et historiques — qui ont contribué, en contraignant les Espagnols à vivre dans un permanent état de tension nerveuse, à engendrer ce mal d'Espagne.

Il y a autant d'opportunistes en Espagne que partout ailleurs, mais aucun Espagnol n'accepterait de considérer l'opportunisme comme une preuve de savoir-faire ou de savoir-vivre. On trouve certes le personnage du *picaro*, qui vit d'expédients, mais il s'agit d'abord d'un pauvre hère, d'un traîne-la-faim, et il se meut, ensuite, hors du terrain de la morale. C'est un vaurien intelligent et sympathique, mais un voyou. Un *caballero*, un homme de bien, ne saurait avoir une conduite double. S'il n'y a, pour un Français ou pour un Italien, rien de déshonorant à changer d'opinion, l'Espagnol, lui, y voit un signe de veulerie, de relâchement moral. Ce qui s'appelle évoluer en France se traduit par se renier en Espagne.

S'ils refusent le type de l'opportuniste comme modèle humain « possible », les Espagnols comprennent par contre le fanatique qui met la terre à feu et à sang pour faire triompher son opinion.

Je me souviens encore de l'admiration que les plus humbles éprouvaient pour Hitler, vers 1945 : cette folie suicidaire qui plongeait une nation dans l'abîme au son de la musique wagnérienne plaisait aux Espagnols par son allure et par son style. Ils n'approuvaient ni la pensée ni la politique nazies : ils en ignoraient d'ailleurs à peu près tout. Ils appréciaient en connaisseurs le spectacle de ce crépuscule des faux dieux. Avec un sourire entendu, ils vous glissaient à l'oreille : « Tout de même, quelles brutes ! »

Nous touchons là à l'un des plus intimes ressorts psychologiques de l'Espagnol : la conviction que ce monde est un théâtre et la vie de chaque homme une action dramatique. *Papel* : papier et rôle. Jouer un rôle : interpréter un papier, le déchiffrer. Toujours cette croyance qu'on est agi, manipulé et qu'il ne reste que de bien faire les gestes prévus. Pour le texte, il a été rédigé par d'autres. Tout donc est dans la manière, dans le style[1]. Ce qui donne du style à une action comme à un individu, c'est le souci de sauvegarder et de respecter les règles du code de l'honneur. Voilà pourquoi tant d'épisodes de l'histoire d'Espagne rendent un son théâtral et grandiloquent.

Un souvenir d'enfance

Je devais avoir quatre ou cinq ans, et j'habitais avec ma mère un appartement moderne, au dernier étage d'un immeuble sis non loin du Retiro. Je revois la terrasse où, les nuits d'été, des amis de ma mère se réunissaient pour bavarder, réciter des poèmes, chanter une *copla* en buvant des liqueurs. (Et qui

1. En Espagne, l'esthétique commande à la vie, elle contient la philosophie, excluant la pesanteur des systèmes métaphysiques. Unamuno, ainsi que Kierkegaard et Nietzsche, est autant poète que penseur.

donc déclama la poésie de Lorca sur Antoñito El Camborio ? J'entends la musique des vers, après quarante ans ; l'image se forme dans ma mémoire, ineffaçable, qui devait hanter mes rêves d'enfant : celle d'un jeune et superbe gitan, coupant les citrons en rondelles qu'il jette dans le Guadalquivir jusqu'à ce que le vaste fleuve devienne d'or.) La conversation roulait, le plus souvent, sur la politique et sur la guerre. Le front se trouvait dans la proche banlieue, à la Casa del Campo, dans la cité universitaire ; de jour et de nuit, l'aboiement des canons, le claquement des armes légères, les sirènes hurlant l'alerte, le vrombissement des avions dans le ciel, les sifflements et les explosions des bombes. Les femmes et les hommes réunis sur la terrasse de la maison étaient tous du côté républicain. Sur chacun pesait, si le front s'effondrait, une condamnation à mort qui serait immédiatement exécutée. Souvent ils dévidaient devant moi des récits d'atrocités fascistes (les enfants — n'est-ce pas ? — ne comprennent pas...) : exécutions massives à Malaga, à Grenade, massacres de Badajoz. Je recueillais ces horreurs sans cesser d'écouter les aboiements des canons, mon cœur bondissait dans ma poitrine à chaque trêve, à chaque silence : était-ce donc la fin ? « Nos » troupes avaient-elles lâché et les Mores entraient-ils dans la ville pour semer la mort ? Quelle sombre, quelle noire idée je me faisais de ces fascistes, cavaliers de l'Apocalypse traversant au grand galop mes cauchemars de gosse névrosé, voué aux insomnies !

Une de ces nuits donc où la *tertulia* se déroulait dans un climat paisible, mon attention fut soudain éveillée : ma mère et ses amis parlaient des élèves de l'académie militaire de Tolède qui, assiégés dans l'Alcazar, opposaient une résistance héroïque aux miliciens de la République. Je serais bien en peine de reproduire ici les propos tenus par ces hommes, par ces femmes. Je n'ai pas oublié cependant mon trouble et ma stupeur causés par le ton admiratif, amusé, complice dont ils parlaient de leurs adversaires. « Quelles brutes ! » s'écria quelqu'un en partant d'un rire joyeux. Dans ma tête d'enfant, tout se brouillait ; ainsi ces noirs fascistes donneurs de mort pouvaient être des « brutes sympathiques » ? Ce n'est pas assez dire que l'assemblée des adultes s'inclinait devant le courage de leurs ennemis, cela ne m'eût pas tant troublé. Non, les amis réunis autour de ma mère se réjouissaient avec les élèves officiers de l'Alcazar. Une pointe de férocité perçait dans leurs propos. Je devinais une obscure complicité, qui m'effrayait. Aujourd'hui, je puis m'expliquer cette complicité autour du « style ».

Pareille attitude explique la cruauté des guerres civiles espagnoles. On s'entre-tue avec insouciance parce qu'on n'imagine pas que l'ennemi puisse « vouloir » traiter, c'est-à-dire se renier. Les paix, par exemple celle de Vergara qui mit, au XIXe siècle, un terme aux guerres carlistes, ne sont que des trêves, et elles ne s'installent que faute de combattants.

De joyeux massacres

Dans les villes tenues par les franquistes, des jeunes phalangistes, sanglés dans leurs uniformes noirs, bottés, harnachés de cuir, pénétraient dans les prisons bondées ; ils en extrayaient quelques dizaines de détenus qu'ils menaient dans la montagne où ils les tuaient. (Du côté républicain, la promenade se pratiquait tout aussi couramment mais de manière plus instinctive, plus passionnelle, sans le rituel ci-dessous.) Avant de leur loger une balle dans la nuque, ils leur offraient des cigarettes, ils leur tapaient amicalement sur l'épaule : « Tu verras, *hombre*, c'est vite fini, on ne sent rien. » Et de plaisanter avec eux. Ce faisant, ces *señoritos* de bonne famille, devenus des tueurs par la grâce du général Franco, ne voulaient pas se moquer de leurs victimes, humbles paysans « coupables » d'avoir occupé les terres de leurs seigneurs, ouvriers syndiqués, militants obscurs des partis de la gauche. Non, il n'entrait aucune moquerie dans les plaisanteries de ces *señoritos* aux cheveux huilés et bien peignés qui, une heure plus tard, retrouveraient leurs fiancées avec, sur leur peau lisse, la trace d'un parfum insidieux, quelque peu sucré. Ils encourageaient seulement leurs prisonniers à mourir dignement parce que c'étaient des Espagnols et qu'il leur semblait moins pénible de tuer des hommes courageux que des lâches, étant bien entendu qu'ils les massacraient tous, quelle que pût être leur attitude devant la mort.

Rien là de très propre à l'Espagne, si ce n'est cette complicité gouailleuse autour des fosses. Car j'ai pu rencontrer des rescapés de ces promenades mortuaires, épargnés à la dernière minute par un hasard inexplicable ou sauvés in extremis par l'un des bourreaux qui se découvrait soudain un lien quelconque avec le condamné. Ces revenants, je les ai patiemment interrogés : n'éprouvaient-ils pas ces marques de familiarité comme des atteintes à leur dignité, comme des injures gratuites ? Ce n'est pas ainsi qu'ils voyaient les choses. « Il fallait bien passer le temps en attendant que votre tour arrive, me disait l'un. Ils étaient *muy graciosos* (très rigolos). Et puis, si on s'était tous mis à gémir, ça n'aurait rien changé, hein ? » Sans doute. Poussant plus loin mes investigations, je manquais rarement de retrouver cette trouble complicité que j'avais perçue sur la terrasse de l'appartement de ma mère, en écoutant les adultes parler de la résistance des élèves officiers de l'Alcazar.

Ces rescapés faisaient mieux que de comprendre l'attitude cynique des tueurs phalangistes : se mettant à leur place, ils admettaient que leur comportement eût été, en la circonstance, fort semblable, voire identique. Certes, rien n'aide le bourreau comme le consentement de sa victime. Amener l'opprimé à considérer son sort comme l'expression d'un destin certes cruel, mais juste, inexorable : depuis des millénaires, les maîtres emploient la tactique. Ces *señoritos*, qui, délaissant la chasse aux perdrix, se divertissaient en tuant des hommes, ne demandaient pas à leur pitoyable gibier d'avouer ses « fautes », de s'incliner devant un châtiment mérité. Ils ne lui disaient pas : « Vous devez disparaître parce que vous n'êtes qu'une vermine. Du moins comportez-vous comme des hommes à l'heure de regarder la mort en face. » Pareil discours en effet supposerait un soupçon d'inquiétude sur la justesse de sa cause et le besoin donc de la justifier. Rien de tel chez ces *señoritos* qui tuaient avec allégresse et au milieu des plaisanteries. Point en eux de haine, au sens primaire, car celle-ci suppose une relation personnelle. Ils agissaient au-delà de tout sentiment : ce qu'ils tuaient, c'était « rien ». Or, comment détester « rien » ? Et, dans le même mouvement, ils comprenaient qu'eux-mêmes n'étaient, pour ces paysans tremblants, la chemise collée à la peau par la peur, « rien » — rien que l'instrument du destin, la mort incarnée. D'où, les jeux de mots sur la pourriture et la vermine, une connivence dans le refus réciproque de se regarder comme des hommes que des idées séparent. Coupure radicale, que l'on retrouve partout en Espagne. Les idées ne divisent pas, elles ne partagent pas : elles excluent. Car il ne saurait y avoir deux vérités. Dès lors qu'on possède « la » vérité, le reste n'est que folie, aberration, perversion intrinsèque.

« Petit Espagnol — chantait le poète Machado —, l'une des deux Espagnes finira par geler ton cœur. » Image puissante, parce que juste : un bloc de glace dogmatique préserve le cœur de chacune des Espagnes du doute, de l'insécurité et, partant, de la pitié.

Georges Bernanos, qui, à tant d'égards, ressemble aux Espagnols — sa fougue, ses colères, son enthousiasme, sa démesure, son sens de l'honneur et sa ferveur mystique —, Bernanos écrit quelque part — je cite de mémoire — ne pas aimer ce pays « qui sent la mort et le jasmin ». C'est que le cœur de Bernanos demeurait perméable à la douce pitié de Dieu. Il était chrétien de France, c'est-à-dire d'un pays où les vierges romanes ont déjà, sur leurs lèvres, l'ombre d'un sourire maternel.

Cette incapacité de l'Espagnol à examiner le point de vue de l'adversaire, à prendre ses arguments en considération dérive, on le devine, de la tension psychologique à laquelle il est soumis. Rigide il se fait et se veut pour ne pas s'effondrer. Et quelles sombres peurs habitent sa mémoire pour qu'il se tienne ainsi sur ses gardes ?

Raideur et rigidité, infatuation de soi-même, incapacité à considérer l'opinion d'autrui, respect méticuleux des formes et du code, imperméabilité aux sentiments de confiance et de pitié, fanatisme — tous ces traits, la psychiatrie les rassemble en un terme, « paranoïa ».

Je ne suggère pas que tous les Espagnols soient paranoïaques, ni même une majorité d'entre eux. Plus simplement, je pense qu'il existe en Espagne un climat de « paranoïa » dont les causes se trouvent dans l'histoire même du pays, dans ce qui se cache sous le mythe espagnol. Dans ce refoulé collectif, toujours près de submerger la conscience nationale, prend source cette peur partout répandue et qui tend les esprits, gèle les cœurs.

Comment, dès qu'on se met à réfléchir, n'aurait-on pas mal à l'Espagne ? Et comment ne serait-ce pas de son histoire qu'on tomberait malade ?

4

La Reconquête

Je demande d'avance pardon au lecteur de devoir ressasser des faits qu'il connaît sans doute aussi bien que moi. Ce n'est certes pas la littérature sur l'histoire de l'Espagne qui manque en France et beaucoup de ces ouvrages me semblent excellents, à des titres divers. Je n'entends donc pas disputer un tournoi d'érudition et je renvoie le public français aux traités des spécialistes. Ceci, je le rappelle, est une œuvre de sensibilité, une recherche subjective, et il faut la considérer comme telle. Je demande seulement qu'on veuille bien me créditer des innombrables lectures faites, d'années de réflexion, de méditation, de voyages et de séjours accomplis en Espagne où j'ai eu des discussions sans fin dont je tiens ici le plus grand compte. Subjectif, ce livre n'est aucunement gratuit.

L'Espagnol s'est forgé dans la guerre en même temps qu'il bâtissait sa patrie.

Après huit siècles de catholicisme, la Reconquête a pu se constituer en mythe officiel. D'un côté, on trouve les bons groupés autour de la Vierge de Covadonga et de saint Jacques, « patron » de toutes les

Espagnes ; de l'autre, les méchants disciples de Mahomet.

Les Mores envahirent l'Espagne en 711, « par ruse et avec la complicité d'un traître », bien entendu juif, et, contre eux, l'Espagne se leva. Voilà ce qu'apprennent tous les écoliers d'Espagne avec les dates de quelques batailles, la succession des rois jusqu'à la fusion des couronnes d'Aragon et de Castille, ainsi que la biographie de quelques preux, celle du Cid Campeador notamment.

Récit ni tout à fait vrai ni foncièrement mensonger. Simpliste ; bien sûr. Tendancieux en ce que, posant comme un fait avéré que les musulmans se heurtèrent au refus des envahis, tout l'ensemble du récit s'en trouve éclairé d'une manière particulière. Car s'il y eut d'emblée rejet populaire, les progrès de la Reconquête sont ceux de l'Espagne contre un corps étranger. En posant donc comme résolu ce qu'il s'agirait de démontrer, les catholiques donnent à l'histoire d'Espagne ce léger coup de pouce qui fait d'eux les champions de la conscience nationale.

Ce qui frappe, au contraire, l'esprit non prévenu, c'est le peu de résistance que les autochtones opposent aux musulmans. Sans doute conviendrait-il de rechercher les causes de cette apathie. Il n'est pas courant, depuis que des hommes habitent ces terres rudes, que l'étranger soit accueilli sans réactions violentes. Il fallut plusieurs siècles aux meilleurs des généraux romains pour venir à bout des farouches Ibères. Numance demeure, après tant de siècles, le symbole du goût de l'indépendance des peuples ibériques. Or, rien de tel avec les guerriers berbères — combien étaient-ils ? cinquante, cent mille au plus qui, en quelques mois, s'emparent des trois quarts de la péninsule. Certes, on peut — et on n'a pas manqué de le faire — invoquer l'effet de surprise et l'état de faiblesse où se trouvaient les royaumes wisigothiques. C'est par les mêmes motifs qu'on a tenté d'expliquer l'absence de réaction en France, au lendemain de la défaite de 1940. Le *Blitzkrieg* aurait démoralisé les Français, sans qu'on puisse dire qu'elle leur ait coupé les jambes. Mais d'autres nations européennes — la Pologne, la Yougoslavie, la Grèce — furent défaites avec la même foudroyante rapidité et elles n'en engendrèrent pas moins des résistances fortes et courageuses. L'effet de surprise n'expliquerait en outre que la défaite militaire. Mais le fait troublant réside ailleurs : vingt ans à peine après l'arrivée de cette première vague de Berbères venus du Maroc, une vie intense, active, a jailli dans les régions occupées ; une symbiose s'opère ; les guerriers s'installent, ils épousent des femmes indigènes ; on ouvre les écoles, on bâtit des mosquées, des palais : une civilisation est en marche. Alors ?

Les témoignages, les ouvrages abondent : loin de germer dans un climat de terreur, dans la contrainte physique, la civilisation islamique s'installe dans la tolérance. Des crimes ? Certes. Point de génocide. Aucune persécution religieuse massive. Juifs et chrétiens cohabitent paisiblement dans les pays d'islam, certains occupent de hautes charges. Des communautés de moines continueront de vivre, sans être inquiétés, dans et autour des capitales de l'Espagne musulmane. Mieux, c'est la pratique religieuse des « envahisseurs » qui, très vite, se relâche. L'histoire de l'Espagne musulmane sera faite de régulières réformes religieuses, de rappels violents accompagnés d'invasions — et des retombées de ces accès de ferveur, jusqu'à la fin, jusqu'à la déréliction de ces poussières de royaumes qui expirent dans un sourire de béatitude, tuées par le bonheur.

Aucune résistance, vraiment ? Si. Faible, difficile à chiffrer mais aisément repérable sur la carte : la Galice, les Asturies, le Pays basque, la Navarre et les Pyrénées, c'est contre ces montagnes que se rompt l'irrésistible poussée de l'Islam ; dans ces régions écartées, inhospitalières, coupées du reste du pays, que se rassemblent les chrétiens.

Déjà se dessine, sous nos yeux, la géographie de la croisade : des montagnes, au nord, où l'Islam ne fera que de brèves incursions, des expéditions punitives, et qui, de ce fait, demeureront, économiquement, culturellement, liées aux mouvements de l'Europe ; au sud et au levant, l'éclosion d'une civilisation originale et raffinée que les historiens consciencieux, plutôt que d'appeler musulmane, préfèrent nommer « hispano-moresque », désignation en effet plus proche de la réalité. Car la deuxième, la troisième génération des descendants des premiers envahisseurs étaient si peu arabes que certains califes devaient se teindre les cheveux et la barbe pour n'être pas lapidés par leurs sujets. Fils de princesses chrétiennes, ils avaient le teint clair et les yeux bleus.

Les Hispano-Moresques

Sur le plan culturel, la supériorité des Hispano-Moresques éclate avec force. Leurs philosophes traduisent et divulguent les Anciens, Grecs et Romains — c'est ainsi qu'Averroès offrira Aristote au Moyen Âge à venir. Arts et sciences florissent. La médecine, l'astronomie, les mathématiques et l'algèbre connaissent un essor sans précédent. Dans ce climat de recherche, de découvertes, d'inquiétude intellectuelle et d'effervescence des esprits, un phénomène apparaît, d'une immense portée pour la vie intellectuelle du pays : le retour sur la scène de l'Histoire d'une minorité juive qui ne cessera plus, durant quatre siècles, d'affirmer sa puissance, ses capacités d'analyse. C'est elle qui, dans les villes hispano-moresques — Tolède, Cordoue, Séville, Grenade —, tiendra lieu de bourgeoisie d'affaires et qui contribuera activement à l'épanouissement des arts.

Juifs et Hispano-Moresques feront de Cordoue la capitale spirituelle du Moyen Âge. Elle fut la première en Europe à avoir l'éclairage public et un système d'égouts. Ses universités attireront des étudiants venus des quatre coins de l'Europe. Cela se passait au xe siècle, quand le reste de l'Europe...

Les échanges commerciaux et culturels ne cessèrent jamais entre l'un et l'autre camp. Des architectes mozarabes (mozarabe : chrétien vivant en terre d'islam) enseignaient aux Hispano-Moresques les secrets de l'art gothique naissant, les *plateros mudejars* (*mudejar* : musulman vivant parmi les chrétiens) ciselaient la pierre et l'argent pour les comtes de Castille. Les étoffes de Damas, le cuir repoussé de Cordoue, les bijoux ouvragés de Grenade, l'encens et la myrrhe, l'orange et le citron, la disposition des maisons avec leur patio intérieur — les pieux défenseurs de la Croix n'hésitèrent pas à les emprunter à leurs ennemis. Leur rêve fut toujours de vivre à la façon des Mores et l'on verra le Cid, une fois maître de Valence, s'entourer d'un faste et d'un luxe orientaux, mangeant couché sur des coussins, servi par des domestiques qui lui présentent les plats à genoux.

Au nord donc, une poignée d'hommes rudes, illettrés, décidés à gagner des territoires sur les Hispano-Moresques et secrètement fascinés par l'éclat de cette civilisation dont ils rêvent dans les grottes où ils se terrent.

Au sud, à l'est, l'Islam avec sa diversité, son bouillonnement et ses cités fortement peuplées où évolue une bourgeoisie judéo-chrétienne riche et puissante.

Entre les deux enfin, l'enjeu, la *terra dolorosa*, l'immensité des plateaux — entre six cents et neuf cents mètres d'altitude — où s'affrontent les deux Espagnes. Là se joue, déjà, le destin du pays.

Une Espagne pluraliste et tolérante

Au départ, la Reconquête ne progresse que lentement. Il faut près de trois siècles pour atteindre le Douro, première frontière entre les deux mondes. Chaque pas en avant des chrétiens se marque de la construction de châteaux forts, aux endroits stratégiques — ainsi ces terres ravinées et convulsées deviendront-elles le pays des châteaux, la Castille.

Les chrétiens ne songent d'ailleurs pas, à cette époque, à chasser ni à exterminer l'infidèle. Au contraire. Fascinés, ils font venir des artistes hispano-moresques pour bâtir leurs châteaux, pour sculpter leurs églises, pour meubler leurs maisons. Leur langue même s'imprègne de la musique arabe . c'est le *j*, le *g*, des centaines de mots. Leur littérature emprunte à cet Orient espagnol le conte fantastique, la légende où le *duende* (les djinns) aide ou contrarie le destin, la récitation psalmodiée des gestes épiques — les *romances*, si populaires. Jusqu'à leur foi chrétienne qui se teinte de fatalisme, se complique de superstitions. Les rois du Leon se mettent à l'école de l'Islam ; ils s'entourent d'érudits et de savants juifs. Leurs nuits se passent en interminables discussions théologiques et philosophiques. Des médecins juifs les soignent et, quand ils meurent, ils veulent que leur épitaphe soit rédigée en trois langues : le castillan, certes, mais aussi l'arabe et l'hébreu. Une chance inouïe, en ces siècles d'intolérance, semble s'offrir à l'Espagne. Ses rois ne se proclament-ils pas rois des trois religions ? Une nation pluraliste, ouverte, semble s'amorcer.

Bien sûr, on s'entre-tue. Pour les comtes de Castille, il s'agit d'agrandir leur domaine et, pour les Hispano-Moresques, d'endiguer leur expansion. Nulle trace, pendant près de quatre siècles, de cette haine fanatique qui se lèvera plus tard. Tous les monarques chrétiens proclament que les habitants des terres ibériques, sans distinction de race ou de religion, sont leurs fidèles sujets, placés sous leur protection. Ainsi, si l'on veut bien accorder au mot « progrès » le sens d'une meilleure justice et d'une plus grande tolérance, l'Espagne, tant chrétienne qu'hispano-moresque, se trouve-t-elle, en ce qui touche les droits juridiques de ses habitants comme sur le chapitre des mœurs, nettement en avance par rapport au reste de l'Europe.

On imagine d'ailleurs que cette guerre sainte, échelonnée sur tant de siècles, ne fut ni aussi constante ni aussi acharnée que d'aucuns le prétendent. Les trêves y occupent autant de place que les campagnes militaires. Les longues accalmies virent mieux qu'une coexistence entre les deux camps : une compénétration dont on retrouve partout la trace.

Comment ce précaire équilibre fut-il rompu, et pour quels motifs ?

Un fait mérite de retenir l'attention : l'attitude des chrétiens ne cesse de se durcir à mesure de leur avance vers l'Andalousie. Plus question alors de tolérance, d'égalité des droits pour les Hispano-Moresques, plus de sympathie envers les juifs : la religion chrétienne est proclamée seule vraie, les infidèles invités à se convertir ou à disparaître.

L'échec d'une civilisation ouverte

La guerre, d'abord, développe sa propre logique. Les Hispano-Moresques ne la considèrent que comme un mal nécessaire, destiné à préserver leur civilisation ; médecins, philosophes, artisans, commerçants ou agriculteurs, l'essentiel de leurs ressources provient d'une activité pacifique. Pour les chrétiens, au contraire, la guerre constitue une industrie. D'où qu'on assiste régulièrement à ce phénomène : menacés d'une déroute, les califes appellent à l'aide leurs coreligionnaires d'Afrique du Nord, qui envoient des armées, lesquelles commencent par destituer les califes décadents, par réformer les mœurs, par prescrire une stricte observance des préceptes coraniques. Et puis, le puritanisme s'enlise dans les palais de marbre et de porphyre où le chant des fontaines et les pesants parfums ensommeillent la foi rigoureuse. Trop de beauté partout, une trop vive splendeur, un climat qui énerve et engourdit ; les raffinements d'une civilisation rare et précieuse ; le scepticisme et le doute qui s'installent avec la connaissance : Al-Andalous fêle les fortes têtes qui se mettent à tourner, jusqu'au vertige. La sensualité s'y affine en érotisme aux cruautés subtiles, la sobriété dégénère en gourmandise artistement comblée. Et l'agonie se prolonge, jusqu'à la prochaine réforme.

Quelle force, au contraire, chez les chrétiens ! Ils se sont organisés, renforcés, ils tiennent déjà la moitié de l'Espagne, ils approchent de la Terre Rêvée. Oui, ils possèdent la force terrible de la cupidité, de l'avidité qui ne se contient plus.

Les ordres monastiques et de chevalerie ont, contre l'aide apportée aux monarques chrétiens, obtenu des privilèges chaque jour plus exorbitants. Levant des armées, ils confisquent à leur profit les grands domaines appartenant à des musulmans. De spirituelle, la guerre devient économique. Elle l'a toujours été, objectera-t-on. C'est vrai. Aussi ce raidissement ne s'est-il pas produit en un jour. Le renforcement du dogme a suivi, pas à pas, l'enrichissement de la noblesse et de l'Église. Cette dernière, à l'aube du XVe siècle, est déjà devenue la première puissance économique de la nouvelle Espagne. C'est le plus grand des propriétaires terriens.

Les plaies de cette gangrène se lisent encore sur la carte de l'Espagne. Peu de *latifundia* au nord, je le rappelle, alors qu'en Estrémadure, en Andalousie... En 1929, sous le règne d'Alphonse XIII, trente-huit grands d'Espagne possèdent près de sept cent mille hectares. Le seul duc de Medinaceli en possède quatre-vingt mille. Il y a, en revanche, quatre millions de paysans pauvres, de journaliers qui travaillent de *sol a sol*, du lever au coucher du soleil, sur les domaines de l'Église ou de la noblesse. Jusqu'à la guerre civile, le drame de la Reconquête déchire l'Espagne.

Ces changements économiques entraînent des

conséquences psychologiques. Insensiblement, on voit naître une mystique guerrière.

Les hommes s'ancrent dans une attitude de refus. Ils sentent que la Croisade est un mythe : la réalité ne correspond pas à cet idéal d'intransigeance et de pureté. Il n'y a pas deux Espagnes, l'une musulmane et l'autre chrétienne, mais un seul pays déchiré. En chaque combattant chrétien sommeille un potentat more, voluptueux et raffiné, subtil et sceptique. Lui céder pourtant, c'est abdiquer. La guerre passe ainsi dans les individus, les traverse, les déchire. Chacun se trouve divisé contre soi-même.

Alors, les hommes se raidissent, ils disent non à la tentation. Ils en remettent, pressentant que toute compromission les mènerait au reniement. Prenant le deuil de la moitié de leur être, ils s'habillent de noir, ils « s'amputent ». Il s'agit de tuer en eux cette part d'Orient, ce parfum lascif, de purifier jusqu'au sang qui circule dans leurs veines. Sang trouble, résultat de croisements inavouables. Ce suicide moral permettra aux croisés de tuer sans trop éprouver le poids du remords, sans même ressentir une inquiétude, un doute. Ils se font une armure d'intransigeance qu'ils baptisent *honra*.

L'Islam, ce souvenir obsédant

Il y eut un « avant », certes : les peuplements ibères et celtes, les influences grecque et phénicienne, la colonisation romaine, l'invasion wisigothique. Mais il n'y a plus eu d'« après ». Du XVIe siècle à nos jours, l'histoire de l'Espagne reste crispée, tels ces visages peints par Goya. Ce n'est plus qu'une répétition mécanique du même conflit, avec son cortège de violences et de haines : la masse des pauvres d'un côté, toute une Espagne de misère et d'abandon, la poignée de privilégiés en face, conduite par une Église insolente de morgue et de richesse. Et le mythe enfoncé dans les esprits à coups de trique : être espagnol, c'est être catholique. C'est la Croix qui a fait l'Espagne. Ceux qui n'acceptent pas le mythe ne sont pas même des adversaires : ils sont « rien ».

Cette intransigeance reste vivace : jamais les Espagnols n'ont pu se réconcilier avec eux-mêmes.

Dans une revue d'art dont l'un des numéros était consacré à l'Alhambra de Grenade, j'ai trouvé cette perle que le palais-forteresse des princes musulmans était un monument « chrétien ». L'auteur, un érudit fort versé en la matière, étayait ainsi son raisonnement : les Rois Catholiques ont respecté et embelli (?) l'Alhambra, ils l'ont mieux comprise que ses bâtisseurs. Plus loin, on trouvait l'expression « envahisseurs et pilleurs » appliquée aux Arabes...

Je sirotais un verre en compagnie de quelques amis, sur une place de Grenade. En guise de plaisanterie, je lançai que j'étais more et qu'il suffisait de me regarder. Une expression d'ébahissement se peignit sur le visage de l'un de mes camarades : « Voyons ! tu plaisantes ?... Ce n'est pas possible ! » Cinq siècles après la prise de la ville, le mécanisme jouait toujours. J'ajoute que cet ami avait le type moresque le plus pur : des cheveux noirs, drus et bouclés, le nez busqué, une peau basanée et des yeux foncés aux prunelles bleuies. Rien à faire : il n'aurait jamais admis que du sang more coulait dans ses veines. Il y allait de son honneur, autant dire de sa vie.

Une aventure similaire m'arriva avec un professeur français auquel je faisais visiter l'Espagne.

Nous roulions en voiture de Madrid à Cordoue ; j'accomplis un détour pour lui montrer le champ de bataille des Navas de Tolosa.

— C'est donc ici qu'eut lieu ce légendaire combat ? murmura mon hôte d'une voix assourdie. Je ne puis vous exprimer, cher ami, l'émotion qui m'étreint... Quel magnifique pays que l'Espagne !

Je renonçai à expliquer à ce catholique fervent que cette victoire sur laquelle il s'attendrissait m'apparaissait, à moi, comme l'une des plus cuisantes défaites subies par l'Espagne.

J'éprouve cette même tristesse en visitant Tolède. Je sais peu de villes où l'imposture chrétienne éclate avec plus de force. Je ne prétends pas que Tolède soit une ville moresque. Elle est un résumé de toute l'Espagne : à la fois juive, musulmane et chrétienne. Mais l'impression générale est d'une cité plus orientale que chrétienne. Quoi de plus poignant qu'un coucher de soleil sur Tolède ? Longtemps après que celui-ci a disparu derrière l'horizon, par un phénomène dû sans doute à la réfraction de la lumière, les briques s'embrasent, jettent des lueurs fauves, cependant que les clochers des églises dressent vers un ciel très pâle, de métal en fusion, leurs masses d'un noir profond. Et par-dessus les sons amortis de la ville, couvrant la rumeur du Tage qui coule au fond du ravin, c'est la voix du *muezzin* qu'on guette et que parfois, dans une sorte de songe éveillé, on croit entendre, traversant les siècles...

1492 : la fin de l'espoir

Si l'Espagne a été, jusque vers le milieu du XIIIe siècle, à la pointe du reste de l'Europe, elle ne cessera plus, depuis la fin de la Reconquête jusqu'au milieu du XXe siècle, de marcher à reculons, s'enfonçant de plus en plus dans l'obscurantisme, dans le fanatisme et dans la misère. On peut donc parler d'une involution compliquée d'une régression psychologique.

L'ironie veut que l'Espagne devienne « officiellement » catholique à l'aube du XVIe siècle, en 1492 très exactement, quand le catholicisme traverse, dans le reste de l'Europe, sa crise la plus profonde. Les États européens se dégagent de l'influence de l'Église, ils se laïcisent quand la monarchie espagnole, elle, achève de se cléricaliser[1]. Aussi le pouvoir castillan ressent-il la Réforme comme une nouvelle et plus terrible menace qui s'ajoute au péril intérieur. Car qu'est donc l'Espagne vers 1400 ? Des millions de Moresques musulmans, une bourgeoisie juive, riche et hardie ; des nobles, des soldats-laboureurs et des clercs enfin. Bref, deux mondes, inconciliables. Se montrer tolérante, accorder aux musulmans la plénitude des droits juridiques, la monarchie le voudrait. Beaucoup d'hommes éminents sentent que là est la voie, la seule, qui permettrait une réconciliation des esprits. La force impitoyable des faits condamne déjà les libéraux. Reconnaître aux Moresques l'exercice de leurs droits juridiques, c'est mettre un frein aux expropriations, c'est faire peser sur les nouveaux seigneurs la menace des procès que pourraient leur intenter les anciens détenteurs des terres ou leurs héritiers, c'est enfin affranchir une main-d'œuvre agricole innombrable et corvéable à

1. Rome n'en regardera pas moins l'Espagne et ses habitants avec une morgue dédaigneuse « Tous des juifs ! » — hurlera un pape avec fureur... il n'avait pas entièrement tort.

merci. L'enjeu est économique autant que politique. Aussi l'Église et la noblesse vont-elles peser de tout leur poids pour venir à bout des velléités libérales de la reine Isabelle, laquelle aime ses sujets musulmans et leur a promis sa protection. Que peut la bonne volonté, fût-elle royale, que valent les promesses face à la coalition des intérêts ?

1492 : j'invite le lecteur à n'accorder à cette date que sa juste valeur, qui est symbolique. En janvier, le dernier royaume more tombe, et Boabdil prend le chemin de l'exil, se rendant au Maroc où il finira le reste de ses jours dans la misère et dans la tristesse ; au mois d'octobre, les vaisseaux de Christophe Colomb arrivent aux Amériques, ouvrant à l'incertaine monarchie espagnole des territoires immenses, lui procurant également des richesses fabuleuses. Date clé, si l'on veut, au sens le plus poétique. En réalité, l'infléchissement d'une politique de tolérance et d'assimilation vers une politique de spoliation remonte à deux siècles. En 1492, les dés sont déjà jetés. Trop forte est devenue la puissance de l'Église qui, outre ses biens, jouit de la plus haute influence morale. La Reconquête est devenue, au cours des siècles, sa guerre — une Croisade ; sienne sera donc la victoire. L'Espagne qui naît dans les clameurs et dans la musique des cloches sonnant à toute volée, alors que Leurs Majestés Très Catholiques pénètrent dans Grenade, cette Espagne ne peut être que cléricale, parce que c'est l'Église qui l'a voulue et qui, enfin, la parachève.

5

L'Église et les Moresques

La manière dont l'Église va procéder pour amener la monarchie à changer sa politique envers les Moresques et les juifs demeure un chef-d'œuvre de ruse et d'hypocrisie.

Au départ, une idée fort simple : la cause de la monarchie espagnole se confond avec le triomphe de la religion chrétienne. Unifier les Espagnes sous l'emblème de la Croix, telle est la mission que la Providence a, de toute éternité, assignée aux rois d'Espagne. Dès lors, leur « gloire » consistera à convertir les hérétiques à la vraie foi... Ils feront, en agissant de la sorte, œuvre politique, tout en s'acquérant des mérites devant le Seigneur.

Voilà pour le raisonnement, parfaitement accordé d'ailleurs au climat spirituel du temps.

Les difficultés surgissent avec le choix des moyens. La charité conseillerait d'user de la persuasion, de la patience et du bon exemple. Intentions combien louables mais qui se heurtent à l'entêtement « fanatique » des Moresques, entassés dans leurs quartiers, soumis à l'influence néfaste de leurs caïds et menacés dans leur vie, s'ils s'avisent de renier leurs superstitions. Reconnaît-on le langage de tous les colonialismes ? L'indigène « aime » la puissance coloniale, il désire demeurer attaché à elle, mais il n'ose exprimer ses sentiments de peur des représailles. Les Moresques ne résistent que par une perversion dont il suffit d'extirper la racine pour que leur « véritable » pensée vienne au grand jour. Et déjà la torture se profile, violence purificatrice destinée à faire surgir la vérité, parfois méconnue de la victime elle-même. Toute pensée totalitaire porte en elle la notion de l'aliénation. L'homme ne s'appartient pas ; envoûté, possédé, il profère des aberrations, des non-sens, qu'un Autre — Satan, le Bourgeois, le Juif — lui souffle. Il faut donc réduire cette voix étrangère et rendre au sujet sa véritable parole, confisquée par la puissance néfaste. Aussi la violence est-elle un mal nécessaire, une cruauté amoureuse.

Dans la pratique, comment agir ? Les quartiers moresques, avec leurs dédales de ruelles étroites, sont de vrais coupe-gorge. Les missionnaires s'y font rouer de coups, chasser à coups de pierre, quelques-uns seront même égorgés. Voilà justement le prétexte tant attendu ! Les Rois Catholiques peuvent-ils tolérer que les ministres de Dieu soient massacrés par des fanatiques ? L'Église brandit ses martyrs, elle hausse le ton. La monarchie s'incline ; la troupe accompagnera désormais les missionnaires ; les Moresques, coupables de brutalités envers des moines, recevront un châtiment exemplaire. Pris d'une dernière hésitation, les rois insistent : pas de provocation, pas d'excès ! Il s'agit de convaincre, de persuader, non de contraindre. Et tous les moines du royaume de lever les yeux au ciel : seul l'amour les anime, la charité seule inspire leurs actes et leurs paroles ! Combien Dieu se réjouit de voir, grâce à la piété de Leurs Majestés, tant d'âmes sauvées des flammes de l'enfer !

Des armées de missionnaires se lancent à la « conquête » des âmes. Ces apôtres ne s'encombrent pas, sur le terrain, de scrupules : habitués aux méthòdes de la lutte armée, cette ardeur leur semble légitime.

Accompagnés de soldats en armes, ils pénètrent dans les quartiers moresques. Ils prêchent avec fougue devant les gibets où se balancent quelques pauvres hères, accusés d'avoir insulté le vrai Dieu. Leurs sbires défoncent les portes des maisons, mettent à sac les foyers les plus récalcitrants, en tuent quelques-uns. Un tel climat de violence crée, parmi les musulmans, une lourde atmosphère de crainte, de terreur. Malgré les promesses réitérées des Rois Catholiques, les Moresques se sentent trahis, abandonnés, livrés à la soldatesque. Leur existence tourne au cauchemar. Çà et là, des révoltes éclatent, sauvages, sanglantes, issues du désespoir. Les représailles sont atroces. On disperse les familles, on les dissémine sur les domaines des grands propriétaires terriens — l'Église en tête —, on met le feu aux quartiers musulmans, on saccage les mosquées.

Aux rois, l'Église présente une comptabilité funèbre : vingt mille baptisés à Almeria, cinquante mille à Malaga, quatre-vingt mille à Grenade. Émues, Leurs Majestés récompensent le zèle de ces apôtres par des donations, des bénéfices. Naturellement, les ordres religieux se chamaillent entre eux. Tout un jeu d'intrigues, de délations, de ruses et de flagorneries agite les coulisses de la scène cléricale.

Qui dira le calvaire des populations musulmanes ? Qui saura peindre ce que fut cette destruction d'une culture, d'une civilisation ? Nous sommes habitués, je sais. « Blindés », ainsi qu'on aime à le répéter. Est-ce une raison pour ne pas accorder une pensée à ces millions d'hommes réduits à l'état de bêtes ?

Les gitans ou la voix du malheur

Qui dira leur calvaire ? demandais-je. D'autres parias, d'autres exclus, qui, partis de l'Inde sans qu'on sache pour quelles raisons, ont marché — pendant combien de dizaines d'années ? Vers 1470, les gitans arrivent en Espagne par Barcelone. Quand ils atteignent l'Andalousie, on les parque dans les ghettos moresques.

Étrange rencontre que celle de ce peuple du mystère, venu du plus lointain Orient, et de ce pays andalou où l'Orient agonise ; quels souvenirs obscurs ces paysages remuent dans le cœur de ces nomades ? Épuisés, ils s'arrêtent, ils se fixent, ils se font forgerons, ils tressent des paniers. Mêlés aux Moresques, ils subissent les mêmes brimades, endurent les mêmes souffrances, supportent la même misère — indicible. La fusion, lentement, s'opère. Les Moresques ne savent plus parler, ils sont des hommes sans voix, les juifs jettent leurs derniers sanglots. De tout cela — de cette terre à la beauté miraculeuse, de cette lumière incandescente, de l'agonie des Moresques, des plaintes synagogales — les gitans vont extraire le chant — *el cante* — qui, deux siècles plus tard, éclatera avec toute la violence du désespoir, rappelant l'Espagne à son passé. Et ce chant des maudits deviendra, pour le monde entier, « la » voix de l'Espagne. Superbe revanche des humiliés ! De quel prix cependant ont été payés ces sanglots, ces longs frissons, ces cris rageurs ? Du fond de quelle mort ont surgi ces gestes éclatés, syncopés, ces attitudes de fierté et de sauvagerie, toute cette danse du désir et de ses frénésies ?

Au bout de la conversion : l'Inquisition

Pour l'heure, nous en sommes à la « conversion ». Elle se fait massivement, on l'a vu. Et l'Église s'en réjouit. Gloire à Dieu !

Au passage, j'ai noté ce fait : les Moresques sont chassés de leurs quartiers et dispersés sur les immenses domaines de la noblesse et du clergé. Longtemps ces esclaves vivront courbés sur la terre de leurs ancêtres.

Avec la dispersion des Moresques et l'expulsion des juifs, l'évolution de la Reconquête arrive à son terme.

On pourrait épiloguer longtemps sur les causes de cette involution. Sans grand profit, me semble-t-il. On ne refait pas le passé, même avec des arguments. Ce qui importe, c'est que l'Espagne, à l'aube du XVIe siècle, tourne le dos à l'évolution générale de l'Europe ; que son idéologie aristocratique et théocratique la conduit à renoncer au progrès ; que, prisonnière du mythe de la Reconquête, elle en devient la première victime. Tous les choix postérieurs de la monarchie espagnole tendront à renforcer la solidité du modèle choisi.

Et le premier de ces choix fut l'instauration du Saint-Office de l'Inquisition.

De cette institution qui survivra jusqu'à la fin du XIXe siècle, de son fonctionnement comme de ses méthodes, je parlerai plus loin. Je ne veux marquer ici que son emplacement à l'intérieur du mythe de la Reconquête, de son rôle idéologique donc.

Certes, l'Église chantait des *Te Deum* pour remercier le ciel de la conversion de ces milliers d'infidèles, elle baptisait à en avoir mal aux bras. Mais elle ne se faisait nulle illusion sur la sincérité de ces conversions. Les Moresques se précipitaient en foule pour recevoir l'eau du baptême, et ils continuaient d'invoquer Allah comme par le passé. Le sacrement du baptême apparaissait à ces candides comme une simple formalité qui les sauverait des persécutions. Las ! Ils mésestimaient Notre Sainte Mère l'Église.

Comment empêcher les convertis de retomber dans leurs pratiques idolâtres ? Naturellement, le touchant exemple d'un clergé brûlé du feu de la charité leur serait un précieux secours. Mais mauvaise, foncièrement, est la nature humaine depuis la chute d'Adam, et deux précautions valent mieux qu'une. La crainte d'un châtiment exemplaire arrêterait peut-être les suppôts du Diable dans leur œuvre perverse, la peur retiendrait les autres. Après avoir imposé l'unité de foi, il fallait veiller à sa pureté.

Se doutaient-ils, les malheureux Moresques, qu'en embrassant la religion chrétienne, ils se jetaient dans la gueule du loup ? Ils avaient cru n'accomplir qu'une formalité, ils s'étaient, en réalité, livrés, pieds et poings liés, à l'Inquisition dont la juridiction s'étendait *aux seuls chrétiens*.

Les musulmans comprirent trop tard dans quel traquenard ils étaient tombés. On les pendait quand ils demeuraient dans leur foi, on les torturait et on les brûlait maintenant, sous le prétexte qu'ils n'étaient pas assez instruits d'une religion adoptée par la contrainte. Une fois de plus, des révoltes éclatèrent et, une fois encore, elles furent noyées dans le sang.

Le choix fait par la monarchie s'explique, tout en demeurant absurde. Ruinée par la guerre, manquant de ressources liquides pour défendre ses conquêtes et pour les étendre, elle sacrifia l'impôt — c'est-à-dire le fruit du travail — à la saisie. Toute personne suspectée par l'Inquisition voyait en effet ses biens confisqués. Même déclarée innocente, elle ne les retrouvait pas. Et le Saint-Office partageait les sommes des saisies ainsi opérées avec la Couronne. Faut-il s'étonner, dans ces conditions, que les premiers arrêtés fussent aussi les plus riches, banquiers et joailliers juifs ?

Les conséquences économiques de cette politique se devinent : l'Espagne sombra dans une misère dont elle ne se releva plus.

Sur le plan psychologique, les effets furent plus graves encore : aux valeurs bourgeoises — travail, prospérité, progrès — se substituèrent des attitudes aristocratiques : mépris du travail manuel, culte de la guerre considérée comme une industrie, orgueil de caste lié à l'ancienneté du nom. Les plus pauvres se noyèrent dans le mythe. N'eussent-ils rien à manger, il leur restait la fierté de se dire Vieux-Chrétiens.

Le racisme intégral, tel que Hitler le rêva, triompha pour la première fois en Espagne. Il avait des assises religieuses et il s'exerça contre les Espagnols.

Les Nouveaux-Chrétiens se virent interdire tous les emplois et les fonctions publics. Ils ne pouvaient ni posséder des terres, ni porter l'épée, ni même revêtir la robe. Quiconque aspirait à une charge officielle ou désirait entrer dans les ordres devait produire les preuves de sa *limpieza de sangre* (*sangre limpia* : sang propre, sans mélange de sang juif ou arabe), en fait son arbre généalogique, jusqu'à la cinquième génération. Un Nouveau-Chrétien ne pouvait pas davantage fréquenter un collège religieux, ni l'université : il lui était interdit de plaider et d'enseigner. Il était un intouchable, un « paria »[1].

Les officiants de la mort

Le destin semble s'acharner sur l'Espagne. Le pays le moins profondément chrétien, le plus incertain de sa foi, allait devoir défendre aux quatre coins du monde l'orthodoxie catholique.

1492 : la découverte du Nouveau Monde a lieu la même année que la chute de Grenade. Une croisade succède à une autre. Les Conquistadores officient au Pérou et au Mexique : ils brandissent le crucifix d'une main et l'épée de l'autre. Ils débarquent, de noir vêtus, pour célébrer le culte de la mort.

Les Espagnols n'aiment pas qu'on condamne leurs méthodes coloniales. Ils appellent les accusations portées contre eux « la légende noire ». Ils s'insurgent contre l'hypocrisie de ceux qui se scandalisent de leurs violences en Amérique latine. Des génocides, c'est un fait, quel peuple n'en a pas commis ? L'extermination des Indiens par les Américains, des Arméniens par les Russes et par les Turcs, les campagnes coloniales de la France et de l'Angleterre...

Les Espagnols se défendent d'avoir été racistes. Ils

1. Cette discrimination et cette ségrégation fondées sur des critères raciaux, nombreux furent, en Espagne même, les hommes d'Église à les condamner comme étant contraires au christianisme, un scandale théologique.

ne haïssaient pas les indigènes à cause de la couleur de leur peau : ils appliquaient un critère religieux. Mais quand les indigènes se furent convertis au catholicisme, ils n'en continuèrent pas moins de périr dans les enclaves des colons ou dans les mines du vice-roi. Le racisme découlait ainsi d'un système : le colonialisme l'engendrait.

Ce qui révolte tant, ce n'est pas que les Espagnols aient exterminé les populations de l'Amérique centrale et du Sud, mais qu'ils l'aient fait au nom du Christ. L'Espagne n'a pourtant inventé ni les guerres ni les massacres de religion.

Il n'empêche que l'attitude des Espagnols provoque un malaise voisin du dégoût. Ces officiants de la mort, tristes et ennuyés, inspirent une antipathie profonde.

Au Prado, dans l'église Saint-Tomé de Tolède, on devine la raison de cette hostilité. Les *hidalgos* au regard de feu, à l'allure impassible, ont une qualité commune : ils sont « détachés ». Cela nous glace d'effroi : qu'un homme puisse tuer avec « indifférence ». Il entre de la folie dans cette insensibilité apparente. Et c'est un fait que le comportement des Espagnols se rapproche, bien souvent, de celui des schizophrènes.

Cela se comprend sans peine, si on veut bien tenir compte de la situation historique qui était celle de l'homme espagnol. Sa réalité ne lui appartenait pas. Il ne pouvait ni revendiquer son passé ni accepter de se pencher sur lui. Les lois raciales, la tyrannie de l'Inquisition, le doute permanent dans lequel il vivait et le sentiment de crainte qu'il en concevait l'enfermaient dans une attitude de refus. Cet homme frustré de tout érigeait la négation en principe éthique. Il disait non à ses instincts et à son être même. La compensation, il la trouvait dans l'orgueil qu'il tirait de se faire violence. Niée, la réalité de l'Espagnol s'exprimait néanmoins de mille manières. Son intransigeance et son fanatisme étaient ceux de ses ancêtres musulmans ; arabes, sa sensualité à fleur de peau, son amour des formes, son penchant à la mélancolie, sa gravité passionnée et son goût de la rêverie paresseuse ; juifs, son sens de la douleur, son respect pour la souffrance, sa manie des plaintes qui indignait tant Unamuno. Que de soupirs on entend en Espagne ! Que d'*ay* et de pleurs ravalés !

Juive encore, son ironie corrosive.

La question se pose : comment cet être passionnément attaché à la terre, assoiffé de jouissance, épris de la vie, a-t-il pu se détacher de tout, y compris de lui-même ?

Nada

Ce détachement s'exprime par un mot : nada. Il suffit de tendre l'oreille : « Qu'as-tu ? — *Nada*. — Que fais-tu ? — *Nada*. — Que veux-tu ? — *Nada*. » C'est la *nada* que contemple le héros de *La Barraca* de Blasco Ibánez lorsque, assis à même la terre, tournant le dos à sa masure qui flambe, il s'abîme dans ce nirvana d'indifférence que l'auteur prend soin de nommer « fatalisme oriental ».

Disserter sur la *nada* constitue un exercice de virtuosité pour tous ceux qui parlent de l'Espagne. Peu de sentiments prêtent autant à la projection de soi dans ce qu'on décrit. Barrès, Hemingway et Montherlant, pour ne citer que les plus connus, ont développé sur ce thème des variations brillantes. On constate à les lire qu'ils ne parlent, en se penchant sur la *nada*, que de leurs angoisses. Le premier respire, dans l'Orient espagnol, le parfum de la décadence qui exalte son individualité ; l'Américain se taille, avec la *nada*, un habit stoïque à peu de frais. Hemingway, hanté par le mythe de la virilité, voulut se prouver qu'il avait des *cojones* : l'Espagne lui prêta les siens.

En esthète d'une aristocratie mythique, Montherlant n'a retenu de cette *nada* que les attitudes de mépris et de dégoût qui en sont l'ossature. *La Reine morte*, *Le Maître de Santiago* et *Le Cardinal d'Espagne* ne concernent l'Espagne que par les points où l'auteur s'en rapproche, à savoir certains symptômes d'une même maladie. Le dégoût d'une époque et de ses agitations, le fatalisme qui refuse l'action, le mépris pour les autres hommes qui s'accompagne d'un goût pour la solitude où l'orgueil s'exalte ; tels sont les éléments à partir desquels Henry de Montherlant a construit son Espagne mythique[1].

Mais alors, qu'est exactement ce sentiment de la *nada* ?

La *nada* n'est pas la prise de conscience de l'absurdité fondamentale de l'existence. Aucune nausée ne la fait découvrir ; on ne l'atteint pas en épuisant l'angoisse ; elle ne constitue pas davantage une protestation contre le Destin. C'est un songe éveillé, une contemplation — presque une méditation. La *nada*, loin de procurer un sentiment de tristesse ou de terreur, permet de goûter une volupté amère. Les schizophrènes doivent connaître ce sentiment, eux dont

1. Cette Espagne mythique réfléchit un caractère également mythique : le choix d'une imposture historique cache une imposture personnelle. On ment aux autres autant qu'à soi.

le sourire énigmatique a la même qualité que la moue dédaigneuse des Espagnols.

Barrès a ramassé dans une admirable formule le sens secret poursuivi par l'attirance de la *nada* : « La seule volupté que puissent goûter ceux qui possèdent tout, a-t-il écrit, c'est de renoncer à tout. » Loin d'atteindre l'essence même de la *nada*, cette formule en démontre pourtant le mécanisme. Car il arrive qu'on renonce par impuissance, ce qui n'exclut pas qu'on tire de ce renoncement une jouissance en proportion avec le sacrifice consenti. Ainsi font les enfants qui déclarent n'avoir plus « envie » du bonbon qu'on vient de leur refuser.

La *nada* constitue donc, au premier degré, une attitude : un langage. C'est une conduite psychologique, un mécanisme de défense. Elle ne devient une notion philosophique, une intuition métaphysique qu'après, comme une tentative, souvent réussie, de rationaliser un mouvement global de l'être.

Ce que les Espagnols fuient dans la *nada*, ce à quoi ils tentent d'échapper, c'est la frustration. Leur attitude se traduirait grossièrement ainsi : « Puisque je ne puis ni assouvir mes instincts ni être vraiment ce que je suis, je ne désire "rien", je ne suis "rien". Après quoi, l'Espagnol ajoute, très vite et avec une morbide complaisance : « D'ailleurs tout est "rien". Tout finit dans la mort. Il est donc vain d'agir et de s'agiter. » De son impuissance, il a réussi à faire une philosophie qui flatte tous les conservateurs : il n'a oublié qu'une chose dans ce passage de l'individuel au général, du psychologique au métaphysique : il a feint d'oublier sa liberté. Il ressemble à un héros tchekhovien ; mais les personnages de Tchekhov savent qu'ils peuvent et « devraient » agir. La force seule leur manque pour entreprendre. L'Espagnol, lui, essaie de se persuader que tout effort est voué à l'échec, qu'il est inutile de tenter une action. À sa décharge, il convient d'ajouter que chaque fois qu'il a entrepris d'acquérir sa liberté, il a subi une défaite humiliante.

6

Misère et fausse gloire

Quiconque entreprend d'étudier l'histoire de l'Espagne aux XVIe et XVIIe siècles reste frappé par l'abîme séparant le songe de la réalité. L'Espagne domine le monde. Le soleil ne se couche pas sur son empire. Ses *tercios* et sa flotte remportent victoire sur victoire. Qu'on prenne seulement la peine de compulser les cahiers de doléances rédigés par les Cortès à l'adresse des rois : l'envers du décor se découvre. Le pays s'appauvrit, les campagnes se dépeuplent, l'industrie et l'artisanat déclinent. Partout la misère, la famine, l'irrémédiable déclin. Des armées de chômeurs qui ne rêvent que de s'enrôler ou de prendre l'habit religieux, des hordes de mendiants dans les villes, des brigands sur les routes et dans les montagnes. Au XVe siècle, l'Espagne compte encore près de quatorze millions d'habitants, elle n'en a plus que sept et demi au recensement de 1788. LA MOITIÉ DE SA POPULATION A FONDU EN L'ESPACE DE TROIS SIÈCLES : exilée, expulsée, morte de faim ou des blessures reçues à la guerre. « Misère et fausse gloire », disent amèrement les contemporains de Philippe II.

L'Espagne s'épuise et se saigne pour défendre une chimère : le triomphe de la religion à laquelle elle s'identifie. Partout ses armées livrent d'absurdes combats : en Flandre contre les insurgés, en Allemagne contre les luthériens, en Italie contre les Français, dans la Manche contre les Anglais hérétiques, en Afrique du Nord contre les Berbères, en Méditerranée contre les Turcs... Et pourquoi cet acharnement à s'ériger en défenseur de la vraie foi ? Parce que l'Espagne a été forcée de faire un pari désespéré : elle s'est amputée pour devenir chrétienne, elle se suicide pour prouver qu'elle l'est.

Quand son rêve s'effondre, elle se réveille comme assommée. De son passé, elle ne conserve que des souvenirs de gloire. Mais cette gloire n'avait été qu'un leurre. L'Histoire semblait prendre plaisir à se moquer des Espagnols. Ils s'en détachèrent et seule la secousse napoléonienne les tira de leur torpeur. Dernière ironie de l'Histoire : la liberté dont ils rêvaient depuis des siècles leur vint avec l'invasion étrangère. Elle prit les traits d'un parvenu imbu de sa « grandeur ». Ils durent, non sans déchirements, la repousser. *Vivan les cadenas !* cria le peuple de Madrid lors du retour de Ferdinand VII qui ramenait l'Inquisition dans ses bagages. « Vivent nos chaînes ! »...

Une littérature de dérision

La littérature espagnole témoigne de ces frustrations successives. L'amertume nourrit les œuvres de tous les classiques de la Péninsule. Ce n'est pas un hasard si *Don Quichotte* a été pour le peuple espagnol ce que *L'Iliade* et *L'Odyssée* ont été pour les Grecs.

L'ironie du *Quichotte* se fait plus terrible encore dans le roman picaresque, qui est une fresque de la réalité espagnole au XVIe siècle : la lutte quotidienne contre la famine, le génie qu'il faut déployer pour seulement survivre, la vanité des *hidalgos* qui promènent leur morgue dans les rues de Tolède, en se curant les dents pour faire accroire qu'ils viennent de manger et qui, de retour à la maison, donnent un tour supplémentaire à leur ceinturon, le cynisme des moines et des prêtres qui exploitent la crédulité du peuple : tout y passe.

Dans l'essai que Laïn Entralgo a consacré aux écrivains du 98, l'auteur souligne la distinction établie par tous ces romanciers et ces poètes entre la terre d'Espagne d'une part et ses habitants de l'autre. Ils décrivent, avec passion et nostalgie, les paysages de la Castille ; ils redécouvrent ce pays sur la réalité duquel ils s'interrogent ; tous accomplissent de pieux pèlerinages aux lieux saints de l'histoire espagnole. Par monts et par vaux, ils traquent le souvenir du Cid, le fantôme de Don Quichotte, mettent leurs pas dans ceux de la nonne errante, Thérèse d'Avila. Et plus ils s'enfoncent dans le mythe espagnol, plus les habitants des bourgs et des campagnes qu'ils chantent avec émerveillement les irritent et les agacent. Ils se moquent des bigotes, des jeunes gens qui tuent leur ennui sur les grandes places des villes de province ; ils n'ont que sarcasmes pour les paysans qu'ils rencontrent au détour de leurs périples oniriques. Ces hommes acharnés à se forger une patrie commencent par haïr les Espagnols.

La mésaventure des hommes du 98 éclaire d'une lumière brutale la contradiction qui existe entre l'Espagne mythique, telle que l'imaginent et la désirent certains hommes, et l'Espagne quotidienne. Nous l'avons déjà noté : le peuple espagnol est demeuré étranger au mythe censé raconter son histoire. Toujours spectateur, rarement acteur, il est resté à l'écart d'un drame dont il savait par avance qu'il en serait la victime désignée. D'où son amertume, son cynisme ; d'où également sa patience et sa résignation. Accoutumé à être frustré de tout, désespérant de réussir à s'imposer un jour, il s'est abîmé dans la contemplation de la *nada*, y puisant une sombre jouissance qui le consolait de tant d'échecs et de trop d'humiliations.

Le rêve et la réalité

Quand on dit que l'Espagnol subit la fascination de la *nada*, on n'a rien fait pourtant que constater une évidence. Or, la plupart de ceux qui parlent de l'Espagne s'en tiennent à ce stade. Ils voient dans cette attirance pour la *nada* un trait psychologique propre aux Espagnols. À les en croire, l'Espagnol pratiquerait le renoncement comme le Français sacrifie à la gourmandise.

Regardons les faits en face ; voyons les Espagnols non tels qu'on voudrait qu'ils fussent, mais tels qu'ils sont réellement. Ils ont des appétits et des désirs semblables à ceux de tous les autres hommes. Ils souhaitent gagner de l'argent, posséder un logement décent, manger à leur faim, faire l'amour avec des femmes. Il se trouve, il est vrai, des personnes fort sérieuses pour en douter. Elles vous glissent à l'oreille, d'un air entendu, que ce qui fait la grandeur et la noblesse du peuple espagnol, c'est son mépris du progrès matériel. Ces imbéciles ne méritent pas même qu'on réfute leurs propos[1]. Je n'ai pas rencontré un Espagnol qui n'eût, au fond de son cœur, les mêmes aspirations qu'un Français ou qu'un Italien. Seuls, les riches feignent parfois de mépriser le bien-être, mais c'est parce qu'ils en jouissent. Les pauvres ne dédaignent rien du tout ; ils se taisent et convoitent. Il y a des siècles que les pauvres supportent leur malheur. Ils s'accrochent à leur honneur pour ne pas désespérer d'eux-mêmes. Ils réussissent souvent à conserver cette dignité qui frappe tant d'étrangers. Mais ils préféreraient avoir l'honneur « et » le bonheur. Il suffit d'ailleurs de regarder autour de soi : ce qui étonne, ce n'est pas la gravité de la foule mais sa gaieté. Les Espagnols parlent haut et fort ; ils gesticulent, s'esclaffent, se ruent sur les plages, trônent au volant de leur Seat flambant neuf, engloutissent dans la bonne humeur des repas épicés, s'installent, le soir, devant leurs récepteurs de télévision : en quoi diffèrent-ils de leurs frères latins, italiens ou français ? Il y a une différence, c'est sûr. À une lieue, je distingue un Espagnol d'un Italien, ce dernier fût-il aussi sec que Don Quichotte. À quels signes je les distingue, c'est difficile à dire. Il y a ceci que l'Italien s'observe mais ne se surveille pas, il laisse ses sentiments s'imprimer sur son visage. L'Espagnol, auprès de lui, paraît gauche et guindé ; il a une allure empruntée, ses gestes manquent de naturel, semblent destinés à produire un certain effet. Il fait tout avec ostentation ; non dans le souci de plaire, et cela surtout le sépare de l'Italien, mais

1. Le temps s'est chargé de leur répondre : aujourd'hui, 1996, les Espagnols ne ressemblent que trop à leurs cousins latins.

pour attirer l'attention, pour s'affirmer. Observez les Espagnols au café, au théâtre, dans la rue : ils sont toujours en représentation.

Ce qui, à mes yeux, définit l'Espagnol, c'est son style, cet ensemble de gestes et d'attitudes qui dessinent sa personne. Il a les mêmes désirs que les autres hommes mais il y répond différemment. La principale manière qu'il a de réagir devant ses désirs est... de ne pas réagir. Il les ignore, il les méprise. Quand il lui est impossible de les traiter par le dédain, il les minimise. D'où la *nada* qui est l'inaccessible relégué au rang des futilités. Prétendre que l'argent n'est rien, que l'amour finit dans la routine, que rien ne vaut qu'on lutte et qu'on s'obstine puisqu'on finira par mourir un jour, c'est s'éviter en partie la souffrance que causent le manque d'argent, l'absence d'amour, l'échec répété. C'est une conduite asociale et névrotique.

La névrose espagnole

Il y a une névrose espagnole causée par des frustrations traumatisantes. Je crois en avoir montré quelques-unes. Mais il me faut ajouter ceci, que la névrose espagnole est d'origine religieuse.

Un de mes amis, psychiatre à Aix-en-Provence, me faisait un jour remarquer que la plupart des Espagnols internés dans son établissement étaient atteints de délire systématisé, à thèmes presque toujours religieux. Cela me semble logique. Dans aucun pays d'Europe en effet l'expérience religieuse ne fut aussi traumatisante qu'en Espagne.

En posant l'axiome : « Nul ne saurait être bon Espagnol s'il n'est un bon catholique », l'Église acculait la moitié d'un peuple à l'imposture et au parjure. Je le redis une fois encore : les musulmans, les Hispano-Moresques conviendrait mieux, dominèrent durant sept siècles la moitié de la Péninsule, durant trois siècles l'ensemble du pays. Les chrétiens, dans leurs refuges, constituaient une minorité. Les Espagnols vécurent donc du VIIIe au XIIIe siècle au sein d'une civilisation islamique hautement raffinée. Une forte proportion d'entre eux demeura musulmane, de cœur sinon de fait, jusqu'aux aurores du XVIe siècle. Il se trouve pourtant qu'au moment de la chute de Grenade, ces Hispano-Moresques, devenus « les Mores », n'étaient plus qu'une minorité (plusieurs millions tout de même). D'où seraient issus ces millions de fervents chrétiens sinon de la masse des Hispano-Moresques, convertis au catholicisme pour des raisons faciles à deviner ?

La blessure infligée aux Espagnols suinte encore : pour avoir le droit de vivre sur leurs terres, les habitants de ce pays durent renier leurs origines. Ils souffrent depuis des siècles de ce mal historique. Ce qui, pour un Allemand ou un Français, reste une affaire de conscience[1] a, pour lui, valeur de passeport. Une vie chrétienne poussée jusqu'à l'absurde constituait pour l'Espagnol un sauf-conduit. Éternel suspect, il se sent traqué jusque dans son intimité ; chacun de ses gestes, chacun de ses discours peut se retourner contre lui. Souffre-t-il d'une maladie du foie qui l'empêche de manger de la viande de porc ? On l'accusera de rester fidèle aux commandements du Prophète. Change-t-il de chemise un samedi ? Il

1. Cette conscience libre, l'Europe du Nord l'a conquise par des guerres sanglantes. Nulle part la théologie n'a consenti à renoncer à son emprise absolue sans des luttes impitoyables.

judaïse. Sourit-il devant les excès des sectes fanatiques ? Il est luthérien. Dans tous les cas, les cachots de l'Inquisition, le port du *san benito*, l'exposition sur la place publique, la torture ou la mort puniront son imprudence. Cet homme ne saurait par conséquent relâcher une seconde la surveillance qu'il exerce sur lui-même. Sans cesse, il est occupé de l'idée que « les autres »[1] auront de lui. Son destin ressemble étrangement à celui des juifs : comme eux, il se voit condamné à la perfection. Mais n'est-ce pas le judaïsme en lui qu'il tente sans cesse de nier et renier par une dévotion ostentatoire ? N'est-ce pas l'islam enfoui qu'il exorcise par des démonstrations théâtrales ?

1. Le thème de l'« autre » dans la littérature espagnole mériterait une étude approfondie. Les « autres », les « gens », dessinent la toile de fond devant laquelle se joue la tragédie espagnole. En découle la dissimulation, le travestissement.

DEUXIÈME PARTIE

Honneur et fierté

Castille virile, terre renfrognée,
Castille du dédain contre le sort,
Castille de la douleur et de la guerre,
Terre immortelle, ô Castille de la mort !

Antonio Machado.

1

La Castille, terre de passion

Dans leur effort pour découvrir l'essence de l'Espagne, les hommes du 98 se heurtèrent tous au mystère de la Castille. Toutes les contradictions de l'Espagne culminent en effet dans ces plateaux déboisés, brûlés, en hiver, par la neige et par le gel et calcinés, en été, par le soleil.

Sa beauté pourtant ne frappe guère. Les voyageurs qui la traversent sont accablés par l'immensité de ses paysages. Un sentiment de solitude et de tristesse les étreint. Beaucoup pourtant s'en éprennent au point de la préférer à toute autre région. Ils aiment ce que d'autres haïssent : la majesté de ces horizons infinis, la pure lumière des altitudes, qui donne aux formes leur volume et leur densité, l'angoissant silence dans lequel baigne cette campagne aride.

Je suis de ceux sur qui la Castille exerce une attirance presque physique. Comment expliquer cependant ce qui m'émeut dans ces solitudes ? En hiver, je suis sensible à la grandeur des plaines ensevelies sous la neige. L'air glacé coupe le souffle et brûle la peau. Le vent court sur les plateaux en soulevant des nuages de poussière blanche, il s'engouffre dans les vallées et bat les cimes des sierras. Souvent, lisant les romanciers russes du XIXe siècle, j'ai frémi en découvrant les analogies existant entre la steppe, telle qu'ils la décrivent, et les paysages de la Castille. Des deux semble se dégager la même tristesse alanguie.

Au printemps, je m'attendris de voir les *páramos* se couvrir d'une herbe courte, s'émailler de fleurs minuscules ; le long des maigres ruisseaux, les peupliers bruissent. C'est l'unique détente que cette terre s'accorde dans l'année. Entre le long et rigoureux hiver et le brûlant été, ce bref printemps n'est qu'une minute alourdie d'une mélancolie rêveuse.

Bientôt le soleil dévore tout. L'une après l'autre, les couleurs s'éteignent. L'horizon se voile, les montagnes s'évanouissent derrière une brume violacée. Couvrant d'immenses superficies, les blés frissonnent sous la brise. Puis, une dernière fois avant le sommeil hivernal, la Castille flamboie.

... Je me rappelle un voyage en voiture, entre Madrid et Saragosse, au mois d'octobre. Du rouge sang au rose fané, du vert sombre aux teintes cuivrées, le paysage ne cessait de changer tout en demeurant identique.

... Je me souviens d'une halte, au plus brûlant de l'été, sur la colline au sommet de laquelle se dresse le village de Medinaceli. Le soleil aspirait le paysage. Un silence tragique résonnait à mes oreilles. De temps à autre, le vent se levait. Les blés qui couvraient les collines alentour frisaient calmement, ondulaient, et c'était comme un lac par une journée nuageuse, ombres et lumières se succédant en une sorte de ballet onirique.

Un jour aussi, à Salamanque... Je revenais d'une excursion dans les environs. L'ombre montait doucement ; elle avait déjà recouvert la campagne ; mais le ciel demeurait clair, avec des reflets acides. Dans cet éclairage, la ville m'apparut, hérissée de tours et de clochers. Des troupeaux rentraient. Le tintement des clochettes attachées au cou des chèvres rythmait seul le silence...

... Et ce matin où j'arrivai, avec l'aube, devant Avila abritée derrière ses murailles. Le temps semblait n'avoir pas coulé depuis que Thérèse y écrivait ses souvenirs.

Tous ces tableaux manquent d'éléments pittoresques. La Castille s'offre nue et sans fards aux regards des visiteurs. Aucune anecdote, pas un de ces détails qui humanisent un décor. Peu d'arbres, de rares vergers sur les rives des fleuves ; les maisons sont faites dans la terre du pays. Parfois on ne découvre un village que lorsqu'on y est arrivé. Fondu à la terre, il s'y enfouit. Aussi, contempler la Castille n'est-ce souvent que la rêver. Rien ne limite la vision, rien ne distrait les yeux. Insensiblement, le regard se trouble puis s'absorbe dans la méditation. Que de livres ce vide a inspirés ! Que de poèmes et d'arguments ! Mais que cache ce mythe et de quoi est-il fait ?

De la caste à la race

On trouve, au départ, le mot *castizo*, longuement analysé par Unamuno dans *En torno al casticismo*. Dire d'une chose ou d'une personne qu'elles sont *castizas*, c'est affirmer qu'elles ont une qualité purement espagnole. Un mot *castizo* est un mot pur, parfaitement castillan. Ainsi déclarera-t-on que la personnalité de sainte Thérèse est *castiza*[1] comme sont *castizos* ses écrits, rédigés dans le castillan le plus authentique. Il y a des gestes, des répliques *castizos*. Ils ont des qualités de vivacité, de grâce, d'élégance qui permettent à un Espagnol de les reconnaître comme des émanations de l'esprit de son peuple.

Miguel de Unamuno attachait une grande valeur à la philologie. Il la plaçait au même rang que la logique ou que la métaphysique. En analysant un tel mot, il se faisait pourtant la part belle. *Castizo* tire son origine de *casta*. Il signifie par conséquent « qui est de caste, de pure race ». Dès lors il n'y avait qu'un pas à faire pour en déduire qu'espagnol est synonyme de *castizo*. Unamuno franchit allégrement ce pas. Et les faits semblent lui donner raison. Le plus séparatiste des Catalans sait reconnaître ce qui est ou non *castizo* et il entend par là ce qui est véritablement espagnol. Mais il faut prendre garde de ne pas confondre des choses fort éloignées l'une de l'autre. Le Catalan admet fort bien, tout comme le Basque ou l'Andalou, avoir des traits de caractère communs avec le Castillan. Il refuse seulement qu'on élargisse le sens d'un mot, ce qu'Unamuno, Ortega y Gasset et tant d'autres font dans le but de justifier leurs thèses. De ce que *castizo* est synonyme d'espagnol, le premier tire, par exemple, une conclusion fort téméraire : que la Castille est « toute » l'Espagne. Or, cela reste à démontrer ; les événements prouvent éloquemment le contraire.

Ces auteurs défendent leur point de vue avec des arguments fort disparates. La Castille, selon eux, a forgé l'Espagne, elle demeure le ciment de l'unité

1. *Castiza* en effet, puisque juive des deux côtés, paternel et maternel.

nationale. Mieux : seule d'entre toutes les provinces, elle a su concevoir de vastes projets et se lancer dans des entreprises universelles. Ces affirmations, assenées comme des évidences, sont étayées par nos auteurs de discours fort subtils : le paysage castillan, la situation géographique de la Castille seraient à l'origine de cette vocation universaliste. Il est tout de même étrange que des esprits éminents aient cru devoir, en plein XXe siècle, prouver la supériorité des Castillans sur les habitants des autres provinces.

Les Castillans avaient des raisons plus prosaïques que celles données par Unamuno pour quitter leur pays. Le royaume de Castille ne possédait aucun débouché sur la mer : point n'est besoin d'être agrégé d'histoire pour deviner et comprendre que tendre vers les côtes constitue le mouvement naturel des nations continentales. Une autre raison est celle qu'invoquent les auteurs grecs pour expliquer que leurs ancêtres soient devenus des marins : la dure nécessité. La Castille est, de toutes les régions de l'Espagne, la plus pauvre. Quoi d'étonnant que ses habitants aient formé le projet d'aller chercher fortune ailleurs ? Faut-il baptiser cet exode « capacité de former des desseins à l'échelle de l'univers » ? Toutes les nations forment de vastes desseins, dès lors qu'elles ne réussissent pas à nourrir leurs enfants.

La Castille a-t-elle fait l'Espagne ?

Les nationalistes le déclarent sans ambages ni détour : la Castille a fait l'Espagne, elle demeure la gardienne de l'unité du pays. Il en va de celle-ci comme de toutes les idées générales : elle est ensemble vraie et fausse. Il importe avant tout de préciser le sens qu'on donne aux mots. La Castille a forgé une « certaine » Espagne, reste à prouver qu'elle soit « l' » Espagne.

Unir, c'est fondre des contraires, créer, avec des éléments disparates, un corps nouveau : effectuer une synthèse. Cela, la Castille n'a pas su le faire. Elle a bien réussi à imposer son joug aux autres provinces, à les dominer, mais non à les intégrer. L'unité de l'Espagne demeure un idéal. Elle ne s'inscrit aucunement dans les faits. Cela explique pourquoi ceux qui affirment que l'Espagne est une, qu'on ne saurait la remettre en question, se voient contraints d'épouser la cause castillane. Ils sentent pourtant avec acuité ce que ce choix a d'arbitraire. Aussi se méfient-ils des arguments fondés sur la raison. Ils leur opposent des réactions passionnelles ; ils font appel à des notions vagues : l'âme, le mysticisme, l'essence. D'un geste rageur, ils balaient les faits qui contrarient leurs options. Leurs idées, affirment-ils, découlent d'évidences qu'on ne saisit que par l'intuition. Les objecteurs sont ainsi suspectés de manquer de cette faculté qui permet aux « vrais » Espagnols de pénétrer l'âme de leur pays. Ces nationalistes ressemblent étrangement aux antisémites dépeints par Sartre dans *La Question juive*. Ceux-là accusent pareillement les juifs de ne pas « sentir » les réalités profondes du pays dans lequel ils vivent. Qu'importe si certains ont honoré leur patrie par leurs découvertes ou par le rayonnement de leur esprit ; qu'importe que beaucoup aient versé leur sang pour la défendre ? Quelque chose leur manque que les « vrais » patriotes possèdent : un sixième sens, cette fameuse intuition née d'un millénaire attachement à la terre des ancêtres.

Il suffit cependant de feuilleter un manuel d'histoire pour constater ceci : à chaque secousse ayant bouleversé l'Espagne, l'unité, affirmée avec tant de force, s'est effondrée. Durant la guerre d'indépendance contre Napoléon comme durant les guerres carlistes, les provinces espagnoles ont réclamé et parfois retrouvé leur autonomie. Tout le XIXe siècle et la première moitié du nôtre se résument en un combat, tantôt ouvert, tantôt souterrain, des régions contre le pouvoir central. On ne comprendrait rien à l'histoire de l'Espagne si on ne tenait pas compte de ce fait. Si les provinces basques, catholiques et conservatrices, ont pris parti pour la République, c'est parce qu'elle leur avait accordé une certaine autonomie ; la Catalogne n'a si valeureusement combattu l'armée franquiste que parce qu'elle luttait pour sauvegarder sa personnalité.

Ces évidences ne convaincront néanmoins pas les tenants de l'unité. Le mythe a, dans l'âme de certains, des attaches trop profondes pour qu'il leur soit possible d'y renoncer. Le mot Espagne renvoie à une image concrète, vue et revue depuis l'enfance sur les cartes et les atlas. On considère son pays comme « une personne ». Qui accepterait de gaieté de cœur qu'on amputât d'un membre un être cher ? Or, l'autonomie du Pays basque ou de la Catalogne évoque chez beaucoup l'idée de démembrement. Le titre qu'Ortega y Gasset donna au plus connu des essais qu'il consacra à la question le prouve : *España invertebrada (L'Espagne invertébrée).*

Cette attitude explique qu'on ne puisse aborder le problème d'une manière objective. L'Espagne étant un animal vertébré, un organisme, vouloir remettre son unité en question revient à préparer son effondrement. On réagit donc avec passion à cette éventualité. Mais tous sentent que le fédéralisme ne signifie pas forcément le démembrement ; tous se rendent compte que l'Espagne fut peut-être davantage une « avant » que la Castille n'eût dominé les autres provinces qu'« après ». Mais une résistance intérieure les fige dans leur attitude.

En 1907, Antonio Maura, l'un des plus célèbres politiciens de l'Espagne, s'écrie aux Cortès, en réponse aux pressions des catalanistes : « Vous cherchez quelqu'un qui accepte de déchirer l'unité indivisible de la patrie ? Jamais ! En aucune façon ! » Et il poursuit, tourné vers les députés de la Catalogne : « Je suis un Majorquin, moi, et je distingue pourtant dans la Castille ce qu'on discerne chez certaines personnes dotées du privilège de la haute spiritualité et qui possèdent des âmes où l'intelligence et l'amour atteignent leurs plus hauts sommets. Leur corps est faible, laid, difforme parfois, comme si la matière n'avait pas su habiller convenablement de tels esprits, trop grands pour elle. »

Voilà, en plein XXe siècle, le mythe, clairement exprimé. Le préambule surtout vaut qu'on s'y arrête : « Je suis un Majorquin, moi... » Traduisez : « D'où que vous soyez, vous ne deviendrez jamais des Espagnols, si vous n'êtes pas capables de sentir la hauteur d'âme de la Castille. »

Que rétorquer à cela ?

Un séjour à Salamanque

En 1956, par amour pour Unamuno qui en avait été le recteur, j'allai suivre des cours à l'université de Salamanque. Il y avait à peine trois ans que j'avais clandestinement gagné la France, après neuf ans de misère et d'abrutissement. Mais j'éprouvais l'irrésistible besoin de revoir ce pays.

Il faisait nuit lorsque je montai, à Hendaye, dans le train. C'était en plein hiver. Un brouillard humide noyait le Pays basque. Je m'installai dans mon compartiment qu'une ampoule bleue éclairait faiblement. J'étais plein d'appréhension. Que me réservait ce contact avec un pays que j'avais récemment fui et où j'avais tant souffert ? Je m'endormis, épuisé. Une secousse brutale m'éveilla aux premières heures de la matinée. J'ouvris les yeux, je respirai. Un sentiment d'exaltation, une joie triomphante envahirent mon cœur. Je sus que j'étais en Castille. Je le sus à cause de la sécheresse et de la légèreté de l'air que j'avais respiré, à cause de cette absence d'odeurs qui n'en constitue pas moins un parfum grisant, à cause aussi de ce froid glacial qui me recroquevillait sur moi-même. Je relevai le store. Le train se trouvait à l'arrêt dans une petite gare. Coiffés d'un béret, le bas du visage masqué par des cache-nez de laine, des paysans stationnaient sur le quai, ainsi que des femmes ensevelies sous des fichus et des mantes noires. Le train repartit. Il se mit à rouler dans une plaine recouverte par la neige. Au-dessus, le ciel était d'une pureté transparente, étoilé ; la lune diffusait une lumière éclatante. La neige scintillait. J'appuyais mon front contre la vitre et je sentais de bizarres picotements dans les yeux.

Je séjournai plusieurs mois à Salamanque. Je flânais dans la ville, mettant mes pas dans ceux d'Unamuno. Un barbier me donnait des leçons de guitare. Il me soûlait au *tinto*, un gros rouge qu'on aurait pu couper au couteau. Il riait de me voir malade. Il m'assenait de fortes tapes dans le dos pour m'encourager à plus de résistance. Il s'appelait Enrique.

C'était un homme petit, sec, avec un nez camus. Quand il avait beaucoup bu, Enrique devenait bavard. Ancien militant des Jeunesses socialistes, il avait, après la guerre civile, passé plusieurs années dans un camp de rééducation. Un curé prêchait le catéchisme aux prisonniers, un jeune phalangiste leur enseignait comment on devient un bon Espagnol. Enrique avait vécu de sermons et de lentilles. Il s'amusait encore des souvenirs de sa captivité. Il avait aussi séjourné en prison, au début de la guerre civile. Mais de cela il ne parlait pas volontiers.

Un jour, pourtant, il me conduisit dans un couvent ; c'est là que lui et des milliers d'autres avaient attendu la libération ou la mort. Il voulut me montrer le mur contre lequel les républicains étaient fusillés. Un mur lézardé, troué, séparant le cloître du couvent d'une ruelle tortueuse. Des trois autres côtés de cette cour, qui était fort vaste, il y avait des bâtiments en brique cuite, patinée par les ans ; des galeries à claire-voie, sur deux étages, formaient un théâtre dont ce mur eût été la scène.

À l'ombre de ces arcades, m'expliqua le barbier, des jeunes gens sanglés dans l'uniforme de la Phalange, des notables accompagnés de leurs épouses prenaient place pour assister à la mise à mort des Rouges. On leur installait des chaises. Les femmes arboraient la toilette de gala : robe de satin noir, peigne et mantille sur les cheveux. Elles jacassaient entre chaque exécution.

La cellule qu'occupait mon ami avec six autres détenus possédait une étroite fenêtre garnie de barreaux. Les prisonniers regardaient aussi le spectacle.

Enrique me contait ces choses d'un ton uni. On ne décelait dans sa voix ni colère ni indignation. Il m'annonçait avec fierté que la plupart des condamnés avaient su « bien » mourir. Il se souvenait encore d'un jouvenceau — un étranger, Dieu merci, un Catalan ! — qu'on avait dû traîner jusqu'au mur d'exécution. Il se débattait, appelait sa mère, suppliait ses bourreaux. *Era une cosa muy fea,* murmura Enrique avec une moue de dégoût. L'une des spectatrices n'avait d'ailleurs pas pu déguiser ses sentiments. *Qué horror !* l'entendit-on crier. Ce qui semblait horrible à cette dame n'était pas le fait de mourir à dix-sept ans devant un public de choix, ce qui la révoltait, c'est que le malheureux n'eût pas de *pundonor.*

En revenant de ce pèlerinage, je passai devant l'admirable façade de l'Université, pour déboucher enfin sur la Plaza Mayor, si souvent décrite par Unamuno. Qu'avait-il ressenti devant de semblables horreurs ? Comment avait-il continué de rêver « sa » Castille ? Il avait d'avance répondu à mes questions. Il s'était dressé, seul et désarmé, devant le groupe des généraux dont l'un venait de lancer ce cri, profondément castillan : Vive la mort ! Il manquait à ce général un bras et un œil. Peut-être est-ce la raison pour laquelle il méprisait la vie ? Ce serait méconnaître la Castille que de réduire ce défi à la personnalité d'un militaire borgne et manchot. Dans sa démesure, cette provocation trahit l'une des aspirations des Castillans.

Un ancien collaborateur pétainiste, réfugié à Madrid, consacre, sous le titre de « Vive la Mort ! », un chapitre de son livre à la Légion : il y dit son admiration des militaires espagnols ; il s'extasie sur la beauté de ce cri qui constitue un défi lancé à tous les matérialistes. Il eût été facile à cet homme de venir assumer la responsabilité de ses actes en faisant, en France, face à cette mort qu'il glorifie. Ceux qui poussent ce cri pensent, en réalité : « Vive la joie de vivre en tuant ! » Le mépris de la vie affiché par les Castillans est d'abord un mépris de la vie des autres. Cela n'échappa pas à Unamuno. Il comprit soudain qu'il devait ou se faire le complice d'une imposture, ou payer de sa vie la fidélité aux idées qu'il avait défendues. Il y a une terrible ironie dans les propos que ce vieillard cracha au visage des militaires : « Vous vaincrez parce que vous avez la force ; vous ne convaincrez pas parce qu'il vous manque la raison. » N'avait-il pas, depuis de longues années, prôné la folie aux dépens de cette raison qu'il invoquait à l'heure de mourir ? Ultime contradiction : pour insulter le général Millan Astray, Unamuno invoque le souvenir de Cervantès. Il rappelait à ces hommes enfoncés dans leur démence qu'il existe un bon usage de la liberté. Tous les infirmes ne cèdent pas fatalement à la vocation de la haine. Certains, comme Cervantès, font du bras qui leur reste un outil de libération.

Il faut un beau courage pour se lever au milieu d'un aréopage de généraux dans le but de leur dire qu'on les méprise. C'est une attitude très espagnole ; Unamuno était un Espagnol. Tous ceux qui parlent de l'Espagne servent la même salade, toujours avec la même sauce. J'ai passé la moitié de ma vie en Espagne, je sais de quoi je parle. La bravoure y est plus répandue qu'ailleurs ; les hommes la puisent dans l'idée qu'ils se font d'eux-mêmes. Le courage d'Unamuno est espagnol dans la mesure où il y allait de son honneur de protester contre ce crime revendiqué en sa présence.

Donner et contempler la mort

Aller regarder la mort, l'affronter soi-même : ces deux mouvements partent d'une même attitude, typiquement castillane.

Depuis toujours la Castille vit penchée au balcon pour contempler la mort ; parfois elle descend dans la rue, et c'est pour la distribuer.

Il y a deux Castilles : l'ancienne et la nouvelle, séparées par des chaînes montagneuses. L'ancienne fut la première libérée des Mores, ce dont elle tire une grande fierté. Longtemps elle demeura exposée. Ses habitants vivaient sous la menace des razzias. Aussi se groupaient-ils dans des villages compacts, à l'ombre d'un de ces châteaux forts dont la contrée tire son nom.

La Vieille-Castille est également la terre des couvents, des monastères et des abbayes, nichés au fond des vallées, ceinturés d'arbres, près d'un puits ou d'un ruisseau. Souvent aussi ils ressemblent à une forteresse et se dressent au faîte d'une colline, perdus au milieu d'une immensité désertique. Églises et châteaux forts : symboles de la Castille.

Dans leurs villages, les paysans castillans formaient une société d'hommes libres. La guerre leur épargnait le servage. Il y avait certes parmi eux des hommes puissants, des *ricos hombres*, jouissant d'un prestige et d'une influence supérieurs à ceux des plus pauvres, mais ils n'étaient, ni en qualité ni par essence, différents des plus misérables. La Castille vivait dans un régime démocratique[1]. Chaque ville

1. Le mot n'avait, bien entendu, pas le même sens aux XIIe et XIIIe siècles qu'aujourd'hui.

possédait sa charte, ses *fueros* ou privilèges, qui la mettaient à l'abri des abus du pouvoir royal. Clergé, *ricos hombres* et tiers état siégeaient ensemble dans les assemblées ; les décisions étaient prises à la majorité des voix. On pouvait acheter, berner les plus pauvres ; on ne pouvait pas les dominer.

Cette tradition explique la dignité et l'orgueil des Castillans. Jamais ils n'oublient qu'ils descendent d'une race qui ne fut ni serve ni esclave. Aucun, dans leur pays, ne valait plus qu'un autre. Le roi même n'était que le premier d'entre eux. Ils le couronnaient en récitant cette formule : « Nous tous qui, chacun séparément et tous ensemble, valons autant que toi, nous te faisons roi. » Un contrat entre deux parties égales. Les rois juraient de respecter les *fueros* et de n'y porter aucune atteinte ; leurs sujets promettaient alors de les servir avec loyauté.

La liberté constituait le prix que la monarchie devait payer pour que des hommes se résignent à vivre dans le danger. La Castille était en effet un pays de colonisation. Au fur et à mesure de l'avance des armées chrétiennes, les rois repeuplaient ces régions dévastées avec des colonies d'hommes libres. Sans ces privilèges, personne n'aurait accepté de bâtir sa maison dans ce désert ravagé par la guerre.

Les colons commençaient par couper et brûler les arbres. Ils agissaient ainsi pour établir entre les deux camps d'immenses zones mortes, avec l'intention également de dégager l'horizon. Longtemps les habitants de ces plateaux montagneux ont labouré, semé, moissonné sous la protection des guetteurs, juchés au sommet des tours et des donjons, le regard tendu vers cette vapeur lointaine qui cachait peut-être un danger de mort. Tel nuage de poussière, dans le lointain, pouvait signifier un imminent désastre. Les cloches des églises sonnaient le tocsin. Les cris des sentinelles se répercutaient à l'infini : « Mores ! Mores ! » Les enfants couraient se mettre à l'abri derrière les remparts du château ; les femmes se hâtaient de rassembler leurs pauvres biens avant de les rejoindre ; les hommes saisissaient leurs armes et gagnaient leurs postes de combat. Le silence des hauts plateaux retombait. On percevait bientôt une lointaine rumeur qui ne cesserait plus de grossir. Des milliers de chevaux martelaient la terre craquelée. Dans la lumière incandescente, les drapeaux et les étendards frappés du Croissant apparaissaient soudain. Et puis les hommes, d'innombrables hommes, à pied et à cheval, vêtus de tuniques aux couleurs chatoyantes, brandissant leurs sabres recourbés, s'époumonant à crier : « Allah ! » Mais beaucoup parmi les chrétiens croyaient entendre : « Olé ! ».

C'était enfin un vacarme assourdissant où le cliquetis des armes, les cris de victoire, les lamentations des femmes, les gémissements des blessés, les hennissements des chevaux éventrés et les râles des soldats agonisants se mêlaient et se confondaient. Une fumée montait vers le ciel, dégageant une âcre odeur : le village brûlait sous les yeux de ses habitants. Les flammes dévoraient les récoltes. Les hommes regardaient se consumer le blé qui leur avait coûté tant d'efforts. Ceux qui n'avaient pas réussi à gagner à temps un refuge étaient rassemblés. Ces captifs seraient vendus sur un marché, à Jaén, à Cordoue ou à Séville...

Le bruit s'éloignait. La population quittait le refuge et se dirigeait vers les ruines de ses maisons encore fumantes. Les hommes arpentaient leurs champs, promenaient autour d'eux un regard tendu, sombre ; tout était à recommencer.

Le climat et la guerre façonnaient les Castillans. La race s'endurcissait. Sa philosophie était pessimiste, tragique sa vision du monde, stoïque son attitude devant la vie. *Qué le vamos a hacer ?* (Que faire ?) — *Nada*. Les Castillans ne pouvaient rien en effet que s'obstiner à vivre, avec cette ténacité des montagnards que les pires malheurs ne parviennent pas à abattre.

Le travail ne se marchande pas

Je revenais d'Andalousie. Je m'arrêtai à Aranda del Duero où se tenait un marché. Un paysan d'une quarantaine d'années avait étalé devant lui quelques objets fabriqués sans doute par ses enfants et par sa femme : des boîtes peintes avec des couleurs vives, des éventails, des cruches naïvement décorées. Je demandai le prix d'une statuette sculptée dans le bois. Le vendeur me le donna sans même me fixer. Je désirais acquérir aussi une cruche, un éventail, une boîte à cigares. « Me feriez-vous une réduction pour l'ensemble ? » L'homme me regarda ; je rougis comme un gamin pris en faute. « Je peux vous les offrir, si cela vous fait plaisir ; mais je ne sais pas marchander. » Il jeta cela sans animosité, avec une sorte de mépris. Je crus devoir lui expliquer que je revenais du sud et que j'avais dû m'habituer à de longs marchandages. Il hocha gravement la tête avant de conclure : « Un homme de bien calcule le prix de son travail et n'accepte pas d'y revenir. » Il ne portait pas un jugement, il constatait une évidence.

Des philosophes obstinés

Les Castillans ont le génie spéculatif et métaphysique. Mais ces philosophes se révèlent incapables d'établir un lien entre les concepts et la réalité : les idées d'une part et la vie de l'autre, ils ne voient pas comment les combiner.

Un unique moyen s'offre pourtant à eux de combler cette lacune : l'action. Cela fait partie de leur délire : ils ont la manie de vouloir agir en conformité avec leurs opinions. Ils ne se règlent pas sur la réalité. Incapables de rectifier leur tir, ils vont de l'avant, lourds et têtus. Il faut que le monde se plie à leurs désirs, qu'il soit tel qu'ils l'imaginent.

Leur intolérance découle de cette manie. Ils n'entrent jamais dans les raisons d'autrui. Ils n'essaient même pas de le faire. On ne discute pas avec eux. Aucun argument ne les touche. Ils écoutent vos raisonnements parce qu'ils sont d'une politesse exquise. Ils acceptent que vous ayez d'autres croyances que les leurs ; mais, s'ils doivent vous tuer à cause de vos idées, ils le font sans hésiter.

Comment d'ailleurs auraient-ils pu devenir tolérants ? Ils furent, durant des siècles, exposés, ruinés, parfois massacrés pour leur foi. Huit siècles de razzias, de déportations et de meurtres ont endurci leur âme.

Les Castillans partageaient leur existence entre l'agriculture et la guerre. Ils maniaient indifféremment la lance ou la charrue. Leur qualité d'hommes libres leur conférait ce privilège. Pour pauvres qu'ils fussent, ils n'en restaient pas moins des croisés, c'est dire qu'ils étaient presque nobles. D'où vient qu'ils se soient identifiés à la noblesse et qu'ils en aient adopté les valeurs. L'orgueil aristocratique les coupa des classes sociales dont ils faisaient objectivement partie.

La noblesse, c'est-à-dire les *ricos hombres*, les riches, jouissait d'une énorme influence. Dévaloriser le produit du travail au profit de la terre, ruiner et détruire cette classe dirigeante, tels furent les buts poursuivis par l'aristocratie terrienne.

La paysannerie castillane devint son alliée dans cette guerre. Les laboureurs-soldats se sentaient d'une essence supérieure à celle de ces bourgeois issus de juifs, de Mores ou de serfs libérés. Ils méprisaient cette racaille qui défendait pourtant leur liberté. Mais les Castillans plaçaient plus haut la gloire d'appartenir à une chevalerie imaginaire que le fait de manger à leur faim.

2

*L'*hidalgo

Hidalgo vient de *hijo de algo*, « fils de quelque chose ». À partir du XVe siècle, le mot a pris une signification et une coloration particulières. *Fils de quelque chose*. Non pas de quelqu'un, là est l'important, mais de quelque chose.

La gloire de l'*hidalgo*, son honneur découlent de ses actes. Il faut interpréter ainsi la réponse faite par Don Quichotte : « Chacun est fils de ses œuvres. » C'est une formule très *castiza*. Tous les Espagnols l'auraient approuvée. Qu'a-t-on besoin d'ancêtres et de généalogies ? Chaque homme est le premier de sa lignée ; s'il est de bonne race, ses actes témoignent pour lui. Les paroles du Chevalier à la Triste Figure contiennent une terrible ironie. Car Cervantès n'ignore pas ce qu'il en eût coûté à l'un de ses contemporains de faire une si fière réponse. Ni les fonctionnaires chargés de vérifier les preuves de *limpieza* ni les juges du Saint-Office ne se fussent contentés d'une réplique aussi désinvolte. Monstrueusement bureaucratique, la monarchie castillane employait des milliers de fonctionnaires chargés de passer au crible les arbres généalogiques.

On devait en produire un nouveau à chaque changement d'emploi, à chaque promotion.

La sentence de Don Quichotte doit donc s'entendre de deux façons. D'un côté, notre héros conteste à ses interlocuteurs le droit de s'ériger en juges de sa *limpieza* ; il proteste avec hauteur contre cette loi qui assimile la noblesse d'un homme à l'ancienneté de son nom : « Ce n'est pas sur des documents truqués et falsifiés qu'on doit juger la valeur d'un homme, mais sur ses actes. » C'est un langage de Nouveau-Chrétien qui s'insurge contre la tyrannie que la bureaucratie castillane exerce sur les Espagnols. D'un autre côté, sa réponse signifie : « N'ayant pas d'ancêtres connus, je puis bien me prétendre chevalier. Personne ne saurait prouver que je n'ai pas droit à ce titre. » L'ironie résulte de ce fait que les personnes d'origine obscure avaient plus de chances d'échapper aux investigations racistes que les nobles authentiques. Quelle grande famille espagnole aurait pu se prétendre *limpia* ? Dans toutes on découvrait un ou plusieurs ancêtres « suspects ». Se dire *hidalgo*, c'était proclamer hautement l'obscurité de sa race[1].

L'*hidalgo* fut le résultat de plusieurs facteurs. La Reconquête s'achevait par le triomphe de la monarchie castillane ; le mariage d'Isabelle et de Ferdinand scellait l'unité du pays. Le pouvoir se centralisait. Les rois n'ayant plus besoin de ces laboureurs-soldats plus fiers que des empereurs, prêts à se révolter pour défendre leurs privilèges, abolissaient sournoisement les *fueros*, avec la complicité de l'aristocratie terrienne. La démocratie castillane était frappée de mort ; les *ricos hombres*, débarrassés de leurs ennemis — les bourgeois des villes —, allaient

1. Ferdinand, le Roi Catholique, avait une grand-mère juive.

bientôt devenir les Grands d'Espagne. Les paysans castillans, pris entre l'enclume et le marteau, feraient les frais de cette évolution. Deux solutions s'offraient à eux : s'allier avec les hommes de leur classe et de leur condition pour combattre l'aristocratie ou se soumettre. Ils choisirent de tirer un motif d'orgueil de leur humiliation. On voulait les briser ? Ils se feraient une gloire de servir. Ils devinrent les plus fidèles, les plus loyaux, ceux dont l'abnégation ne connaîtrait pas de bornes. Leur devise fut : *honra y prez* (honneur et gloire). Mais *honra* signifie aussi probité, honnêteté, et *prez* davantage que gloire : fierté, dignité.

Les Espagnols coururent vers l'*hidalguia* comme les marins en bordée vers le lupanar. Tous ceux qui voulaient échapper aux enquêtes racistes se prétendaient *hidalgos*. Car l'*hidalgo* était un noble non titré, il avait droit au *don*, il pouvait porter l'épée. Ses prétentions nobiliaires étaient fondées sur ce fait qu'il descendait de Vieux-Chrétiens : la pureté du sang lui conférait l'honneur. Pour que la ruse de ces dizaines de milliers de prétendus *hidalgos* réussît, ceux-là furent contraints d'en rajouter. Ils se voulurent plus *hidalgos* que les vrais, plus fiers encore, plus intransigeants ; ils furent forcés de DONNER DES GAGES.

À ce tournant, l'Église les attendait. Les inquisiteurs n'étaient pas assez sots pour ajouter foi à toutes ces protestations de fidélité à la religion. Mais leur but n'était pas de dépeupler l'Espagne. Sans l'appui ou le consentement d'un bon nombre d'Espagnols, leur entreprise eût été vouée à l'échec. Ce que l'Église, complice de l'aristocratie castillane, recherchait, c'était une transformation de la société espagnole. Devenue le plus important des propriétaires terriens, possédant des provinces entières, villes et villages compris, elle désirait ôter aux capitalistes urbains toute influence et tout pouvoir. Sa politique reflétait un aspect particulier de la lutte des classes. Ses foudres, elle les lance contre les commerçants, les joailliers, les banquiers ; elle neutralise la monarchie en lui assurant des rentrées d'argent liquide, la moitié des sommes confisquées ; elle sait pouvoir compter sur l'aristocratie, liée à elle par des intérêts communs ; elle prévient et désarme l'opposition populaire par le mythe de l'*hidalguia* qui fait de centaines de milliers de pauvres bougres ses complices aveugles et bernés. Au XVIe siècle, cette œuvre a réussi.

*Tolède, capitale de l'*hidalguia

Il y a une ville qui est un condensé de l'*hidalguia* : Tolède. Quand on quitte la place de Zocodaver pour s'enfoncer, par une nuit de pleine lune, dans les ruelles qui descendent vers la cathédrale ; quand on flâne parmi tant de palais et de maisons armoriés, écussonnés, qu'on s'arrête devant les lourdes portes cloutées ; lorsqu'on déambule ainsi au milieu de ce silence crispé, on succombe à une impression de solitude et de grandeur ; on éprouve, devant tant d'austérité, un sentiment de sereine tristesse et d'ennui méprisant. Dans cet état d'esprit, on comprend ce qu'est l'*hidalguia*.

Elle constitue moins un code éthique qu'une certaine façon de se mouvoir dans l'existence : très droit, le menton relevé, le visage fermé, les paupières abaissées, un sourire de vague dédain sur les lèvres scellées.

Il n'y a, pour l'*hidalgo*, qu'une station : la verticale.

Un homme peut manquer de pain, avoir le cœur et le foie rongés par des vautours : aucune souffrance ne saurait lui faire oublier qu'il est un homme, c'est-à-dire un animal vertical.

L'idéal de l'*hidalgo*, c'est ce que certains auteurs chrétiens appellent la vertu d'indifférence. Ceux que le Greco a figurés dans *L'Enterrement du comte d'Orgaz* ne semblent guère surpris du miracle qui s'opère sous leurs yeux. Ils ne le seraient pas davantage si la foudre frappait l'un d'entre eux. Aucun ne regrette le monde extérieur. Même impression au Prado, devant les portraits peints par le Greco et par Vélasquez : ces yeux ardents se consument sans voir.

Cette évolution d'une société ouverte vers une société close et aristocratique s'achève sous le règne de Philippe II. Alors l'Espagne se replie sur elle-même. Un rideau de fer la sépare du reste de l'Europe. Les livres ne franchissent pas les Pyrénées, une censure impitoyable veille à ce que les Espagnols demeurent à l'abri de toute influence extérieure. Les étudiants se voient interdire de fréquenter des universités étrangères. Les professeurs des facultés espagnoles ne peuvent rien enseigner de contraire à l'orthodoxie. Beaucoup sont jetés en prison. Fray Luis de Leon lui-même, dénoncé à l'Inquisition, reste plusieurs années dans un cachot. Lorsqu'il reprend ses cours, il jette, du haut de la chaire, ces paroles altières : « Nous disions hier... »

Philippe II, le roi hidalgo

La figure de Philippe II exerce sur beaucoup une véritable fascination. Les uns le dépeignent comme un homme dénué de toute sensibilité, d'un caractère cruel et froid. Il aurait commis d'abominables crimes. On l'a soupçonné d'avoir empoisonné sa troisième femme, d'avoir fait assassiner son fils — ce Don Carlos embelli par Schiller —, d'avoir donné l'ordre de tuer son demi-frère, Don Juan d'Autriche. Ses admirateurs au contraire vantent son humanité, sa modestie, sa patience. Et tous de produire des preuves irréfutables.

Le mystère de Philippe II est, en partie, celui de l'Espagne. D'où la vénération dont sa mémoire est entourée. Son règne coïncide avec l'apogée de la « grandeur » : sur ses immenses domaines, le soleil ne se couchait pas. Il incarne encore le triomphe de l'Espagne castillane. C'est pourquoi les conservateurs l'admirent et le louent sans réserve. Il était un *hidalgo*, le premier *hidalgo* de son royaume. Et dans la mesure où les Espagnols ont été contraints de s'identifier au type de l'*hidalgo*, ils se reconnaissent en lui. Philippe II se trouve ainsi au centre de toutes les contradictions qui écartèlent l'Espagne. Impossible de l'ignorer ; chacun doit se situer par rapport à sa personne.

Trois traits de caractère le définissent : l'orgueil, le détachement et le fanatisme.

L'orgueil de Philippe II est d'une qualité si rare qu'il écarte tout ce qui pourrait satisfaire la vanité. Jamais le roi ne se sent aussi grand que lorsqu'il se dépouille de tout. L'abaissement et les épreuves lui procurent une jouissance aiguë parce qu'ils le rendent à lui-même. Il s'humilie pour mieux savourer sa grandeur. Au fond de sa chambre monastique, agenouillé dans la basilique de l'Escurial, il dialogue avec le seul être qui lui soit supérieur : ce Dieu dont il se veut l'humble serviteur. Il l'adore comme ses sujets adorent sa personne. D'autres rois s'entourent d'une pompe et d'une magnificence qui marquent leur rang ; Philippe II dédaigne ces misérables satisfactions. Dans un habit noir râpé, assis sur une chaise inconfortable, il n'en reste pas moins ce qu'il est : le plus puissant roi de la chrétienté. Une étiquette inflexible le maintient à l'écart des autres hommes. Sa grandeur le condamne à la solitude. Sa personne est sacrée. Un cercle magique s'étend autour de lui que nul ne peut franchir ; on écoute à genoux ses décisions ; on tremble de frayeur en croisant son regard. Ambassadeurs et ministres bégaient devant lui. Il les rassure d'un mot : *Sosega-os* (Remettez-vous).

Que pourraient ajouter des victoires et des conquêtes à cette grandeur qui se suffit à elle-même ? « Rien » n'atteint le monarque. Les vicissitudes de l'Histoire ne sauraient entamer son être. Philippe II ne se meut pas dans un temps historique ; il règle sa vie sur la pendule de l'éternité. Ainsi remet-il au lendemain les décisions les plus urgentes. Y a-t-il seulement quelque chose qui justifie qu'on se hâte ? *El tiempo y Dios*[1], répète-t-il avec calme. « Le temps et Dieu... » Car le temps n'est qu'un théâtre pour la Providence qui, seule, connaît la raison des événements. Le roi se contente d'être « le premier notaire de son royaume ». Dix-sept heures par jour, après avoir écouté trois messes et avoir communié, il reste penché sur son écritoire, rédigeant d'interminables rapports. Ses sujets l'ont surnommé *caga tintas* (chieur d'encre). Il est tout

1. Durant les deux septennats de François Mitterrand, les journalistes n'ont cessé, avec une belle unanimité, d'attribuer cette maxime — *Dejar tiempo al tiempo* — laisser du temps au temps — au président. Elle appartient au Roi-Prudent.

entier dans cette manière procédurière. Il ressemble à ces milliers de fonctionnaires tatillons qui assurent l'ordre castillan. Il se perd dans les détails ; il attache autant d'importance à un manquement à l'étiquette qu'à une bataille où risque de se décider l'avenir de son peuple. En marge du rapport que lui adresse Don Juan d'Autriche pour lui faire part de la victoire remportée à Lépante sur les Turcs, il note : « La lettre n'est pas datée. Elle doit être du 4 ou 5. » C'est tout. L'Europe entière retentit de *Te Deum*, les cloches des églises de tous les pays chrétiens sonnent pour célébrer cette victoire, le roi se préoccupe seulement de savoir à quelle date la lettre a été écrite. Il ne s'émeut pas davantage d'apprendre la défaite subie par l'Invincible Armada. Il refuse d'écouter le messager venu lui apporter la terrible nouvelle avant d'avoir terminé ses dévotions. En entendant le récit de cette tragédie, l'expression de son visage ne change pas. « J'avais envoyé mes marins combattre des hommes, non les éléments. » Et il retourne à son écritoire pour noircir d'autres feuilles. Voilà ce qu'est la perfection de la vertu d'indifférence.

Le fanatisme n'est qu'une conséquence de cette attitude. Philippe II n'était peut-être pas plus cruel qu'un autre. Les douces lettres écrites à ses petits-enfants ne suffisent pourtant pas à effacer les faits. Le roi aimait à assister aux *autos de fé* ; dès son adolescence, il considérait que voir mourir des hérétiques était une action fort pieuse. Il déposait humblement son fagot symbolique au pied du bûcher. Il ne s'émouvait ni des plaintes ni des cris des condamnés. À un gentilhomme qui protestait d'être condamné à être brûlé vif malgré sa condition de noble, Philippe II fit cette réponse : « J'apporterais moi-même du bois pour brûler mon fils, s'il était aussi mauvais que vous. » On peut lui faire confiance : il eût mis le feu au bûcher. Car la vie n'ayant pour lui aucune valeur, ni celle des autres ni la sienne propre, pourquoi se serait-il ému de voir agoniser des femmes dans d'atroces souffrances ? Et quel autre sort les hérétiques méritaient-ils ? Qu'on lise seulement la lettre qu'il écrivit à Catherine de Médicis au lendemain de la Saint-Barthélemy : il la félicite de sa ruse et de sa duplicité, il exulte de joie, il bénit le Ciel d'avoir permis une telle victoire sur les impies. Comme il eût aimé exterminer de la même façon tous les luthériens, tous ces rebelles qui, dans les Flandres, combattaient son autorité ! Quel beau génocide il eût organisé, si seulement il avait eu les mains libres !

Il mourut dignement. Il supporta sans une plainte d'horribles souffrances. La gangrène gagnait tout son corps ; les escarres avaient fait de son dos une seule plaie. Personne ne pouvait supporter la puanteur que dégageait ce corps pourrissant. Il tint pourtant à convoquer ses enfants et à leur dévoiler son état. « Je désirais, leur dit-il, vous épargner ce spectacle ; mais je veux que vous sachiez comment finissent les rois. » Après quoi, il se tourna vers le mur et récita la litanie des agonisants. L'aube allait se lever. Il demanda qu'on plaçât un cierge allumé dans sa main, il le tint et murmura : *Ya es tiempo* — Il est temps. Pour la première fois, il admettait n'avoir plus de délai.

Si *Don Quichotte* enferme tout l'humanisme espagnol, l'Escurial incarne tout l'idéal castillan. C'est le reflet fidèle de la société close qui le conçut. Il faut le voir la nuit, dans la solitude et le silence. Les hauts murs de granit, troués de fenêtres étroites, protègent l'Espagne dont rêvent les conservateurs : une cour austère, des bibliothèques soigneusement expurgées, une basilique et un mausolée. Quel Espagnol, en regardant cette masse funèbre nichée au pied de la montagne, n'éprouve pas un sentiment d'accablement ?

La Mesta

La plupart des *hidalgos* possédaient à peine de quoi ne pas mourir de faim : une vieille masure écussonnée, un verger produisant quelques légumes et quelques fruits, un roussin moins gros que Rossinante... Pas d'autre alternative que le cloître ou l'armée : à l'aîné, les terres et la maison, le couvent pour le puîné, l'uniforme pour le cadet, telle était la tradition, qu'on respecte encore dans la Navarre et dans l'Aragon.

Cette loi du *mayorazgo* — l'aîné héritait seul des biens — ajoutait aux méfaits de la grande propriété. Au XVIIIe siècle, l'aristocratie possède la moitié du territoire national ; plus de quinze villes de première importance et soixante-dix villes de plus de trente mille habitants dépendent directement d'une poignée de grandes familles et de différents ordres religieux. La *Mesta* enfin consomme la ruine des campagnes.

La *Mesta* est une organisation religieuse à laquelle la monarchie a accordé, au XVe siècle, le privilège de la transhumance des troupeaux, moyennant une taxe versée à la Couronne. Des troupeaux de centaines de milliers de brebis, de chèvres et de moutons ravagent les plateaux castillans. Les cultivateurs ont beau protester ; les rois eux-mêmes ne peuvent rien contre cette puissance économique. Mais l'existence d'une telle organisation n'aurait pu se concevoir sans la victoire de l'ordre castillan. Cette force destructrice en est la caricature.

*L'*hidalgo *: le parfait réactionnaire*

L'*hidalgo* fut, durant des siècles, le modèle idéal auquel les Espagnols tendaient à ressembler. Et l'*hidalguia* étant d'origine castillane, on comprend mieux que tant d'auteurs confondent la Castille avec l'Espagne. Cette identification aurait pu réussir si chaque Espagnol avait pu prétendre devenir un *hidalgo*. Il n'en fut rien, hélas ! Pour les Castillans, l'étranger commençait aux frontières de leur province. Les habitants du Levant, de l'Andalousie ou de la Catalogne leur apparaissaient comme des êtres inférieurs, des gens au sang impur, des hommes sans honneur.

Les vertus de l'*hidalgo* ne sauraient nous faire oublier qu'elles sont éminemment négatives, corrompues en leur principe. Elles reposent toutes sur cette notion d'honneur qui est une très belle chose à condition qu'il s'accompagne de jugement. Agir dans l'honneur, c'est agir pour des motifs de justice. Pour les *hidalgos*, celui-ci se confondait avec le mythe de la pureté raciale et s'exprimait par les vertus d'endurance et d'indifférence.

L'*hidalgo* était, par définition, un réactionnaire ; il s'opposait violemment à toute réforme, si minime fût-elle. D'une intransigeance fanatique, il se croyait le gardien de l'honneur de l'Espagne. Cette attitude lui attire encore l'admiration de beaucoup : « Quelle noblesse, murmurent certains, dans ce mépris pour le progrès, dans cet attachement aveugle à des valeurs surannées ! » Ils sont émus par le spectacle de cette fierté entêtée, par le courage et l'abnégation de ces hommes qui ont conquis des empires, par ce refus des concessions enfin. Il serait intéressant d'analyser pourquoi les érudits et les savants qui ont risqué leur vie pour sauver, malgré la censure et l'Inquisition, la liberté de penser, ne s'attirent pas une semblable admiration.

Les *hidalgos* choisirent les principes contre la vie. Ils montrèrent jusqu'où on peut aller dans cette voie. Fidèles d'une religion qui déguisait à peine sa haine de la vie, ils poussèrent le renoncement jusqu'à l'ascèse. Parfois leur héroïsme frôlait le ridicule. Le commerce, l'usure et le travail manuel étant interdits à l'*hidalgo*, celui-là vivait dans une glorieuse oisiveté. Au recensement de 1788, il y a, sur une population de sept millions six cent mille habitants, quelque huit cent mille *hidalgos* ; si on ajoute à ce chiffre les cinq cent mille prêtres et religieux et les cent quatre-vingt mille militaires de carrière, on parvient à cette conclusion que la moitié de la population valide — puisque le total des personnes recensées inclut les femmes, les vieillards et les enfants —, que cinquante pour cent des Espagnols donc refusent de travailler Une personne sur deux qui ne travaille pas, cela crée, on l'admettra, quelques problèmes. Basques et Catalans n'avaient pas tellement tort de prétendre qu'ils nourrissaient le reste du pays.

*La folie de l'*hidalgo

L'*hidalgo* érigea le refus en dogme. Il n'en éprouvait pas moins les désirs et les passions de tous les autres hommes. Son intolérance prenait racine dans les désirs refoulés qu'il projetait au-dehors. Toujours enclin à soupçonner le pire, prêt à découvrir partout le péché, il ne faisait que déceler chez autrui ses propres tentations. En tuant, il se suicidait par personne interposée. C'était un aliéné, ce que Cervantès a fort bien compris. Il l'était au sens médical et marxiste du terme. Il ne s'accrochait avec tant de fureur à son « honneur » que pour mieux oublier sa condition d'exploité. Victime du mythe qu'il avait contribué à forger, il ne pouvait plus s'en libérer.

Sa raideur, son détachement énigmatique, sa certitude d'être dans le vrai, d'avoir raison envers et contre tous, son incapacité à comprendre le réel et à agir sur lui, le besoin de prouver la justesse de sa cause par des arguments logiques et juridiques (il y avait en tout *hidalgo* un notaire tatillon s'accrochant au texte du contrat) : autant de symptômes d'une démence paranoïaque. C'était, la folie de l'*hidalgo*, un délire raisonnable et raisonnant.

Les Conquistadores, en débarquant en Amérique du Sud, accomplissent tous le même geste : ils font lire par un notaire un parchemin déclarant que ces terres appartiennent au roi d'Espagne. Les indigènes ne comprennent pas un mot de castillan ? Le comprendraient-ils qu'ils seraient en droit de contester une telle usurpation ? Ces questions n'intéressent pas notre *hidalgo*. Il veut un prétexte légal qui justifie son action. La lecture de ce document lui ôte le souci de penser. Il peut exploiter, torturer, massacrer les habitants du pays dont il entreprend la conquête puisque la loi se trouve de son côté.

La Castille n'a pas su fonder l'unité nationale. Les parents psychotiques font rarement des enfants équilibrés.

Il serait ridicule d'accabler une région comme on juge un individu. D'ailleurs les Castillans, tout en ruinant le pays, tout en le réduisant au désespoir, l'ont doté d'une armure spirituelle qui mérite le respect sinon l'admiration. Si les Espagnols ont un souci plus grand de leur dignité que les habitants d'autres pays, c'est à la Castille qu'ils le doivent. Mais peut-être est-il temps de réfléchir au contenu de notions telles qu'*honneur, grandeur et fierté* ? Car l'honneur d'un homme peut fort bien s'accommoder de sa liberté : les Castillans n'ont su, hélas ! ni défendre la leur ni l'enseigner aux peuples qu'ils ont dominés.

3

Franco est mort !

Novembre 1975 : l'annonce de la maladie de Franco me plonge dans une stupeur ébahie. Naturellement, je savais que l'atroce vieillard se rapprochait de la mort. Plusieurs alarmes auraient dû me familiariser avec l'idée de sa fin prochaine. Je « savais » mais je n'y croyais plus. J'aurais pu dire comme l'un des proches du dictateur : « Franco n'est pas immortel : il est "immourable". » C'est que la personne de Franco plongeait dans les profondeurs du mythe. Or, comment imaginer la mort d'une idée ?

Martin-Chauffier m'ayant demandé un papier pour *Le Figaro*, je rédigeai l'article dans ma chambre de jeune homme, proche du Trocadéro. Dans ce décor d'une bourgeoise banalité, je marchais sans répit, les nerfs électrisés. Mes pensées se heurtaient sous mon front, avec violence. Je m'asseyais à ma table, j'écrivais quelques phrases, je me remettais à arpenter cette chambre. Vingt-deux ans avaient passé depuis que, dégoûté de l'Espagne, j'étais arrivé en France. J'avais eu le temps de publier quelques ouvrages, d'acquérir une certaine notoriété, de m'habituer à l'idée que j'étais français — rien que français. Or, la pensée que ce vieillard momifié par l'âge gisait dans son cercueil, cette simple représentation mentale me causait un choc douloureux. L'enfant qui, au mois de mars 1939, pleurait d'angoisse dans la voiture le conduisant vers l'exil, cet enfant se réveillait et frappait de son petit poing contre un cœur durci par les fatigues et par les désillusions. Que répondre à ce gosse qui demandait d'une voix mal assurée : « Ma patrie, où donc est ma patrie ? » « Retournerez-vous en Espagne ? » me questionnait Jacques Chancel devant les micros de sa *Radioscopie*. J'ai oublié ma réponse. Elle était sincère, certes. Mais véridique ? Aujourd'hui (juin 1976), il suffit que je pense à l'Espagne pour que les pulsations s'accélèrent à mon poignet.

Je suis retourné en Espagne pour préparer le tournage d'un film. J'ai retrouvé Barcelone, toujours grise, moite, pleine de façades tarabiscotées et de balcons tordus. Dans ses rues, des foules inquiètes à la nervosité juvénile. Partout, les gens discutent, palabrent. Les journaux parlent d'occupations, de grèves ; ils dénoncent la brutalité des répressions, la torture pratiquée au Pays basque. La bourgeoisie joint ses clameurs à celles de la jeunesse. Tous d'accuser la Castille, de crier haro au pouvoir central, de dénoncer la mainmise de l'État centralisateur sur l'ensemble de l'Espagne.

J'observe ces hommes repus, parfumés à la lavande, la poche du veston gonflée par un portefeuille plein de billets de banque. Quand donc ont-ils été convertis à la démocratie ? Où étaient-ils depuis vingt, trente ans ? Comme ils parlent fort ! Quelle belle assurance que la leur !

J'éteins mon regard. Dans cette ville où j'ai touché

le fond de la misère, je ne réussis pas à me trouver une place. Chaque propos me blesse. Oh ! je ne doute pas du catalanisme de ces bourgeois avisés ! Ils ont besoin de l'autonomie pour leurs affaires. Partout l'argent s'étale. Il a percé des avenues, il a dressé des tours de verre et de béton, il remplit d'une foule bruyante les *cafeterias*, les *selfs*, les *drugstores*. On mange vite, on court, on bouscule les mots de peur de perdre une minute.

Dimanche, par l'une de ces matinées éclatantes du mois de mai, trois musiciens jouent des *sardanas* devant la cathédrale. Hommes et femmes, de tous les âges, de toutes conditions, ôtent tranquillement leurs souliers, nouent autour de leurs chevilles les lacets des espadrilles, font un tas avec leurs chandails, leurs vestes et leurs sacs et, gravement, joignent leurs mains autour du cercle. Un-deux-trois : le rythme est pris. Tel vieillard a lâché sa canne et danse sur place, marquant le rythme avec ses bras haut levés ; près de lui, une jeune fille très brune bondit, enlevée par la musique. Dans un autre cercle, une dame, la cinquantaine, danse avec une gravité concentrée. On dirait que la foule célèbre un culte. Après chaque morceau, spectateurs et danseurs applaudissent les musiciens.

Quelque chose en moi s'émeut. Franco est bien mort et les Catalans piétinent gravement sa tombe. Les voilà rendus à eux-mêmes. Ici, devant la cathédrale, ils ne parlent pas par clichés, ils ne sacrifient pas aux idéologies à la mode : c'est leur sang qui parle, leurs corps.

Plus tard, j'ai déjeuné avec Michel au sommet du Montjuich, regardant la ville couchée devant la mer où des bateaux manœuvrent. Ma solitude me pèse. À qui, sinon à un autre Espagnol, aurais-je pu dire :

j'aime ce pays, je souffre de lui ? Mais j'ai cessé d'être un Espagnol. Habitant les neiges de l'exil, ma mémoire a gelé. Aussi je me fais impassible et je critique avec hargne : la cuisine est exécrable, les vins trop forts, la foule hideuse et bruyante. Qu'on ne puisse pas, surtout, lire mes pensées, percer à jour mes sentiments ! Ce pays a cessé d'être mien, comprenez-vous ? **Et je n'y aime rien, ce qui s'appelle rien.**

Voici la campagne que je traversai en courant, après m'être enfui de la maison de redressement. Une autoroute coupe maintenant les vignobles. Voici la mer, interdite désormais par un mur de béton et voici les fumées de l'usine où j'ai travaillé. Chaque souvenir ajoute à ma fatigue.

Cette route qui déroule son lacet sur les flancs rocailleux d'une montagne plantée de vignobles et d'amandiers, je la parcourus, âgé de six ans, dans l'autre sens, venant de Madrid près de se rendre. C'était la nuit. On entendait la canonnade. Autour de moi, les adultes pleuraient.

Je suis heureux parce que j'abandonne la plaine fertile du littoral. Ces terres prospères me sont étrangères. J'attends autre chose. Quoi ?

Dans le crépuscule somptueux, Belchite surgit avec ses maisons calcinées, son église en ruine. Nous contemplons en silence ce spectacle de désolation. Une question de mon compagnon : « Pourquoi cette bataille ? » m'enferme dans un mutisme hargneux. Teruel, Belchite : à quoi bon expliquer ? J'aurais pu répondre : *No es nada*, et ce n'est rien en effet qu'un tas de ruines dressées dans un désert rouge.

Des blés, des blés dans les plaines coupées de montagnes lunaires aux cônes tronqués. Et le ciel par-dessus. Doucement, le bleu profond d'une nuit étoilée repousse ce qui reste de jour. Bientôt l'obscurité se referme.

J'y suis : voici mon attente comblée. Un frisson m'a secoué. Je prétexte un besoin pour faire arrêter la voiture. Je fais quelques pas, je respire : oui, mieux qu'à Barcelone, je puis ici méditer sur l'événement. Il me fallait ce silence, ce néant.

Franco est donc mort et tout le corps de l'Espagne tressaille. Il y a dans l'atmosphère comme une vaste attente. On dirait que chacune des nations espagnoles retient son souffle et s'interroge. D'où mieux écouter cette espérance confuse que des hauteurs de Soria, à deux pas de Numance où les Ibères se jetaient dans le brasier plutôt que de se rendre aux généraux romains ?

Franco et le mythe castillan

Un balcon-véranda — un mirador plutôt — continue ma chambre. Ses parois vitrées cadrent une campagne bouleversée. La terre hésite entre le gris et le rose. Quelques peupliers se détachent sur le ciel bleu. Je grignote trois biscuits et une pâte d'amandes en buvant un fond de café noyé de lait. Ici, le café coûte cher.

Je regarde le paysage. Mieux : je le rêve. Qu'y a-t-il en effet à contempler ? L'horizon peut-être, mais porter le regard à l'horizon, c'est déjà rêver d'un ailleurs. Églises et couvents sonnent les heures. Dans l'hôtel règne un silence solennel. Je me coule dans cette quiétude. En ce pays, je le sais, les hommes répugnent à trop parler.

Qu'ont-ils pensé en écoutant la voix funèbre du speaker de la radio nationale lire les successifs bulletins de santé ? *Nada*, bien sûr. L'homme est mortel, Franco était un homme, donc... Est-il certain qu'il n'ait été qu'un homme ?

Ses biographes ont bien tort de traquer son ombre dans les brumes du Ferrol. Ils espèrent expliquer l'homme par le climat. Or, Franco appartenait, dès avant sa naissance, à la Castille. Par sa fonction sociale d'abord : fils de marins, voué à l'armée, il avait sa place dans la caste guerrière.

Galicienne, sa prudence ? Allons donc ! Où mieux qu'en Castille observe-t-on le silence ? Son *retranco*, son quant-à-soi, quel paysan de ce pays ne le conserve ? Il s'agit de demeurer soi-même, de ne rien abdiquer de sa dignité et de ne pas se commettre avec des gens dont on ne connaît pas les origines. Pour ce qui est du secret, la Castille garde le sien depuis des siècles et Franco n'aura eu qu'à imiter son exemple.

Non, Franco n'appartient à la Galice que par son esprit de ruse. C'est en Afrique, en combattant les tribus marocaines révoltées, qu'il deviendra lui-même. Et, là aussi, son destin rejoint le mythe castillan.

Comme tout croisé castillan, Francisco Franco a aimé et sauvagement combattu l'Islam. Ses camarades l'appelaient l'Africain. Lui-même ne s'animait que pour parler de l'Afrique et de ses troupes, la Légion qu'il commanda lors de sa création. Voilà le verger secret de cet homme énigmatique : le ciel et la terre d'Afrique, les mauvais garçons qu'il menait au combat au cri de : « Vive la mort ! »

En France, dans tout le monde occidental, on a fait de Franco un fasciste. Or, le fascisme espagnol a été détruit par Franco, et José Antonio Primo de Rivera, s'il avait vécu, aurait haï ce général cabotin.

Alors, qui donc fut cet homme ? Un despote ? Un ambitieux ?

Il fut d'abord un militaire formaliste et loyal, fidèle à l'État, quel qu'il fût. Un paradoxe que ce loyalisme ? Non pas. Allez y voir dans sa biographie : il ne demande qu'à rester fidèle à la République pour peu que la République se montre fidèle à l'Espagne. Oui, Franco est entré en rébellion à contrecœur. Il n'avait rien d'un agitateur professionnel ni d'un illuminé persuadé, comme Hitler, de remplir une mission cosmique. Sa nature le portait à l'obéissance. Né pour servir avec compétence, il a dû se contraindre pour entrer dans le complot. Il ne l'a fait que quand il a été convaincu que la République trahissait l'Espagne.

Quelle Espagne ? Celle que je regardais à Soria et où il avait établi sa capitale dès le début de la guerre civile : la Vieille-Castille.

Il me suffit en effet de regarder autour de moi pour savoir comment ce petit général à la voix glapissante imaginait « son » Espagne. Des églises, des couvents, deux ou trois séminaires remplis de jeunes paysans méritants, une poignée de bourgeois — médecins, avocats, professeurs, commerçants —, une armée de fonctionnaires et l'immense peuple des paysans enfin. Une Espagne immobile où rien ne changeait — jamais.

On le sait, Franco parlait peu. Exception faite de quelques compagnons d'armes avec lesquels il aimait évoquer les campagnes africaines, il n'avait pas d'amis intimes. À la table du Conseil, il écoutait ses ministres, sans marquer la moindre réaction. Impassible, il laissait chacun exprimer son opinion. Il n'intervenait qu'à la fin pour, en quelques mots, donner ses ordres. Encore ne prenait-il la parole qu'à de rares occasions, quand l'affaire lui semblait d'importance. Le plus souvent, il abandonnait à ses commis le soin de régler les affaires courantes.

On a dit de lui qu'il fut un très habile politicien. On l'a dit parce qu'il avait su conserver très longtemps le pouvoir, malgré la haine de l'étranger. Des rois très médiocres ont eu, en Espagne, de très longs règnes. Même des faibles d'esprit sont morts dans leur lit d'apparat. Sans doute Franco réussit-il, entre 1937 et 1957, à neutraliser la Phalange et les carlistes, à les fondre dans ce qu'il baptisa, avec un sens très sûr de l'humour noir, le Mouvement. Mais il n'eut pas à livrer des combats bien durs pour réussir ce tour. La Phalange comptait peu. Son prestige lui venait des succès de Hitler et de Mussolini et du fait qu'elle avait pris la peine d'élaborer un semblant de doctrine. Elle rassemblait une poignée de jeunes gens, les plus décidés, les plus fous, qui rêvaient d'un nationalisme social. Rien ne fut plus simple que les duper. Parce que, dans le camp nationaliste, il n'y avait rien qui ressemblât à une doctrine. Il y avait l'armée, c'est-à-dire la force. Et il y avait l'Église. Très vite, Franco trouva le mot qu'il fallait : « croisade ». Ce mot qui, en français, paraît anachronique, garde en Espagne un sens brûlant. Une foule d'hommes l'appréhendèrent aussitôt. Il éveillait dans leur mémoire collective un écho venu du fond des siècles.

Je marche dans les rues de Soria, livrées à la nuit. Trois gardes déambulent en causant. Je leur demande un renseignement et ils commencent par me reprendre parce que j'ai mal accentué un nom propre. Ce sont des hommes pauvres. L'uniforme bleu et le bâton les renforcent pourtant dans l'idée qu'ils ont de leur dignité. Ils veulent me montrer le chemin, ils font quelques pas avec moi. Ils parlent un castillan pur et dur.

Voilà ce que des centaines de milliers d'hommes virent, sentirent, respirèrent en entendant le mot « croisade » :

Ils virent des villages et des villes semblables à celle-ci, avec leurs rues emplies d'un silence sonore, leurs antiques maisons refermées sur elles-mêmes, les grands murs des casernes et des couvents ; ils virent cette monotonie apaisante où chaque jour répète le précédent, annonce le suivant ; ces nuits tranquilles où les cloches des églises font tomber sur chaque maison le triste rappel des occasions manquées. « Nous fûmes grands, disent ces voix de bronze. Nous atteignîmes les limites du monde. Et Dieu nous a abaissés. Il nous maintient couchés dans la poussière. Loué soit-Il ! »

Ils sentirent cette froide indignation, cette redoutable colère. « Ça suffit comme ça ! » Quoi ? Les cris, les manifestations, les grèves, les églises incendiées, les nonnes déterrées et promenées dans les rues, la rhétorique sanglante et creuse. « Assez ! » murmurèrent-ils en endossant l'uniforme et en passant le scapulaire autour de leur cou. Assez de ces Catalans, de ces Levantins, de ces Andalous mitigés de Mores et de gitans, de ces Basques bornés — assez de tous ces peuples affolés qui s'étaient mis à hurler : Liberté ! Liberté ! Crétins ! Que peut bien signifier ce mot grandiloquent ? La seule liberté accordée à l'homme, c'est celle de mourir dignement.

Ils respirèrent ce parfum de carnage et de mort. Enfin l'horizon reculait, comme en 1212, comme en 1480 ! La guerre, ce serait peut-être la fortune, la gloire. En tout cas, c'était mieux que le chômage.

La foi du Caudillo

Franco n'était pas un politicien, c'est-à-dire un professionnel d'un art qui aurait pour fonction de gouverner les hommes. Il fut un politicien espagnol, c'est-à-dire de la transcendance. Sa mission, il la concevait comme le rétablissement de l'Espagne dans ses options fondamentales. Tout le reste relevait de l'intendance. Il ne s'intéresserait à rien d'autre qu'à maintenir la rigueur des principes. Aussi le plus clair de sa mission consistait-il à purifier par le fer et par le feu. « Mon poignet, déclara-t-il le jour où il devint chef de l'État, mon poignet ne tremblera pas. »

Rien de plus éloigné de Franco que la « philosophie » nazie. Rosenberg, en Espagne, eût été jeté dans un cachot. Ces histoires d'Aryens blonds formant la race des seigneurs, de peuples inférieurs destinés à devenir les esclaves des Germains, ces obsessions de la force, de la cruauté, vitales chez des fonctionnaires pâles et moustachus — tous ces contes brumeux n'auraient pas retenu une minute l'attention du Caudillo, que toute philosophie ennuyait. Sur le monde, son catéchisme lui avait appris ce qu'il fallait connaître. Les questions qu'on pouvait se poser trouvaient leurs réponses dans ce petit livre. Il ne s'agissait pas pour le Généralissime de faire une révolution, de bâtir une société nouvelle, mais de maintenir l'Espagne dans son honneur, c'est-à-dire dans sa foi.

Pour expliquer sa haine du marxisme, on peut opter entre différents points de vue. L'un consiste à faire de Franco le défenseur des possédants. Il n'aurait déclenché la guerre civile que pour s'opposer à la révolution socialiste. Il n'aura été, dans cette perspective, que l'instrument de la bourgeoisie.

Je crains fort qu'une lecture purement matérialiste de l'histoire d'Espagne ne laisse échapper l'essentiel.

On ne prête pas assez attention aux mots. Le choix du terme « croisade nationale » ne fut pourtant pas fortuit. Il donnait la cause réelle du soulèvement. Pour Franco, il s'agissait de refaire l'unité nationale autour du catholicisme. Ainsi liait-il la foi religieuse et la cohésion des peuples ibériques. Il voyait une relation de cause à effet entre les persécutions religieuses et les revendications autonomistes. Ce faisant, il avait l'Histoire pour lui car, nous l'avons vu, c'est l'Église qui a fait l'Espagne. Dès lors, s'attaquer à l'Église, c'était s'en prendre à l'Espagne. « Caudillo de l'Espagne par la grâce de Dieu » — ce n'est pas une simple formule destinée à légitimer le pouvoir.

Ce n'est pas non plus un hasard si les anarchistes et les républicains modérés s'attaquaient à l'Église. Eux aussi savaient que le catholicisme avait fait l'Espagne, celle-là justement dont ils ne voulaient pas.

Franco vouera toute sa vie une haine furieuse aux francs-maçons. C'est que la plupart des ministres républicains qu'il connut étaient affiliés à la franc-maçonnerie[1]. Rien n'aurait pu choquer plus violemment le petit militaire que de voir des hommes s'emparer de l'État pour ruiner l'Église. Cela lui parut une œuvre proprement diabolique. Naturellement, il trouvera normal que l'État comble l'Église de privilèges. C'était dans l'ordre naturel parce que l'État espagnol ne saurait être que catholique. Un

1. À commencer par son frère, Ramón.

État laïc, hostile au catholicisme, c'est un anti-État, c'est le règne de l'Antéchrist[1].

Pour le marxisme, sa haine puisait dans le même fonds chrétien. Installer une classe sociale, la bourgeoisie, dans une fonction déterminée d'exploitation, de tromperie, de mensonge, c'est la condamner au raidissement, à la peur et à la haine. Lui interdire, par des lois déclarées scientifiques, la possibilité de seulement concevoir la justice et l'égalité, c'est la jeter dans un désespoir d'où tout peut sortir — et d'où tout en effet est sorti.

Franco a rencontré le marxisme comme une philosophie globale qui le niait, lui et ses semblables[2], en posant cet axiome que ses idées, ses croyances n'étaient que l'instrument de sa domination. Le choix que lui laissait une pareille « philosophie » était des plus réduits. Il revêtait la forme d'une alternative : faire son autocritique, s'enrôler sous la bannière marxiste, ou opposer à cette négation de son identité un refus non moins radical.

Avec le recul, on ne peut qu'éprouver une tristesse mêlée de lassitude devant les fureurs des années 1925-1940. Impossible, pour peu qu'on réfléchisse, de départager ces générations en catégories tranchées. Sans doute les horreurs du fascisme tendent-elles à obscurcir notre intelligence. Comment penser l'impensable ? Comment examiner d'un regard le plus impartial possible ces ruines accumulées ? Et pourtant, il faut tâcher de comprendre.

1. *L'Opus Dei*, exact pendant de la maçonnerie, lui paraîtra juste et nécessaire, puisque ses membres se donnent pour but d'infiltrer les rouages d'un État qu'il s'agit de régénérer.

2. Marx nie le bourgeois de la manière dont le catholicisme espagnol nie l'hérétique.

Mettre le franquisme dans ce fourre-tout qu'est devenu le mot « fascisme », c'est s'interdire de rien comprendre aux quarante dernières années de l'histoire de l'Espagne.

Répétons-le : Franco ne fut jamais un fasciste. Certes, il a coiffé le béret rouge, il a salué les foules en levant le bras. Mais il a adopté bien d'autres coiffures et revêtu toutes sortes d'uniformes, au gré des circonstances. Sur l'organisation de l'État, sur la pratique de la politique, il a, en somme, adopté les idées qui se trouvaient à sa portée. On disputera s'il faut ou non y voir de l'opportunisme. Il pourrait bien s'agir d'indifférence. Peu lui importait que la musique jouât tel ou tel hymne, que l'État fût appelé national-syndicaliste ou social-nationaliste. Ce qui importait à ce petit homme secret, c'est que l'État fût puissant, unitaire et catholique.

Le totalisme chrétien apparut aux hommes de sa génération comme la seule réponse au totalisme marxiste. Il n'importe pas de savoir si la menace marxiste était ou non aussi pressante que l'imaginait cette génération. Le fait est que Franco l'éprouva comme un péril grave et imminent.

Que disait donc, depuis deux ou trois siècles, le catholicisme espagnol ? Que s'obstine à dire une ville telle que Soria ?

L'Histoire est pleinement signifiée depuis la mort et la résurrection du Christ, murmurent ces monuments austères, groupés au centre d'une immense solitude.

Signifiée, cela ne veut pas dire connue. Le christianisme n'a pas fait taire l'angoisse du futur. Mais ce qui peut advenir s'inscrit dans une autre Histoire, plus profonde. Ainsi toute vie, celle d'un individu comme celle d'un peuple, coule-t-elle à deux niveaux. À la surface, il y a les péripéties, les événements, l'écume de l'Histoire ; en dessous, il y a le courant profond qui, parti de Dieu, retourne à Dieu. La politique événementielle n'a d'importance que considérée dans la perspective de ce mouvement continu. Car c'est dans ce trajet que le Mal possède tous pouvoirs, qu'il se manifeste, qu'il pervertit en bouleversant les significations.

La mission d'un homme, d'une nation, consiste à obéir à leur vocation. Celle de l'Espagne fut d'abord de vaincre l'Infidèle, d'unifier ses peuples à l'ombre de la Croix ; ensuite d'élargir l'Humanité par la découverte du Nouveau Monde et d'y crier le nom du Sauveur.

Depuis, l'Espagne veille et prie. Ainsi la Castille et cette ville, Soria, se rêvent-elles : sentinelles de la Foi juchées au-dessus des terres ibériques dans l'attente du Jour.

Or, voici qu'arrive le marxisme qui proclame, lui aussi, que l'Histoire est pleinement signifiée — mais par l'homme et non par Dieu. Le courant coule, certes, régulièrement entravé, il bouillonne, il pousse, il explose — et il poursuit sa route, de digue en digue, balayant tous les obstacles, jusqu'à cette mer tranquille où, enfin réconciliés, les hommes n'auront plus à se faire la guerre.

Pour un catholique espagnol, cette conception est scandaleuse en ceci d'abord qu'elle réduit toute son histoire passée à une ruse de l'esprit. Ces églises, ces couvents, ce paysage même ne disent plus le désir de Dieu mais la soif de domination. Chaque croix levée devient un piège tendu par le riche pour enchaîner le pauvre. Or, comment un Espagnol ne réagirait-il pas avec violence devant pareille distorsion ? Que les riches se soient *aussi* servis de l'Évangile — il n'en ignore rien. Mais il sait pertinemment que son peuple a sacrifié ses intérêts à cette foi, que des millions d'Espagnols ont travaillé contre eux-mêmes pour demeurer fidèles à leur idéal.

Le marxisme pose que l'idéologie découle de l'économie. Or, en Espagne, c'est la foi qui a commandé à l'économie, c'est le christianisme qui a ruiné le pays.

Les Espagnols ont trop l'habitude de l'exégèse morale et théologique pour ne pas éventer une seconde ruse : le marxisme a écarté le mystère du Mal en le diluant dans la notion d'« exploitation économique », d'oppression, etc. Le Diable, chez Marx, s'est fait bourgeois. Or, la chrétienté avait tout de même du péché et du Mal une vision autrement riche et complexe.

Franco ne fut pas un homme très intelligent. C'était un Espagnol moyen qui connaissait bien son catéchisme. C'est pourquoi il a pris très vite valeur de symbole. Aux grandes questions du siècle, il n'apportait aucune réponse. L'industrialisation, l'urbanisation, il n'y avait guère réfléchi. Il ne répondit qu'au marxisme et sa réponse fut : Non ! IL NE POUVAIT FAIRE AUCUNE AUTRE RÉPONSE. Verser des larmes sur le fascisme, crier qu'il ne passera pas quand il a déjà passé et repassé, ces rituels magiques n'aident guère à voir clair. Savoir si Franco a bien ou mal fait de se rebeller, c'est un jeu de moraliste. La question est : que pouvait-il faire ? L'État espagnol était, en 1936, à prendre. Anarchistes et communistes d'un côté, nationalistes de l'autre, chaque camp s'en disputait les lambeaux. La seule question qui se posât était : qui l'emportera ?

Ce fut Franco, on le sait. Naturellement, ses adversaires ont voulu lui disputer sa victoire. Il n'a gagné, expliquent-ils, que grâce à l'aide italienne et allemande. Or, la vérité commande de dire que longtemps les forces en présence furent d'égale importance, avec un léger avantage, au départ, pour les républicains. Il y a, certes, beaucoup de raisons à la victoire des nationalistes : une meilleure organisation, un commandement plus efficace, une discipline plus stricte, etc. De quoi sert-il de systématiquement déprécier l'adversaire ? Faut-il donc, parce qu'on déteste ce que le franquisme incarnait, dénier au Caudillo tout talent, tout raisonnement, voire son courage ?

La victoire de Franco ne fut pas la victoire d'un homme seul ni celle d'une poignée de privilégiés sur l'immense majorité d'un peuple. Ce fut la victoire d'une moitié de l'Espagne sur l'autre moitié. Il n'y avait pas que des riches et des oisifs à combattre sous le drapeau nationaliste ou, alors, il faudrait admettre que les riches ont, en Espagne, un courage et une force véritablement extraordinaires. Bien sûr, on peut toujours prétendre que les paysans, la masse des humbles qui rallia le camp nationaliste étaient dupes, « aliénés ». C'est une attitude fort commode qui vous met d'emblée du côté de la Vérité contre l'Erreur. C'est exactement l'attitude des franquistes pour qui les Rouges étaient des hommes « égarés », les instruments d'un principe satanique.

Franco n'a jamais galvanisé les foules. Il s'exprimait laborieusement et d'une petite voix de fausset. Au physique, l'homme manquait de prestance. Il ne possédait ni le goût théâtral du dictateur italien ni le sombre génie de Hitler. Paradoxalement, cette absence de qualités devait assurer sa popularité. Aux yeux des foules, il ne convenait pas que cet homme fût autre chose qu'un signe. Dans sa médiocrité, il incarnait le parfait fonctionnaire de l'État théocratique. Moins sa présence s'imposait à ses compatriotes, et plus nettement se révélait la volonté de Dieu qui avait désigné ce petit homme replet, légèrement ridicule, pour faire le salut de l'Espagne. Lui-même ne voulait être rien d'autre que l'instrument de la Providence.

Une machine à tuer

Longtemps, on l'a vu, il hésita avant de rejoindre le complot. Une fois sa décision prise, il agit calmement, méthodiquement, sans hâte et sans enthousiasme apparents. Il commença par organiser ce que quelqu'un devait appeler *la maquina de matar*, la machine à tuer. Même ses campagnes militaires portent la marque de son tempérament besogneux. S'il avait d'abord cru que la guerre ne durerait pas, que les républicains s'effondreraient aussitôt, c'est qu'il avait la conviction que tout le pays partageait ses sentiments. Dès qu'il eut compris son erreur, il changea de stratégie. Le mal était plus profond qu'il ne l'imaginait d'abord ? Eh bien ! le traitement à appliquer devrait être plus rigoureux.

Il semble bien difficile aujourd'hui d'évoquer la répression franquiste. Elle fut, certes, impitoyable. Il ne faudrait pourtant pas opposer la terreur nationaliste à l'idyllique mansuétude républicaine. Dans chaque camp, la mort a été distribuée généreusement. Seul le style diffère. Plus passionnel, plus cruel parfois chez les révolutionnaires ; plus froid, plus méthodique chez les nationalistes. De part et d'autre, ce fut une guerre sans nuances et sans merci. Chaque Espagne savait qu'elle jouait son existence.

Franco n'aurait cependant pas songé à organiser un génocide. Il ne se proposait pas davantage de « donner une leçon » à ses adversaires politiques. Les battre, leur faire avaler des litres d'huile de ricin, ces jeux étaient bons pour les Italiens qui n'ont jamais su ce qu'était la gravité. Lui se savait investi d'une mission : extirper le marxisme du corps de l'Espagne. Dieu l'avait élu, lui, pour être le bras de Sa Justice. Dès lors, il procéda avec la même méticulosité qu'il mettait à conduire la guerre. Chaque village, chaque ville fut passé au peigne fin et débarrassé des éléments « suspects ».

D'où vient donc que cet homme, de beaucoup moins fou et moins cruel qu'un Hitler ou qu'un Staline, ait suscité de telles réactions de colère et de haine ?

Le conflit qui déchira l'Espagne, chaque homme du XXe siècle le vit dans sa chair. Il n'y allait pas seulement, comme on tend à le présenter d'une manière simpliste, de la liberté ou de l'esclavage. Il y allait de quelque chose de plus profond. L'enjeu était de savoir quelle serait la religion de l'Espagne.

Franco ne tuait pas, il n'assassinait pas : il appliquait gravement la sentence divine qui condamnait au gibet les athées, tous les ennemis de son Église. Dans le camp franquiste, les tueurs officiaient avec sérieux, j'allais écrire : avec dévotion. Ils tuaient sans entrain, sans haine. Puis ils couraient se changer, demandaient l'absolution, approchaient de la Sainte Table.

C'est l'implacable froideur de ce fanatisme qui ne doute pas, qui se ferme à toute pitié, c'est cette sombre conviction d'agir selon les décrets de la Providence qui inspire à tant d'étrangers un mouvement de répulsion. Il faut pourtant le rappeler : Staline, Trotski, pour ne rien dire de Hitler, ont fait preuve d'un fanatisme non moins terrible. Mais les motifs qu'ils invoquent relèvent de la raison. Ils déportent, ils tuent, pour... Ce « pour » rassure bizarrement l'esprit. Il y a donc quelque chose à comprendre ? Le Goulag devient une « déviation » dans un projet qui relève de la Raison ; Auschwitz révèle un délire pseudo-scientifique. Avec Franco, il n'y a pas de « pour », il y a un « parce que ». C'est « parce qu' » ils sont athées, ou francs-maçons, ou protestants, que ces hommes doivent mourir. Ici, la raison bascule. Elle rencontre la certitude médiévale. Au sens fort, le franquisme est d'abord une réaction.

L'immobilité, l'attente : voilà l'idéal franquiste, et c'est aussi l'idéal castillan. Attendre et veiller, garder les yeux grands ouverts pour n'être point surpris au jour du grand appel. D'ici là, faire le moins possible, car toute action désordonnée vient troubler le vaste silence où se repose la Providence. Il n'y a « rien » qui justifie une décision hâtive. Dieu parle dans l'expiration des années et des lustres, et Il écrit ses desseins avec l'inspiration des millénaires.

Placé au-dessus de la mêlée, Franco n'a guère gouverné. Il a seulement guetté. Il a laissé les forces sociales jouer leur jeu, s'affirmer les unes contre les autres. Il n'est intervenu que pour donner aux faits la sanction de son autorité. Il a épuisé les phalangistes, les monarchistes, les libéraux chrétiens, les carlistes, et il a survécu à tous ces remous.

A-t-il aimé le pouvoir ? Peut-être. Je pense qu'il lui préférait la gloire. Or, l'exercice effectif du pouvoir finit par ternir toute gloire. Même le général de Gaulle aura subi l'affront d'une jeunesse déchaînée contre son règne. Blessé, il rendra visite à Franco. Que voulait donc voir Charles de Gaulle en ce petit vieillard amaigri, muré dans un silence énigmatique ? Le dernier monarque absolu peut-être.

Comme Philippe II, Franco a régné du fond du mythe castillan. Il a vécu dans la pénombre des tristes salons, occupant ses heures avec la précision d'un métronome.

Deux piles de dossiers sur son bureau : celle des affaires que le Temps avait résolues, celle des affaires que le Temps résoudrait[1]. L'inertie et l'attention patiente de l'insecte. Ne rien brusquer, jamais. Laisser venir à soi, observer — et ne frapper qu'à bon escient. Jusqu'au bout il a châtié ses adversaires, c'est-à-dire les ennemis de l'Espagne. Les gouvernements de toute l'Europe, le pape même, sont intervenus pour demander la grâce des condamnés : des foules défilaient à Londres, à Paris, à Rome. Au Conseil, une majorité des ministres a penché pour la grâce devant le petit insecte enfoncé dans son fauteuil. Et, soudain, la voix a parlé : « À quelle heure se lève le jour ? — À sept heures cinq, Votre Excellence. — Qu'on les fusille à six heures trente. » Et tout fut dit.

L'homme était déjà entré dans la mort, et il continuait de sévir. Peut-être éprouvait-il de la peine à prononcer des sentences, peut-être devait-il se faire violence. C'était un devoir et rien ni personne n'aurait pu le détourner de son devoir. Il avait beau se cacher au fond de ses palais, ne rien entendre des cris de la rue : l'explosion qui emporta son ami l'ami-

1. Ainsi Philippe Il rangeait-il les papiers d'État, confiant au Temps le soin de trancher.

ral Carrero Blanco avait troublé son repos. Il fallait arrêter immédiatement cette agitation.

Son agonie, sa mort lui furent volées. Peut-être la *camarilla* avait-elle fini par se persuader qu'il était immortel. Ou plus simplement voulait-elle gagner un répit pour « mettre de l'ordre dans ses affaires ». L'insecte fut livré aux chirurgiens qui le dépecèrent. On vit, bien sûr, affluer les inévitables reliques qui recouvrent toutes les agonies royales, depuis des siècles.

Le souffle coupé, les Espagnols assistèrent à ce spectacle hallucinant. Une dernière fois, ils regardèrent la grande et solennelle liturgie funèbre.

De l'avis unanime, les médecins gâtèrent la cérémonie. Pas trop n'en faut, même pour un peuple épris des pompes mortuaires. « Assez ! » finit par crier la foule.

Oui, « assez » ! Près de quarante ans, cela fait tout de même un trop long règne.

Qu'en penser ? *Nada*. Car ce fut « rien » en effet. Rien que la répétition de tout ce que l'Espagne avait déjà connu. Rien que le rituel castillan de l'honneur et de la mort, appliqué avec une minutie maniaque.

Il est difficile, voire impossible d'établir aujourd'hui un bilan équitable. Il convient à tout le moins de ne pas user à tort et à travers de mots tels que : « fasciste », « despote ». La gauche, surtout la jeunesse de gauche, se laisse facilement aller à cet épanchement verbal. Il ne lui coûte guère de parler de fascisme, puisqu'elle ne l'a pas connu. De plus, il lui faut un Diable à conspuer, et Franco, en cette époque de médiocrité, fait un démon tout à fait convenable. Ni Hitler ni Staline ne conviennent. Leur stature inhumaine les met au-dessus de la haine. Franco, avec son allure de représentant des pompes funèbres, est tout à fait à la portée d'une génération ignare, éprise de simplifications.

Franco n'a jamais organisé la terreur de masse. Sa philosophie fut celle de la Castille, celle qu'exprime Bernarda Alba quand elle crie, niant la tragédie qui vient de lui enlever sa fille, niant le monde extérieur, niant la lumière, le soleil, la jeunesse et l'amour : « Silence ! Silence ! » Oui, le franquisme fut cette maison tournée vers des murs nus, froide et silencieuse, où le rire et l'amour étaient proscrits au nom de l'honneur.

Six mois ont passé. Déjà le travail de l'oubli a blanchi les mémoires. Franco ? Les gens feignent de ne pas entendre. Or, rien ne semble plus ambigu que cette amnésie collective. Car le franquisme n'est pas mort avec Franco.

Le petit général s'est éteint, mais la Castille demeure. Hautaine, elle poursuit sa veille.

Or, qu'est-ce donc cette Castille de braise ? « Silence ! Silence ! » Il s'agit que rien ne vienne déranger l'ordre immuable des choses ; que les bruits du commerce et de l'avidité ne troublent pas son secret dialogue avec Dieu.

Folie ? Certes. Mais la Castille n'a jamais mis l'habit de la raison ou de la dialectique. Elle n'a jamais quitté le deuil. Elle se veut absolue, radicale, folle.

Franco n'est pas mort. Demain, il renaîtra. Il se dira anarchiste ou communiste, mais il criera avec rage : « Silence ! Silence ! » Une seule foi. La fidélité aux principes. L'accord des idées et de l'action : *honra y prez*...

TROISIÈME PARTIE

La soutane et le bicorne

... si l'Espagne doit être nationale et fasciste, l'État espagnol doit nécessairement être catholique...

Pemartin.

1

L'appel de la Castille : l'intolérance

Terre de violents contrastes, lieu de la plus haute tension, comment s'étonner que la Castille suscite les réactions les plus passionnées ? Depuis deux siècles, les deux familles politiques espagnoles — conservateurs et progressistes — se disputent avec fureur autour de ces paysages décharnés. Ce sont moins des arguments qui alimentent ces polémiques que des sentiments de ferveur ou de haine, d'exaltation ou de révolte. Une fois encore, il ne s'agit pas de persuader mais de réduire l'adversaire au silence.

En France, des essayistes perspicaces croient devoir relever, dans le tempérament français, une tendance à la radicalisation. À les en croire, la France serait un pays porté aux extrêmes. J'admets qu'on puisse soutenir semblable thèse, et il doit être possible de l'étayer par des exemples. Il me semble néanmoins que la tendance française à la radicalisation tient davantage des excès du langage que d'un tempérament violent. Pour moi, qui vis installé entre deux patries, comparée à l'Espagne, la France apparaît comme un havre de tolérance et de douceur. Certes, on s'y dispute avec âpreté ; on met beaucoup de *furia* dans les débats politiques. Que ces emportements semblent mesurés pourtant auprès des excès qui, outre-Pyrénées, déchaînent des cascades de meurtres, des atrocités d'une sauvagerie inouïe ! Je doute que les Français soient capables de cette frénésie du sang qui, régulièrement, jette les Espagnols dans des convulsions meurtrières.

Naturellement, on cite la Révolution, la Terreur, les massacres de Septembre, l'épuration qui suivit la Libération[1].

Au cours de l'interminable guerre civile que fut le XIXe siècle espagnol, la mort fut distribuée avec une générosité et un raffinement de cruauté qui dépassent l'imagination. Pour éprouver la volupté de donner la mort la plus gratuite, la plus « pure », si je puis dire, on arrachait des yeux, on écorchait, on amputait des bras et des jambes, on tranchait des oreilles, on coupait des sexes.

Il ne faudrait pas croire que pareilles horreurs furent commises par des détraqués ou par une poignée de voyous. Non, des jeunes gens élevés dans les meilleurs collèges européens devenaient à leur tour des bêtes sanguinaires, amoureuses des pires violences.

Dans un chapitre précédent, j'ai rappelé quel flot d'assassinats la guerre civile déchaîna dans les deux camps. Chez les uns, la mort, ritualisée, suscita une liturgie sombre ; chez les autres, elle fut distribuée dans la fureur et dans l'aveuglement. Dans les deux camps, la mort devint la mesure de toute chose.

C'est sur ce fond de violence que reposent les polémiques autour de la Castille. Dès qu'on touche du

1. Maintenant qu'on connaît avec exactitude les chiffres, cette épuration semble bien modérée pourtant.

doigt ce nœud de mythes où l'Espagne se regarde, chaque Espagnol se raidit, rassemble ses forces, se prépare au combat.

Quand la France veut comprendre l'Espagne

La conscience de groupe semble passer d'abord par un processus d'identification, au sens freudien. Le héros donne à la tribu un nom ; ses hauts faits fondent un modèle psychologique que les membres du clan tendent à imiter. Vertus et vices prennent ainsi les traits d'hommes et de femmes ayant une origine semi-divine.

Plus tard, ces figures s'estompent. Elles se fondent dans la loi, égale pour tous et à laquelle les dieux mêmes finissent par se soumettre. D'épique, la représentation se fait alors tragique. Le héros n'est plus cette créature hors de l'humain, issue des dieux, dont on loue le nom et dont on psalmodie la geste. Par l'intériorisation de la loi commune, il a acquis une conscience déchirée. Ce ne sont plus ses actes qui le définissent, mais ses questions, ses angoisses et sa révolte. Antigone ne s'oppose pas seulement à Créon ; elle se dresse contre la cité matérialisée dans une Loi qu'elle récuse. C'est au nom d'une loi supérieure, contenue dans sa seule conscience, qu'Antigone se dresse contre le pouvoir. Mère de tous les réformateurs, de tous les visionnaires, elle fonde pour sa progéniture le droit à la désobéissance et à la rébellion.

Ce passage de l'épique au tragique, de l'action à la réflexion, de la spontanéité à l'inquiétude, la France l'a parcouru entre 1792 et 1914.

S'appuyant sur la Raison, la bourgeoisie créait l'ère moderne en substituant à l'identification tout un ensemble d'explications. Dans ses écoles, elle enseignera d'abord l'art de disserter dans les règles. Pour justifier sa prise de pouvoir et assurer son hégémonie, elle présente sa Révolution comme un bouleversement nécessaire, commandé par la Raison. Elle accule ainsi ses adversaires à l'irrationnel. Les nostalgiques de l'Ancien Régime ne trouvent à lui opposer que la fidélité, c'est-à-dire une esthétique de l'immobilisme. Chateaubriand fera l'éloge funèbre d'un monde sans justification.

La bourgeoisie n'ayant, en Espagne, jamais constitué une classe assez nombreuse et influente pour exercer le pouvoir, cette élaboration théorique n'a pas pu s'accomplir. Du coup, les mythes ont conservé leur caractère originel. N'ayant pu devenir philosophiques, ni être élaborés par le discours rationnel, ils sont demeurés dramatiques, c'est-à-dire générateurs d'actes.

Voilà sans doute qui rend si ardue, pour un esprit français habitué aux raisonnements en trois points, l'approche de l'Espagne.

Dans ce pays, les raisonnements s'enlisent mystérieusement. Non, certes, que les Espagnols refusent de discuter ni qu'ils se révèlent incapables, par on ne sait quelle fatalité, d'évaluer des idées à la lumière de la Raison. Ils n'aiment rien tout au contraire que la discussion. Amoureux du verbe, ils passent des heures en conversations, souvent brillantes. Pourtant... une cloison vitrée semble séparer un Français d'un Espagnol, dès qu'ils commencent à parler. Cette vitre, il me semble, en cet instant précis, la sentir **au-dedans de moi**, séparant deux moitiés de ma personne dont chacune écoute l'autre, s'imagine la comprendre et découvre, à la fin, que l'entente n'aura été qu'une illusion, vite dissipée.

Serait-il impossible à l'Espagnol de porter ses conflits sur le terrain de l'argumentation rationnelle ?

Deux évolutions historiques divergentes, dans les deux pays considérés, ont néanmoins forgé deux types d'hommes antinomiques.

Les Français, j'ai eu maintes occasions de le constater, aiment sincèrement l'Espagne. Ils portent aux Espagnols des sentiments d'estime et de respect. La dignité, le sens de l'honneur, le courage — autant de qualités que le Français attribue volontiers au peuple espagnol.

De même les Espagnols, dès que leur tension vitale se relâche un peu, reluquent-ils de l'autre côté des Pyrénées. Aux Français ils reconnaissent la finesse, l'élégance, la courtoisie et l'esprit de tolérance.

Voilà pour les stéréotypes dont il n'importe guère d'apprécier la justesse. Par ces verres déformants, les deux peuples se regardent et s'imaginent se reconnaître.

Après chaque phase de tyrannie, l'Espagne libérale se met à courir derrière l'Europe, via Paris. Les idées françaises se propagent dans toute la Péninsule. Livres et journaux empruntent au vocabulaire parisien. Ainsi, récemment, les cars de touristes espagnols qui accouraient à Perpignan voir *Le Dernier Tango à Paris*, ces pèlerins de la pornographie « moderne » annonçaient-ils aussi sûrement la fin de la dictature que les accès de gâtisme du général Franco. L'Espagne se proclame-t-elle européenne ? Jargonne-t-elle le langage des gauches ? La République approche, qui coiffera le bonnet phrygien et chantera *La Marseillaise*.

Aussitôt les libéraux français, trompés par les similitudes du vocabulaire et des réactions induites, se persuadent qu'ils communient avec l'Espagne, la vraie cette fois, celle que la force brute empêchait seule de déclarer sa passion pour la liberté. Ils ne voient pas les malentendus parce que l'idée qu'ils ne puissent pas, armés de la Raison, tout comprendre, tout analyser, tout expliquer, parce que pareille idée ne les effleure même pas. Que de fois ai-je assisté à ce spectacle risible : un intellectuel français occupé à expliquer l'Espagne à un groupe d'Espagnols qui approuvent, en remettent, désireux de prouver leur modernisme et leur européanité !

La majorité de ces Français donneurs de leçons politiques est issue de la bourgeoisie. Or, ce qui désigne le bourgeois, c'est la conviction qu'il peut tout réussir, que rien ne lui résiste. Cette conviction s'appuie sur le credo de sa classe : l'univers est à conquérir, à réduire en chiffres et en lettres.

Pour ce qui touche à l'Espagne, il y va de quelque chose de plus essentiel, de plus obscur néanmoins ; quelque chose qui explique la fascination que l'Espagnol et le Français exercent l'un sur l'autre, mêlée à une antipathie tout aussi viscérale.

Pour résumer, je dirais que chacun est la tentation de l'autre. L'Espagnol offre au Français l'image accomplie de l'abêtissement pascalien. Voilà en effet un homme qui résout ses contradictions en s'agenouillant, en se fermant au monde, en acceptant de renoncer à tout pour s'abîmer dans la paix durement conquise des certitudes désirées. Le doute est banni, expulsé ; l'inquiétude vaincue par la prière ; l'angoisse surmontée par la fidélité aux choix.

Cet homme, les tumultes de l'Histoire ne l'intéressent plus. Il a abdiqué toutes ses responsabilités de citoyen ; il s'est fait sujet ; il baise ses chaînes ; il ferme sa porte à ceux qui viennent l'importuner en lui rappelant que l'Histoire continue de marcher.

La neige tombe sur la Castille bercée par les voix de ses cloches et, symboliquement, le vieillard se recouvre du blanc manteau de la chevalerie mourante. Il ensevelit pareillement sa fille sous cette mante, qui est un linceul. Tout se tait : le Maître de Santiago retourne à ses songes cependant que, dehors, on arrête et on déporte les familles juives. Voici la tentation que l'Espagne présente aux Français : celle de l'abdication qui prend des poses avantageuses. La tentation du « rien ». La vieille ombre des minarets où le sommeil semble si doux, si profond.

Inversement, le Français présente à l'Espagnol une image de la vie contrastée, faite d'échecs qu'il faut comprendre et surmonter, de victoires à dominer. Rien n'est immobile. Tout bouge, tout change, et la durée n'est qu'un leurre[1]. Déjà cette seconde a passé et j'ai un peu changé avec elle. Demain, je devrai me retrouver en me confrontant au réel, en le déchiffrant, condamné à sans cesse inventer de nouveaux signes pour une réalité, elle aussi, nouvelle. Penser, comprendre, questionner, marcher — vivre, enfin : voilà ce à quoi l'Espagnol, du fond de sa maladie séculaire, aspire. Et, naïvement, il s'imagine qu'il y arrivera en imitant son modèle. Jusqu'au jour où il découvre qu'il est « autre », que ces habits d'emprunt ne lui vont pas, et où il rejette le tout avec fureur, avec dépit, avec haine.

Cette haine des Français, je l'ai observée en

1. C'était, déjà, la leçon de Montaigne, ce précepteur de l'ironie française.

Espagne dans les années 50. Pas un jour ne passait que je ne fusse insulté, parfois battu. Et... dans un même temps, je vivais en donnant des leçons de français, je commentais Mauriac et Bernanos avec mes élèves. Je mesurais de la sorte ce mélange d'attirance et de répulsion que la France, cette tentatrice, inspire à chaque Espagnol.

Aujourd'hui, l'heure des malentendus sonne à nouveau. L'Espagne quitte l'ombre des minarets, elle marche vers l'Europe. Du coup, bon nombre s'exalte à ces retrouvailles tant attendues. On donne dans les effusions, dans les pleurs et les embrassades. Qu'il conviendrait donc de se taire, de réfléchir, de conserver un peu de dignité !

2

Une léthargie séculaire

Jusqu'à aujourd'hui, les Espagnols sont restés prisonniers de leurs mythes. Cela fait plus de quatre cents ans que leur histoire se répète avec une fastidieuse monotonie. Pas une révolution qui ait réussi, aucun bouleversement profond, à tout le moins au niveau de l'organisation de l'État. Même sur le plan économique, les choses n'ont pas changé jusque dans les années 1955-1960. Du règne des Rois Catholiques à la dictature du général Franco, on relève une continuité atroce ou admirable. Une unique secousse, conséquente à l'invasion napoléonienne et à la guerre d'Indépendance : les guerres carlistes et la politique anticléricale des gouvernements libéraux, notamment celui de Mendizobal. Encore ses effets furent-ils d'une imprévisible ironie puisque, loin d'élargir les assises de la bourgeoisie, la vente des biens de l'Église renforça le pouvoir de l'aristocratie terrienne. Les milliers de paysans misérables ne ressentirent aucun changement. Courbés, ils vivaient sur les champs pierreux appartenant aux ordres monastiques ; courbés, ils continuèrent de vivre sur les mêmes champs, rachetés par les seigneurs locaux.

Seule la Russie tsariste a connu en Europe pareille durée d'immobilisme. Jusqu'à l'aspect des villes et à la composition sociologique du pays qui demeurent inchangés. On lit les monographies et les documents des XVIe, XVIIe siècles ; on compulse les statistiques de 1930, de 1936 :

C'est la même litanie.

Une telle léthargie procure une sorte de vertige. Comment se peut-il qu'un peuple ait réussi, durant tant de siècles, à échapper aux convulsions de l'Histoire ?

À ce point, toutes les « explications » échouent. La répression ne peut à elle seule rendre compte de cette passivité. Certes, le mythe castillan a conquis les consciences : l'influence de l'Église amollissait les esprits, l'Inquisition remplissait un rôle de dissuasion.

Cela admis : comment les populations espagnoles ont-elles pu supporter si longtemps leur misère et leur esclavage ?

On pourrait s'interroger pareillement quand on considère cette longue période qu'on nomme Moyen Age.

Peut-être la question est-elle mal posée. Surtout, nous la formulons depuis le mythe bourgeois dont nous sommes, nous aussi, habités.

Interroger le malheur avec tant d'étonnement épouvanté implique que nous nous situons hors du champ du malheur. C'est ce dont la bourgeoisie tend à nous persuader depuis deux siècles. Déjà Robespierre et Saint-Just, avocats de leur classe, vendaient le Bonheur du haut des tribunes.

C'est du fond de notre confort que nous interrogeons le Moyen Age. Nous ne lui demandons pas : quel bonheur éprouviez-vous ? Quelles étaient vos joies ? Ou plutôt : nous commençons à le faire parce que nous ne sommes pas très sûrs du bonheur que la bourgeoisie nous propose.

Il paraît évident qu'aucune société ne peut se survivre si longtemps quand ses membres n'y trouvent aucune satisfaction. Malgré les horreurs qui nous font frémir, malgré la misère, malgré l'Inquisition, la vie dans cette Espagne théocratique devait être vivable. À preuve, elle fut vécue.

On m'objectera que pareil argument ne vaut rien. On a aussi vécu à Auschwitz. Cela signifie-t-il que l'existence y fût tolérable ?

Je pense que de telles analogies valent pour un bref laps de temps. L'Espagne a pu ressembler à une vaste prison durant une période de son histoire. Sur plusieurs siècles, cela ne paraît guère vraisemblable.

Si je soulève ce problème, ce n'est certes pas dans l'intention de me livrer à une réhabilitation déguisée des régimes autoritaires ; c'est, plus simplement, afin de mieux comprendre ce qu'a été, dans le vécu de ses peuples, cette Espagne prise dans ses mythes et figée dans un ordre social qui se voulait immuable.

La connaissance de l'Espagne actuelle passe par une meilleure connaissance de l'Espagne qui a commencé de mourir vers 1950 avec, cette fois, de profonds bouleversements socio-économiques.

Vivre sous le franquisme

Dans l'esprit des Français, le mot « fascisme » fait lever de sombres images où l'obscurité de l'occupation allemande incline la mémoire à des souvenirs de privations, de peur, de terreur.

À cet acquis personnel, chacun ajoute les souvenirs collectifs perpétués par les films d'actualité : les charniers d'Auschwitz, les fosses pleines de corps nus et disloqués, tel regard halluciné d'un enfant juif près d'être abattu d'une balle dans la nuque.

Aussi l'Espagne franquiste, qualifiée de « fasciste », suscite-t-elle une instinctive répulsion. Quant à l'existence quotidienne, c'était, sans doute, l'Enfer de Dante. Au milieu du silence apeuré ne résonnaient que les cris des réprouvés, les aboiements des tortionnaires, les chants funèbres des inquisiteurs.

Je ne prétendrai pas que ces fantaisies soient sans aucun rapport avec la réalité. Si l'on désire cependant approcher de l'Espagne, il faut passer au-delà de ces fantasmagories.

Non que l'Espagne fût en 1950 plus « authentique » qu'elle ne l'est aujourd'hui. Ni plus ni moins d'ailleurs. Elle se trouvait néanmoins dans un état mieux accordé à son histoire, et qui permet de mieux cerner les signes de son mal, comme il est plus aisé, pour un médecin, de faire un diagnostic sur un malade en crise que sur un patient dont les maux sont assez diffus pour autoriser plusieurs lectures.

Contrairement au fascisme mussolinien ou au nazisme, le franquisme n'apportait rien de neuf à l'Espagne. C'était le retour au même, un simple recommencement.

Dès lors, l'Espagne retrouvait, sous Franco, ses fantômes familiers. Bercée par les cantiques des prêtres, surveillée par la garde civile, elle replongeait dans ses rêves séculaires.

Était-ce donc l'enfer ? Si oui, comment l'avons-nous supporté ?

Au risque d'en scandaliser plus d'un, je veux d'abord dire que je rencontre un abattement plus insidieux aujourd'hui que dans les années 1948-1952.

J'entends bien : à cette époque, j'avais moins de vingt ans. La jeunesse met sa gaieté dans la pire des situations. Subjective, mon opinion ne compte pas.

Je rétorquerai que ma jeunesse ne fut pas particulièrement joyeuse. Ces années, les plus dures du franquisme, je les ai passées dans des conditions fort précaires — c'est un euphémisme. J'ai mendié pour survivre, j'ai travaillé en usine, j'ai été l'élève boursier des jésuites. Du nord au sud, de l'est à l'ouest, mes tribulations m'ont fait parcourir toutes les provinces espagnoles ou presque.

Certes, il serait présomptueux de ma part de prétendre que j'ai tout vu, tout compris de cette Espagne-là. Du moins je l'ai bien connue.

Je sens donc plus d'abattement dans l'Espagne actuelle que dans celle de ma jeunesse : comment faut-il entendre cela ?

Incontestablement, on vit mille fois mieux aujourd'hui qu'hier. Aucun de mes compagnons de jeunesse n'eût seulement osé rêver de pareil confort. L'Espagne actuelle, c'est l'Amérique telle que nous la rêvions, nous autres, pauvres hères. L'abondance y coule à flots.

Or, pour imaginer l'Espagne franquiste, il faudrait commencer par arrêter le mouvement qui semble emporter les Espagnols d'aujourd'hui.

L'immobilisme politique se concrétise d'abord par une fixation géographique. Nous bougions peu. Ou, pour mieux dire : nous bougions autrement. Nous nous déplacions par petites étapes, dans les wagons de troisième classe toujours bondés. Surtout, nous allions quelque part. Soit qu'on nous eût parlé d'un travail possible, soit que nous rendions visite à un ami ou à un parent, chacun de nos voyages avait un but. Même une journée à la mer constituait une expédition. Nous partions à l'aube, nous prenions le train d'assaut, emportant nos victuailles, et nous savions où ce train nous menait.

On trouvera que je finasse. Est-ce tellement important de savoir où l'on va ? Peut-être que oui, si on y réfléchit. Cela impliquait que nous savions pareillement d'où nous venions. Il m'est arrivé de voyager seul parce que j'étais un déclassé, traqué par la police. Le plus souvent pourtant, nous nous déplacions en groupe. Ainsi la communauté nous entourait-elle, nous protégeait-elle. Nous étions les gars de tel village, de tel quartier.

Pour mieux éclairer le tableau, il faut ensuite retirer toutes les richesses qui, aujourd'hui, s'étalent.

C'est peu dire que nous étions pauvres. Nous vivions dans un dénuement voisin de la misère. Bizarrement, cette pauvreté, parce qu'elle était largement répandue, nous paraissait plus légère. Les riches étaient rares et leur fortune dépassait ce que nous aurions osé imaginer. Nous ne pouvions pas les envier parce qu'ils se trouvaient trop éloignés de nous, juchés sur un Olympe que nos regards n'atteignaient pas.

Voilà sans doute un point plus important que le précédent : la première phase du franquisme, théocratique et aristocratique, qui s'acheva vers 1955 — cette phase se caractérise par un égalitarisme de la pauvreté d'où sortait un sentiment de fraternité.

Les rapports sociaux, en ce monde misérable et figé, étaient marqués par une chaleur humaine que je ne retrouve pas dans l'Espagne d'aujourd'hui.

Si bête que cela semble : nous étions heureux de vivre ensemble. Nos jours, nos nuits se passaient dans la rue où nous errions par bandes étroitement soudées. Les barrières sociales n'existaient guère parce que les différences étaient minimes.

À nous autres, le futur n'inspirait pas cette crainte exaspérée que je flaire aujourd'hui chez tant de jeunes. Au fond, nous ne redoutions rien, parce que nous n'avions rien à perdre. Les uns et les autres, nous espérions réussir un concours et entrer, soit dans l'administration, soit dans l'armée, soit, pour les plus pauvres, au séminaire.

Quand j'évoque mes compagnons d'alors, je les revois, ou cadets dans une académie militaire, ou employés de banque ou de bureau. Les régions industrielles mises à part, l'État nous apparaissait comme notre employeur exclusif. Or, l'État payait fort mal, quoique régulièrement. Il n'y avait donc pas à nourrir de trop vastes ambitions. Nous savions que nous aurions une vie médiocre. Cela nous évitait les regrets et les jalousies. Psychologiquement, nous éprouvions même un curieux sentiment de liberté. Nous nous sentions dégagés de toute responsabilité envers l'avenir. Nous vivions intensément chaque heure, sans réfléchir au lendemain. Le fatalisme hérité des Mores faisait le reste.

Beaucoup penseront que je brosse un tableau idyllique de l'Espagne franquiste. À la rigueur, ils accepteront que la situation fût telle que je la décris pour les classes moyennes mais non pour le prolétariat.

On ne répétera jamais assez qu'il faut par-dessus tout se garder des excès de langage. A force de réciter mécaniquement des formules toutes faites, on finit par ne pas voir la réalité mais son reflet. Ainsi le mot « prolétariat » suffit-il à susciter des épanchements et des débordements.

Ayant vécu la vie des ouvriers de Barcelone, je maintiens que, dans un climat de misère générale, l'existence était plus détendue et, en un sens, plus gaie, plus chaleureuse. Même dans la classe ouvrière, il régnait une atmosphère que j'hésite à définir. Peut-être était-ce du soulagement ? On travaillait, on mangeait, on avait un lit où dormir : c'était toujours ça.

N'oublions pas non plus que la guerre civile s'était terminée dix ans auparavant. Aussi vivait-on dans ce sentiment de délivrance qui suit les grandes catastrophes. Dans l'air, il y avait comme des frissons électriques. Tout devenait prétexte à fêtes. Pour un oui ou pour un non, les rues s'emplissaient d'une foule bruyante qui chantait et dansait sa joie d'avoir survécu à tant d'épreuves. Je doute que je puisse jamais connaître des fêtes aussi débridées.

Je me rappelle la nuit de la Saint-Jean dans le quartier de Gracia, à Barcelone. Dans chaque rue, on allumait de grands feux. Une mer humaine coulait d'un bûcher à l'autre, dans la clarté des brasiers et des feux d'artifice qui embrasaient le ciel et dans le vacarme des pétards, des rires et des chants. Des orchestres jouaient en plein air. On dansait dans toute la ville jusqu'au petit jour. Saoule de musique et de cris, la foule braillait à faire éclater ses poumons ; elle courait, rendue folle par cette soudaine explosion d'allégresse.

À Huesca, pour la Saint-Laurent, nous étions cinq, six jours sans dormir. Épuisés, nous nous couchions une heure sur l'asphalte pour reprendre avec le jour notre folle galopade. Nous finissions vidés, comme désarticulés.

Et à Pampelune, début juillet, ou à Ubeda, pour la Saint-Michel : toutes les fêtes me reviennent à la mémoire pour constituer une fête unique, une bacchanale pleine de fureur et de cris, de baisers et de rires, de sexe et de violence.

Non, l'Espagne franquiste n'était pas Auschwitz. Je pense parfois que la vie était non pas plus agréable mais plus facile que dans l'Espagne d'aujourd'hui.

C'est que l'argent, à l'heure actuelle, exaspère tous les appétits. De ce fait, l'envie, infirmité espagnole par excellence, empoisonne tous les rapports sociaux. Tout est fait pour que chacun se sente frustré de ce qu'il ne possède pas.

Ceci me frappe également : les Espagnols n'ont plus le temps. Harcelés, bousculés, ils courent d'un endroit à l'autre, d'un rendez-vous au suivant. Le *mañana* proverbial ne caractérise plus l'Espagne d'aujourd'hui, jetée à la poursuite du confort et de l'argent.

Cette frénésie ne manque pas d'avoir des effets fâcheux sur l'art de vivre. Avec la richesse, les Espagnols découvrent l'égoïsme. Eux dont le plus clair du temps se passait au café, à la promenade, dans la rue, ils restent à présent calfeutrés dans leurs logements devant leurs récepteurs de télévision.

Impressionnables, ils réagissent à ce flot d'images par une excitation chaque jour accrue. Ils sont inquiets, ils ont peur, ils aiment et détestent sans trop savoir qui ni pourquoi. Ils présentent les premiers signes de cette maladie du siècle dont l'évolution s'achève dans l'indifférence et dans l'apathie. Dans trois ans, ou dans cinq, ils formeront, si rien ne dévie le mouvement actuel, une masse amorphe, enragée dès qu'elle s'imagine menacée.

Vers 1950, au contraire, le rythme de l'Espagne était d'une lenteur hallucinante. Le chômage atteignait un pourcentage tel et les salaires étaient si bas qu'on embauchait trois hommes là où un seul eût suffi. Et chacun de ces trois hommes, mal nourri, économisait sa force en ralentissant ses gestes. Étendus à l'ensemble de la population, ces réflexes engendraient une atmosphère délétère. Dormir, trouver un pan de mur au soleil pour s'y reposer, s'asseoir à l'ombre pour y rêver — la quête de l'oubli constituait notre principal souci.

La guerre civile et ses suites avaient laminé les classes moyennes, dont les revenus se situaient à peine au-dessus de ceux des plus défavorisés.

C'est l'absence d'une classe moyenne puissante et consciente d'elle-même qui colorait, je crois, l'Espagne des années 50. Le tissu social s'en trouvait resserré.

Le prix de l'ordre : la liberté

Si je rassemble tous ces éléments, j'obtiens un tableau plein d'ombres et de lumières.

Une existence précaire, la misère partout présente, un désespoir muet enfoui dans les prunelles. De la fatigue. Un irrépressible désir de sommeil et d'oubli.

Mais, en contrepartie, l'accueil, l'hospitalité, la chaleur humaine. Des rapports sociaux aisés et détendus. Un rythme de vie d'une indicible langueur, avec de brutales accélérations où la joie tournait au délire.

En somme, le franquisme était non seulement vivable mais encore bon à vivre, POURVU qu'on renonçât à penser librement.

« C'est exorbitant ! » s'écrieront d'aucuns. Ce l'est, certes, pour une minorité d'hommes. Mais la liberté pourrait bien n'être qu'un luxe à l'usage d'une poignée de privilégiés. Dans son ensemble, la population s'en passait sans la moindre peine.

Même sur ce point, il faut se garder des idées toutes faites. Rien ne serait plus erroné que d'imaginer un peuple tremblant et qui n'ose exprimer une pensée, de peur de la police.

La dissuasion par la répression opère par la périphérie. Elle ne frappe qu'une minorité active ou une poignée de malchanceux chez qui l'alcool ou la colère ont affaibli l'instinct de conservation.

La terreur existait assurément. Elle faisait un grand nombre de victimes. Elle n'eût pas suffi à maintenir la dictature cependant, s'il n'existait en chacun de nous une aptitude psychologique pour l'aveuglement.

Curieusement, la vie dans un régime totalitaire n'est pas exclusivement fondée sur la peur[1]. C'est même une chose dangereuse, la peur, parce qu'elle vous expose et vous désigne. Quand on commence à avoir peur, c'est qu'on se sent menacé, à tort ou à raison. On glisse vers le monde incertain où la police guette ses proies.

Pour la majorité des gens, les choses se passent autrement. On sait d'instinct ce dont il ne faut pas parler, ce à quoi IL NE FAUT PAS MÊME PENSER.

Au début, il arrive qu'on doive y réfléchir consciemment. On se surveille, on se dit : attention ! danger... Très vite, la surveillance devient superflue. Le tri des pensées s'opère à un autre niveau que la conscience. On se persuade même qu'on ne pense

1. Ces foules en pleurs, lors des obsèques de Staline ?...

rien et qu'on pense librement. Non, ce n'est pas par peur qu'on répète les mots d'ordre du régime. La preuve ? On aime Franco, on aime l'Église... Et l'on se jette dans la foule, on hurle, bras levé : Franco, Franco ! On pleure d'entendre sa voix. Bien sûr, on ne comprend pas ce qu'il dit. Comprendrait-on qu'on ne serait d'ailleurs pas d'accord. Mais on n'est pas venu pour réfléchir. On est venu pour se perdre dans la multitude, pour s'échauffer au milieu des autres, pour éprouver toute l'intensité de l'amour qu'on porte au Caudillo. Pour se persuader qu'on pense ce qu'il pense, **puisqu'on l'aime.**

Je puis mieux me représenter, ayant vécu sous l'ère franquiste, comment on a vécu en Espagne durant plusieurs siècles. Je m'explique même la fureur des Espagnols à renchérir sur leurs tyrans : *Vivan les cadenas !*

« Vivent nos chaînes » : ce cri rageur, je l'ai entendu pousser, je l'ai moi-même jeté, entre 1947 et 1953.

Ainsi le mythe s'affermit-il de nos peurs. Mais il procure également à ceux qui s'y abandonnent un certain bonheur, fait de repos.

Bien entendu, depuis la mort de Franco, chacun s'ingénie à noircir le tableau et à se persuader qu'il a durement pâti de la dictature.

À ce compte, il n'y aura bientôt en Espagne que des démocrates fervents, victimes de la « répression fasciste ».

Il ne servirait pourtant à rien de se demander où sont passées ces immenses foules qui, hier encore, acclamaient le Caudillo. En fait, elles n'ont jamais été là où on les a vues. Je plaisante ? Pas tout à fait. Ces rassemblements ne relevaient pas du domaine de la réalité mais de celui de l'hallucination collective. Chaque participant s'y retrouvait en vertu moins d'une décision personnelle que d'un transport obscur de l'esprit. Aussi chacun peut-il se persuader aujourd'hui qu'il n'a jamais été franquiste. Au fond, il était « rien ». Il n'a pas davantage vécu une expérience politique. Il a vécu « rien » — un songe.

L'échec des libéraux

Depuis des siècles, tous ceux qui découvrent l'Espagne font la même expérience qu'ils rapportent en des termes fort voisins. Ils peignent la misère, la faim, l'ignorance — mais aussi la fierté, le fanatisme, la cruauté. Les uns s'écartent, horrifiés, de ce pays sinistre ; d'autres s'en éprennent et le défendent avec passion.

À tout le moins, ces réactions constantes suffisent à prouver que le pays possède une personnalité très forte. Or, son caractère découle de ses infortunes. Les Espagnols ne sont pas plus « fiers », plus « fanatiques » ni plus « cruels ». C'est leur histoire qui les a « faits ».

L'orgueil les sauve de la déchéance : pauvre ? Soit ! mais homme d'honneur qui n'a pas à rougir de son sang. Le fatalisme les venge de leur position humiliée : on me traite comme si j'étais quantité négligeable, un déchet — « rien » ? Je veux être « rien ». Nous sommes tous « rien » devant le Seigneur. La vie même est « rien ».

Par la cruauté enfin, l'Espagnol se châtie de sa passivité. Quoi ! Il y a un malheureux dément pour réclamer la liberté de pensée, pour mettre en cause l'éternel désordre de la société ? Pour qui se prend-il donc ? Et de quoi ai-je l'air, moi qui, chaque jour, baise ostensiblement mes chaînes afin de mériter mon repos ? Traître ! Scélérat ! Hérétique ! Ah ! oui, voilà le mot parfait : hérétique.

N'y aurait-il donc rien au-delà de la névrose ? Certes, oui. Il y a une population latine faite d'un mélange de races où l'apport berbère domine nettement. Mais il n'y a pas ces traits de caractère que nous sommes habitués à considérer comme « naturellement » hispaniques, alors qu'ils constituent des conduites induites par l'Histoire.

Au fond, les conservateurs n'ont pas tout à fait tort de prétendre qu'ils ont fait l'Espagne autour de l'idéal castillan. Les Espagnols leur sont redevables d'un ensemble de comportements névrotiques qui définissent leur caractère. Sans cette maladie psychique, peut-être seraient-ils la Suisse du sud de l'Europe.

De leur côté, les progressistes espagnols n'ont jamais trouvé la réponse adéquate à la question : dans quel sens modifier les structures socio-politiques pour permettre l'éclosion d'un nouveau type d'homme, plus sain, plus apte au bonheur ?

Ces libéraux composaient l'infime minorité qui ne peut pas vivre dans l'abrutissement et pour qui penser librement est aussi important que manger ou respirer. L'existence en Espagne a donc toujours été intolérable à ces hommes. C'est dans l'exil qu'ils ont cherché la réponse à cette question : quel État fonder pour guérir les Espagnols de leurs maux séculaires ?

C'est peu dire que les libéraux espagnols n'ont pas eu de chance. Avec la biographie de la plupart d'entre eux, on ferait un livre plein d'ironie et de cruauté.

Avides de s'instruire, d'assimiler les plus récentes

découvertes, ils s'en allaient étudier à Heidelberg, à Berlin ou à Paris. De longues années, ils vivaient à l'étranger, parfois avec mille difficultés, méditant, imaginant une Espagne délivrée de l'emprise du clergé, éclairée par les sciences et par les arts, rénovée par la technique ; une Espagne ordonnée, besogneuse, prospère et saine ; une fille de Jean-Jacques Rousseau qui délaisserait son goût morbide des spectacles sanglants et s'en irait cueillir l'edelweiss en chantant de chastes refrains. Cette Espagne nouvelle, ils la voyaient ; ils croyaient la toucher du doigt. Elle serait l'expression du peuple espagnol tout entier, pour l'heure bâillonné par ses prêtres et terrorisé par une poignée d'aristocrates. Délivré de sa peur séculaire, ce peuple hurlerait sa joie, acclamerait ses libérateurs.

Dans leurs chambres garnies, ces apôtres concoctaient des lois, des constitutions, prenant grand soin d'y introduire les idées les plus neuves, les perfectionnements les plus récents, empruntant ceci aux Français, cela aux Allemands, tel mécanisme constitutionnel aux Anglais, experts en choses publiques. Avec ces ingrédients, ils fabriquaient une entité hybride, une sorte de monstre qu'ils rapportaient un jour triomphalement en Espagne.

Quelquefois, leurs idées ont connu un moment de notoriété. Elles ne tardaient pas cependant à s'enliser dans la passive indifférence espagnole. Il arrivait même qu'elles soulèvent des tempêtes de rires. Ou bien, elles provoquaient la haine. Quelle que fût la réaction, le résultat demeurait le même : l'Espagne rejetait ces belles chimères. Ses inventeurs étaient hués, conspués. Encore heureux s'ils ne terminaient pas comme Riego, enfermé dans une cage et promené de village en village.

La plupart des libéraux, déçus, amers, s'exilaient définitivement ou achevaient leurs jours reclus dans leurs maisons, ayant abandonné l'espoir de jamais voir se modifier la situation politique espagnole. Au lieu de poser la question : quelle erreur avons-nous commise ? ils accusaient le tempérament espagnol, rebelle au progrès, inapte au modernisme.

L'histoire d'Espagne est jalonnée des échecs subis par ces progressistes amoureux de leur pays et décidés à faire son bonheur, malgré le peuple espagnol s'il le faut.

Ce qui frappe, quand on considère ces espoirs sans cesse ruinés, c'est que la majorité de ces hommes partaient du même principe : la transformation du pays incombe à l'élite, à la minorité éclairée. Ils considéraient le peuple comme un enfant indocile qu'il leur faudrait éduquer. C'est avec une poignée d'officiers, d'instituteurs et d'avocats que ces révolutionnaires envisageaient de bâtir la nouvelle Espagne.

La franc-maçonnerie, école des libertés

Dans un pays où le goût du secret atteint un degré indépassable, la franc-maçonnerie devait trouver un terrain d'élection. Elle ne fut certes jamais une puissance. Mais elle fut, tout au long du XIXe siècle, l'unique force d'opposition ayant un semblant de cohésion. De ses rangs sortirent la plupart des chefs libéraux.

Toute la politique de la franc-maçonnerie se résumait en une haine farouche de l'Église. Cela constituait un programme d'action dans la mesure où, l'Église ayant confisqué l'État à son avantage, il fallait, pour abattre sa puissance, s'emparer de l'État. Ce que les progressistes réussirent à faire à plusieurs reprises.

Une fois maîtres de l'État, leur politique démontrait ses limites. Elle était faite d'anticléricalisme, et toujours d'anticléricalisme. Or, le peuple attendait d'autres mesures. Bien entendu, il approuvait ces bourgeois enragés contre l'Église. Il mettait le feu aux couvents, aux églises, tuait et dépeçait les curés, violait les religieuses et promenait leurs dépouilles. Ces amusements une fois passés, il se tournait vers les ministres. Et maintenant ? leur demandait-il. Or, les messieurs feignaient de ne rien entendre.

Ce peuple s'était toujours senti étranger à l'État. Voici que ceux qui s'en étaient emparés en son nom entendaient, tout en faisant de beaux discours, mener la même politique. Le divorce du coup devenait définitif entre le peuple et ses gouvernants.

Au sommet de la pyramide, les libéraux ne tardaient pas à découvrir leur solitude. Le clergé les haïssait, l'aristocratie les méprisait, le peuple les conspuait en attendant de les pendre. On ne gouverne pas longtemps avec le seul appui d'une poignée d'avocaillons. Et leur gouvernement ne durait guère en effet.

Jusqu'en 1936, cette mésentente entre la bourgeoisie progressiste et les forces populaires se peut observer. Rien n'est plus faux que de prétendre que le franquisme assassina une république démocratique et populaire.

La République ne fut jamais populaire. Elle naquit avec, au front, le signe de la mort. Il était entendu partout qu'elle serait balayée et remplacée par... « rien », criaient les anarchistes ; « une dictature prolétarienne », chuchotaient les communistes.

Applaudie par la bourgeoisie, la république parlementaire n'était acclamée par le peuple qu'en réaction contre la monarchie. À peine fut-elle installée, toutes les forces se déchaînèrent contre elle. De tous les horizons, on hurlait : « À mort ! À mort ! » C'est que le peuple espagnol était divorcé d'avec l'État, quel qu'il fût. Les expériences libérales ne lui avaient pas laissé un meilleur souvenir. Certes, les bourgeois s'en prenaient au clergé et ils chantaient l'hymne de Riego, mais leur anticléricalisme ne leur interdisait pas d'envoyer la troupe pour mater les grèves. Dans la répression, ils savaient même se montrer plus cruels que les monarchistes. Entre deux maux, le peuple en arrivait ainsi à préférer celui qu'il connaissait le mieux et auquel il était parfaitement habitué. Les monarchistes cléricaux ne se donnaient pas la peine en effet de faire de beaux discours. Ils ne songeaient pas à justifier leur domination. « C'est Dieu, disaient-ils, qui nous a mis là où nous sommes. »

Les bourgeois, au contraire, en appelaient aux principes sacrés d'Égalité et de Fraternité. À la fin des banquets, ils s'épanchaient en harangues sur les bienfaits de la liberté.

Ces hommes congestionnés faisaient, le mardi, tirer au canon sur les grévistes catalans ; et ils entonnaient, le vendredi soir, un péan à la gloire des divinités républicaines.

C'était non seulement manquer de tenue, c'était forfaire à l'honneur. Le peuple ne leur pardonnait pas ces palinodies. Il prenait leurs idées en haine.

Ce salmigondis de rousseauisme larmoyant et d'avidité apeurée, il le rejetait comme chose étrangère. Cela venait de France, d'Allemagne. En réaction, les Espagnols se faisaient plus brutes. Ils criaient leur haine de la pensée, leur mépris du progrès. Ils se voulaient des barbares, des Africains, et ils déchiquetaient ces apôtres des Lumières — comme pour en finir, une fois pour toutes, avec la frustration et avec la déception.

Après chaque bref passage des progressistes au pouvoir, le mouvement pendulaire ramenait une *camarilla* plus fermée, plus dévote, plus fanatique, qui se voyait accueillie par une explosion de ferveur masochiste.

« L'idéal de l'Espagnol, plaisantait un de mes amis, c'est une soutane coiffée d'un bicorne. »

3

Une monarchie sacrée

Depuis le XVe siècle, le mythe forgé par les conservateurs espagnols n'a guère varié. D'un auteur à l'autre, on le retrouve identique, à quelques variantes près. Il tient tout entier dans la formule déjà citée du cardinal primat d'Espagne à la veille de la guerre civile : « En Espagne, on est catholique ou rien du tout. » La patrie, ce n'est ni le sang ni la terre des ancêtres ; la patrie, c'est la foi chrétienne. De cette prémisse, il s'ensuivait que le meilleur État ne pouvait être qu'un État inféodé à l'Église.

Rien ne serait plus faux que d'imaginer que l'Église jugeait de la perfection de l'État en fonction de ses seuls intérêts matériels. Sans doute l'Église d'Espagne défendait-elle, parfois avec passion, l'ordre social qui renforçait ses privilèges. Mais la monarchie espagnole avait su résister aux empiétements du clergé : Charles Quint n'avait pas hésité à jeter ses troupes dans Rome et les soldats de Sa Majesté impériale avaient mis la ville à sac, pillant et tuant avec une sauvagerie qui scandalisa tout le monde chrétien. Le pieux Philippe II, lui-même, traitait la papauté avec une arrogante désinvolture.

Des papes haïssaient l'Espagne qu'ils considéraient comme un pays peuplé « d'un ramassis de Juifs et de Mores ». En un mot, la politique de la Couronne espagnole, tout en se réclamant du Christ, sut, quand il le fallait, combattre les prétentions du Saint-Siège.

Le catholicisme espagnol fut rien moins que romain, s'il continua néanmoins à prodiguer au Souverain Pontife les marques d'obéissance et de soumission.

La tête et le cœur de l'Église d'Espagne se trouvaient moins à Rome qu'à l'Escurial. Pour les cardinaux, pour les évêques, le chef visible du catholicisme, c'était le monarque reclus dans son palais-monastère, entre ses collections de peintures et de reliques.

D'où le caractère « terrible » de la monarchie espagnole. Le roi n'est pas un souverain parmi les autres, ce n'est pas un monarque chrétien : c'est le calife, le Commandeur des croyants.

Au palais, on fait la révérence au trône vide, comme on s'incline, à l'église, devant le tabernacle. On ne regarde pas le roi ; on lui parle à genoux, tête baissée. Cette étiquette bourguignonne constitue, avec sa liturgie solennelle et compassée, le rituel d'une religion austère.

Ce glissement, il s'est sans doute opéré sous une double influence : la fascination séculaire exercée sur la naissante monarchie du Leon par les fastes de la cour califale.

En s'emparant de Cordoue, en remportant avec la prise de Grenade la victoire décisive sur l'Islam, la monarchie espagnole a hérité de tous les prestiges, de tous les fastes de l'Orient. Il y a eu assimilation des pouvoirs, comme si le Roi Très Catholique avait avalé, digéré ces califes tant enviés, tant admirés.

Une seconde cause a été la confusion du politique et du religieux qui a fait des Rois Catholiques les prisonniers du mythe de la Croisade.

Lorsque Isabelle et Ferdinand pénètrent au milieu des clameurs dans Grenade, ils n'y entrent pas comme des souverains victorieux qui voient leur politique couronnée de succès. Non, ils se considèrent, se « sentent », se « voient » tels les instruments de la Providence. C'est le Christ qui a gagné cette guerre séculaire, c'est saint Jacques qui a mené les troupes chrétiennes à la victoire, c'est Notre-Dame qui a protégé ses enfants. Les rois n'ont fait qu'obéir, et leur triomphe est celui de leur fidélité.

Leurs descendants conserveront ce sentiment de n'être rien que des exécutants des desseins de la Providence.

Unamuno, toujours lui, disait qu'on trouvait en Espagne beaucoup de mandarins mais qu'on trouvait peu de *mandones*. Ce dernier mot est assez difficile à traduire. Il signifie : quelqu'un qui aime à donner des ordres, qui possède une mentalité d'adjudant-chef.

Comme souvent chez Unamuno, la remarque se révèle très pertinente. Ce qu'aime l'Espagnol, ce sont les attributs de la puissance. Le faste, les décorations, la pompe, il les savoure en esthète. En revanche, le pouvoir l'ennuie et il résiste mal à la tentation de l'abandon, du découragement. Sa pensée la plus authentique demeure, je le répète ici, un « à quoi bon » désabusé.

Cette fatigue n'exprime pas qu'un fatalisme oriental. Elle se nourrit de la conviction profonde que toutes nos actions sont dérisoires et vaines. Dieu seul connaît la trame des événements, Lui seul peut tisser les fils qui font l'histoire des hommes.

Il s'ensuit que la politique ne saurait être que transcendantale.

Charles Quint ou la politique transcendantale

Une figure condense cette vocation de l'Espagne — il s'agit de Charles Quint.

Pour les Espagnols, l'empereur reste, avec Philippe II, la plus haute figure de leur histoire. Tous les conservateurs se réfèrent à son règne comme à celui où le pays fut pleinement lui-même, c'est-à-dire fidèle à sa mission catholique, universaliste.

Ces nostalgiques aiment certes Philippe II. Peut-être le préfèrent-ils à son père, parce que Philippe II joint l'amertume à la grandeur, ce qui le rapproche de l'époque moderne. Sa majesté, c'est celle du « soleil couchant ». Il sait que le déclin a commencé ; il mesure, année après année, que Dieu délaisse l'Espagne ; il subit les défaites comme autant d'épreuves. Il s'enfonce dans le silence, se blinde contre l'adversité, dit à l'Espagne, par-delà les siècles : « Voilà comme il sied à un Espagnol d'endurer les humiliations et d'accepter les revers. »

Charles Quint, par contraste, c'est encore la jeunesse, l'enthousiasme, l'espoir.

Les choses avaient pourtant mal commencé pour lui en Espagne. On se rappelle qu'il était né dans les Flandres, qu'il y avait été élevé et que, lors de sa première visite à l'Espagne, il n'entendait ni ne parlait le castillan.

Le jeune roi qui se berce de récits chevaleresques,

qui caresse mollement le rêve d'un Empire catholique universel dont il serait le chef et qu'il administrerait entouré d'une poignée de preux, fidèles et vaillants, cet amateur de femmes, ce goinfre à la mâchoire inférieure tombante et dont la bouche bée, ce qui lui donne un air hébété — il débarque en Espagne vêtu de brocart et de soie, entouré d'une cour de Flamands avides qui se disputent les charges et les honneurs, font main basse sur les richesses du royaume, pillent, volent sans la moindre vergogne, levant sur leur passage la colère et la haine.

L'une après l'autre, les villes castillanes se soulèvent, entrent en dissidence contre le pouvoir royal.

Charles va-t-il perdre la couronne d'Espagne ? Quand il reflue vers le nord, c'est un fugitif ou presque.

Au cours de son bref séjour, il a âprement discuté les subsides qu'il demandait devant les différentes Cortès qui lui ont fait lourdement sentir leur puissance. Mais il a fait reconnaître ses droits à la Couronne d'Espagne et il est devenu Charles Ier ; il a pu voir sa mère, la reine folle, cette Jeanne qui vit enfermée dans l'obscurité, refusant de se laver, de se vêtir... A-t-il alors pressenti le destin de sa race ?

Les historiens, anglais et allemands notamment, se sont beaucoup intéressés à Charles, dont ils ont étudié la politique économique, étrangère, religieuse. Sa figure les a séduits. Était-il un anachronisme vivant, un homme du Moyen Age jeté dans la crise de la modernité européenne ? Ou s'agissait-il, au contraire, d'un visionnaire, d'un précurseur de l'Europe unie ?

Aucun n'a pu, en revanche, élucider l'étrange roman que constituent les relations de l'Espagne et de ce prince étranger, peu faits, serait-on tenté de croire, l'un pour l'autre.

Comment se sont-ils reconnus, à quels signes ?

Il semble que les rêves anachroniques de l'un aient coïncidé avec les confus espoirs de l'autre.

L'Espagne, qui vient à peine de parachever son unité autour de la Croix, plantée sur la tour-vigie de l'Alhambra ; l'Espagne, devant qui s'ouvrent soudain les fantastiques richesses du Nouveau Monde et dont les *hidalgos* découvrent, un mois après l'autre, de plus vastes territoires, des continents fabuleux ; cette Espagne qui se trouve ainsi accoucher, sans le savoir ni le vouloir, de la modernité — elle transpose ses songes à une échelle universelle.

Or, quels rêves pourrait-elle faire que ceux qui la hantent depuis des siècles ?

En lui offrant ces terres immenses, ces populations innombrables, la Providence ne semble-t-elle pas lui désigner sa mission ?

Dieu fait de cette Espagne, tout juste sortie de son Moyen Age, le champion de la chrétienté. C'est à elle, il n'en faut pas douter, qu'Il a réservé la gloire de gouverner en Son Nom.

Mais encore ? Comment un Espagnol du XVIe siècle peut-il « concevoir » cet empire chrétien ? Quelle image pareil songe compose-t-il dans sa tête ?

C'est confus, vague. Moins une image qu'une aspiration. Notre *hidalgo* ne peut qu'aligner des mots : la gloire, la paix et l'ordre chrétiens.

Or, n'est-ce pas ce même appel que le jeune Charles croit entendre, depuis l'adolescence, en lisant les romans de chevalerie ? Tous les rois, tous les princes formeront autour de lui, sacré *primus inter pares*, un ordre composé d'hommes loyaux et fidèles. Sur toute l'étendue du monde civilisé, ils assureront la paix chrétienne. Ils veilleront sur une société certes hiérarchisée, mais juste et fraternelle.

Faut-il s'étonner si, s'étant ruiné pour se faire élire empereur, Charles prend sa charge au sérieux ? Il ne doute pas que Dieu (et non les banquiers qu'il voudrait oublier) a remis entre ses mains le glaive de sa Justice. C'est à lui, l'empereur Charles Quint, qu'il revient de faire naître cette civilisation que la chrétienté rêve de bâtir depuis ses origines.

Il y a, naturellement, des obstacles, le plus redoutable d'entre eux étant cette France avide de puissance et prête à s'allier avec le diable (le Turc, en l'occurrence) pour assouvir ses formidables appétits. Charles va donc entreprendre, en Italie, en France, une longue série de guerres où il révélera ses talents de militaire alors même qu'il perdra, au fil des ans, ses illusions.

Entre-temps, que s'est-il passé dans les tréfonds de l'Espagne ? Le pays a reconnu ses propres rêves, aussi fous que ceux de son empereur. Sans doute les Cortès rechigneront-elles à voter des subsides d'année en année plus lourds. Tout l'or des Amériques ne suffira pas à alimenter ce formidable brasier où flambe la démesure espagnole.

Autour de cet empereur mégalomane qui s'imagine marcher sur les traces des chevaliers de la Table ronde, voici les *hidalgos* jetés aux quatre coins du monde pour fonder cet Empire où régneront la paix et la fraternité chrétiennes, où chaque homme sera à sa juste place, où la cupidité et la soif de l'or seront à jamais bannies. Il s'agit de rien de moins que bâtir la Jérusalem terrestre.

En attendant, nos *hidalgos* agonisent de leurs blessures et de leurs fièvres dans la jungle amazonienne ; leurs membres gèlent au sommet de la cordillère des

Andes ; ces fiers soldats tombent dans les Flandres, en Picardie, à Naples, à Alger, le long des côtes grecques en combattant le Grand Turc. Ils ne s'aperçoivent pas, leur empereur fou ne comprend pas davantage, que le Moyen Âge ne reviendra plus ; qu'il n'y a plus place dans ce monde en gestation pour les chevaliers de la Table ronde et que le Graal ne se trouve nulle part.

Comment d'ailleurs ces songe-creux comprendraient-ils le monde moderne ? Ils arrivent trop tard sur la scène de l'Histoire.

Voilà des siècles que les grandes nations européennes ont épuisé le rêve de l'Empire chrétien. Déjà le grand corps chrétien se fissure, se disloque, se déchire, sous les coups que Luther lui porte.

Or ce qui s'achève en Europe constitue le commencement de l'Espagne. Elle arrive prête à convertir le monde, quand ce monde, justement, rejette le vieil ordre catholique.

Comment les Espagnols ne soupçonneraient-ils pas qu'un méchant génie s'amuse à les duper ? et à transformer les géants en pacifiques moulins à vent ?

Avec leur empereur égaré dans un siècle qui lui échappe, les Castillans promènent sur le monde un regard sévère et soupçonneux. On se rit d'eux, cela est sûr. Ils ont beau courir d'un endroit à l'autre, le feu, éteint ici, reprend ailleurs.

Charles aussi s'est usé. Il vieillit, il ne peut plus monter à cheval. On le mène en chaise portée, d'un pays à l'autre. Il est devenu ce vieillard précoce qui continue, par habitude, d'avaler d'invraisemblables quantités de nourriture. La musique, ses romans de chevalerie, les tableaux du Titien, son peintre favori : que lui reste-t-il d'autre ?

Il n'a pas pu endiguer la puissance française ; l'Allemagne est à feu et à sang ; l'incendie couve dans son pays d'origine, la Flandre.

Ces convulsions ne sont que les symptômes d'un mal plus profond. Une peste ravage les consciences. Tout l'ordre social risque d'être anéanti par ce moine hérétique qu'il a rencontré à Worms et que, fidèle à sa parole, il a laissé repartir.

Est-ce un échec ? Il a voulu arrêter le temps et le siècle s'est vengé de lui.

Aussi ses regards se tournent-ils vers sa chère Espagne. Elle seule a su demeurer fidèle, quand tous l'abandonnaient. Ces fiers Espagnols l'ont suivi au bout de l'univers ; ils ont versé sans protester leur sang pour l'aider à bâtir un rêve. Il les laisse brisés, infirmes, ruinés.

N'est-il pas temps de rentrer au pays qu'il s'est choisi ? de rejoindre ces fous qu'il a conduits de victoire en victoire — en une absurde et magnifique épopée ?

Dans sa chaise portée par des valets qui se relaient sans cesse, le vieil empereur traverse les secs paysages ibériques. Il a non seulement appris le castillan, il a aussi appris à aimer cette terre dénudée. Pour le lieu de sa retraite, il a choisi un couvent sis dans le plus dur des paysages — au cœur de l'Estrémadure, qui a fourni ses armées en *hidalgos*, pauvres et courageux.

Contrairement à la légende, il ne vécut pas retiré dans une cellule. Sa maison, qu'on visite, est celle d'un seigneur aux goûts raffinés. Entouré d'une petite cour, il y mena une existence simple et réglée, attendant sa mort, qu'il accueillera avec sérénité.

Du fond de sa retraite, il suivait avec attention les

affaires de l'Europe, prodiguant à son fils Philippe des conseils qui étaient scrupuleusement respectés.

L'empereur vieillissant n'avait plus qu'une crainte : que le vent mauvais qui répandait la peste à travers l'Europe se mît aussi à souffler sur sa chère Espagne. Aussi exhortait-il son fils à maintenir son royaume à l'abri de la contagion.

Et Philippe, nous le savons, remplit fidèlement le vœu paternel. L'hérésie moderne se brisera contre les Pyrénées. Pour échapper aux périls du modernisme, l'Espagne se retirera de l'Histoire et s'enfoncera dans ses rêves, d'où elle ne s'éveillera qu'en 1808, avec l'invasion napoléonienne...

4

Où je résiste à la mode

(1976.) C'est une de ces journées de février éblouissantes de soleil et de clarté. Dans toute la plaine de la Crau, les amandiers explosent en bouquets touffus d'une miraculeuse blancheur. Immobile, léger, l'air conserve sa transparence hivernale.

Dans le petit appareil biréacteur qui transporte une vingtaine de voyageurs depuis Marignane jusqu'à Barajas, je contemple par le hublot les rivages du golfe du Lion. Bientôt, l'avion laisse Barcelone à sa droite avec, à l'arrière-plan, les Pyrénées dont les sommets encore enneigés se détachent sur l'azur pâli. Avec une régularité monotone, les deux réacteurs ronronnent dans une immensité sereine et lumineuse. Engourdi par ce bruit, je sens les battements de mon cœur dans ma poitrine. Dans moins d'une heure, je serai à Madrid ; Franco vient de mourir... Comment vais-je retrouver cette Espagne qui cherche à déchiffrer son avenir ? Au fond, je ne suis pas certain de désirer qu'elle change. J'entends : cette course effrénée au progrès à laquelle j'ai assisté depuis 1960, elle me procure un sentiment de vague dégoût. Serais-je, comme Unamuno, hostile à la

« japonisation » de l'Espagne, dont il n'attendait, déclarait-il, rien de bon ? Mais alors, cela signifie-t-il que je regrette l'Espagne miséreuse, assoupie dans ses rêves séculaires ? Ce serait trop simple. Si j'ai quitté ce pays, si j'ai renoncé à son héritage pour ne me réclamer que de la part en moi de la France, c'est que j'appartenais à la minorité qui ne saurait vivre sans la liberté de penser, d'écrire. Non, je ne rêve pas d'une soutane coiffée d'un bicorne.

Cette ruée vers le confort matériel, cette frénésie de richesses qui saccage les sites, épaissit les corps, rapetisse les esprits, cette course éperdue à l'argent, je la ressens cependant comme une injure faite à ce qui m'attache encore à l'Espagne. Sans doute il s'agit là d'une réaction esthétique. Dans cette Espagne des technocrates, ce qui d'abord me blesse, c'est la laideur. Un modernisme de qualité médiocre ronge les villes comme une lèpre. Une couche sociale enrichie par ce qu'on appelle le « boom » se répand partout, avec son arrogance, sa médiocre suffisance, ses criailleries. N'y avait-il donc pas une autre voie ? Le pays ne pouvait-il pas sortir de sa léthargie sans donner dans cette pâle copie de l'Amérique ?

Depuis un bon moment, l'avion survole des terres bouleversées, couleur de rouille, où la végétation dessine des taches d'un vert profond. On dirait que des mains géantes ont tordu, froissé, écrasé ce paysage que cernent des montagnes arides...

N'ayant pris que le temps de déposer mes bagages, je marche dans Madrid ; du quartier de Salamanca qui m'a vu naître en passant par le Retiro, depuis Las Ventas jusqu'à la cité universitaire, de la gare d'Atocha aux ruelles pentues qui courent derrière la Plaza Mayor — je flâne, humant l'air, observant les visages, écoutant les conversations. Rien ne permet de deviner qu'une page d'Histoire a été tournée avec la mort d'un général prudent. Dans l'atmosphère, il y a une sorte de fièvre. La même probablement qui fait dresser aux quatre points cardinaux de tristes tours d'un gris sale. Des chauffeurs de taxi me parlent de la pollution avec une fierté puérile : « Madrid, me dit l'un d'eux, est, après Tokyo, la ville la plus polluée du monde. » Peut-être est-ce vrai après tout. Lui, il l'a lu dans son journal. Ce qui le flatte, c'est que l'Espagne soit logée à la même enseigne que les autres pays industrialisés. Sa joie vient de ce qu'il peut penser : « Nous sommes pareils aux autres... » Ainsi le mouvement pendulaire oscille-t-il du *Como en España ni hablar...* (Rien de comparable à l'Espagne) au « Nous sommes des Européens comme les autres ».

Ce couplet, je l'entends partout en lisant la presse qui emprunte à l'Italie, à la France, à l'Allemagne jusqu'aux clichés les plus éculés. Dans chaque feuille ou presque, l'écho du même débat sur la démocratisation et, déjà, en filigrane, les querelles des chapelles de la gauche ; la même unanime réprobation du franquisme. Il s'agit de tourner la page et, pour ce faire, on commence par peindre l'Histoire récente en noir et blanc. Aucune tentative d'évaluation, pas la moindre mesure. Le franquisme, c'est le « fascisme ». Et de rappeler les liens historiques entre Hitler et Franco, ce dernier et le dictateur italien. Les flots de paroles imprimées ne tendent, une fois de plus, qu'à orner d'arguments et de raisons également douteux des émotions violentes, des sentiments primaires. Pour la majorité, l'affaire est entendue : le franquisme n'aura été qu'un fascisme à l'espagnole. Le pays sort d'une longue nuit de terreur et il aspire à la lumière de la liberté.

Quant aux quelques journaux de droite, ils crient tous un « Non ! » apeuré. Leurs éditoriaux tremblent d'une haine difficilement contenue, comme si la plus petite concession devait causer la ruine de l'Espagne. Ici non plus, pas la plus légère nuance.

Le soir même, au grill de l'hôtel Plaza où je suis l'invité d'un riche homme d'affaires catalan, j'écoute un réquisitoire véhément contre la Castille. Tous les arguments que cet homme aux rondeurs blafardes m'assène, je les connais, je les ai donnés ici. D'où vient alors que je ne les reconnaisse plus dans la bouche de ce bourgeois survolté ?

À son agitation, j'oppose une lourdeur tranquille. Non, les choses ne sont pas aussi simples qu'il le dit. À passer ainsi d'une extrémité à l'autre, comment peut-on espérer que les Espagnols cessent de souffrir de leur histoire et de traîner derrière eux leur séculaire névrose ?

Il y a vingt ans, on me serinait un conte exactement contraire à celui qu'il me dévidait. La Castille était alors une figure parfaite, parée de toutes les vertus. Sa glorieuse épopée constituait la trame même de l'histoire du pays. Hors de cette formidable légende, point de salut. Suffirait-il aujourd'hui d'inverser chaque proposition pour toucher à la vérité ?

L'homme me fixait avec suspicion. S'était-il trompé sur mon compte ? Sous son regard aigu, je devenais un réactionnaire, un partisan de l'Espagne noire...

Les tares de l'Islam

Durant tout le haut Moyen Âge, et jusque vers le milieu du XIIIe siècle, la civilisation, c'est-à-dire la richesse, la puissance, la science et les arts, se trouvait, en Espagne, du côté des Hispano-Moresques. Auprès de ce monde prestigieux, les seigneurs chrétiens faisaient piètre figure. Dans leurs rudes masures, ils rêvaient, entre deux campagnes, des douceurs d'Al-Andalous.

Au fur et à mesure que les butins de guerre les enrichissaient, ils se mettaient à l'école de leurs adversaires, attirant vers leurs austères cités les architectes, les orfèvres, les *plateros*, les poètes et les astronomes moresques qu'ils attachaient à leur cour. Ils confiaient de même leurs corps à des médecins juifs réputés, qu'ils payaient à prix d'or.

Parallèlement, les ordres monastiques français, répondant à l'appel de la Croisade, se fixaient sur ces hautes terres, et ils y bâtissaient des couvents et des monastères, des hôpitaux et des cathédrales.

Ainsi la civilisation hispanique se forgeait-elle en puisant dans l'Orient islamique et dans l'Occident chrétien.

Je n'ai que trop parlé du fonds musulman. Un instant, je voudrais revenir sur cette troupe hétéroclite de guerriers et de moines, de laboureurs-soldats autour desquels s'organise la nouvelle Espagne.

Les Hispano-Moresques avaient la civilisation — comment faut-il l'entendre ? Autrement dit : à quoi ressemblait cette civilisation raffinée ? Ici, les vestiges de l'art, les prestiges de la pensée, loin d'éclaircir la question, l'obscurcissent.

Essayons d'imaginer Cordoue, leur capitale. Ce n'était ni le Bagdad des *Mille et Une Nuits* ni la splendeur de l'Inde, telle que nous pouvons la rêver avec notre esprit occidental. Notre imagination répand le marbre, creuse des étangs, ouvre des voies et dégage des perspectives. Resserrons au contraire, brassons, secouons. Cette Cordoue califale, c'est Meknès, c'est Marrakech : un tissu serré de ruelles où stagnent de fortes odeurs et où s'agite une population bigarrée ; c'est un souk gigantesque, tout plein de cris, de chants, des bruits des artisans qui travaillent le cuir et l'argent. Partout des maisons basses, passées à la chaux, fermées à l'extérieur et où les familles s'entassent. Et puis, de hauts murs derrière lesquels, à l'abri des regards, des jardins se succèdent où l'eau coule au pied des mandariniers et des citronniers, des jasmins et des rosiers de Damas ; un bassin relié à un second par un étroit canal bordé de géraniums en pots ; la couleur pourpre des fleurs s'exalte avec la mosaïque bleue qui tapisse les plans d'eau successifs. Au bout, quatre cyprès montent la garde devant le palais où les bois précieux, les jaspes, le porphyre et le marbre ont été employés à profusion. Les tapis de la Perse, les lampes d'argent ciselé, les tissus de Damas, le velours et la soie — la fortune s'étale avec une lourde prodigalité. Peut-être est-ce la maison d'un des membres de la famille califale ; peut-être s'agit-il de la demeure d'un riche marchand d'esclaves juif ou d'un haut fonctionnaire de la cour. De l'autre côté du vaste jardin, un second palais abrite ses femmes, gardées par des eunuques éthiopiens. Une armée d'esclaves — des Norvégiens, des Allemands achetés à haut prix — circulent dans les salles. Couché sur des coussins, le maître de céans déguste des fruits confits en discutant philosophie et mathématiques. C'est un homme obèse, au teint sombre, à la peau huileuse. Quand il ne se trouve pas en ville, il séjourne à la campagne, où il possède une propriété de cinq mille hectares, travaillée par une armée d'esclaves qui vivent courbés, de l'aurore au couchant.

Ils sont ainsi une poignée qui jouissent d'un luxe effréné. Ne sachant pas quoi désirer, ils s'amusent à faire souffrir et s'épuisent en orgies. Outre leurs femmes et leurs concubines, ils ont leurs mignons, achetés au marché d'esclaves. Ce qui leur reste de loisirs, ils l'occupent à disserter sur des questions alambiquées où ils aiment à étaler leur érudition.

Il s'agit, certes, d'une minorité. Hormis la famille royale et les hauts fonctionnaires, une bourgeoisie étroite composée de riches marchands, de médecins, de professeurs. En dessous, on trouve tous les degrés de la misère, depuis l'aisance des artisans jusqu'à l'abrutissement des esclaves qui travaillent la terre.

Cet univers déliquescent a, petit à petit, perdu jusqu'à la notion du juste. Tout, ici, est frappé au coin de la gratuité. Vivre, mourir, c'est tout un. Il n'y a qu'un but qui est de jouir — de distiller les plaisirs les plus rares, les plus fous. Le seul caprice du calife préside aux destinées de chacun. On meurt pendu, écartelé, empoisonné ; on arrache des yeux, on tranche des mains et des pieds. Du fond de leurs appartements, les femmes tissent des intrigues, font la fortune de l'un, causent la chute de l'autre. Tout en s'empiffrant de sucreries et en enfilant des médisances, ces gros insectes à la carapace d'or et d'argent, d'émeraudes et de rubis, régentent des hommes amollis par la volupté.

Telle est alors la richesse du calife que ses encaissements surpassent ses dépenses. Littéralement, il ne sait que faire de son argent. Alors, il bâtit pour sa favorite un palais vaste comme une cité et il fait venir les matériaux des quatre coins du monde. Il s'entoure d'un faste qui éblouit les pauvres ambassadeurs chrétiens.

Le progressisme chrétien

Par contraste avec ce monde grouillant où l'opulence côtoie la misère, la société chrétienne, certes rude, frappe par son égalitarisme.

Le servage n'existait pas en Castille. Chaque paysan labourait l'épée au côté. Il avait conscience d'être l'égal du roi ; il siégeait au conseil de sa commune et il disposait librement de sa voix.

Imaginons-le dans sa ville, cet homme. C'est une pauvre cité battue par les vents, écrasée par le soleil. Une bourgade plutôt qu'une ville. Dominée par son château et par son église, elle ne comporte, en dehors d'un monastère bâti par des moines venus de la Bourgogne, aucun monument notable. La vie s'y écoule avec une douceur monotone, entre la messe et l'Angélus, les mariages et les enterrements ; les habitants se connaissent tous entre eux et ils forment une communauté où les alliances finissent par tisser des liens de parenté difficiles à démêler. Pedro est le cousin issu de germain de Martin, lequel a épousé la fille d'Alonso, qui... On y vit décemment mais chichement. Dans les maisons, le mobilier massif et sombre se réduit à l'essentiel. Les écarts de fortune sont infimes, si l'on excepte le riche qui habite le château et qui guerroie quelque part au sud de Tolède.

Le soir, les hommes s'assemblent autour de la fontaine pour commenter les nouvelles de la guerre. L'un, qui a été à la foire d'Aranda del Duero, conte comment le calife est entré dans Cordoue, après la dernière campagne, précédé de sa garde noire, juché sur un cheval blanc... Les autres hochent la tête, gravement : tant de luxe, est-ce possible ? Et n'est-ce pas grand péché de vendre et d'acheter des hommes, quand Notre-Seigneur est mort en croix pour le salut de tous ? Ces Mores d'ailleurs se livrent à des actes abominables et ils ne se satisfont pas des femmes pour éprouver du plaisir. Horrifiés, ces durs paysans se signent et crachent par terre. Par saint Jacques, de telles abominations appellent un châtiment terrible !

Ainsi ces Castillans rigides n'ont pas la civilisation, mais ils portent avec eux la modernité.

Austère, bornée, leur société, comparée à celle d'Al-Andalous, est cependant plus juste, plus fraternelle.

Ce n'est pas la première fois dans l'Histoire que des « barbares » incarnent, face à une civilisation prestigieuse mais déliquescente, une forme d'organisation plus neuve et plus progressive. On peut s'émouvoir de la chute de Rome et de son empire. Pour peu qu'on se penche avec attention sur la société du bas Empire, on comprend cependant que ce système était condamné. Ainsi pour Al-Andalous, dont les misérables populations d'esclaves et de fellahs ne mettent guère d'ardeur à se défendre contre les chrétiens. D'où ces vagues successives qui déferlent sur les royaumes islamiques, venues d'Afrique du Nord à l'appel des princes débordés ; d'où ces révolutions de palais qui provoquent des bains de sang. Rien, ni le génie d'un général hors pair ni les tentatives de réformes, ne parvient à dévier le cours du destin. Al-Andalous agonise durant des siècles, incapable de trouver une solution à ses problèmes sociaux. C'est de l'indifférence et de la désaffection de ses peuples que mourra cette civilisation éblouissante.

À ce moment-là, jusqu'au XIIIe siècle environ, la chrétienté espagnole porte un projet progressiste. Elle est forte du soutien actif et de l'enthousiasme de ses enfants qui ont conscience de combattre pour une cause juste.

Ces paysans castillans qui, chaque jour, exercent leurs libertés dans le cadre de leurs libres communes, qui possèdent la fierté de ne s'appartenir qu'à eux-mêmes, fussent-ils pauvres comme Job, c'est avec horreur qu'ils considèrent une société où l'on vend les hommes sur les places des marchés ; où les esclaves nordiques combattent pour leurs maîtres sur les champs de bataille ; où l'opulence des uns contraste avec la misère de la majorité. Certes, ils subissent la fascination de cet Orient lascif ; ils rêvent de ces palais fantastiques où se déploie un luxe inimaginable. Ils résistent cependant, ils se raidissent, parce qu'ils pressentent les maléfices de cet univers délétère.

Comment ces rudes guerriers douteraient-ils de leur supériorité ? Elle se lit jusque dans le paysage. Au nord, de maigres terres cultivées par des hommes altiers qui gardent l'épée au côté ; au sud, des plaines fertiles, des vergers bruissants d'eau tirée par des norias poussées par des animaux maigres et noirauds, vêtus de tuniques couleur de poussière. D'un côté, ces *pueblos* couchés autour de leurs églises et dont chacun forme une communauté d'hommes libres ; là-bas, les vastes domaines où des intendants se promènent à cheval, le fouet à la ceinture. De la rudesse et de la dignité chez les uns, de la passivité et de l'apathie dans ces foules de serfs.

Pour les Castillans, il paraît évident que leur liberté découle de leur foi. S'ils se sentent tous égaux entre eux, c'est qu'ils sont tous des enfants de Dieu et que le Christ est mort sur la Croix pour le salut de chacun.

La religion n'a pas toujours été, en Espagne, une force oppressive. Elle n'a pas toujours symbolisé la réaction. Durant des siècles, elle fut au contraire un facteur d'émancipation et de progrès. Elle signifiait une liberté concrète qui faisait de chaque homme une créature de Dieu.

Chaque Castillan éprouvait que l'avance de la Croix signifiait une avance de la justice.

Qu'on se rappelle : longtemps la Reconquête fit preuve d'une étonnante tolérance. Pour la monarchie du Leon, l'Espagne naîtrait de la cohabitation de ses peuples. Il n'était pas question de convertir les Moresques et les juifs. D'eux-mêmes, ils reconnaîtraient le vrai Dieu et se persuaderaient de l'excellence de la religion chrétienne.

Pourquoi cette œuvre de patience échoua ? J'ai tenté de l'expliquer. On peut dire que la Castille succombe sous le poids de ses conquêtes. Elle ne parvient pas à digérer tant de richesses. Au XVe siècle, elle se trouve confrontée à des problèmes qu'aucun État moderne n'a su tout à fait résoudre. Comment assimiler ces immenses populations si radicalement différentes par la langue, par les mœurs, par la religion ? La Castille crut y arriver par la contrainte.

Toute la société chrétienne se voyait d'ailleurs bouleversée par cet Orient qu'elle devait gouverner et administrer. Elle héritait d'une société aristocratique où les grands domaines de plusieurs dizaines de milliers d'hectares étaient nombreux. Allait-elle partager ces terres et procéder à une révolution agraire ? Et qui donc eût pu envisager pareilles mesures, si ce n'est l'Église ? Elle aurait donc dû se dépouiller elle-même puisque beaucoup de ces domaines lui avaient été accordés par la Couronne...

Les structures socio-économiques d'Al-Andalous ont gangrené la démocratie espagnole, jusqu'à nos jours. Ce sont elles qui ont produit cette aristocratie possédant des propriétés vastes comme des provinces, avec les villages, cimetières inclus. D'Al-Andalous ont surgi ces multitudes de fellahs sans terre qu'on rencontre parfois, assis sur leur âne, cependant que la femme marche devant, protégée du soleil par un parapluie.

« Une soutane coiffée d'un bicorne » ? Il ne faut pas manquer de rappeler que la chrétienté fut autre chose que l'Inquisition et que la Castille n'a pas engendré que l'oppression.

D'un mythe à un autre

... Me comprenait-il, mon interlocuteur catalan ? Dans ses yeux, je pouvais lire : « Oser entreprendre la défense de la Castille en 1976 ! » Et sa bouche esquissait un vague sourire de dédain.

J'ai dit en ouvrant ce chapitre que les Espagnols n'avaient pas réussi à rationaliser leurs mythes. Or le mythe catholique qui tend à nier, purement et simplement, l'existence de la civilisation hispano-moresque, ce mythe a engendré son contraire, qui a nourri une partie de la pensée progressiste, jusqu'à nos jours. Si, pour les premiers, ce qui n'est pas catholique est « rien », pour les seconds, tout ce qui est chrétien est également « rien ».

Les choses, on l'a vu, sont moins simples qu'il n'y paraît. Il sera difficile d'être espagnol tant que le double héritage n'aura pas été assumé. Il ne suffit pas, en 1976, de crier : « Fédéralisme ! » ni de remuer les archives pour se replonger dans le passé. Il s'agit de concevoir un projet conforme au double esprit de la race et en accord avec son histoire mouvementée. En ce sens, nier l'apport chrétien en Espagne, s'imaginer, comme ces vieux républicains des années 30, qu'on pourra effacer jusqu'aux traces du catholicisme espagnol, ce serait préparer une nouvelle guerre de religion.

5

Quand la mémoire vagabonde

(1975.) Catherine et Sylvie m'annoncent que Pedro Rodrigo a téléphoné pour obtenir mon adresse. Repartant ce soir même pour ma garrigue gardoise, je charge Catherine de transmettre à don Pedro mon numéro à la campagne, s'il rappelait comme il semble avoir promis de le faire.

Dans le train, je m'abandonne au flot de souvenirs que ce nom a déchaîné : c'était en 1950. Dégoûté de l'Espagne où j'étouffais, je m'étais décidé à quitter le collège des jésuites, à Ubeda, pour me rapprocher de la frontière, espérant découvrir un moyen de passer clandestinement en France.

Je restai d'abord plusieurs mois à Madrid. Je cherchais du travail et m'enfonçais chaque jour un peu plus dans la misère et dans l'humiliation. J'étais épuisé de marcher, fatigué de sonner aux portes, dégoûté d'attendre. La faim me maintenait dans un état proche de l'hallucination. Au Retiro, je demeurais des heures au bord de la pièce d'eau, contemplant les évolutions des barques à rames. La nuit, j'errais en quête d'un refuge où pouvoir me blottir. J'étais sale, dépenaillé, mes souliers béaient. J'avais dix-sept ans, je me disais : « Il n'est pas possible de couler ainsi dans l'indifférence générale ! » Je découvrais pourtant que nous formions une immense armée de chômeurs à bout d'espoir ; nous étions des millions à ne sortir que la nuit, comme les rats, à courir d'un faubourg à l'autre, à nous passer les adresses où l'on pouvait obtenir une assiette de soupe, un lit pour la nuit... Un peuple hâve et famélique grouillait dans l'obscurité.

Enfin, je me décidai à gagner Barcelone où, m'assura-t-on, il était plus simple de trouver un travail.

Si les trains de cette époque me reviennent à la mémoire dès que j'évoque le souvenir de don Pedro, c'est qu'il me fallut accomplir un long détour avant d'arriver jusqu'à lui.

Le matériel ferroviaire avait été détruit à près de 90 % durant la guerre civile. Chaque convoi se composait d'un assemblage de wagons hétéroclites que la foule prenait d'assaut deux heures avant le départ. Étrangement, personne ne s'impatientait ni ne se plaignait. Il régnait au contraire une atmosphère joyeuse et bon enfant. On ouvrait les paniers, on étalait les provisions, on faisait circuler les gourdes. L'un contait ses affaires, tel montrait les photos de ses enfants ; un autre y allait d'une *copla* reprise en chœur. Et le train ahanait, gémissait, s'essoufflait. Dans les compartiments, la chaleur devenait intolérable. L'air s'alourdissait, sentait la sueur et le vin, le saucisson à l'ail et le fromage fermenté... Et l'hallucinant voyage se poursuivait, ponctué d'arrêts à chaque gare, avec une cohue chaque fois recommencée, des cris, des ris, la danse des paniers par les fenêtres... Vingt-six heures pour couvrir la distance Madrid-Barcelone, soit moins de sept cents kilomètres ! Encore s'agissait-il de la ligne la plus importante et, partant, la plus rapide.

La nuit apportait une trêve faite d'épuisement, d'abandon et d'une ineffable douceur due sans doute à la chute brutale de la température, au silence succédant à tant de vacarme. Chacun se refermait dans ses pensées, retrouvait ses préoccupations.

Avec une exaspérante lenteur, le train se traînait dans un paysage minéral, baigné d'un clair de lune éclatant.

Je revois, assise devant moi, la tempe droite contre la vitre, cette femme petite et ronde, au regard plein de bonté. Dans la pénombre, elle me fixait avec une douceur apaisante, comme pour encourager mes confidences.

Sur les banquettes de bois, les corps affalés ont des poses étranges ou grotesques. La bouche grande ouverte, un paysan ronfle bruyamment. Plus loin, un matelot dort, la casquette inclinée sur son visage, les bras croisés sur la poitrine.

La femme et moi restons seuls à veiller. Tout naturellement, nos voix s'interpellent. Pourquoi je parais si triste ?... Ce n'est rien. C'est un air. En réalité... Et puis, si, je suis triste à en crever. La pénombre ? L'obscure présence de ces corps que chaque secousse du train ballotte de droite à gauche ? La froide odeur du désert qui pénètre par la fenêtre ? Sait-on au juste pourquoi un adolescent maigre et désespéré se confie à une femme qui le regarde avec tendresse ?

À l'aube, elle descendit du train, me laissant une carte de visite où je lus son nom et un titre bizarre : « Déléguée provinciale du Mouvement ». Une phalangiste ? Elle ne ressemblait guère à l'idée que je me faisais d'une phalangiste. Je n'en avais jamais rencontré aucune, il est vrai.

Des mois passèrent. C'était toujours le chômage, l'indicible fatigue, la course éperdue, l'usine enfin, le travail exténuant. Pourquoi ne pas me rendre dans cette petite ville au nom si étrange et me présenter à la dame phalangiste rencontrée dans le train ? De toute manière, j'étais à bout.

Ainsi débuta un autre voyage, plus lent, presque solennel, et où je me crus ramené un demi-siècle en arrière, transporté à l'autre extrémité de l'Europe, dans la Russie tsariste. C'était le même assemblage de wagons détériorés dont les compartiments isolés ouvraient directement sur l'extérieur par une portière ; une même foule bigarrée de paysans, de petits fonctionnaires, de recrues et de prêtres ; un paysage vaste et vide, sous un ciel immense. Et dans l'air glacial, je ne sais quelle tristesse, venue de très loin.

Était-ce une ville ? Une bourgade plutôt. Autour d'une cathédrale massive, la vieille ville, étagée sur une butte, était faite de ruelles où le soleil ne pénétrait pas ou guère ; la ceinturant, un boulevard où l'on trouvait le théâtre municipal, un cinéma — l'Olympia — et trois succursales de banques ; au-delà du boulevard, la ville moderne, soit une rue à arcades avec cinq cafés, un casino flanqué d'un perron et d'une véranda, transformé depuis 1938 en hôpital militaire, un parc enfin, bordé de villas résidentielles. Des industries, deux ou trois petites fabriques employant cinq cents personnes au plus ; pour le reste, des fonctionnaires, des prêtres, des religieux, les recrues de la garnison militaire et la foule des paysans, partant à l'aube pour leurs champs, rentrant au crépuscule avec leurs ânes.

Ici non plus, rien ne semblait avoir changé depuis des siècles. Jusqu'aux rites qui se perpétuaient ; le *paseo* biquotidien où toute la population se rassemblait ; les bourgeois assis aux terrasses des cafés, les autres sur les bancs publics, les jeunes, eux, allant de la rue à arcades jusqu'à l'entrée du parc et retour. L'été, un orchestre installé dans un kiosque jouait des airs aussi démodés que la ville : des valses et des tangos principalement.

Accoudés au parapet de la terrasse du casino, les mutilés de guerre contemplaient ce spectacle. Avec leurs pansements sales, leurs béquilles, leurs vareuses froissées jetées sur l'épaule, ils avaient l'air d'appartenir à un autre univers. C'étaient les héros de la guerre, et ils demeuraient là, assis au soleil ou couchés sur des brancards, regardant défiler la jeunesse. Ils ne disaient rien, ne riaient pas. Peut-être étaient-ils contents de manger trois fois par jour, de rouler une cigarette et de s'asseoir au soleil.

Maintes fois je devais moi-même défiler avec une bande de copains sous les colonnades du casino. J'avais l'impression que les regards de ces hommes me traversaient. Je pensais que l'Espagne était, depuis des siècles, ce regard de feu posé sur les choses depuis la misère et l'abandon. Filles et garçons passaient et repassaient, les adultes caquetaient, les bourgeois sirotaient leur Cinzano, et les héros déchus, ironiquement parqués dans un casino désaffecté, assistaient, l'air indifférent, à ce manège dérisoire...

Quand je débarquai dans la ville, la déléguée provinciale, partie pour Madrid, avait eu le temps de recevoir ma lettre et d'organiser mon installation. C'est ainsi que je me retrouvai logé dans une pension de famille et qu'un beau jour, je fus conduit chez don Pedro.

Don Pedro

Au croisement de deux rues, à l'extrémité de la ville, don Pedro habitait une maison biscornue.

Lorsqu'on m'introduisit, il se trouvait assis avec sa femme, Marie des Neiges, devant une table installée dans une sorte de mirador arrondi, cinq ou six baies vitrées offraient une vue panoramique sur des faubourgs.

Âgé d'environ quarante ans, don Pedro était grand et maigre, avec un teint pâle et un regard très clair, mi-bleu mi-gris, qui conservait, habituellement, une expression sévère. Vêtu de noir (je devais toujours le connaître en deuil d'un quelconque parent), il s'exprimait d'une voix mesurée. S'il regardait sa femme, ses yeux s'emplissaient d'une extraordinaire tendresse et sa fine bouche aux lèvres tranchantes s'épanouissait en un sourire chaleureux. Il ne l'appelait d'ailleurs ni chérie ni Neiges, mais « Maman » et il y mettait une simplicité qui interdisait l'ironie.

Je devais apprendre à mieux connaître don Pedro et je conçus pour lui une estime doublée d'affection. Je ne parle pas de la reconnaissance, car il me prit sous sa protection, m'offrant l'hospitalité, m'aidant de toutes les manières.

Il avait déjà six filles, sa femme attendait un septième enfant qui serait appelé, au cas où il s'agirait d'un garçon, Pedro. Avec moi, cela faisait donc neuf bouches à nourrir[1].

Don Pedro était un *caballero*. De l'*hidalgo*, il possédait toutes les vertus : la dignité, la droiture, la

1. Quand j'entrepris de rédiger *Le Crime des pères*, tout ce passage avait été effacé de ma mémoire.

fierté et l'honnêteté. D'une famille honorablement connue, il jouissait dans sa petite ville d'une influence considérable. On venait le consulter, on sollicitait ses avis et ses conseils, on réclamait son arbitrage. C'était en outre un homme d'une vaste culture. Bref, don Pedro symbolisait les meilleures qualités de l'Espagnol, y compris sa courtoisie, qui était d'un raffinement inouï.

Il travaillait au ministère de l'Approvisionnement, créé au lendemain de la guerre. Naturellement, c'est là que, par le marché noir, s'édifiaient bien des fortunes. Or, don Pedro se refusait la moindre dérogation ou le moindre avantage. En vain sa femme lui reprochait-elle de sacrifier ses enfants à ses principes. Il se raccrochait à ce qu'il considérait être son devoir. Il voyait bien que ses collègues du ministère ne s'encombraient pas de semblables scrupules. Cela ne faisait que le renforcer dans son idée. Il s'en tenait donc rigoureusement à la ration autorisée par la loi et il interdisait à sa femme d'acheter au marché parallèle.

Don Pedro n'agissait pas ainsi de gaieté de cœur. C'était un mari, un père de famille tendre et dévoué. Il souffrait que les siens manquassent de ce qui se vendait ouvertement. Il mettait cependant son honneur au-dessus de ses affections, et son honneur lui ordonnait de ne tirer aucun avantage de la situation qu'il occupait.

Si Marie des Neiges trouvait parfois à se plaindre de la droiture de son mari, elle s'irritait plus encore de sa prodigalité. Incapable de résister à la moindre sollicitation, don Pedro distribuait en effet généreusement un argent qu'il ne possédait pas.

Redoutant les effets de sa bonté, Marie des Neiges s'ingéniait à trouver des cachettes insoupçonnables pour l'argent du mois. Chaque fois, don Pedro finissait par les découvrir... Plusieurs fois, j'ai entendu des disputes, la femme reprochant à son mari d'avoir puisé dans la réserve pour aider un inconnu, sans songer à ses enfants. Partagée entre la colère et la tendresse, Marie des Neiges pleurait ; don Pedro prenait un air contrit et promettait qu'il ne recommencerait plus. Tous deux, s'embrassant, finissaient par mêler leurs larmes.

Auprès de Marie des Neiges et de ses enfants, don Pedro était aussi heureux qu'un homme peut l'être en ce monde. Il ne s'agissait pas, certes, d'un bonheur d'abondance, mais d'un bonheur stoïque, résultant de la satisfaction qu'on retire à maîtriser sa vie. Don Pedro ne souffrait en effet ni de sa relative pauvreté ni de son état de santé, pourtant médiocre.

Le temps que son emploi lui laissait, il le passait chez lui, assis à une table installée dans le mirador où je le vis pour la première fois. Avec application, il préparait son concours. En 1936, il avait en effet interrompu ses études de lettres pour se lancer dans la politique et il essayait maintenant de rattraper le temps perdu.

Don Pedro était une « vieille chemise ». Il avait fait partie de ce peloton de jeunes hommes qui s'étaient enrôlés dans la Phalange dès sa fondation. Souvent il me parlait des motifs qui l'avaient incité à rejoindre la Phalange. D'abord, bien sûr, l'anticommunisme, en second lieu le désir d'une transformation radicale de la société espagnole.

Aujourd'hui, l'ironie est aisée. L'expérience a tranché contre les illusions de tant de jeunes gens persuadés qu'ils œuvraient pour la justice sociale. Mais en 1935, en 1936 ?...

D'autres « vieilles chemises », des compagnons

d'armes de don Pedro, venaient parfois boire le café en sa compagnie, et leurs propos ne manquaient pas de me surprendre : ils se moquaient de Franco, ironisaient sur son régime, critiquaient ses orientations sociales et économiques.

J'ai su depuis qu'ils étaient tous sous surveillance policière et que leurs conversations faisaient l'objet de rapports circonstanciés.

Pour ma part, j'entendais mal les raisons de leur amertume. De quelle Espagne rêvaient-ils quand ils revêtirent la chemise bleue ? Pourquoi ces vainqueurs de la guerre civile se retrouvaient-ils autour de don Pedro avec l'air de vaincus qui se cachent pour ressasser leur désillusion ?

Quelques mois avaient passé. Je vivais en donnant des cours de français, je m'étais habitué à cette petite ville, comme délaissée à l'écart du monde. Don Pedro allait faire un voyage à travers la province et il me demanda de l'accompagner.

Un voyage avec don Pedro

Une vieille Renault d'avant-guerre, conduite par un chauffeur taciturne, nous transporta par de méchantes routes. Assis au fond du véhicule, nous devisions en contemplant le paysage.

Don Pedro venait d'éprouver, peu de mois auparavant, la plus grande joie dont il eût rêvé : Marie des Neiges lui avait donné un fils qui portait son prénom[1].

Était-ce à cause de ce périple sur des routes alors

1. Mes lecteurs rétabliront d'eux-mêmes : toute la chronologie est, ici, bouleversée.

solitaires ? Notre intimité se resserrait et don Pedro se mettait à évoquer son passé. Avait-il bien fait de s'enrôler dans la Phalange ? En y repensant, bien peu de chose le séparait alors des anarchistes. Comme eux, il souhaitait la réforme agraire, la nationalisation de la banque et de l'industrie, la stricte séparation de l'Église et de l'État. Il souffrait vivement de la misère où son pays croupissait, il détestait l'égoïsme féroce de la classe dirigeante espagnole, incapable de rien voir au-delà de ses intérêts... Pourquoi, dans ces conditions, s'était-il trouvé combattre ceux qu'il estimait et dont il partageait, du moins en partie, l'analyse ? Il cherchait à comprendre, avec une honnêteté qui forçait l'estime. Voulait-il donc préserver les privilèges ? Il appartenait à la moyenne bourgeoisie, il ne possédait pas de fortune personnelle, il refusait de s'enrichir. Non, il ne s'était pas battu pour la défense de l'ordre établi. Il était un révolutionnaire national, acculé à combattre les gauches parce qu'il ne pouvait pas tolérer la disparition de la civilisation hispanique. C'est le radicalisme athée de la gauche qui l'avait rejeté dans le camp franquiste. Non que don Pedro fût un bigot clérical. Au contraire, il croyait indispensable la séparation de l'Église et de l'État et il raillait amèrement la dévotion niaise du général Franco. Simplement, le christianisme avait aidé à faire l'Espagne, il avait doté les hommes de ce pays d'une forte charpente spirituelle. Vouloir anéantir cette œuvre lui était apparu comme une entreprise démente, un crime contre l'Espagne.

Nous roulions dans un paysage lunaire, parsemé de collines grisâtres aux cimes tronquées ; parfois, sur les bords d'un maigre ruisseau, cette terre minérale éclatait en vergers, en prairies. Nous faisions halte dans des villages poussiéreux, nous mangions dans des auberges.

La nuit, l'atmosphère, dans la voiture, s'alourdissait d'une vague complicité. À voix très basse, nous devisions de l'Espagne. Don Pedro s'interrogeait : pourquoi les gauches avaient-elles, dans leur radicalisme fou, déclaré la guerre à l'autre moitié de l'Espagne en massacrant les religieux, en incendiant les églises ?... Peut-être ces hommes étaient-ils espagnols avant d'être socialistes ? Ils obéissaient à des passions violentes, ils ne faisaient aucune nuance, ils se représentaient l'Histoire comme un éternel combat entre le Bien et le Mal. Mais, de leur côté, les nationalistes avaient réagi avec la même démesure, tuant sans hésiter au nom du Christ-Roi. Tant d'horribles combats avaient accouché de ce régime grotesque, mélange de neuvaines et de marché noir.

Sa rancœur imprimait à sa voix d'imperceptibles tremblements. Ses lèvres très minces tranchaient des sourires.

Soudain, l'antique véhicule s'immobilisa au pied de la montagne. Cependant que le chauffeur descendait pour inspecter le moteur, don Pedro tira un revolver qu'il posa sur ses genoux. C'est ainsi qu'il m'apprit que les républicains exilés citaient régulièrement son nom comme l'une des personnalités à abattre. Aussi prenait-il la précaution de s'armer quand il entreprenait un voyage.

Il disait cela simplement. Peut-être trouvait-il naturel que ses adversaires d'hier continuent de vouloir sa mort. Il avait sans doute accepté l'idée qu'il pourrait être abattu au hasard d'un déplacement ou, qui sait, dans l'escalier de son immeuble.

Je réfléchissais : qu'avait-il fait pour que, malgré

les années écoulées, on continuât de lire son nom devant les micros ?

Où j'apprends le passé de don Pedro

J'obtins la réponse quelque temps après, de la bouche d'un cireur de chaussures unijambiste avec qui j'avais pris l'habitude de boire un verre.

Quand la guerre civile éclata, les insurgés nationalistes réussirent, en quelques heures, à s'emparer de la ville en neutralisant les velléités de résistance des républicains. Aussitôt commença une épuration impitoyable qui fut accomplie par une poignée de jeunes phalangistes, parmi lesquels... don Pedro.

Les républicains avaient déclenché une offensive pour « libérer » la ville qui demeura plus d'un an assiégée. Sans relâche, le canon faisait entendre un roulement sourd et profond. D'une heure à l'autre, le front pouvait céder ; les Rouges seraient entrés dans la ville et ils auraient fusillé don Pedro.

Cette éventualité ne semble pas avoir influencé le comportement de mon ami. Chaque soir, il allait, à bord d'une voiture réquisitionnée, quérir les militants syndicalistes et politiques à leur domicile. Sans un mot, il les conduisait au petit cimetière, sis à trois kilomètres, et là il leur logeait une balle dans la nuque.

Le cireur de chaussures, syndiqué à la CNT, s'était trouvé parmi les victimes de mon ami. Dans le misérable logis qu'il partageait avec sa mère, il entendit, une nuit, des crissements de pneus sur la chaussée, des bruits de bottes dans l'escalier. Alors, il se leva et il embrassa sa mère qui restait figée, les yeux agrandis. Il alla ouvrir la porte, trouva don Pedro qui le regardait gravement. Ils n'échangèrent pas une parole jusqu'au cimetière où une dizaine d'hommes attendaient déjà, tête baissée, résignés à leur sort. L'un après l'autre, ils avançaient jusqu'au bord d'une fosse, un phalangiste leur tirait une balle dans la nuque, le corps basculait.

Quant ce fut le tour du cireur de chaussures, la voix de don Pedro résonna : « Pour cette fois, on t'épargne. Tu n'es qu'un pantin (*monigote*). »

Qu'avait-il ressenti ? Rien qu'on puisse dire. Depuis, il avait l'impression de se survivre à lui-même. Sa vie avait cessé quelque part entre son domicile et le cimetière.

Haïssait-il mon ami ? Non. C'était un *caballero*. Certes, il avait tué sans hésiter. Mais c'était la guerre et si les républicains avaient été vainqueurs, eh bien...

Je me mis à considérer don Pedro d'un regard neuf. Il m'apparaissait comme la quintessence de l'Espagnol. Sa droiture, son honnêteté, sa rigueur et cette impassibilité à l'heure de distribuer la mort...

Dans cette ville où il avait officié avec une terrible sévérité, il circulait gravement, saluant avec dignité et bonhomie, s'asseyant parfois à la terrasse d'un café pour regarder passer les promeneurs. Dans la foule qui défilait depuis l'entrée du parc jusqu'à la grand-rue bordée d'arcades, il y avait les veuves, les fils de ses victimes. Peut-être pensaient-ils que cet homme vêtu de noir, calme et digne, jouissait de sa victoire. Aucun n'aurait envisagé qu'il méprisait cette société hypocrite issue de la guerre et qu'il se sentait floué.

Ce qui distinguait don Pedro d'un nazi ou d'un pur fasciste, si je m'interroge, c'est sa haute conscience morale. Certes, il avait été un tueur officiant dans les ténèbres. Mais il ne songeait nullement à esquiver sa responsabilité personnelle. Ses crimes, il les assumait. L'idée ne lui serait pas venue de se cacher derrière des ordres reçus. Il plaidait coupable et il était prêt à s'expliquer sur ses motifs. Il avait obéi, en s'enrôlant dans la Phalange, à l'appel d'une Espagne que ses adversaires voulaient anéantir. Il assumait pleinement l'héritage chrétien de la race. Il souhaitait seulement que le christianisme renouât avec sa mission et prît à son compte l'exigence de justice et de fraternité. Résolument, il niait que la création d'une société égalitaire passât par la destruction de ce qui avait fait sa patrie. Naïf ? Peut-être. Idéaliste ? Sans aucun doute, car il haïssait l'économisme, tant capitaliste que marxiste, convaincu que ce n'est pas l'économie qui fait l'homme.

Ce volontarisme, cette protestation pathétique l'attachaient à son pays. Au fond, don Pedro était un *hidalgo* mystique que l'Histoire, une fois de plus, avait trompé et qui, du haut de sa pauvreté glorieuse, jetait sur le monde un regard dédaigneux.

Tel père, tel fils

Dans ma maison gardoise, le téléphone sonna. « Je suis Pedro Rodrigo, le fils de don Pedro. » Ainsi, vingt-trois ans plus tard, le fils désirait me connaître. Sans doute avait-il entendu parler de moi et désirait-il se faire une opinion, sachant que son père s'était éloigné de moi après la publication de certains de mes livres.

Allais-je le reconnaître ? À la gare de Nîmes, c'est le père que je vis soudain devant moi, à peine rajeuni. La même maigreur, la même pâleur et, sous un crâne précocement dégarni, la même fièvre dans le regard clair.

Autour de la longue table, il me résume sa vie. Il rentre d'Allemagne où il s'est fait embaucher comme ouvrier dans une usine, voulant connaître d'expérience la condition ouvrière. Auparavant, il avait travaillé en Angleterre.

Il s'exprime avec lenteur et clarté. Il me dépeint le désarroi de sa génération, livrée à elle-même et réduite à tout découvrir par elle-même. Cet agrégé de philosophie a grandi à l'écart de tous les mouvements d'idées qui ont fécondé le monde, depuis un demi-siècle, et qu'il n'a pu découvrir que sur le tard. Une ferveur l'habite, un désir forcené de comprendre, une faim d'intelligence le consument.

Politiquement, il est passé d'un extrême à l'autre. Tout naturellement, il s'est trouvé embrigadé dans les mouvements d'extrême droite, les guérilleros du Christ-Roi, et il a fait le coup de main contre les jeunes militants de la gauche.

Jusqu'au jour où il s'est aperçu qu'il n'était entouré que de fils à papa, des rejetons de la haute bourgeoisie... Allait-il se battre, comme son père, pour une poignée de privilégiés maladivement accrochés à leurs prérogatives ? Avec une ironie féroce, il me peint le réseau de complicités dans la police et dans l'armée pour manipuler ces cervelles brûlées.

Aujourd'hui... Impossible de se tromper. J'évite de lui demander s'il a sa carte du Parti mais ses propos me renseignent assez[1].

1. Alors que le style produit un caractère d'honneur, la sociologie, elle, recherche, plus trivialement, des honneurs : le fils accomplira le rêve secret du père. Sous les habits socialistes, il deviendra un homme de pouvoir.

Que pense, que dit son père ? Il a encore maigri, il porte la barbe, il ricane devant ce qu'il appelle un capitalisme *descarado*. Je puis sans peine imaginer l'amertume du vieil homme demeuré pauvre par fidélité devant le spectacle de cette course effrénée à l'argent.

Au cours de mes conversations avec le fils, je toucherai soudain le dur noyau des convictions arrêtées : dans ses yeux, je verrai s'allumer le feu de l'intransigeance ; j'écouterai dans sa voix le sombre écho du fanatisme.

Alors, je lui parle de son père, de toute une génération perdue. Faut-il substituer un mythe à l'autre ? Ne conviendrait-il pas de réconcilier l'*hidalgo* et le fellah, le rabbin subtil et le moine brûlé de charité ?

Pedro parti, ma pensée se porte vers son père. Je ressens une vague tristesse à l'imaginer vieilli, en proie aux incertitudes du présent. Souffre-t-il toujours de l'Espagne ?

QUATRIÈME PARTIE

Yo, el rey...

Opposer à toutes les idées de grandeur nationale, d'unification, d'assimilation, celle de l'individualisme radical...

Angel Ganivet.

1

Trente millions de monarques

Les rois de France signaient de leur prénom, ceux d'Espagne le font avec ces mots : *Yo, el rey* (Moi, le roi). Chaque Espagnol pourrait en faire autant. L'Espagne est un royaume peuplé de trente millions de monarques. Le constant souci d'un Espagnol, c'est d'affirmer son moi. Il veut s'imposer, il exige d'être respecté, demande à être jugé, non pas sur ses intentions, qui ne concernent que lui, mais sur ses actes. Il se dresse devant ses semblables comme une tour. Il ignore le dialogue, refuse de penser avec son interlocuteur. Ce qu'il recherche dans une discussion, c'est une occasion d'énoncer son opinion. Il n'en démordra pas, fût-il convaincu de l'absurdité de la thèse qu'il défend. Plutôt que de se contredire, il assène ces mots définitifs : *porque me da la gana* (parce que tel est mon bon plaisir). Expression royale qui lui vient naturellement aux lèvres. Il ne conçoit pas l'épanouissement de sa personnalité comme une harmonieuse fusion des éléments qui composent son moi, mais comme une volonté tendue, sans cesse affirmée. Être, pour lui, c'est paraître ; c'est aussi vouloir. *Yo quiero*[1]...

Pour s'affirmer, le concours d'autrui lui est indispensable. Solitaire « et » sociable, il a besoin d'une famille, d'un cercle de parents, il prend le plus grand soin de sa toilette. Il se priverait de pain plutôt que de se montrer avec des vêtements usés. Il marche d'un air important, saluant chacun avec des nuances infinies, selon son rang et sa position sociale. Il attend d'autrui les mêmes marques de déférence et de respect. Volontiers cérémonieux, il garde pourtant dans les rapports sociaux une simplicité et une bonhomie étonnantes. Car dans un pays où chacun se dit roi, il n'y a pas de sujets. Un mendiant est en droit d'exiger qu'on le traite avec *cortesía.*

La *cortesía*, c'est plus que la politesse : un art de vivre en commun puisé au cours des siècles.

Modèle de la *cortesía* : la façon dont le général victorieux refuse les clés de la ville que lui tend le vaincu, dans le tableau de Vélasquez appelé *La Reddition de Breda* ou, plus simplement, *Les Lances*. Non seulement la révérence, mais aussi le sourire, le regard : tout le corps figé dans un mouvement de parfaite *cortesía*. Rien de guindé ni d'apprêté : une grâce et une délicatesse tout à fait *castizas*.

Je passe des vacances à Javea, une plage sise à une centaine de kilomètres au sud de Valence. Des amis français y ont loué une maison, le gardien nous invite à une soirée qu'il offre en l'honneur des étrangers qui l'emploient. Dans la maison d'une propreté exemplaire, dans le petit jardin planté de fleurs, les filles de notre hôte circulent avec des plateaux gar-

1. Je veux, j'aime : la volonté et le désir se rejoignent, tendent vers la possession.

nis de sandwiches, de charcuteries, de fruits et de coquillages ; de nombreuses boissons sont disposées sur une table. J'observe l'aisance, la dignité et la politesse avec lesquelles le maître de céans accueille ses invités, les salue, les fait asseoir. Antonio — c'est son nom — s'excuse avec un sourire : « Je ne suis qu'un paysan. » Il a fallu pourtant des générations de laboureurs-soldats emplis de l'idée de leur dignité pour créer ce type d'hommes.

Le monde apparaît à ce peuple comme une vaste scène où chacun tient son rôle. La pièce ne comporte pas de figurants. L'essentiel est de ne pas se tromper d'emploi. La préoccupation majeure des Espagnols est de *quedar bien* (faire une belle sortie). Malheur à celui qui se montre indigne de son rôle ou qui prétend en assumer un autre que celui qui lui est assigné ! Un noble qui s'abaisse, un parvenu qui se gonfle s'attirent le même mépris. D'où que la société espagnole est en même temps la plus hiérarchisée et la plus démocratique. En Espagne, l'égalité n'est pas un vain mot. Un homme ne se réduit ni à sa fortune ni à son emploi. Il est d'abord une personne. Personne et statut ne doivent jamais se confondre. Un homme vaut mieux que les circonstances ; son métier n'est qu'un attribut, un accident. C'est lui faire injure que de le réduire à ce qui n'est pas lui.

Nous sortons, avec des amis, d'un cabaret sis dans le quartier de Salamanca, à Madrid. Un pauvre demande l'aumône, à la porte de l'établissement. Je sors le dernier et lui tends quelques pièces. C'est un vieillard au visage ridé, aux yeux profondément enfoncés dans leurs orbites. Il secoue la tête en signe de refus.

— Merci, monsieur. Un de vos compagnons m'a déjà donné quelque chose.

Je reste interdit. Le vieillard s'éloigne en relevant le col de son pardessus troué. Un vent glacial balaie la rue Serrano. Admirable peuple qui engendre de tels mendiants !

Cette égalité ombrageuse limite d'ailleurs les rapports sociaux. Un tel formalisme exclut les échanges véritables. Loquaces, bavards, les Espagnols plongent, par un côté de leur nature, dans un univers de silence. Il est un point chez eux qu'on ne touche jamais. Beaucoup se laissent prendre à leur bonhomie, croient les comprendre, ils ne soupçonnent pas cette part de mystère.

Derrière le masque social : le silence

(1960.) De nombreux Américains ont élu domicile à Madrid. On les reçoit, on les fête, on les tutoie, on les traite sur un pied d'égalité : ces braves gens débordent de reconnaissance pour un pays qui semble enfin les accueillir à bras ouverts. Peu sentent la nuance de mépris sous les marques d'amitié. Il est rare qu'un Espagnol s'abandonne tout à fait, il ne livre de lui que la surface.

Le silence au fond de son âme s'imprègne de mélancolie. Il n'est jamais entièrement présent. Le voici qui bavarde, plaisante, rit ; soudain son regard se voile, ses traits se figent : il a plongé dans ce gouffre de tristesse qui lui donne une quatrième dimension.

Dans les cafés, dans les salons, ce ne sont partout qu'accolades, interjections de surprise et de joie, exclamations et pépiements : *Qué pena ! — Ay, qué bien ! — Qué tal, hombre ! — Qué alegria !* Toute tentative pour entamer une véritable conversation est vouée à l'échec. On saura le faire comprendre à quiconque s'aviserait d'insister. On lui tapera sur l'épaule, on lui posera les questions les plus incongrues. Personne ne désire échanger quelque chose. Les gens se réunissent pour partager des émotions. Ils désirent se réjouir, pleurer en commun. L'art de parler, de « dire » des choses, a toujours été ignoré dans ce pays. Les dialogues sont faits de monologues successifs. Chacun commence par un *yo* qui marque les limites de l'échange. Au fond de chaque Espagnol sommeille une peur séculaire : celle de se découvrir. On ne se défait pas aisément d'une méfiance qui remonte à plusieurs siècles.

Je m'exprime avec une certaine aisance. Il m'est arrivé de remporter de petits succès, à Paris, en exposant quelques idées personnelles sur un sujet donné. Toujours vient un moment où je succombe à une sorte de lassitude. Je me dégoûte de ce que je dis et de moi-même. Je retombe dans le silence. « À quoi bon ? » : part en moi de l'Espagne.

Difficulté extrême de communiquer avec autrui, écart entre ce que nous voudrions dire et ce que nous disons effectivement : ces deux idées obsèdent notre époque. L'Espagnol n'a jamais atteint ce niveau. Il n'essaie même pas d'entrer en communication. Il ne cherche pas à échapper à sa solitude ; il l'assume au contraire.

La liturgie gestuelle

(1962.) Je suis assis à une terrasse de café, place de Zocodaver, à Tolède. Il est huit heures du soir. Toute la ville est dehors. Sous les arcades, les enfants, les adolescents et les vieillards marchent ;

les étrangers et les notables sont installés aux terrasses ; sur la place même, jeunes gens et jeunes filles se promènent. Ils rient, bavardent. Les yeux pourtant travaillent. Chacun a conscience d'être sous le regard d'autrui. L'apparent désordre cache un ordre parfait : filles et garçons vont jusqu'au bout de la place, font demi-tour et reviennent. Il existe un certain décalage entre eux et elles, de manière à pouvoir se croiser. Spectacle banal et pourtant fascinant. Chacun est mis avec le plus grand soin. *Quedar bien !*

Alors que je vivais en Espagne, dans les années 1950-1951, et que, démuni de ressources, je logeais dans des pensions très médiocres, les patronnes de ces établissements lustraient, avant l'heure du *paseo*, mes pauvres affaires. Elles s'acharnaient sur mes hardes avec un zèle assez comique. Une de ces femmes alla jusqu'à m'avancer de quoi m'acheter un costume :

— Tu ne peux pas te montrer mis comme un vagabond. Les gens diraient que tu habites dans une gargote !

Avant de prendre le coin de la rue, je devais me retourner pour les saluer. Installées au balcon, elles voulaient juger de l'effet que je produirais.

Il n'y a pas de gestes innocents. Nous sommes entiers dans un battement de cils.

Il y a, sur cette place de Zocodaver, un grand nombre de touristes. La foule semble ne pas les voir. Elle va et vient, indifférente en apparence. Deux mondes se côtoient ; on a l'impression qu'aucun échange n'a lieu. L'attitude, là encore, fait écran. Les Tolédans feignent de ne rien voir parce qu'un homme de bien ne s'étonne de rien. Mais ces jeunes filles en mini-jupes, ces garçons en blue-jeans transforment, sans le savoir, la physionomie du pays.

Près de moi, un couple de paysans boit l'apéritif. Elle, ronde comme un tonneau, la poitrine débordante, porte une robe de satin noir rehaussée de dentelles blanches. Ses cheveux sont coiffés en chignon dans lequel un peigne est piqué. Elle tient un éventail dans sa main droite. Elle le secoue, le ferme avec un claquement sec, le rouvre... À son côté, dans un costume gris, coiffé d'un chapeau cordouan, son mari boit, la tête renversée. Petit, sec, le profil d'un oiseau de proie, il toise dédaigneusement la foule. Tout à l'heure, il se lèvera pour acheter des cigarettes ; il traversera la place d'une démarche altière, la tête haute, le regard dur, tout en agitant une canne. On dirait un maréchal inspectant une armée. L'envie me prend alors d'applaudir les deux acteurs.

Dans l'essai qu'il a consacré à Vélasquez, Ortega y Gasset regrette qu'aucune étude sérieuse n'ait encore paru sur le sens du geste chez les Espagnols. Je joins mes regrets aux siens. Car il est aisé, en Espagne, de remarquer l'existence de ce langage gestuel. Tout le monde s'exprime autant avec le corps qu'avec la parole. Les Italiens passent pour maîtres dans cet exercice. Aussi l'expression « langage gestuel » trahit-elle ma pensée. Il existe en Espagne non pas un langage, mais un « rituel des gestes ». Un Espagnol marche et bouge selon une certaine idée qu'il se fait de lui-même. Le principe sur lequel repose ce rituel est d'ordre esthétique autant que moral. Un mauvais geste est celui qui manque de grâce. Mais *gracia* possède en espagnol un sens différent du mot « grâce ». Un geste *gracioso* se doit d'être harmonieux « et » ironique tout à la fois. L'ironie naît d'un détachement qu'on sait faux.

La foule méridionale a pour habitude de ne s'écarter qu'à la dernière extrémité pour laisser passer une voiture. Un Espagnol s'écarte de manière à être frôlé par l'automobile, comme un *torero* par le fauve. Ses amis rient et applaudissent.

Une jeune fille dans la rue marche avec *gracia* et c'est avec *gracia* qu'elle se retournera sur un compliment particulièrement drôle ou insolite.

De tous les gestes, le dernier est le plus important. Il faut non seulement *quedar bien* dans la vie, mais surtout dans la mort.

2

Toujours la mort !

La mort ! Voilà le grand mot lâché. Impossible de parler de l'Espagne sans y faire allusion. Bernanos disait ne pas pouvoir supporter cette odeur « de mort et de jasmin ». Beaucoup pensent comme lui. Les étrangers voient dans cette hantise une complaisance morbide. Ils mélangent des idées fort hétéroclites dans ce chapitre. *L'Enterrement du comte d'Orgaz*, les peintures de Valdès Leal (celles qu'on voit à l'hospice de la Charité, à Séville, et dont Vélasquez disait qu'on devait se boucher le nez pour les regarder), certains tableaux de Zurbaran et de Ribera, les fantasmagories de Goya : autant d'exemples cités pour illustrer cette obsession.

Il convient d'inverser les données : l'Espagnol n'est pas attiré par la mort mais révolté par elle. Il sait que, quoi qu'il fasse, elle finira par l'emporter. Son impuissance à la conjurer le désespère.

Cette angoisse n'est pas spécifique à l'Espagne. Tous les peuples méditerranéens l'éprouvent avec une particulière acuité. De *L'Iliade*, un désespoir révolté s'exhale. Homère a beau feindre, il est incapable de concevoir une autre existence que celle du corps. Ses dieux ne se distinguent des hommes que par leur immortalité physique. Virgile n'arrive pas davantage à imaginer une autre vie. Énée, aux champs Élysées, veut embrasser son père : il n'étreint qu'une ombre.

Cette hantise du néant rend compte de ce paradoxe que le plus solaire des peuples ait été aussi le plus obsédé par la mort. Les rivages du Nil étaient un royaume de morts en attente.

Il semble y avoir un déterminisme méditerranéen qui n'est pas seulement historique, mais tellurique et climatique. La lumière implacable fait ressortir les ombres, l'éclat du soleil rend plus vive l'angoisse des ténèbres. Le Méditerranéen ne connaît pas cette lumière impalpable, nuancée, ni non plus ces longs crépuscules qui préparent l'esprit à la montée des ombres. L'angoisse métaphysique commence quelque part avec le ciel bleu, le soleil triomphant qui décline brusquement, plongeant les hommes dans l'incertitude. Chaque nuit préfigure la mort. Ainsi les Aztèques redoutaient-ils l'extinction définitive de l'astre solaire et en guettaient-ils anxieusement le retour.

À l'angoisse de la mort, l'Espagne apporte deux réponses identiques quant au fond, différentes dans leur expression. L'une consiste à nier la mort. Ainsi sainte Thérèse s'écriait-elle : « Je meurs de ne pas mourir. » Elle était, ce disant, conséquente avec elle-même. Si la vie n'est rien qu'une prison où l'âme soupire après sa libération, alors la mort est une délivrance. Cette réponse mystique ne convenait cependant qu'à un très petit nombre. L'Espagnol est trop attaché à « sa » vie pour pouvoir se résigner à subir la mort. Il n'eut donc de cesse qu'il n'eût fait de cette fatalité une épreuve, la plus cruelle certes, mais qu'il est permis de surmonter comme les autres. Son individualisme forcené trouvait ainsi une dernière occasion de s'affirmer. Mourir ne fut plus pour l'Espagnol une catastrophe inéluctable passivement subie, mais l'acte suprême accompli par un sujet. Une dernière fois, il lui est accordé de dire *Yo.*

L'Espagnol sait qu'on n'échappe pas à la mort. Assurément, tous les hommes savent cela. Mais la plupart vivent comme si elle ne les concernait pas. Elle leur apparaît telle une échéance qu'on peut reculer. L'Espagnol a tiré de sa séculaire intimité avec la mort la conclusion qu'elle n'est pas un aboutissement, ni le dénouement tragique de cette comédie qu'est la vie, mais un processus ininterrompu. Nous commençons à mourir dès notre naissance ; nous mourons chaque jour un peu, nous ne cessons pas de mourir : voilà des évidences que l'homme espagnol se répète sans cesse.

Ce que les autres hommes appellent mourir n'est, pour l'Espagnol, que l'ultime soubresaut de l'organisme, un ultime spasme. Aussi s'attache-t-il à préparer cette dernière sortie. Il apprend, depuis l'enfance, à vivre dignement sa mort. Il n'accepte pas qu'on la lui déguise ni qu'on la lui escamote. Il s'habitue à la fixer calmement, il s'amuse d'elle, il la méprise. Ce jeu lui fait prendre conscience de sa liberté. Toute son attitude est commandée par cette règle qui domine son existence : mourir en homme, c'est-à-dire debout. Il est curieux de constater que les mécanismes mis en œuvre par les Espagnols pour surmonter leurs épreuves ne changent guère. Le Castillan, menacé de tomber dans la servitude, faisait de sa déchéance un sujet d'orgueil. Condamné à mourir, il ne se soucie que de sauvegarder sa dignité. C'est toujours par le mépris, c'est-à-dire la négation, qu'il écarte de lui ce qui le menace.

La corrida ou l'école du « bien mourir »

On a beaucoup parlé de la corrida et de sa signification profonde. Depuis la préhistoire, les peuples méditerranéens ont adoré le taureau. Ils voyaient en lui l'incarnation des forces obscures qui régissent l'univers. Déjà les Crétois s'amusaient à des jeux tauromachiques qui devaient avoir une signification religieuse.

Les jeux crétois deviennent en Espagne un drame qui s'achève par la mort du fauve. Tuer le taureau constitue le but de la corrida. Le peuple s'amasse sur les gradins pour assister à une mise à mort, non à des jeux plus ou moins artistiques. Ce sacrifice rituel comporte des règles. Point de liturgie sans rites. Il ne s'agit donc pas de tuer le taureau n'importe comment, mais de lui assener l'estocade dans le respect des règles. Toutes les phases de la corrida ont pour but de préparer la minute de vérité : celle où l'homme et le fauve vont se trouver seuls, face à face, et où le prêtre-sacrificateur, en exposant sa vie, portera le coup fatal à son adversaire.

Aussi bien n'y a-t-il pas dans l'arène un mais deux acteurs. Point de corrida véritable sans un *toro bravo*. (C'est assez dire qu'on n'en voit plus guère.)

L'homme n'impose pas sa loi au fauve, il ne le dompte pas : il le trompe. Le taureau lancé dans l'arène a sa personnalité, il choisit son terrain — sa *querencia* — comme il choisit l'endroit de sa mort. La supériorité de l'homme réside dans ce fait qu'il peut comprendre et, par conséquent, prévoir les réactions de son adversaire. Elle découle aussi de ce que le taureau n'a jamais combattu un homme, qu'il est vierge de toute expérience. C'est la règle fondamentale de la corrida.

Quels avantages la mort possède-t-elle sur l'homme ? Celui-ci d'abord qu'elle finira par l'emporter ; le fait encore qu'elle choisit son prétexte — maladie, accident, guerre —, qu'elle frappe enfin à l'improviste. Les deux premiers avantages ne lui confèrent qu'une mince supériorité. Elle l'emportera : que vaut cette victoire si la victime refuse d'avouer sa défaite ? Les défenseurs de Numance choisirent le suicide collectif de préférence à la reddition. Rome vainquit, certes ; mais sa victoire tenait en un tas de cendres fumantes. Le second avantage semble plus sérieux. Car l'homme décidé à ne pas abdiquer doit se préparer à toutes les éventualités. D'où le long apprentissage auquel les Espagnols se soumettent. Il faut savoir bien mourir en toutes circonstances. Il est donc indispensable d'étudier les différentes façons qu'a la mort de frapper. Cette expérience constitue la supériorité de l'homme. La mort se répète ; elle n'a qu'une imagination médiocre ; l'homme est capable de prévoir la façon dont elle va l'attaquer. Il sera sur ses gardes ; il demeurera libre de porter le combat sur le terrain de son choix : celui de la volonté. La mort ne sait que dire : « Me voici. Tu ne m'échapperas pas. » L'Espagnol, lui, rétorque : « Je te connais. Je te méprise. Tu peux me tuer, non m'abattre. » Sur ce plan, la mort reste désarmée. Elle ne peut soumettre les esprits que par la peur. Délogée de sa *querencia,* qui est l'angoisse, ses coups ne portent plus. Mais il lui reste une ressource : attaquer à l'improviste, fondre subitement sur sa proie. C'est la *cojida,* l'accident imprévisible qui glace d'effroi les spectateurs. L'homme a prévu cela aussi ; sa riposte, c'est le défi. S'il ne cesse de railler, de tromper, de mépriser la mort : comment celle-ci le prendrait-elle au dépourvu ?

Pour tuer le fauve, le torero revêt un costume anachronique, richement orné : l'habit de lumière. La créature fragile qui s'avance, armée d'un chiffon rouge, vers son redoutable adversaire porte sur elle toutes les lumières, celle des hommes et celle des cieux. Le *torero* devient l'acteur d'un drame cosmique. S'y affrontent non seulement l'instinct et l'esprit mais aussi la fatalité et la volonté.

Ce ne sont pas des jeux de cirque. La corrida est une fête : la *fiesta*. Et un combat : une *lidia*. Ces deux mots contiennent la philosophie existentielle de l'Espagne : la vie est une fête dangereuse, qui se termine dans la mort. Mais on peut mourir allégrement. C'est le fond de la terrible ironie espagnole : humour de Thérèse d'Avila, cynisme des picaresques, amer sourire de Cervantès, désinvolture de Fray Luis de Leon, férocité joyeuse de Quevedo — ironie enfin de tout un peuple qui se moque de lui-même et rit de son infortune. Sous les bombardements franquistes, les Madrilènes chantaient : « Avec les bombes qu'ils jettent, les filles de Madrid se frisent les cheveux. » Et les Saragossains pendant le siège des armées napoléoniennes : « La Vierge du Pilar déclare (bis) — qu'elle ne veut pas être française (bis) — qu'elle désire être capitaine de la troupe aragonaise. » Amour des *chistes* : petites histoires douces-amères ; secrets du *desaire* enfin : trouver le geste à la fois drôle et dédaigneux.

L'envers de la fête

(1965.) Je roulais un soir entre Saragosse et Madrid, au milieu d'un décor lunaire d'une poignante beauté. La radio nationale diffusait son programme tauromachique hebdomadaire. Des journalistes avaient rendu visite aux blessés hospitalisés dans la clinique des *toreros*, à Madrid. Chacun retraçait sa carrière avant d'en arriver aux circonstances de la blessure. Il s'agissait de très jeunes *novilleros*, vingt ans environ. Ils n'avaient jamais connu la gloire. Ils disaient avec des mots très simples leur amertume ou leur désespoir. Ils revenaient sans cesse sur la corrida fatale : la bête était vicieuse, ils auraient dû se défier, ils avaient empiété sur le terrain du taureau ; ils cherchaient des raisons ; ils voulaient comprendre. Ils jetaient pour finir : « La fatalité, quoi ! » Mais qu'est la corrida sinon le combat contre la fatalité ? Interrogés, tous déclaraient n'attendre que leur guérison pour fouler à nouveau le sable des arènes. Un seul avoua qu'il renonçait. Pourquoi ?

Je guette la réponse, moi aussi. Ma voiture retentit soudain de pleurs, de sanglots entrecoupés de hoquets. Ce *novillero* pleure comme pleurent les enfants. Il me semble le voir. Je l'imagine chétif, maigre dans son pyjama à rayures, secouant sa tête pour tenter de cacher ces larmes qui l'inondent... « Du calme, *hombre !*... Du calme ! — C'est... Ma jambe... Elle restera plus courte... Je serai boiteux... Jamais plus... »

La *fiesta*, comme la vie, comporte une zone d'ombre. Pour un combattant victorieux, projeté par la gloire à la une des journaux, que de ratés, d'invalides et de blessés ! L'Espagne miséreuse tourne autour des cirques, victime d'un mythe. Les *muletillas* errent, hâves et faméliques. Ils poursuivent ainsi le mirage de la renommée, de la fortune. Ils s'initient dans les parcs et dans les campagnes aux secrets de l'art ; ils apprennent à tremper leurs poignets, à dominer le tremblement de leurs jambes, à esquisser cet ensemble de gestes qui font la *fiesta*. Je les ai souvent observés à Triana, à la Casa del Campo de Madrid, sur les terrains vagues derrière Montjuich, alors que graves, le visage fermé, ils pivotaient devant le chariot garni de cornes. Je suis resté des heures à admirer la grâce innée de leurs mouvements. Parfois j'applaudissais. Un regard noir, empli d'orgueil, constituait ma récompense.

(1966.) L'ami qui me parle dans ce café des Ramblas, à Barcelone, est un étudiant. Il se veut libéral. Il déteste donc la corrida. Il me sert tous les arguments que les progressistes ont accumulés contre elle depuis des siècles : c'est un jeu barbare qui flatte les plus bas instincts de la foule, qui détourne les Espagnols du progrès et qui, enfin, fait des milliers de ratés. Il condamne la *fiesta* par humanisme.

Je ne trouve rien à répondre. La *fiesta* est un mirage, elle entretient le mythe de la fortune obtenue sans trop d'efforts : je sais cela. Mais quoi du théâtre et du cinéma ? Faut-il les supprimer parce que des milliers de comédiens en herbe s'avilissent et se prostituent dans l'espoir d'obtenir la gloire ? La corrida tue ; elle fabrique des infirmes et des estropiés. La syphilis aussi : cela n'a jamais empêché personne de faire l'amour.

*Ma courte carrière d'*apoderado

Manolo n'était pas *matador*, mais simple *novillero* et parmi les plus obscurs. Nous nous étions connus à Ubeda, le jour de la Saint-Michel, en 1951. Je traversais alors une période très sombre. Je projetais d'aller à Madrid pour y chercher du travail. Je ne possédais pas de quoi m'offrir un café au lait. En ce temps-là, il m'arrivait de rester plusieurs jours sans manger ; mais je me promenais avec les amis. Nous passions des nuits blanches. Boire un verre de vin dans une gargote suffisait cependant à nous transporter d'allégresse. Le plus souvent, nous nous contentions de déambuler sans but. Je ne sais plus de quoi nous discourions. Nous allions parmi les oliviers, nous nous asseyions sur des bancs, dans les places vides, faiblement éclairées. Nous ne cessions pas de rire. L'amitié avait alors un sens pour nous tous. Nous n'imaginions pas que la vie pût nous séparer. Nous étions liés par notre joie. Tout était un prétexte à plaisanter : la tête d'un passant, la vue d'un chien errant. Irresponsables, nous jouions à être heureux.

Manolo m'admirait. Je parlais l'anglais et le français, cela l'émerveillait. Dans les cafés, il disait fièrement : « Mon ami Miguel connaît toutes les langues. Dis-leur quelque chose en français, Miguelito. » Je traitais les consommateurs d'abrutis et de cocus. Tous applaudissaient ; on nous payait à boire : c'est ce que nous cherchions.

Manolo me demanda de l'accompagner durant l'été, en qualité d'agent de presse. Fonction plutôt symbolique. Aucun journal ne mentionna jamais le nom de mon ami. Il avait réussi à obtenir quelques engagements, dans des arènes de dixième ordre. Il gagnerait tout juste de quoi payer la location du costume et de l'épée. Mais nous ne doutions pas que ce fût le début de la fortune.

Dans des autobus emplis de paysans chargés de paniers, nous parcourions le pays, serrés comme des harengs, les mains agrippées à la valise contenant la cape, la muleta, l'épée et l'habit loués chez un fripier de Séville. À chaque cahot, nous nous couchions sur cette arche sainte que nous étions décidés à protéger au péril de nos vies.

Nous logions dans des auberges infestées de punaises. Pendant les heures qui précédaient la course, Manolo restait étendu sur le lit, le regard fixe, le souffle court. Je m'asseyais sur le matelas. Il me serrait la main, nerveusement. Il parlait sans trêve ni repos, d'un ton monocorde : « Aujourd'hui je serai bien, tu verras. Paco m'a dit que les bêtes étaient belles. Tous les journaux mentionneront mon nom. Ensuite je toréerai dans toutes les grandes villes. On nous offrira des millions pour que j'accepte de me produire à Valence, à Bilbao. Mais nous jouerons les grands seigneurs. Quelle rigolade, Miguel ! » Il se plaignait de la chaleur, puis du froid. La sueur perlait sur son front. Son visage devenait lisse et graisseux. Ses lèvres se gerçaient. Cent fois, il demandait : « Quelle heure est-il, Miguel ? » Sa respiration ressemblait à un râle. Dans la chambre sordide, le bourdonnement des mouches et le halètement rauque de mon ami faisaient une musique obsédante.

Maigre et souffreteux, Manolo avait le teint jaunâtre, les yeux légèrement divergents comme ceux des personnages peints par le Greco, les cheveux blonds et bouclés. D'où son pseudonyme : *el Rubio* (le Blond).

Quand les organisateurs de la fête frappaient à la porte, Manolo se levait. Une force mystérieuse raidissait son corps frêle. Mon ami donnait alors l'illusion du plus invincible courage. Il parlait avec une feinte désinvolture, ses lèvres dessinaient une moue dédaigneuse. Il pénétrait dans les arènes minables avec une démarche de conquérant, un air de défi qui me serrait le cœur. Car je savais, moi, de quelle panique était faite cette bravoure.

Manolo ne devint jamais un bon *novillero*. Il lui manquait l'aisance des gestes et surtout la poigne. L'épée tremblait au bout de son bras. Il devait s'y prendre à vingt fois pour achever son adversaire. Souvent il quittait l'arène sous les huées et sous une pluie d'objets divers. La peur de mon ami s'explique : il risquait plus que la plupart des *matadores* en renom. Les directeurs des arènes où il se produisait manquaient d'argent, les bêtes avaient maintes fois servi dans des *capeas*, des *tientas*. Elles négligeaient l'étoffe, visaient l'homme. Souvent, je hurlais : *Cuidado, chico ! El bicho va al bulto*. (Attention, mon vieux ! la bête vise le paquet.) Aussi Manolo ne pouvait-il pas accomplir un travail brillant. Il en était réduit à défendre sa peau. Mais le public réclamait de l'art. Il injuriait le gosse qui revenait parfois les yeux luisants de larmes, les traits tirés.

Dans l'autobus ou la voiture qui nous transportait ailleurs, vers quelque village perdu, mon ami murmurait : « Tu verras, la prochaine fois, je fais un malheur... »

Son seul malheur a été de renoncer à son ambition. Il est maintenant chef de rayon dans un grand magasin de Barcelone. Devant sa femme qui ne l'écoute même pas, il me dit avec transport :

— Tu te souviens, Miguel ? Ce jour-là, j'ai failli devenir le plus grand...

Le taureau ne risque plus de tuer Manolo. Mais la mort n'est pas conjurée pour autant. Elle l'achève lentement, par l'usure.

La corrida n'est que l'exemple le plus parfait de la manière dont l'Espagne se délivre de son angoisse.

Quand l'instinct devient intelligent

La corrida — fête et combat — procure à ses *aficionados* un plaisir subtil. L'émotion naît de cette dérive des forces instinctives vers un rituel de l'intelligence. La corrida devient donc un art par ce passage des sens à la forme, du chaos à l'ordre et à la mesure. Mais c'est un art soumis au temps, éphémère ainsi que la danse. Les différentes passes faites avec la cape et la muleta — *faro*, véronique, celle dite du papillon, les *naturales* et la passe de poitrine — sont les pas d'une chorégraphie fixée dans la mémoire des acteurs et du public. Chorégraphie composant une liturgie où chaque innovation, chaque invention renvoie à des moments privilégiés, aux figures légendaires qui, rompant avec l'académisme, réintroduisaient la vie dans une tradition menacée de sclérose. Chaque corrida, bonne ou mauvaise, renvoie donc à une corrida idéale, à un archétype de la fête que chaque *aficionado* porte en lui et auquel, inconsciemment, il se réfère. Il en va de l'*aficionado* comme de l'amateur de danse qui ne peut s'empêcher de comparer les chorégraphies et de juger de l'une par référence à celle, parfaite à ses yeux, qui symbolise son idéal du ballet.

Toute corrida est, dans cette perspective, une déchéance, une dégradation. Quelle pourrait bien être en effet cette *lidia* parfaite, cette fête accomplie ayant engendré l'émotion pure et sans mélange ? Elle n'existe que sous forme de désir ou de regret. Elle se traîne toujours ailleurs : dans le passé pour les uns — « On ne torée plus depuis Belmonte. Quand on a vu un Manolete faire une série de *naturales*, tout le reste est une plaisanterie... » —, dans l'avenir pour d'autres qui courent d'arène en arène, espérant ressentir le frisson solennel qui les comblera enfin, justifiant a posteriori tant de déceptions et tant de fatigues.

La corrida idéale se trouve toujours ailleurs, parce qu'elle n'a jamais existé.

Le taureau, cet empêcheur de tourner en rond

Qu'est en effet la corrida dans son esprit ? La tentative d'échapper à la nécessité, la mort, et de la soumettre à la volonté. Or, il est possible de fixer des règles à l'intelligence et chaque passe, avec son histoire, ne manque pas d'y renvoyer, formant une liturgie solaire où chaque geste se retrempe dans le conscient mémorisé. Mais la mort, le taureau, échappe à tout contrôle, faussant le jeu. On a pu certes édicter des principes pour réduire la part de la contingence : que le taureau n'ait jamais approché l'homme, qu'il devra mourir, immanquablement. Mais ce sont, on le voit, des règles négatives qui n'ont de valeur que par rapport à l'homme. Le fait que le taureau soit vierge de toute expérience préserve le *torero* mais ne contraint en rien le fauve. L'animal se voit arbitrairement privé de mémoire, on lui retire la possibilité d'apprendre en fixant à quinze minutes la durée de son combat. C'est enfermer la nécessité dans son opacité existentielle. C'est poser que la mort est cette force noire, aveugle, qui frappe au hasard et qui ne peut pas savoir ce qu'elle fait. C'est, en somme, la nier. Ou mieux : l'Espagne dénie à la mort tout accès à la transcendance. Car c'est bien de cela qu'il s'agit dans la *fiesta* : d'une lutte entre l'espèce humaine, capable de transcender par la mémoire et par l'Histoire son expérience, et la mort, pur instinct de destruction.

La nécessité cependant se venge, à chaque corrida, des restrictions qu'on lui impose. Elle défait, sous les yeux des spectateurs, le code où on prétend l'enfermer. Et ce mouvement de néantisation ajoute, ironiquement, au plaisir de l'*aficionado*.

Homme, c'est au *torero* que le spectateur s'identifie. Rien de plus faux que d'imaginer et de prétendre que les Espagnols vont aux arènes dans l'espoir de la *cojida*, c'est-à-dire de l'accident. Ils veulent la mort du fauve, non celle du *diestro*. Ils vont plus loin : ils érigent en loi absolue la mort du taureau.

D'emblée donc, la cause est entendue : la bête est condamnée. Il reste à contempler la manière, le style avec lesquels le *torero* domptera son destin. La corrida recrée ainsi les prémices de la tragédie grecque : quand la pièce commence, tout est joué ; le destin a déjà vaincu.

Il y a, dans toute corrida, une double enquête ; sur l'homme, appuyé sur sa mémoire, et sur la mort, supposée ignorante. On retire à l'animal toute connaissance pour mieux affirmer l'homme dans son courage. Mais Œdipe non plus ne sait rien de la mort qui frappe aveuglément autour de lui. Et son courage naît à l'instant où il se pose la première question : pourquoi ?

À cette question, l'Espagne feint d'avoir répondu cinq minutes avant le début de chaque *fiesta* : « Bah ! il n'y a pas de pourquoi. La mort est aveugle. Elle tue, voilà tout. Non, la vraie question est : comment ? »

Les choses pourtant sont moins simples. Cette mort qu'on a commencé par rendre aveugle, sans discernement, voilà qu'elle bondit dans l'arène. Et c'est le silence, la stupeur, tous les sens en éveil : comment se présente-t-elle ? Comment réagit-elle ? Bref, l'enquête commence pour tenter de percer son opacité. Il s'agit de tirer profit de ses défauts autant que de ses qualités. Elle s'individualise, se personnalise — échappant à l'universel où la règle prétendait l'enfermer.

Dès lors, comment le spectateur ne s'identifierait-il pas « aussi » avec cette masse noire qui cherche son ennemi, charge sur tout ce qui s'offre à sa vue, choisit son refuge ? Oui, le taureau mène lui aussi son enquête. Il essaie de comprendre, de deviner. À la rage succède l'hébétement, la méfiance, la peur. Il tente d'échapper à la souffrance et à la mort. Et les spectateurs participent à son combat, font leurs ses sentiments. D'abstraite et mécanique, voici que la mort, en s'incarnant, devient proche. Certes, elle reste redoutable. Sa force l'isole, la maintient dans une zone taboue. Mais elle a perdu son caractère angoissant. Bien sûr, elle continue de faire peur. La peur cependant est connue de l'homme et il sait qu'elle peut être vaincue, dominée. Que le taureau tremble à son tour, qu'il veuille prendre la fuite :

voilà ce que le spectateur ne lui pardonnera pas. La tragédie des gestes exige un combat. Si l'un des adversaires se dérobe ou triche, la *lidia* perd sa raison d'être.

Les deux règles fondamentales — le taureau doit ne pas avoir approché l'homme, il mourra quoi qu'il arrive — semblaient avoir pour but de rendre impossible toute connivence entre le spectateur et l'animal. Or, sa présence abolit cette distance. Il respire, souffre, lutte ; il marche vers la mort, il est frappé à l'instant où il allait percer la ruse de son adversaire : ce cheminement rencontre un écho dans l'esprit et dans le cœur du spectateur. Y a-t-il deux adversaires ? S'il s'agissait d'une seule personne, mais dédoublée ?

Le matador *et le taureau : une seule personne ?*

L'évolution de la *lidia* ferait pencher pour le second terme de l'alternative. À l'origine, la corrida était un tournoi où les chevaliers mores et chrétiens mesuraient leur courage. Fête aristocratique, le peuple n'y prenait aucune part. Il applaudissait les chevaliers de son camp comme le téléspectateur, aujourd'hui, applaudit aux exploits de l'équipe de son pays.

Au XVIIIe siècle, la noblesse, asservie à la cour bourbonienne, ne combat que rarement des taureaux. La corrida passe déjà pour un amusement plébéien, sanguinaire, indigne d'un homme civilisé. Alors apparaît le *picador*, homme de la plèbe, et longtemps héros de la *fiesta*, car c'est à cheval que, jusqu'à la fin du XVIIIe siècle, on combat le taureau. Que pouvait être, à cette époque, le plaisir procuré par la corrida ? Le peuple s'amassait sur les gradins dressés autour des places des villes et des villages, il se pressait aux fenêtres, non pour célébrer un culte mais pour assister à des jeux de cirque, les uns burlesques et les autres sanglants. Dix, douze chevaux étripés agonisaient dans des convulsions, assaillis par des essaims de mouches, cependant que les *picadores*, descendus de leurs montures, portaient au taureau des coups d'épée, sans se soucier des règles, alors inexistantes. C'est ainsi que Théophile Gautier vit encore la *fiesta*, ainsi que Goya l'illustra : une fête mi-burlesque, mi-barbare où le sang ruisselait au milieu des rires.

Le spectateur de ces temps s'identifiait-il à l'animal ? Si oui, ce ne pouvait être qu'en tant que personnification de ses propres tendances agressives et sadiques.

Maintes fois au cours de cet essai, j'ai signalé l'existence d'un fonds de barbarie et de cruauté dans le tempérament espagnol. Certains, qui ont reconnu ce fait, l'attribuent à l'héritage arabe. La boutade d'Unamuno : « Je suis un Africain », ne signifiait probablement rien d'autre. L'explication suffit-elle ? Acceptons-la. Que réussit-elle à expliquer ? Elle nous renvoie au fonds musulman de la race, c'est-à-dire au refoulé espagnol. L'évolution de la *fiesta* décrit la progressive prise de conscience du peuple espagnol. Au départ, il n'était que le spectateur des tournois taurins qui opposaient les chevaliers des deux camps. Sans doute applaudissait-il indistinctement les uns et les autres pour leur force ou leur habileté. Plus nombreux, les Hispano-Moresques jetaient des « Allah ! » dont l'écho se propage dans les « Olé ! » qui fusent aujourd'hui des gradins.

Après la prise de Grenade, la *fiesta* reste une fête aristocratique. Seuls les nobles combattent, à cheval, le fauve. Mais il y a dans la fête, une béance — un manque : les adversaires musulmans ont été évincés de l'enclos réservé au tournoi comme ils le sont de la vie publique. Comment ce peuple contraint à la conversion, pourchassé, réduit aux plus basses besognes, comment ce peuple exilé dans son pays ne se reconnaîtrait-il pas dans le taureau qu'on trompe, qu'on saigne, qu'on achève enfin ? Et comment ne ferait-il pas sienne tant de fureur rendue impuissante ? Cette bête noire qu'on prive de mémoire, qu'on condamne au sacrifice : elle vit en lui, elle se cache dans chaque cœur, elle hante tous les esprits et se cogne à tous les fronts. C'est la plainte qui n'ose pas s'exprimer, c'est le souvenir qui se dilue, c'est la rage qui s'use. Cet « Olé ! » qui ponctue chaque charge remonte ainsi du fond des siècles.

Le temps passe, les générations se succèdent : l'Espagne souffre plus de son présent que d'un passé dont elle cherche la clé. Le combat n'oppose pas les chrétiens aux Mores, les purs aux hérétiques, mais, surtout, les riches aux pauvres. Et voilà que le noir animal, affronté et tué par un homme issu du peuple, incarne tout ce qui écrase et qui humilie ce peuple — la part impénétrable de ce destin qui s'acharne sur lui et sur lequel il ne réussit à remporter que des victoires fantasmatiques. Et chaque lundi, ponctuellement, le peuple se libère. Il tue, par *mata-toros* interposé, sa misère. Il prend sa revanche sur le destin.

D'où le prestige croissant de ce plébéien — le *mata-toros* — qui, devenu *torero*, revêt un habit de lumière. Ces mêmes lumières que l'Inquisition, avec l'appui de la noblesse, brûlait sur les bûchers et dont le peuple, symboliquement, revêt l'un des siens.

J'entends d'ici la clameur des protestations. Une fête populaire pourtant, qu'on le veuille ou non, contient nécessairement une dimension politique.

Aujourd'hui, la corrida devient une entreprise. Éleveurs, directeurs des places, *toreros*-vedettes, impresarii... : tout un monde d'affairistes s'agite autour des arènes. Il ne s'agit pas d'accuser les individus. Ce n'est aucunement une question morale qu'on puisse poser en termes d'honnêteté ou de malhonnêteté. La maladie dont meurt la *fiesta* a nom : rentabilité, profit. C'est la maladie du siècle. Et la bonne volonté des individus se révèle impuissante devant cette lèpre. Des réformes ? Si l'on veut. On imagine des réformes quand on désire retarder une révolution.

Une corrida sous le franquisme

(1945.) Avec la victoire franquiste, la dalle de granit retombait sur l'Espagne. La défaite de la République marquait la fin de l'espoir. Le peuple reprit alors le chemin des arènes. La corrida retrouvait en effet son sens le plus profond.

C'est durant l'été 1945, ce me semble, qu'il me fut donné de le voir toréer à la Monumental de Barcelone.

Il s'appelait Manolete et il était né dans la ville des stoïciens et des califes, endormie aujourd'hui sur ses souvenirs judéo-musulmans, je parle de Cordoue.

Grand, maigre, il toréait avec tristesse et mépris, les jambes d'acier, les pieds enfoncés dans le sable. Il enchaînait les *naturales* avec une lenteur pleine de morgue. Il ne daignait pas sourire. On aurait dit que toréer l'ennuyait. Je pense plutôt que c'est la fête qui l'ennuyait. Seul le danger le fascinait. Il allait aussi loin qu'il le pouvait sur le terrain de l'animal. Il le regardait de ses yeux tristes, l'appelait, finissait par se fondre en lui. Des arènes bondées s'élançaient, comme des vagues, des « Olés ! » non pas joyeux mais profonds, parfaitement rythmés.

Qu'allait voir, à cette époque, l'Espagnol ? Un spectacle, bien sûr. Le matin, il se précipitait dans les églises, il remerciait Dieu des bienfaits dont Franco et les riches le comblaient ; à cinq heures de l'après-midi, rituellement, il renouait avec son génie et il assistait à un drame, dont le dénouement lui était connu. Et quand Manolete, le *torero* triste, levait l'épée, quand le taureau ployait les genoux, une clameur de triomphe déferlait des gradins Morte était la bête et morts avec elle l'angoisse et le désespoir. Chacun entrevoyait, obscurément, une issue à cette histoire tissée de défaites et d'humiliations : le combat — la *lidia* — avec, au bout, la victoire de l'homme.

Manolete mourut à Linares, en 1947, tué par le taureau Islero de l'élevage de Miura, et l'Espagne, en prenant le deuil du Cordouan mélancolique, prenait son propre deuil.

Avec Manolete mourait aussi une certaine Espagne : celle des longues nuits d'angoisse, de la peur et de la délation. L'Espagne de la Grande Peur.

La nouvelle — celle du boom économique, du tourisme, des affaires et des technocrates de l'*Opus Dei* — aura le visage d'El Cordobès, bel animal aux appétits voraces et aux souvenirs trop courts...

... Oui, la corrida opère chez le spectateur une catharsis. C'est une tragédie. Mais une tragédie qui se dénoue non en discours et musique mais par des gestes et par le sang.

Je le répète une fois encore : l'essence du génie espagnol est dramatique. Aussi n'est-ce ni par la contemplation ni par la spéculation que l'Espagnol tente de résoudre ses contradictions ou de conjurer son angoisse. La victoire que le Grec remportait par le verbe et par la pensée, il l'obtient, lui, par l'action. Il ne lui suffit pas d'évoquer le Destin, de penser la mort, il l'affronte, il la soumet. Aussi les arènes furent-elles pour ces peuples d'Espagne ce que le théâtre fut pour les Grecs : une école morale où s'affirmait non pas une pensée mais un style.

Yo, el rey... : n'est-il pas roi, en effet, cet homme vêtu de lumière ?

CINQUIÈME PARTIE

Idéalisme/réalisme

La réalité n'a aucune importance ; ce qui importe, ce sont nos rêves.

Azorín.

1

José Maria

(1962.) José Maria va sur ses vingt ans. Natif de Malaga, il poursuit à Grenade des études de droit dont il s'évade en écrivant des vers. Il possède l'intelligence rapide et subtile des Andalous. De petite taille, les membres courts, son visage s'allonge à partir de la lèvre supérieure. Les cheveux sont d'un noir aux reflets bleutés ; le nez décrit une courbe fine ; la bouche aux lèvres sensuelles garde un sourire amusé, vaguement ironique ; les yeux immenses, si noirs que le blanc qui entoure les pupilles semble d'une intensité presque choquante, les yeux ont un regard d'une mélancolie et d'une gravité tragiques. Plusieurs fois au cours de la soirée, son regard a fixé le vide ; les traits de son visage se sont alors figés. Il ressemblait ainsi à ces *hidalgos* peints par El Greco. José Maria n'est pourtant pas triste. Il a un caractère enjoué, volontiers farceur. José Maria n'est pas triste ; il est seulement malade. Du matin au soir, il a mal à l'Espagne.

Il y a des heures que nous déambulons dans Grenade. Il s'oriente dans la ville comme une souris dans une cave. Il me découvre des ruelles, des places vides flanquées de quatre réverbères. Il ne cesse pas de parler en marchant ; je l'écoute avec attention.

Je l'ai observé, tout à l'heure, dans les palais illuminés de l'Alhambra. C'est le mois de septembre. Les touristes ont regagné leurs pays respectifs. Rien que nous[1] dans les cours, les salles et les jardins. Les gardiens du palais écoutent des disques[2]. La musique du *Concierto de Aranjuez* de Rodrigo fait un écho aux murmures des fontaines. José Maria, isolé dans un coin, recroquevillé sur lui-même, ressemblait à un animal pris dans un piège. Il fixait les plafonds parsemés d'étoiles. Il m'a semblé qu'il pleurait. Mais je n'en suis pas certain.

Plus tard, penchés à une fenêtre, nous avons contemplé la ville. Sur le ciel constellé d'étoiles se profilait la tour massive de la vigie, coiffée d'une croix.

— Un soir que je me trouvais ici, dit José Maria, la lune était basse. Le Croissant se dessinait juste derrière la Croix, sur un même plan.

J'aime ces formules qui résument tout le cheminement d'une pensée. Tout à l'heure, il jettera de même, avec un accent amer :

— Cette rue me plaît parce qu'elle est ce qu'elle est. Le ministère du Tourisme n'a rien fait pour la décorer. Ses habitants mettent des fleurs à leurs balcons parce que cela leur chante.

— Ne sois pas injuste envers les touristes. Beaucoup aiment profondément l'Espagne. Ils sont pour quelque chose dans l'évolution du pays.

1. Cela était possible, j'en témoigne.

2. Aujourd'hui, l'armée touristique défile au pas de course avec *interdiction* de s'arrêter. Les troupeaux *font* l'Alhambra en un temps mesuré...

José Maria ne répond rien. Nous continuons de dégringoler les ruelles de l'Albaycin. Le silence n'est troublé, de loin en loin, que par les abois des chiens.

— Il faut que l'Espagne progresse, qu'elle devienne une nation pareille aux autres nations européennes.

Il a murmuré cela de sa voix que l'accent andalou rend chantante. Il secoue la tête, ajoute sur un ton rageur :

— Mais il ne faut pas que nous perdions ce qui fait de nous des hommes, des individus...

— ?...

— L'idéalisme.

Je n'ose lui demander ce qu'il entend par là. Je connais d'avance sa réponse. Elle me brûle les lèvres. Si souvent je me suis reproché les mouvements d'impatience que la vue des nouvelles usines, des barrages, des cités-dortoirs provoquait en moi ! Nous restons écartelés entre notre aspiration au bien-être et nos songes. Comme si nous redoutions, obscurément, de nous enliser dans cet univers de gadgets et de progrès technologique. Car la technique nous fascine et nous effraie. Nous la regardons avec la méfiance avec laquelle Don Quichotte regardait les barbiers. Si ces machines allaient briser nos rêves ? Si elles allaient nous réduire en esclavage ? Qu'est-ce qui est plus important : conserver son âme ou satisfaire le corps ? J'avais réussi à oublier un peu cette douleur sourde, là, au fond de la poitrine ; José Maria vient de la réveiller.

Trop de désillusions et de déboires, trop de frustrations ont privé l'Espagnol de la faculté d'espérer. Son enthousiasme s'émousse vite ; la lassitude le reprend. Il lui manque la foi qui lui permettrait d'envisager un futur meilleur.

Aussi le progrès le prend-il au dépourvu. Il se hâte

de jouir de ses bienfaits avec une voracité d'éternel affamé. La faim, détail significatif, se traduit en espagnol par *gana*, c'est-à-dire envie. Avoir envie, c'est avoir faim. Pour l'Espagnol, il s'agit d'un état permanent. Il n'imagine pas ce que peut vouloir dire « être rassasié ». Aussi reste-t-il méfiant devant ces biens qui lui tombent soudain sur la tête. Il a peur d'être victime d'une illusion. S'il en allait de sa fortune comme de l'île de Sancho Pança ? Son inquiétude le pousse à briser le charme. Il se prépare à cette chute, il y travaille inconsciemment. Mais ces choses qu'il craint, comme elles l'attirent ! Il est écartelé devant la technique, pareil à José Maria qui voudrait à la fois le progrès de l'Espagne et l'immobilisme.

José Maria me confirme dans mes pensées. Comme je lui demande : « Qu'entends-tu par idéalisme ? », il répond avec une sourde fureur : « L'idéalisme ? C'est le droit de préférer la folie à la raison... »

Au premier abord, la résonance très unamunienne de cette formule m'étonne. Nous sommes devant l'église Saint-Nicolas, assis sur le parapet. À nos pieds, la ville ; devant nous, les tours et les murailles de l'Alhambra se dessinent sur un ciel d'un vert indécis. Il est trois heures du matin. Tout dort dans l'Albaycin. Les gitans du Sacro Monte ont éteint les lumières des grottes où ils dansent et chantent pour les touristes. La lumière de la lune éclaire le visage tourmenté de José Maria.

À quoi rêve-t-il ? J'essaie de démêler toutes ses contradictions. Il aime Grenade, il s'y ennuie pourtant. « C'est un village. Quand les étrangers repartent, Grenade devient un tombeau. » Il a pour son pays une véritable passion. Lorsque je lui ai parlé de la Castille, il m'a cependant rétorqué : « C'est un pays triste. » Et il vient, malgré cela, de prononcer une phrase qui est l'essence même de l'esprit castillan. José Maria me ramène à ce nœud de contradictions qu'est l'Espagne.

La Castille a échoué à créer un pays uni. Mais elle a accouché de deux ou trois idées que tous les Espagnols ont adoptées et qui conditionnent leur vie. Elle leur a enseigné le respect de la dignité humaine et la grandeur de la déraison.

L'idéalisme espagnol

Il existe un idéalisme germanique, nébuleux, d'inspiration vaguement panthéiste ; il y a un idéalisme français fondé sur la croyance en l'universalité de la raison.

L'idéalisme espagnol tourne délibérément le dos à la réalité. Ou plutôt : il la déforme. C'est en quoi Don Quichotte reste la figure la plus typiquement espagnole. Ses mésaventures n'apparaissent comme des échecs qu'à ceux qui ont pris le succès comme critère. Les Espagnols voient, au contraire, dans la faillite de toutes les entreprises de leur héros, une sublime leçon.

Définir un homme par ce qu'il a réussi ou qu'il possède revient à le confondre avec ses attributs. Untel sera le président-directeur-général-qui-possède-une-chasse-en-Sologne ; tel autre l'avocat-célèbre-qui-gagne-toutes-les-causes. En dernier lieu, on finira par identifier un homme à sa fortune : c'est alors un Rothschild.

La philosophie de l'Espagne est une philosophie du « moi » ; « Je fais » : le complément se révèle accessoire ; compte surtout ceci qu'un sujet se sent agir. Le résultat importe peu : qu'on bâtisse une maison ou qu'on opère un malade ne change rien à l'hypothèse première. Plus l'action sera absurde et gratuite et plus ce sentiment d'exister sera puissant.

Tout exploit possède un caractère de gratuité. S'il s'était trouvé un trésor au sommet de l'Annapurna, le mérite de M. Herzog et de ses compagnons en eût été passablement diminué. Il y a des exploits qui atteignent l'absolu dans l'absurde : tels ceux accomplis par ces casseurs de pianos ou ces buveurs de bière qui provoquent l'hilarité des spectateurs. L'absurdité ne constitue donc pas le critère unique permettant de définir l'exploit. Il faut y ajouter ceci : que l'action soit exemplaire.

Les aventures de Don Quichotte réunissent ces deux conditions. Il est absurde et sublime de libérer des forçats qui vont, aussitôt dégagés de leurs chaînes, vous rouer de coups. L'idéalisme de Don Quichotte résulte, en un premier niveau, de ce renversement qu'il fait subir au sens de l'action. Il ne s'agit pas pour notre *hidalgo* de « réussir » mais de se conduire en chevalier, c'est-à-dire en conformité avec le code de l'honneur. Dès lors, ses mésaventures cessent d'être des échecs. Un homme qui agit avec droiture, qui n'est mû par aucun intérêt, qui obéit à ce que lui dicte sa conscience : un tel homme est au-dessus de l'échec. Bien sûr, il arrive que le résultat ne corresponde pas aux intentions. Les curés et les barbiers s'esclaffent. Mais qu'importent à notre chevalier les éclats de rire de cette misérable tourbe ? Il n'a pas appliqué leurs critères, il n'a donc pas à juger du résultat d'après leurs principes.

Idéaliste, Don Quichotte l'est plus profondément encore en ce qu'il pousse ses thèses jusqu'à leurs ultimes conséquences. De même qu'il refuse de juger d'un acte d'après le critère du succès, il écarte de la réalité toutes les contingences. Thèse : Dieu commande de pardonner et de ne pas juger ; conséquence : aucun homme ne saurait s'ériger en juge de son semblable ni s'octroyer le droit de le priver de sa liberté. Dans la pratique, cela doit se traduire par un geste : libérer les forçats.

Dans ces syllogismes rigoureux, il n'entre d'autre critère que la foi. L'esprit y affirme sa toute-puissance. La réalité résiste-t-elle ? Elle est enchantée. Les troupeaux de brebis ne sont pas des troupeaux de brebis, ils « paraissent » l'être. Un magicien, un mauvais génie, obscurcit nos sens.

Dans tout cela, il ne s'agit guère, on le voit, d'un idéalisme philosophique, d'une négation de la réalité au profit d'une essence que les phénomènes déroberaient, mais d'un acte de foi possédant une valeur magique. « Je » crois, « je » veux. Don Quichotte n'est pas un infirme : il voit, il entend, il sent comme chacun de nous. Les coups qu'on lui assène le font souffrir, il panse ses blessures. Il n'est pas davantage un intellectuel soucieux de prouver une thèse : c'est un « je » qui s'affirme contre le monde.

Quand on parle de l'idéalisme espagnol, c'est toujours à Don Quichotte et aux mystiques que l'on pense. On met dans ce terme une nuance ironique. Or, rien ne serait plus aisé que de montrer à quel degré les idéalistes espagnols possèdent le sens du réel. Les exploits de Don Quichotte ne sont absurdes que replacés dans un contexte de raison.

Le réalisme de Don Quichotte

L'idéalisme espagnol n'est pas de l'irréalisme mais du réalisme supérieur.

Si l'on examine attentivement le comportement de

Don Quichotte en différentes circonstances, on constate en effet que ses actions sont parfaitement cohérentes. Les plus extravagantes, dès qu'on y réfléchit, prennent une signification particulière. Assurément, le fait de charger à la lance un troupeau de brebis peut sembler un geste dément. Pança le juge ainsi. Pourtant Don Quichotte n'a pas tort de voir dans ces animaux un redoutable fléau. Qu'est-ce qui ravage les terres castillanes sinon les troupeaux de la *Mesta* ? Folie encore que d'affronter des moulins à vent. Mais ces moulins appartiennent tous à une poignée de propriétaires qui prélèvent, sur le grain apporté par les paysans, un pourcentage scandaleux. Ils sont le symbole visible de l'injustice sociale. Et n'est-il pas irréel de libérer des galériens ? Pour qui a tant soit peu étudié les rouages de la justice au XVIe siècle, ce geste pourtant semble d'une admirable lucidité. Et les échecs répétés de notre héros sont la paraphrase ironique du destin de l'Espagne, toujours déçue dans ses aspirations à la justice. Se souvenir également de ceci : les ennemis de Don Quichotte sont, en premier lieu, les barbiers et les curés, c'est-à-dire les symboles de l'obscurantisme. La cause de sa « folie », selon Cervantès, est l'abus de la lecture. Notre héros est un lettré, nous dirions aujourd'hui un intellectuel. Il se bat pour la justice telle qu'il a appris à l'aimer dans les livres[1].

Beaucoup de psychologues, après Jung, ont souligné que le duo Quichotte-Pança constituait une

1. Le Chevalier à la Triste Figure est engendré par les romans de chevalerie ainsi que les chrétiens par les Évangiles. La fidélité au texte fait la personne, non le sang. La revendication de Cervantès est celle des *marranes*, qui dénoncent l'hypocrisie des curés et des barbiers.

typologie. Au maigre, ascétique, épris d'idéal et introverti, s'oppose le gros, bon vivant, expansif et extraverti. Tous les commentateurs font ressortir cette antinomie qui passe pour être le symbole même de l'Espagne : à la fois idéaliste et bassement réaliste. Mais il reste à expliquer ceci : pourquoi un paysan fruste et plein de bon sens accepte-t-il de quitter sa ferme, sa femme et ses enfants pour devenir l'écuyer d'un aliéné qui se bat contre des moulins à vent et part en guerre contre des troupeaux de brebis ? Cervantès nous fournit une première explication : Sancho espère que son maître lui décrochera un royaume. On demeure sceptique : comment un paysan roublard et finaud pourrait-il croire les promesses d'un fou ? Et puis : l'explication serait à la rigueur valable pour le premier départ, mais elle ne saurait l'être pour le second. Sancho a vu son maître à l'œuvre ; il a été moqué, battu, à cause de Don Quichotte. Et il accepterait de repartir, de se lancer dans de nouvelles aventures sur la foi d'une belle promesse ?... À moins...

Quand Unamuno joue les naïfs

Unamuno feint de prendre le *Quichotte* à la lettre. Il désire, affirme-t-il, débarrasser le livre de tout ce fatras dont l'ont encombré les apologistes et les exégètes. Il adopte une attitude de candeur absolue. Mais il faut se défier de la naïveté des gens trop intelligents.

Miguel de Unamuno sait bien où il veut amener son lecteur et il l'y conduit fort habilement, par des chemins détournés. Le but de sa flânerie est celui-ci : Sancho n'est pas le matérialiste obtus qu'on veut bien croire qu'il est. Sa foi, au contraire, surpasse celle de son maître. Car qu'est-ce qui exige une foi plus aveugle : se battre contre des moulins en qui on voit des géants ou accepter que ces moulins qui vous apparaissent vraiment comme des moulins « puissent » être des géants ?

Unamuno déplace le livre du domaine satirique à celui du mysticisme. Il accomplit cela très adroitement, en feignant de se convertir en un lecteur candide de Cervantès. Mais Unamuno, même s'il l'avait voulu, n'eût pas été capable d'une pareille naïveté[1].

Toute œuvre, surtout si elle possède la résonance universelle de *Don Quichotte*, se prête à des interprétations multiples qui ne l'épuisent jamais. On peut donc voir tout ce qu'on désire dans le chef-d'œuvre de Cervantès. On serait par conséquent tenté de renoncer à en ajouter une nouvelle. Je ne m'y hasarderais pas si ce livre n'était pas une Bible à laquelle les Espagnols se réfèrent dans les circonstances les plus diverses. Impossible d'ignorer la figure de cet *hidalgo* : elle constitue le miroir dans lequel le peuple espagnol se contemple.

Je partirai de la thèse soutenue par Unamuno parce qu'elle me paraît la plus intelligente des interprétations proposées. Elle contient, en plus, toutes celles qui se proposent de faire du *Quichotte* un livre ésotérique et mystique.

Une première constatation s'impose : Unamuno, qui dit entreprendre son travail de glose en l'honneur du fameux *hidalgo*, ne tarde guère à se débarrasser de lui. Son intérêt glisse insensiblement du

1. L'évolution psychologique de Sancho résume la foi des *marranes*, leur *esperanza*. À la fin, la masse des croyants se convertira à leur religion idéale. Ce sera le salut pour tous.

chevalier à son écuyer, lequel devient le véritable héros des commentaires d'Unamuno.

Il doit y avoir une explication qui tient au mode de lecture adopté par l'auteur. Ayant choisi de prendre le roman à la lettre, il peut négliger Don Quichotte qui est, de l'aveu de Cervantès, un fou. Cependant Unamuno se rend bien compte qu'on ne saurait s'en tenir là. Il se voit forcé de montrer la sagesse de cet aliéné. Mais découvrir une sagesse dans les œuvres d'un fou : n'est-ce pas interpréter et tomber dans le travers qu'il reproche à ses devanciers ? Les commentaires d'Unamuno nous fournissent ainsi la preuve qu'il est impossible de lire le roman de Cervantès comme un quelconque roman de chevalerie. Personne n'a d'ailleurs osé soutenir qu'il ne fût que cela. Des générations de lecteurs espagnols et étrangers ont cherché dans cet ouvrage une raison de vivre et d'espérer. De l'avis unanime, *Don Quichotte* contient une sagesse, enseigne un humanisme.

2

Qui est Don Quichotte ?

Dans sa préface au roman, Cervantès se plaint avec ironie que son livre soit aride et dénué de charme. Il rappelle les conditions dans lesquelles il composa son ouvrage : au fond d'un cachot. Il continue en disant que, s'il l'avait écrit dans l'aisance et le confort, son roman, sans aucun doute, y aurait gagné en grâce et en délicatesse. Nous comprenons sans peine ce qu'il nous avoue : que les douceurs de l'existence et les délicatesses de l'art se muent en amertume quand on les examine du fond d'une geôle.

Ce détail mérite d'être souligné : le quinquagénaire qui commence, dans une prison, la rédaction des aventures de Don Quichotte, est un homme pauvre, arrêté pour dettes et malversations. Il a eu l'existence mouvementée de tant de ses compatriotes désargentés : une enfance errante, des années de voyages et de campagnes militaires en Italie, jusqu'à Lépante où il perd la main gauche[1], une longue captivité en Algérie, des tracas et des soucis d'argent lors de son retour

1. La perd-t-il ou réussit-il à faire accroire qu'il l'a perdue ? Blessé peut-être, manchot certes pas.

en Espagne. Il a essayé de fuir la médiocrité de son sort en s'embarquant pour le Nouveau Monde ; l'autorisation lui a été refusée. Il est alors devenu, comme tant d'autres *hidalgos* diminués physiquement et privés de fortune, un obscur fonctionnaire, un collecteur de taxes. Les services rendus à la patrie ne lui épargnent pas la prison. Il peut, du fond de son cachot, réfléchir amèrement à son sort ainsi qu'à celui de ses semblables. La grandeur et la gloire de l'Espagne, il sait de quoi elles sont faites. Il n'ignore pas non plus ce que cache cette façade brillante : la misère, le chômage... Sans doute, le souvenir des sacrifices consentis, des dangers vécus, des épreuves subies, sans doute ce souvenir lui arrache-t-il un sourire désabusé. D'autres ont le loisir de flatter les muses, d'écrire d'obscurs sonnets, d'étaler leur érudition : Cervantès a mieux à faire. Il se propose de montrer, sur un ton d'ironie désenchantée, la prodigieuse dérision qu'est la vie d'un *hidalgo*, imbu des idées d'honneur et de *prez*, convaincu de rechercher la gloire et n'ayant, pour toute récompense à ses efforts, que la paille d'un cachot en guise de lit.

Cervantès ne pouvait pas, on s'en doute, livrer clairement toute sa pensée. La plus élémentaire prudence lui conseillait de s'entourer de précautions. À l'époque où il vivait, la censure ne badinait pas avec les auteurs d'œuvres « pernicieuses » et « subversives ». Ce qui étonne pourtant, quand on lit *Don Quichotte*, c'est le nombre de pensées hardies et révolutionnaires que Cervantès a réussi à faire passer sous le couvercle de la « folie » de son héros[1].

La question de même : qu'était Don Quichotte

1. Il en va de même de *La Célestine*, le chef-d'œuvre de Rojas, autre convers.

pour son auteur ? Un *hidalgo* d'abord, un de ces pauvres hidalgos comme il s'en trouvait tant en son siècle. Une seule chose le distingue de ses pareils : son goût de la lecture, notamment des romans de chevalerie. Ce sont les livres qui dessèchent la cervelle de l'infortuné Quijana. Et ces livres, le curé, le barbier, avec la complicité de la nièce et de la gouvernante du héros, les brûleront en un superbe *acto de fé*. La raison qu'ils donnent de leur geste est la suivante : ces ouvrages incitent Quichotte à « imiter » les prouesses de leurs héros. Il s'agit donc de l'empêcher de lire pour lui ôter l'envie d'agir. Car la folie de Don Quichotte consiste en ce qu'il veut mettre en pratique les principes et les idées puisés dans les livres. Il se fait, pour cela, « chevalier errant ». Mais qu'est-ce qu'un « chevalier errant » dans la pensée de Cervantès ?

Un chevalier errant selon Cervantès

À plusieurs reprises, l'auteur s'explique, toujours dans les mêmes termes, ou presque. Un passage surtout mérite d'être relevé : celui qui ouvre le chapitre XIII de la première partie et qui met aux prises Don Quichotte avec un dénommé Vivaldo. Ce dernier, pour se divertir aux dépens du chevalier, lui pose mille questions embarrassantes. Et celle-ci d'abord : qu'est-ce qu'un chevalier errant ? Après avoir conté les origines de la chevalerie, Don Quichotte en vient à cette définition : « Et c'est ainsi que je vais à travers les déserts et les lieux les plus solitaires en quête d'aventures, fermement décidé à offrir mon bras et ma personne à la plus dangereuse de celles qui se puissent présenter, pour venir en aide aux faibles et aux malheureux. » Plus de trente fois, cette expression, « venir en aide aux faibles et aux malheureux », se retrouve dans le roman. Comme si Cervantès craignait d'être mal compris ou de l'être de travers, il y revient dans la suite de ce même dialogue :

« Il me semble, monsieur le chevalier errant, que Votre Grâce a embrassé l'une des plus dures professions qui soient en ce monde et il m'apparaît que pas même celle des moines chartreux n'est aussi dure.

— Aussi dure, cela se peut, rétorque notre Don Quichotte, mais aussi utile en ce monde, je ne suis pas loin de le mettre en doute. Car, pour dire le vrai, autant fait le soldat qui exécute les ordres de son capitaine que l'officier qui commande. Je veux dire que les religieux demandent au ciel, en tout repos et en toute tranquillité, le bien de la terre ; mais nous autres, chevaliers et soldats, mettons à exécution ce qu'ils demandent... Nous sommes donc les ministres de Dieu sur la terre et les bras qui exécutent Sa justice. »

Je n'ai pas résisté à la tentation de citer ce texte. Il est des dizaines de passages de cette même teneur. Tous tendent à présenter Don Quichotte comme un justicier, le défenseur de la veuve et de l'orphelin ; tous expriment cette même idée : que le chevalier errant lutte, au péril de sa vie, pour la justice, qu'il est donc plus utile et plus « nécessaire » (le mot est de Cervantès) à la société que les prêtres et les religieux.

Le dialogue constitue une véritable profession de foi ; il nous renseigne mieux que les commentaires d'Unamuno sur les mobiles et les buts du chevalier. Une chose vaut encore d'être relevée : Vivaldo feint de s'étonner que, dans les ouvrages de chevalerie qu'il a lus, leurs héros, à l'heure de mourir, tournent leurs pensées vers leur dame plutôt que vers Dieu. N'est-ce pas une hérésie ?

Don Quichotte déjoue habilement le piège. Il riposte que c'est une loi de la chevalerie d'invoquer sa dame aux heures du plus grand danger. « Et il ne faudrait pas en conclure, ajoute-t-il, qu'ils (les chevaliers) doivent manquer d'invoquer Dieu ; mais ils ont le temps et le loisir de le faire dans le discours de leurs œuvres. » Je ne sais si un lecteur étranger saisira la hardiesse d'un pareil langage en Espagne, aux XVIe siècle.

Nous pouvons à présent compléter le portrait de notre *hidalgo* : il se définit comme un justicier, le véritable ministre de Dieu sur cette terre ; il se donne pour mission la défense des pauvres et des malheureux ; il se justifie enfin de l'accusation de ne pas prier Dieu en affirmant qu'il l'invoque « dans le discours de ses œuvres ».

Il est un passage du roman de Cervantès que tous les écoliers d'Espagne connaissent par cœur, et c'est le fameux discours sur l'Âge d'or, prononcé par le héros devant une bande de chevriers. Il s'agit sans conteste d'un des plus admirables morceaux de prose castillane. Il me semble pourtant qu'on s'attarde trop sur la forme au détriment du fond. Car il en va de *Don Quichotte* comme de bien des chefs-d'œuvre : on le rabâche, on oublie de le lire. Or, que dit notre *hidalgo* ? « Ère et siècles heureux ceux qui furent surnommés d'or par les Anciens, et ce non parce que l'or, tenu en si haute estime par notre époque de fer, se pût obtenir sans fatigue aucune en ces temps bénis, mais parce que ceux qui vivaient alors ignoraient le sens de ces deux mots, tien et mien. »

Ces paroles rendent un son étrangement actuel. Elles ne cadrent guère avec l'image qu'Unamuno nous a donnée de Don Quichotte. Ce n'est pas là le discours d'un mystique. Elles complètent en revanche l'idée que nous commençons à nous faire de notre *hidalgo* : celle d'un homme révolté par l'injustice, décidé à la combattre coûte que coûte et pénétré de cette évidence que la source de cet état néfaste réside dans la propriété.

On ne manquera pas de m'objecter que Cervantès devait abriter bien peu d'illusions sur la possibilité de transformer la société, puisqu'il a condamné son héros à une perpétuelle faillite.

Je ne reviendrai pas sur les causes du terrible pessimisme espagnol. Elles sont nombreuses et évidentes. Cervantès n'aurait été ni lui-même ni espagnol s'il avait donné dans un optimisme béat[1].

Les mystères de Sancho Pança

Unamuno a pourtant flairé l'endroit par où le livre échappait au pessimisme. C'est là qu'il a porté tous ses coups. Pour défendre sa vision d'une Espagne pure et mystique, il s'est efforcé de brouiller les cartes. Cet endroit, on l'a deviné, c'est Pança.

L'écuyer de notre héros est un homme simple, un analphabète (Cervantès précise ce détail), pacifique et ennemi des rixes, attaché à sa terre, à sa femme et à ses enfants ; il incarne toutes les humbles ver-

1. Le langage allusif et anachronique de Don Quichotte est celui des *conversos*, des juifs convertis qui, à l'heure de mourir, ne prient pas le Dieu des chrétiens mais la dame de leur cœur, Esperanza, ce mot de passe.

tus du peuple espagnol : sa fidélité, sa patience, sa sagesse terre à terre, sa profonde capacité de pitié, sa résignation enfin. Pour sortir de son état, pour décrocher cette île et ce titre de comte, que son maître lui promet, il encaisse les coups, essuie les pires humiliations, toujours geignant, toujours inébranlable dans son espérance. Or vient un moment où le héros désespère ; il rentre au village, le cœur empli d'amertume ; il ne croit plus pouvoir acquérir ni gloire ni fortune en redressant des torts. Il fait retour sur lui-même, il se repent de ses folies. On assiste alors à ce spectacle surprenant : Pança, le réaliste, le matérialiste, l'homme sans lumières, l'encourage et l'exhorte à reprendre sa vie de chevalier errant... Comment expliquer un si spectaculaire revirement ? Pour Unamuno, la chose est claire : la « folie » de Don Quichotte est contagieuse. Ses discours et son exemple ont touché l'âme du simple Pança.

Nous ne pouvons que souscrire à cette interprétation à condition qu'on ne fasse pas de Don Quichotte ce qu'il n'est pas. Or Cervantès a trop clairement précisé le caractère de son héros pour qu'il nous soit permis d'y rien changer. Dès lors, quelle peut bien être cette « idée folle » qui a fini par ébranler Sancho Pança ? S'il s'agissait de cette idée de justice que son maître lui a si souvent dit incarner en sa personne[1] ?

Un précurseur du socialisme ?

Il serait ridicule de voir en Don Quichotte un apôtre du socialisme. C'est un individualiste exalté.

1. Pança incarne donc l'espérance des *conversos*, le retournement du peuple espagnol.

L'un des éléments qui font le comique du livre est le caractère « anachronique » du personnage.

De cet élément, Cervantès joue tout au long de son œuvre. Il souligne ainsi l'une des plaies de son pays, qui est de vivre hors de son temps, avec des principes d'un autre âge. Quoi de plus étrange et de plus inattendu que de voir apparaître, par une nuit très sombre, une procession de prêtres vêtus de tuniques noires, coiffés de cagoules et porteurs de torches ? Pança lui-même est saisi de frayeur. Son maître charge et disperse cette sinistre armée. L'écuyer assiste, à l'abri, à ce combat et ne quitte sa cachette que pour vider les sacs à provisions de cette prêtraille qui, dit Cervantès, « se laisse rarement mourir de faim[1] ».

Protestataire, justicier, individualiste, personnage anachronique : le héros possède beaucoup de traits communs avec ces autres romantiques de la justice et de la révolte que sont les anarchistes. Et comment en serait-il autrement alors que notre *hidalgo* est le plus espagnol des Espagnols ?

La faillite de son action résulte ainsi de sa solitude. Un homme seul ne saurait venir à bout de tous les exploiteurs et de tous les salauds. Surtout s'il les combat dans le respect des lois de la chevalerie. Que de fois, notre héros, couché sur le sol, meurtri de coups, dira que sa défaite s'explique par le fait qu'il a croisé le fer avec des hommes qui n'étaient pas chevaliers ? Et comme aucun chevalier n'existait plus à cette époque, on sourit avec amertume de cet argument.

L'idéal de justice qui anime Don Quichotte est voué à l'échec par la manière dont il entend l'impo-

1. Toujours la corrosive ironie du *converso*.

ser. Ce ne sont pas ses idées qui sont folles, mais sa façon de les appliquer. Il croit pouvoir transformer le monde par sa seule présence. Il s'imagine bouleverser les structures sociales par un acte de volonté. Et les malins de rire de son extravagance et de le rouer de coups de bâton ou d'en revenir à leurs tripotages dès qu'il a le dos tourné.

Mais Sancho, qui, au début du livre, hésitait à se croire digne de porter un titre de prince, qui, fort souvent par la suite, a songé à abandonner son maître pour s'en retourner dans son village, Sancho, petit à petit, apprend que le combat vaut mieux que la résignation. Il ne lui semble pas si fou que cela de vouloir redresser des torts. Il prend à son compte la révolte de son maître. Certes, il espère toujours devenir gouverneur d'une île. Mais les pauvres ne se soulèvent pas par plaisir contre l'ordre établi : il leur faut l'espoir, sinon d'une île, du moins d'un lopin de terre. Le roman prend, grâce à Sancho, une signification plus profonde encore : les idéalistes ont beau essuyer des échecs, se couvrir de ridicule, encourir le reproche de n'être utiles en rien ni à personne ; un jour vient où leurs idées germent dans les cervelles incultes. Le peuple les adopte : tous les revers alors s'effacent devant cette victoire suprême.

La spécificité de l'idéalisme espagnol : le radicalisme

Un idéaliste serait celui qui réglerait sa conduite sur des idées plutôt que sur la réalité. Mais cette définition ne paraît guère satisfaisante. Un marchand obéit également à une idée préconçue : faire passer l'argent qui se trouve dans la poche du client dans la sienne propre. La plupart des hommes sont mus par des idées générales. De grands capitalistes avoueraient sans peine que l'argent ne les intéresse pas, mais la puissance, l'influence qu'il permet d'acquérir. On hésiterait pourtant à les traiter d'idéalistes. Il semble donc que l'idée sur laquelle un véritable idéaliste règle sa démarche doive posséder des traits plus spécifiques. Elle doit être abstraite et valable pour tous. Le réaliste prend le monde tel qu'il est, pour satisfaire son ambition ou son intérêt ; l'idéaliste désire remodeler la société. Le premier songe à se servir des hommes, il fait preuve de pessimisme à leur égard, il tient qu'il existe une « nature humaine » qu'on chercherait vainement à changer ; le second veut servir les hommes, il les croit perfectibles, il explique leur état présent par un « enchantement ». Son rôle consiste à rompre ce maléfice, à ouvrir les yeux de ses semblables : il se veut un libérateur.

L'idéalisme de Don Quichotte réside donc, en un premier temps, dans son refus d'accepter la société telle qu'elle est, dans son désir de la transformer selon les critères de la justice et de la vérité. Mais un pareil idéalisme ne diffère guère de celui d'un Rousseau ou d'un Robespierre.

Si l'idéalisme de Don Quichotte mérite d'être appelé espagnol, c'est à cause d'autres traits : son radicalisme et son caractère d'urgence.

Notre héros ne s'élève jamais jusqu'à l'idée d'organisation. Il veut la justice tout de suite, une justice absolue, sans compromis d'aucune sorte. En finir avec les abus, punir les méchants, récompenser les opprimés : c'est, la sienne, une révolte qui a l'individu pour centre.

Ces traits de caractère expliquent que les conservateurs, les nationalistes et les fascistes espagnols aient annexé la figure de Don Quichotte. Il y a dans son intransigeance, dans sa démesure, dans sa folie enfin, un élément de mysticisme qui semble leur donner raison. Mais je crois avoir montré la véritable nature de ce « mysticisme ».

L'idéalisme espagnol, comme celui de Don Quichotte, se caractérise par une totale désinvolture à l'égard de la réalité. Il ne s'agit pas de la nier, il s'agit de la mépriser. « Des lionceaux contre moi ? » s'écrie Don Quichotte en pénétrant dans la cage aux fauves. L'Espagnol refuse de même de contourner un obstacle, de biaiser : il préfère s'y fracasser le crâne.

L'idéalisme espagnol se définit encore par son caractère d'absolu. « Justice » : aucun mot ne trouve dans les esprits espagnols un écho plus vaste ! Mais ils ne l'imaginent pas à l'échelle humaine, c'est-à-dire imparfaite, toujours inachevée. Ils la rêvent entière, éclatante. Ils l'aiment avec passion : ils la servent, quand ils peuvent, avec fureur. Mais ils ne supportent pas qu'elle ait des défauts. De là qu'ils sont prompts à la répudier. Plutôt l'injustice totale qu'une justice boiteuse ! De l'enthousiasme, ils passent au découragement et au mépris. La patience n'est pas leur fort. La résignation, oui, mais non la patience. Ou plutôt : ils ne savent supporter que leur malheur parce qu'ils en ont l'habitude ; mais ils ne persévèrent pas dans l'effort parce qu'ils méprisent le travail.

3

Le réalisme : goût de l'horreur ?

Les auteurs qui écrivent sur l'Espagne accouplent toujours idéalisme et réalisme. Il semble que ces deux notions soient inséparables. Elles le sont d'ailleurs dans l'esprit des Espagnols eux-mêmes : Pança est-il le contraire ou le complément de son maître ?

Quand on parle de réalisme, il convient pourtant de bien préciser ce qu'on a dans l'esprit. Pour beaucoup, ce mot recouvre un certain goût des Espagnols pour la représentation réaliste des formes. Les Christs espagnols, les sculptures de Berruguete saignent de toutes leurs plaies ; de leurs yeux coulent des larmes ; leurs bouches se tordent dans une grimace de douleur. Le réalisme se confondrait avec le goût pour l'horreur, il ne serait qu'une forme de cruauté. Si on prend la peine d'interroger les gens, on constatera que c'est bien à cela qu'ils pensent en parlant du « réalisme » espagnol.

L'Espagne a, c'est certain, le goût de la réalité dans son aspect le plus dégradant. Elle aime fouiller les tombes, percer les murs des asiles de fous, s'arrêter devant les monstres. Elle se complaît dans des spectacles dégradants. Mais cela ne constitue qu'un aspect, la caricature du réalisme.

J'ai noté, dans le chapitre précédent, la source du réalisme : le besoin de « voir ». L'Espagnol vit dans la hantise de « bien » mourir ; la mort passe pour être l'horreur par excellence. S'habituer à mourir, apprendre à surmonter l'angoisse : deux mouvements qui répondent à la même intention.

Ce voyeurisme n'est pas propre à l'Espagne. La foule française se précipiterait, comme elle l'a fait durant des siècles, aux exécutions capitales, si celles-ci étaient encore publiques. Elle se rue d'ailleurs sur les lieux où un crime particulièrement atroce a été commis.

Un premier aspect du réalisme espagnol est la volonté affirmée de montrer ce qui devrait rester caché. Ce péché contre l'esthétique, beaucoup ne le pardonnent pas à l'Espagne. Le Beau ! On assassine le Beau ! Ils font la moue devant telles peintures de Vélasquez et de Ribera, ils prennent peur devant les derniers tableaux de Goya. « Est-il besoin de tant souligner les détails sordides de l'existence ? » nous glissent-ils avec un air de bonne compagnie. On se prend à douter : une telle insistance ne serait-elle pas en effet de « mauvais goût » ?

L'Espagne n'a pas bon goût, elle n'a pas non plus mauvais goût : elle a « des » goûts. Elle pense, par exemple, que tout peut être dit, montré ; qu'il n'y a pas des fonctions nobles et basses. Elle aime un parler libre, franc, qui ne s'encombre pas de sous-entendus et de périphrases. Une putain est une putain. Saint Jean de la Croix et sainte Thérèse d'Avila ne s'aviseraient pas d'appeler autrement une femme qui couche pour de l'argent. Les hommes mangent, boivent, dorment et baisent des femmes ;

ils vomissent et ils chient. « Très vulgaire, note un dictionnaire français : se décharger le ventre des excréments. » *Cagar,* en espagnol, n'a rien de très vulgaire. C'est un mot qui définit une action.

Il y a une scène très significative dans *Don Quichotte* : Pança accourt auprès de son maître blessé ; celui-ci, qui vient d'avaler un élixir de son invention, vomit sur son écuyer, lequel, soulevé de dégoût, vomit à son tour. Ce duo de vomisseurs ne gêne aucunement un lecteur espagnol. Pourquoi Don Quichotte ne vomirait-il pas ? Il lui arrive aussi d'avoir la colique. Ces choses arrivent à chacun. Elles font partie de la condition humaine. Les plus grands saints devaient s'arrêter de prier pour satisfaire leurs besoins.

Cette forme de réalisme est l'extrême manifestation d'une tendance de l'esprit espagnol.

Le cynisme

Le réalisme, proprement dit, s'apparente au cynisme. C'est une sagesse nourrie de désespoir. Inséparable de l'idéalisme, il en constitue le contrepoids.

L'Espagnol ne conçoit aucun accommodement possible avec la réalité. Il la méprise ou il veut la détruire pour la transformer. Mais il n'est pas assez sot pour l'ignorer. Obligé, malgré lui, de pactiser avec elle, il s'en détache par l'ironie. Mais c'est contre lui qu'il la retourne en premier lieu. Cet idéaliste épris d'absolu se moque des démarches qu'il est forcé d'accomplir pour demeurer en vie. C'est le sens même du roman picaresque : des discours grandiloquents, des attitudes théâtrales d'un côté et des expédients et des ruses de l'autre pour seulement tromper la faim. Cependant que Don Quichotte attaque les moines en cagoule, Pança vide leurs sacs à provisions ; maître et serviteur les dévorent pourtant ensemble « déjeunant, dînant et soupant en même temps ». Et le Chevalier à la Triste Figure déclare, fort comiquement, que, quoique cela ne soit pas mentionné dans les livres, les chevaliers errants doivent manger, afin d'avoir la force d'accomplir des prouesses. Toute l'Espagne pense comme lui : c'est une des raisons de son réalisme. Elle louche ainsi drôlement, un œil tourné vers le ciel, l'autre vers le rôti posé dans le plat. Et de se voir loucher la fait rire. Ce rire est un des secrets de la *gracia* : on prend une pose et on fait un clin d'œil pour dire : « Est-ce beau ? »

Quoi de plus instructif que de lire les livres de sainte Thérèse ? Elle ne croit pas démériter en nous dévoilant ses ruses et ses stratagèmes féminins. Elle aime jouer de son charme : elle n'hésite pas, pour réaliser ses projets, à flatter et cajoler. Ce mélange de spiritualité et de réalisme fait le prix de son œuvre. Comme elle est espagnole, cette nonne errante capable de jouer de la prunelle devant un évêque récalcitrant ! Et quelle ironie dans cette prose chaleureuse et charnue, désinvolte et primesautière !

Il existe un double réalisme comme il y a deux idéalismes. L'un, tragique, naît du besoin de tout voir pour apprendre à mourir ; l'autre, cynique, découle de cette évidence que les grands principes ne nourrissent pas un affamé. Il y a un idéalisme mystique qui est un refus de vivre et un idéalisme passionné, actif, qui est l'expression d'une exigence de justice.

4

Une amie de Sébastiana

Dans les années 50, alors que je travaillais comme ouvrier dans une usine de ciment à Vallcarca de Sitgès, au sud de Barcelone, j'étais logé chez une veuve que, dans mon premier roman, j'appelai Sébastiana et qui passait ses jours assise à la table de la cuisine-salle à manger écoutant, à la radio, des chansons sentimentales qui la faisaient pleurer.

Cela faisait plusieurs mois que j'habitais chez elle et nous n'avions échangé que de rares propos. Trop fatigué pour parler, je pouvais demeurer des semaines sans ouvrir la bouche. Sébastiana m'avait cependant questionné avec habileté : quand donc ma mère et moi étions-nous partis pour la France ? Comment y avions-nous vécu ?

Un dimanche que nous venions de voir, dans un cinéma du quartier de Gracia, un film avec Jeannette MacDonald, Sébastiana prit un air mystérieux pour m'annoncer qu'elle voulait me mener chez une de ses amies. Sans poser de questions, je la suivis.

L'amie se prénommait Sol et elle habitait un appartement biscornu, une sorte de boyau sombre, pauvrement meublé, qui débouchait sur une véranda tout en vitres d'où l'on dominait la ville, jusqu'à la statue de Colomb et au port.

La cinquantaine environ mais avec un air de jeunesse, le regard énergique derrière des lunettes à monture d'écaille, les cheveux gris, drus et frisés, Sol m'évoqua une institutrice sévère. Vêtue d'une robe de lainage grise, elle demeurait assise, le buste droit, les mains à plat sur ses genoux.

Après tant d'années, je me rappelle encore la peur qui, brutalement, se saisit de moi. Les deux femmes s'étaient mises à parler et leurs propos étaient la cause de la lâche panique que j'éprouvais. C'est comme si j'avais vu, soudain, un serpent à sonnette se glisser sous mon siège. Une voix me criait : Danger ! Danger !

Le silence où nous plongions tous venait en effet de se déchirer dans une formidable explosion. Ce dont Sol et Sébastiana parlaient, c'était ce à quoi nous feignions de ne pas même songer. Hardiment, elles avançaient dans un pays interdit, semé d'embûches, et j'aurais voulu les arrêter avant qu'il fût trop tard. Mais, méprisant le danger, elles poursuivaient leur route et je me surprenais à les suivre avec un intérêt grandissant.

Je sais peu de chose de Sol. J'ignore même si elle demeure en vie.

Son père était un ouvrier typographe, tôt gagné aux idées anarchistes. Celui qu'elle appelait son compagnon se réclamait également de l'anarcho-syndicalisme, si bien que, tout naturellement, Sol avait faite sienne leur cause. De 1930 à 1936, elle avait milité activement.

Quand je la rencontrai, en 1951, elle survivait difficilement en effectuant des travaux de dactylographie. Chaque semaine, elle allait se présenter Via

Layetana où la police l'interrogeait longuement. Loin de trembler, Sol faisait front avec crânerie. Elle crachait son mépris à la face des policiers ; elle leur criait sa haine. Toute sa famille avait été exterminée : son père, fusillé en 1939 ; son compagnon, mort dans les combats entre partis de gauche, au cours de la semaine sanglante ; son frère était en exil ; elle avait encore des cousins en prison depuis une douzaine d'années. Mais Sol restait intacte, comme une statue au-dessus d'un champ de ruines.

Une prêtresse de la liberté

Je retournai souvent la voir. Soulevant quelques lattes du parquet, Sol tirait des paquets de journaux, des livres qu'elle me confiait et que je lisais dans la véranda, couché sur le carrelage qui, au milieu de la canicule, conservait la fraîcheur.

Dans une étroite cage fixée au mur, un canari sifflait, sautillant, désespérément, d'un perchoir à l'autre ; dans la salle à manger, la machine à écrire crépitait et, de la cuisine, s'échappait le fumet d'un maigre *cocido* qui mijotait sur le feu. Les stores de sparterie, déroulés, arrêtaient la lumière incandescente. Une rumeur insistante mais étouffée, presque irréelle, montait de la ville engourdie dans la chaleur.

Il régnait dans cette maison une atmosphère quasi monacale qui était comme l'émanation de la personnalité de Sol. On y respirait une pauvreté rigoureuse, entretenue avec orgueil. « Ici, semblaient dire les meubles astiqués, les carrelages cirés, rien n'a sa place qui ne soit nécessaire. » De même la vie de Sol était-elle droite et limpide. Sans répit, elle allait et venait, précise, comme si la minute perdue eût constitué un péché. Jusque dans sa conversation, elle mettait cet esprit de sérieux, fuyant les sujets futiles, c'est-à-dire tous hormis la philosophie ou la politique.

Parfois nous dînions tête à tête dans la galerie. Les stores enroulés, la baie découvrait un immense panorama de lumières qui filaient vers la mer où d'invisibles bateaux émettaient des mugissements rauques.

Entre deux bouchées, Sol me commentait un passage de Proudhon, une phrase de Kropotkine ou de Bakounine. S'appliquant à articuler très distinctement, elle ponctuait ses phrases de gestes énergiques.

L'écoutant, je pouvais l'imaginer courant d'une commune agricole à une cour d'usine, haranguant avec fermeté des foules de pauvres gens à qui elle annonçait, avec une fougue très didactique, un futur rayonnant. Elle faisait partie de cette vaste armée de prêtresses laïques qui parcouraient le pays pour prêcher la Révolution. Elle devait le faire avec cette même rigueur qu'elle conservait, malgré les désillusions et les épreuves. Rien, pas même la mort, ne semblait pouvoir émousser son enthousiasme. Elle était portée par une ferveur qui lui faisait mépriser les obstacles. Comme Don Quichotte, Sol eût pu s'écrier : « Des lionceaux contre moi ? »

Ces lionceaux méprisables, c'était l'Argent, l'Église, l'État, et il était hors de doute pour Sol que ces monstres ridicules céderaient devant l'irrésistible poussée des masses.

Je ne pouvais m'empêcher d'admirer pareil idéalisme. Jamais je n'ai rencontré un tel dédain des réalités, une foi si ardente et si pure.

D'emblée, le discours anarchiste de Sol se situait hors du champ des réalités, c'est-à-dire hors de l'Histoire. Là où Marx tente d'introduire une forme de rationalité avec le concept de la lutte des classes et de ses avatars, concevant l'Histoire comme une succession d'explosions libératrices, Sol, fidèle à ses maîtres, ne voulait y voir qu'une suite de pillages et de carnages. Simple expression de la volonté de puissance, l'État ne symbolisait à ses yeux que l'oppression de la masse par une minorité. Aussi, contrairement à Marx mais fidèle en cela à Proudhon et à Bakounine, elle niait toute rationalité à l'organisation étatique, fût-elle démocratique. La pensée de Sol tenait tout entière dans cette phrase de Proudhon : « Nous nions le gouvernement de l'État parce que nous affirmons la personnalité et l'autonomie des masses. »

En parlant avec Sol, j'apprenais à comprendre ce mouvement, si populaire en Espagne, et je devinais les raisons de la terreur que le mot d'anarchie suscite.

L'anarchisme

L'État, pure abstraction, contient et condense différents éléments à partir desquels il sécrète une chimie nouvelle. C'est donc une synthèse — un condensé. Le peuple, au contraire, est une dispersion et un flux qui se trouve toujours ailleurs. Quand l'un de ses membres s'arrête pour se fixer dans la tête (capitale), il s'intègre du même coup dans l'organisation étatique, laquelle exige la sédentarité, le recensement et le dénombrement.

Au fond, l'anarchie parle depuis nulle part. Sa

patrie, c'est l'exil, la prison ou le bidonville. Alors que le marxiste prolonge le discours bourgeois pour lui donner enfin son plein sens, l'anarchiste se situe hors du *logos* historiciste. Sa parole est celle des oubliés, de tous ceux qui ont été non pas les sujets mais les « objets » du récit historique : la chair à canon et la chair à produire.

Ainsi l'anarchiste apparaît-il comme un barbare qui campe sous les murs de la cité et dont le seul désir est d'anéantir son ordre trompeur. Qu'aurait-il à faire de l'État en effet ? Ce n'est pas l'esprit de revanche qui l'anime, mais la soif de justice. Or, la justice est une aspiration morale. Comment l'anarchiste créerait-il une morale avec cette immoralité, l'État ?

On imagine sans peine les conséquences de cette rigueur théorique, guère éloignée, dans le fond, de l'eschatologie chrétienne.

Les anarchistes ne sauraient imaginer de chasser les maîtres pour leur en substituer d'autres. Car l'exercice de la puissance constitue un poison pernicieux qui pervertit les meilleurs. Dès lors, il ne saurait y avoir d'État transitoire. De tels accommodements produisent en effet une oppression pire que celle qu'on veut supprimer. Non, la Révolution est une rupture, la submersion de tout le champ historique par les forces anti-historiques. Loin d'accomplir l'Histoire, la Révolution la noie. Ce n'est pas l'apothéose de la Raison, mais sa débandade et sa déconfiture. Le temps se dissout, il implose. Cessant de marquer des événements collectifs, il retourne à la conscience de chaque homme. L'individu que l'État dépossédait recouvre soudain son historicité propre. Il s'épanouit en un réseau de solidarités, il s'enrichit de toutes les histoires enfin libérées.

Cette « rupture » radicale implique la néantisation de tous les signes historiques. Monuments, titres, décorations ou galons réduisent pareillement l'individu, le soumettent aux forces du passé. Faire d'Antonio ou de Miguel un lieutenant, c'est les enchaîner au type de l'officier ; c'est les détruire en tant que personnes uniques au profit d'un modèle historique qui induira leurs comportements et leurs pensées.

Dès le soulèvement franquiste, anarchistes et communistes s'opposèrent dans la pratique. Les premiers prônaient une guerre révolutionnaire. Pas d'armée au sens traditionnel, pas de hiérarchie, pas de grades, mais des colonnes d'hommes libres sachant pourquoi ils combattent et pourquoi ils risquent de mourir. Les communistes, eux, rétorquaient qu'on ne pouvait vaincre le fascisme qu'en opposant une organisation à une autre.

Grands perdants de cette guerre, les anarchistes ont laissé dans les esprits des souvenirs romantiques. On se les représente comme des fous, magnifiques et redoutables.

Il y a eu de cela, certes. Impossible de refuser à ces hommes la générosité, l'enthousiasme, une sorte de ferveur mystique qui faisait d'eux les croisés de la grande utopie.

Faut-il oublier leurs crimes, à la mesure de leur folie ? Ils massacraient sans s'encombrer de règles, avec une sauvagerie joyeuse et innocente. Ils organisaient des spectacles terribles où se révélait leur fureur purificatrice.

Dans tout le pays, ils ont laissé des souvenirs épouvantés qui n'ont pas peu contribué à discréditer la cause de la gauche, assimilée à ces excès.

Jusque dans la conduite de la guerre, leurs chefs

naturels, mi-soldats, mi-aventuriers, firent preuve d'une formidable inconséquence. Capables d'un héroïsme insensé, ces hommes au caractère fantasque pouvaient brusquement décider qu'en désaccord avec les plans élaborés par le haut état-major, ils n'attaqueraient pas à l'endroit fixé mais vingt kilomètres plus loin. Et les autorités devaient leur dépêcher des émissaires pour tenter de les ramener à la raison. Personne d'ailleurs ne se portait volontaire pour de telles missions parce que les combattants anarchistes pouvaient aussi bien leur faire un triomphe que les fusiller sur place. Tout dépendait de leur humeur.

Leur théorie était que la Révolution devait marcher de pair avec la guerre et, en cela, ils se montraient parfaitement conséquents avec eux-mêmes. Pourquoi en effet se battaient-ils avec tant de courage ? Certes pas pour un gouvernement républicain qu'ils avaient méprisé depuis le premier jour.

Aux arguments des communistes qui, analysant la situation, voulaient rassurer les classes moyennes, constituer un front uni contre les franquistes, les anarchistes répliquaient avec superbe qu'ils refusaient d'entrer dans des considérations tactiques. Révolutionnaires ils étaient, révolutionnaires ils resteraient.

Qu'eussent-ils pu dire d'autre ? Leur combat ne se situait pas vraiment sur le plan politique mais sur celui de l'éthique. Ils puisaient toute leur force dans le refus de la stratégie et dans la fidélité à leurs idées. Accepter de louvoyer, de mentir en remettant à plus tard les bouleversements socio-économiques dont ils rêvaient, ce n'était pas seulement se renier, c'était perdre leur identité[1].

Encore une fois, les anarchistes étaient rigoureusement anachroniques en ce sens qu'ils n'entendaient aucunement comprendre l'État. Leur propos était de le détruire, et ils prétendaient parler depuis un lieu a-historique. Dès lors, que pouvait bien signifier la stratégie politique, sinon l'acceptation de l'Histoire, c'est-à-dire le récit des successives transformations de l'État ?

Un modèle : Don Quichotte

On s'est souvent plu à comparer les anarchistes espagnols à leur glorieux modèle, Don Quichotte. Maints traits de leur caractère justifient un tel rapprochement : la fidélité aux principes, la rigueur morale, le refus des contingences, le volontarisme qui se jette contre l'obstacle plutôt que de le contourner.

Ces traits seraient peu de chose s'il n'existait, entre le Chevalier à la Triste Figure et les anarchistes, une ressemblance plus essentielle.

En premier, ils ignorent, l'un comme les autres, le temps. Ils sont et se veulent purs anachronismes. Existe-t-il donc une époque pour affirmer un principe et une autre pour le bafouer ? Les idées dédaignent les contingences et leur valeur ne peut être qu'éternelle. Ainsi de la justice ou de la liberté.

Il ne s'agit pas, par conséquent, d'espérer que l'Histoire, cette garce barbouillée de sang, accouche

1. Ils acceptèrent cependant une compromission, et de taille : ils siégèrent dans le gouvernement républicain.

d'une Justice inéluctable. Pourquoi d'ailleurs le ferait-elle, quand elle n'a jamais été capable d'engendrer que le crime et l'oppression ? Non, il faut l'imposer. Pour cela, il convient de charger l'injustice partout où elle se présente, hardiment. Et, cela va de soi, débarrasser la terre des méchants.

En second, de même que la chronologie est sans influence sur les idées, l'Histoire ne « signifie » rien dès lors qu'on ne se réclame pas d'elle.

De quoi en effet Don Quichotte se réclame-t-il ? Des romans de chevalerie, autant dire du pur imaginaire. Il refuse de fournir le monde en « raisons », il ne discute pas avec les barbiers. On le déclare fou ? Soit, il le sera. Ses motifs ne sont pas de ceux qu'un homme raisonnable puisse accepter ni comprendre. Ce qui l'anime, c'est la foi. Notre chevalier tend non pas à pénétrer les raisons de l'univers mais à « imiter » les modèles qu'il s'est donnés. Il n'est pas cet observateur qui guette l'accomplissement de l'Histoire mais un acteur qui pénètre sur la scène pour révéler la justice et fomenter la liberté.

Voilà l'endroit par où l'anarcho-syndicalisme pénètre si profond dans le peuple espagnol : il s'enracine dans la minute même où l'Histoire se figea, c'est-à-dire vers le XVe siècle, avec le triomphe de la croisade. Il est le spectre du temps aboli, le désert que hantent les foules chassées de leur patrie, la mémoire hallucinée des multitudes privées de leur identité. À des hommes rejetés par l'État, il déclare : « L'État est mort ! Vive l'individu ! »

Don Quichotte se fait chevalier errant, l'anarchiste jette son cri du fond du paysage. Il n'est pas l'homme d'un foyer mais d'une errance dans le temps et dans l'espace.

Il délaisse la *polis* ; il vide les palais, évacue les

ministères, bref il choisit la géographie contre l'Histoire. L'architecture exprime l'État, montre l'Ordre : le socialiste libertaire ne parle pas à l'architecte. Il ne désire pas construire une autre ville. Il veut fonder une communauté en prenant les hommes là où ils se trouvent. C'est peu dire que l'anarcho-syndicalisme est fédéraliste : il est municipaliste. Chaque canton constitue en effet une virtuelle république d'hommes libres et égaux.

Ce démantèlement de l'État, il exhausse l'individu, points alpha et oméga du socialisme libertaire. La liberté accomplie, c'est « chaque » homme en tant qu'il peut, qu'il doit dire sa parole. En ce sens, l'opposition libertés formelles/ libertés concrètes est, pour un libertaire, une aberration, une perversion rhétorique. L'une ne peut pas aller sans l'autre.

De cet individualisme — si immédiatement compréhensible par un Espagnol — dérive un radicalisme absolu. L'égalité et la liberté ne se laissent pas limiter. Personne n'a le droit de dire : « Remets tes désirs à plus tard. Faisons d'abord ceci ou cela. » Seule l'assemblée des hommes enfin libérés peut prendre une décision souveraine. Encore cette décision ne saurait-elle se constituer en Loi susceptible de se retourner contre l'homme. Toute décision est révocable et contingente. N'importe qui possède le droit de faire appel contre elle.

Le socialisme libertaire ne reconnaît pas la Loi. Il ne connaît que des compromis, des équilibres sociaux. Pour l'anarcho-syndicalisme, toute Loi, même démocratique, porte en elle le danger de l'oppression. Il faut donc arracher la tunique qui cache la froide déesse et montrer ce qu'il y a dessous : des appétits de puissance, des passions. Dire la Loi, c'est parler au nom de... Toujours Dieu le Père se cache derrière le Code. Or, « ni Dieu ni César ».

Là encore, la rencontre de l'anarcho-syndicalisme et de l'Espagne se fait sur un point essentiel. Quelle Loi plane au-dessus des Espagnols ? C'est la Loi chrétienne, c'est-à-dire le code moral clérical. Or, cette Loi a été imposée par la contrainte et n'a donc pas été acceptée. Du coup chaque Espagnol trouve dans l'idéal libertaire l'une de ses plus secrètes aspirations : abolir cette Loi dictée par la force, fonder chaque homme en juge souverain de ses actes.

L'activisme enfin : l'anarcho-syndicalisme oppose la violence à la violence. En guerre contre l'État, il l'est aussi avec la Raison, en tant que la rationalité prétend instaurer un ordre dont l'État est la manifestation matérielle. D'où le refus libertaire de penser en termes de stratégie. En effet, penser stratégie, c'est adopter une pensée militariste, étatique. Or, on n'adopte pas impunément une manière de penser. Ce qui implique que l'anarcho-syndicalisme doit penser clair, doit penser vrai — sans tenir compte des circonstances. Il ne peut pas mentir au peuple parce que, s'il mentait, il se renierait.

L'activisme anarchiste constitue dans les faits l'expression, la manifestation du refus. Les bombes, les coups de pistolet empêchent le peuple de s'endormir : ils lui montrent que la guerre est déclarée, que chacun doit choisir son camp.

Paradoxalement, cette violence est éthique. Elle ne vise aucun but concret. Elle a quelque chose de sacré. Elle est *tremenda* — apocalyptique. La Vérité, la Justice arment les anarchistes ; elles les entourent de cette aura de justiciers implacables.

Chacun des traits qui caractérisent l'anarcho-syndicaliste : sa pureté, son idéalisme, son individualisme, son activisme d'essence morale, nous n'avons pas cessé de les retrouver au long de ces pages, au point que la question se pose si le militant anarcho-syndicaliste n'est pas le négatif de l'*hidalgo*, son envers.

L'adéquation parfaite des théories du socialisme libertaire et des problèmes espagnols explique sans doute l'essor stupéfiant de la CNT jusqu'au déclenchement de la guerre civile. C'est, de loin, le syndicat le plus populaire, le plus actif, le plus puissant. C'est lui qui fait échouer, en juillet 1936, le *pronunciamiento* des militaires et c'est en partie à cause de la CNT-FAI que la guerre prendra ce caractère inexpiable.

Où en est l'anarchisme ?

Aujourd'hui (1976), qu'en est-il de la CNT en Espagne ? Sans doute les militants sont-ils persuadés que leur audience reste intacte, malgré la répression féroce qui s'est abattue, depuis bientôt trente-six ans, sur leur organisation.

Pour trouver une réponse plus nuancée, mieux vaut réfléchir sur le mouvement.

D'où l'anarcho-syndicalisme tirait-il sa force ? De ce qu'il se situait hors de l'Histoire, comme rupture radicale, dans un pays lui-même étranger à son histoire. La puissance de la CNT lui venait d'abord de cette rencontre entre sa théorie et la réalité espagnole.

Où donc recrutait la CNT ? Partout, certes — mais là surtout où le nombre des déracinés était le plus élevé. En Catalogne d'abord, dans les grandes banlieues de Barcelone, dans les bidonvilles, là où, en somme, s'étaient concentrées de vastes populations de paysans attirés par la ville. (Il n'y a, chez les libertaires, contrairement aux marxistes, aucune défiance, aucun mépris pour le *lumpen*, parce qu'il n'y a rien, dans la théorie anarcho-syndicaliste, qui ressemble à la notion de « conscience de classe ». Aux libertaires cette notion de « classe » semblait d'ailleurs très suspecte parce que ambiguë. Elle permettait d'amalgamer des couches sociales fort disparates et aux intérêts divergents. Aussi l'anarcho-syndicalisme lui préférait-il la distinction, quelque peu simpliste mais évidente en Espagne, entre riches et pauvres. Or, qu'y avait-il de plus pauvre que le *lumpen ?* On ne s'étonnera pas que les adversaires de l'anarcho-syndicalisme aient accusé la CNT-FAI de recruter des délinquants, des marginaux, des caractériels — la bourgeoisie disait, plus crûment : la lie de la société. Loin d'ailleurs de s'offusquer de ces accusations, les libertaires les relevaient avec fierté. « Qui donc a fait de ces hommes ce qu'ils sont devenus ? » jetaient-ils avec défi à la société.)

Le second grand bastion anarcho-syndicaliste fut l'Andalousie, c'est-à-dire le pays où le *latifundio* avait, depuis la prise de Grenade en 1492, causé les plus grands ravages. C'est parmi ces paysans sans terre, privés de leur mémoire profonde, démunis de tout et condamnés, depuis des siècles, à la famine, c'est parmi ces exilés de l'intérieur que la CNT recrutait ses armées.

En Aragon et au Levant enfin.

Ceci mérite d'être relevé : dans le Nord-Asturies, Pays basque, qui constitue la région la plus anciennement industrialisée, l'anarcho-syndicalisme rencontrait une moindre audience.

Il résulte de ces quelques considérations que

l'anarcho-syndicalisme s'implante plus facilement là où les liens avec l'État sont plus ténus. Ce sont les exclus du contrat social qui grossissent ses troupes. Or, une grande partie du peuple espagnol vivait, entre 1917 et 1939, hors de la sphère d'influence de l'État.

Anarchistes et communistes

Les anarchistes ont été deux fois vaincus. Ils l'ont d'abord été par leurs adversaires communistes dès 1937, en pleine guerre civile. L'indiscipline des anarchistes, leur refus d'admettre ne fût-ce qu'un embryon d'organisation, une défiance à l'égard de la politique politicienne, les terribles excès enfin dont ils se rendirent coupables contribuaient à diminuer leur audience. Une partie grandissante de la population était lassée de leurs gesticulations, de leur furieuse rhétorique, en un mot : de leur folie.

Surtout, les circonstances les condamnaient. En se prolongeant et en se durcissant, le conflit armé imposait son ordre. La société se militarisait. Entraînés à la discipline, doués pour l'organisation, les communistes apparurent comme des hommes sérieux, compétents, parfaitement adaptés aux circonstances. De plus, l'Union soviétique acceptait seule de fournir en armes et en matériel le gouvernement de la République[1].

L'illusion lyrique cédait devant les impératifs de la guerre. Avec angoisse et inquiétude, les anarchistes voyaient l'évolution de la situation. Eux n'avaient pas pris les armes pour fonder un ordre différent

1. Chichement. Staline aida sans aider tout à fait.

mais pour faire leur révolution. Ils s'opposèrent avec fureur à ce qu'ils appelaient la « soviétisation de l'Espagne ». Les règlements de comptes furent sanglants, impitoyables, et les communistes n'hésitèrent pas à faire alliance avec les partis bourgeois pour mieux détruire leurs adversaires.

Dans l'esprit des communistes, il ne s'agissait pas, prioritairement, d'éliminer leurs ennemis. Pour cela, ils auraient volontiers attendu la victoire. Seulement l'enjeu leur paraissait trop sérieux, l'heure trop grave pour tolérer des « folies ».

La guerre durerait. En Europe, elle ne tarderait pas à éclater. Du coup il fallait résister coûte que coûte, de manière que, dans le combat général contre le fascisme, l'Espagne fût présente.

Cette résistance à outrance exigeait une discipline de fer et, dans la population, une volonté de combattre qu'il fallait maintenir par tous les moyens. En bref, la poursuite de la guerre voulait une dictature impitoyable qui sanctionnerait la plus petite faiblesse.

Est-ce dire que les anarchistes aient risqué de céder ? Leur courage n'est certes pas en cause. Mais ils manquaient de cet esprit d'aveugle obéissance qui, seul, assure la victoire. Leur romantisme les rendait vulnérables à la lassitude, au découragement. Ces fous n'étaient pas, aux yeux des communistes, des hommes sûrs.

Vaincus, les anarchistes l'ont été une seconde fois vers 1960, avec le « boom » économique. L'un de leurs postulats, aujourd'hui avéré, liait la propriété à l'État, la première renforçant l'autre en créant une implicite exigence d'ordre et de protection. Ils tiraient d'ailleurs leur prodigieuse influence des masses sans feu ni lieu, brouillées depuis des siècles avec le gouvernement de l'État. Or, ces foules ont fondu avec la prospérité économique, même relative. On ne rencontre plus, sauf en des zones marginalisées, ce désespoir muet d'où s'élançait le cri anarchiste.

Il reste sans aucun doute, en Catalogne et en Andalousie, des groupements anarchistes. Il y a encore des militants qui, comme Sol, gardent intacte leur foi. Mais l'anarchisme ne peut plus être cette formidable explosion de folie collective qui, au bruit des bombes et des pistolets, annonce la ruine de l'État et le surgissement des masses.

Qui d'ailleurs parle encore des anarchistes dans cette Espagne de 1976 ? Il n'est question que des communistes : quand seront-ils « légalisés » ? Quelle sera, au jour des élections, leur influence réelle ? Des anarchistes, on ne fait nulle part mention. Ils se sont, dirait-on, évanouis. Leur bruyante épopée n'est plus qu'une vague légende.

Peut-être est-ce la fin de l'idéalisme espagnol ? Peut-être le temps de la politique, c'est-à-dire des équilibres et des compromis, a-t-il enfin sonné ?

SIXIÈME PARTIE

Don Juan devant Carmen

Sois altière, je souffrirai ; repousse-moi, j'attendrai patiemment ; fuis, je te poursuivrai ; parle, j'écouterai ; ordonne, j'obéirai.

Aben Zaidun,
poète cordouan
du XIe siècle.

1

Toréador...

Les Espagnols n'aiment pas *Carmen*. Ils trouvent que tous les personnages de ce conte sont tirés du pire folklore. Rien ne les amuse comme d'entendre les chœurs chanter, de l'air le plus sérieux : « Toréador, prends garde au taureau... » Car il va de soi qu'un *torero* a le plus grand intérêt à se garder du fauve. Mais leurs raisons de détester *Carmen* ne sont peut-être pas des plus claires. Les Espagnols s'abandonnent souvent à la facilité du folklore. Les danseuses en robe à volants, coiffées d'œillets artificiels, ne dansent pas que pour les touristes. Les Espagnols aussi sont prisonniers de leur légende. Peu savent faire la différence entre le *cante jondo* et le flamenco, ou ce qu'on appelle ainsi. Ils ne savent même plus très bien ce qu'est un vrai *torero*. Ils se laissent abuser, comme les marchands de l'Arizona, par les pitreries du Cordobès. Ils l'applaudissent à tout rompre. Ils ont créé sa fausse gloire et affirment maintenant que c'est un produit du tourisme, qu'ils n'y sont pour rien. Mais la réalité est plus simple : ils sont dans l'ignorance des règles élémentaires de la *fiesta* et s'en laissent conter comme n'importe quel étranger. La même chose se produit pour *Carmen*. Ils ne veulent pas qu'on représente l'Espagne par des types — la gitane, le contrebandier, le garde civil — mais ils sont les premiers à exploiter ces mythes, et il leur arrive de ressembler à ces marionnettes. Quand on leur montre cette contradiction, ils se fâchent et justifient leur attitude avec des arguments pleins de mauvaise foi : « Nous faisons cela pour amuser le touriste. C'est un masque derrière lequel nous nous cachons. Un masque qui nous permet de continuer à être ce que nous sommes. Nous demeurons ironiques à l'égard de nos déguisements. Nous ne nous prenons pas au sérieux. »

Je serais incapable de décrire Carmen. Elle doit être très brune, puisqu'elle est gitane. Je me rappelle seulement ce détail : elle a des bas troués. Je comprends qu'on puisse s'éprendre à la folie d'une femme qui porte des bas troués. En fait, je me souviens bien mieux de Don José. C'est un pauvre type, un minus. Elle fait de lui ce qu'elle veut. Il se laisse entraîner avec une touchante bonne volonté. C'est à cause de Don José que j'aime cette histoire. Il y a des gens très sérieux qui voient dans *Carmen* l'illustration d'une idée : la fatalité de la passion. Don José est trop mou pour que sa ruine m'émeuve vraiment. Je le soupçonne d'être masochiste. Je doute même qu'il ait aimé réellement les femmes. C'est un pédéraste refoulé qui pense trop à sa vieille maman. Cette mère, je la vois sèche et ridée, de noir vêtue, très autoritaire. Don José en a peur ; il ne l'avoue pas, mais cela transpire malgré lui. Il cherche une femme qui lui fasse plus peur encore. Et il trouve Carmen qui est une gentille personne, pas contrariante pour un sou, laquelle accepte de lui faire très, très peur pour qu'il ait du plaisir. Et Don José se pâme quand, trahi, bafoué par sa maîtresse, il peut s'écrier qu'il a tout perdu à cause d'elle, y compris son âme. Évidemment, il la poignarde. Mais il ne le fait pas comme un homme tuerait une femme qui a cessé de l'aimer. Il ne marche pas froidement vers elle pour lui planter son poignard dans le sein. Non, il implore, il supplie. Il la tue parce que vraiment, il ne peut pas faire autrement. Carmen semble prendre un malin plaisir à le pousser à bout. Elle se moque de lui, l'insulte : alors Don José sent qu'il doit s'exécuter ou perdre son honneur. Mais, en réalité, il aurait préféré ne pas avoir à la poignarder. Si Carmen l'avait voulu, ils auraient fait, avec Escamillo ou un autre *torero* de même rang, le plus sage des ménages à trois. Don José serait devenu le confident de l'amant, il aurait beaucoup souffert et il aurait été le plus heureux des maris trompés. Mais la gitane refuse tout arrangement. Elle est véritablement démoniaque, et têtue comme on n'a pas le droit de l'être. Je devine bien qu'elle a des raisons d'agir ainsi. Ou plutôt : je crois comprendre les mobiles qui la poussent à se montrer si sottement intransigeante : elle veut faire de lui un homme. Et c'est un fait que Don José, meurtrier de sa maîtresse infidèle, passe pour un homme aux yeux de certains. On tue beaucoup en Espagne. Toujours pour des raisons passionnelles. Les hommes ne badinent pas avec leur honneur, c'est-à-dire avec la vertu de leurs femmes[1]. Mais, au fond, Carmen fait preuve d'un singulier dévouement. Accepter de mourir poignardée pour créer un homme : cela n'a pas lieu tous les jours, même en Espagne. On peut d'ailleurs rêver à la suite

1. Depuis qu'elles travaillent, leur *honneur* les suit au bureau, dans la rue, et il n'appartient plus au foyer.

de l'histoire. Je vois assez bien Don José en prison, entouré de l'estime et de la pitié respectueuse de ses camarades et de ses gardiens. Car Don José n'a pas été garrotté. Aucun juge, en Espagne, ne condamnerait à la peine de mort un homme qui a tué parce qu'il était trompé. C'est une affaire entendue que les atteintes à l'honneur se lavent dans le sang.

Ce qui m'attire dans *Carmen*, c'est sa vérité. Je ne parle pas de l'opéra de Bizet dont l'admirable musique parvient à masquer la lâcheté des caractères, je parle seulement de l'histoire, qui est exemplaire.

La femme forte

Chaque pays se fait une certaine idée de la femme. Les Espagnols aiment la femme forte. Pas seulement au physique, mais surtout au sens moral. Ils partagent ce goût avec la plupart des Orientaux qui préfèrent les formes pleines aux formes creuses. Le plus beau compliment qu'un Espagnol puisse faire à une femme, c'est de lui dire qu'elle est *cojonuda* (qu'elle a des couilles). Ses héroïnes préférées, celles en qui il a cristallisé son image de la femme type, sont des femmes guerrières qui n'hésitent pas à se hisser sur les barricades et à charger les canons : Isabelle la Catholique, Catherine d'Aragon, sainte Thérèse ou la Pasionaria sont des femmes typiquement espagnoles. Il suffit de lire les écrits de la sainte pour découvrir, sous la ruse et le charme féminins, une âme virile et bien trempée. Ce n'est pas en vain non plus qu'Isabelle fit inscrire au bas des armes royales la devise : *Monta tanto, tanto monta Isabel como Fernando* (Commande autant et autant commande, Isabel que Ferdinand). Ce qui en clair signifie que Ferdinand n'a pas plus d'autorité que son épouse.

Comme toujours, l'Histoire explique bien des choses. L'Espagne a été un pays de forte tradition matriarcale. Les femmes lèguent encore leur nom et leurs titres à leurs enfants, qui ont toujours deux noms : celui du père et celui de la mère. Elles disposent également de leurs biens. Mais cette organisation matriarcale, très forte encore au Pays basque, a dû, dans les temps lointains, engendrer une violente réaction des hommes. Les effets de cette rivalité se font encore sentir. La victoire du sexe fort, qui était en réalité le sexe faible, marqua une réaction puissante contre les droits de la femme. Elle les perdit tous, ou presque. La société espagnole prit cette teinte antiféministe qu'on connaît bien. Mais les apparences sont trompeuses. La femme avait quitté la scène tout en continuant, du fond des coulisses, de diriger la pièce. Elle restait un personnage très puissant. Rien ne se faisait sans elle. À chaque événement important, on la trouve au premier plan pour inciter les hommes et les pousser à l'héroïsme. C'est un peu pour les femmes et à cause d'elles qu'il arrive aux Espagnols d'être moins lâches que d'autres peuples ; les femmes ne leur pardonnent pas d'être faibles : « Vous avez voulu devenir les maîtres, semblent-elles dire, alors prouvez que vous méritez de le rester. » Durant la guerre d'Indépendance, les *manolas* attiraient chez elles les Français en jouant de leurs prunelles et de leurs sourires ; leurs maris ou leurs amants les attendaient pour les poignarder. Durant la guerre civile, les bourgeoises allaient voir fusiller les Républicains comme on va au spectacle.

Un mien ami, français, se trouva assis auprès

d'une forte matrone. Lui n'entend rien à la *fiesta* ; il en aime la couleur, l'éclat. El Cordobès toréait ce jour-là. Comme il faisait ses pirouettes habituelles — s'approcher du taureau quand il est déjà passé, se coller au fauve pour tacher ses habits de sang — mon ami était enthousiaste. Il voulut applaudir. La matrone lui assena un coup de coude dans l'estomac, le foudroya du regard et lui dit de se mêler de ce qui le regarde. Mon ami, parfaitement bien élevé, assez timide de nature, n'osait plus broncher. Sa voisine était déchaînée : elle hurlait, sifflait, appelait la mort sur l'infortuné Cordobès, prenait les spectateurs à témoin de la tricherie du *matador*. Petit à petit, après avoir reçu quelques autres coups qu'il encaissait avec philosophie, mon ami français régla ses réactions sur celles de la matrone.

Si j'avais été à la place de mon ami, j'aurais dû m'incliner ou me fâcher. Mais on se fâche difficilement avec une femme qui a des arguments aussi convaincants que ceux de cette matrone.

Les femmes inspirent les hommes et les aident à se maintenir debout. « Tu es un homme, oui ou non ? » J'ai si souvent entendu cette phrase que je crois l'écouter à chaque tournant de mon existence. La mère espagnole ne ressemble en rien à la *Mamma* italienne. Elle ne crie pas, n'ameute pas les passants, n'entoure pas ses enfants d'une affection farineuse et gluante. Sa chair n'est pas gélatineuse mais d'ivoire. Elle aime rudoyer. C'est la vestale de l'honneur viril. Elle travaille avec un acharnement prodigieux. Chaque fois que je vais en Espagne, je m'étonne de voir les femmes peiner, du matin au soir, jusqu'à la plus extrême vieillesse. Les hommes se promènent, vont au café, fréquentent les spectacles : les femmes, dans leurs maisons, lavent, repassent, taillent des vêtements, tressent des paniers ou des tapis. Leurs mains n'arrêtent pas un instant. Dans les campagnes, on les voit, pliées sous un fardeau trop lourd, marcher derrière l'âne sur lequel l'homme est assis, triomphant, dominateur. Alors les étrangers s'écrient : « Mais ce sont des Arabes ! » Oui, en apparence. Mais la créature qui marche humblement derrière le *burrico* est, dans le ménage, le personnage principal. Qu'un malheur survienne, que les difficultés s'accumulent au point que l'homme perde confiance et laisse paraître son découragement, la servante docile dresse sa taille et jette avec mépris : « Les hommes qui sont des hommes ne réagissent pas ainsi. » Et l'homme plie, baisse la tête et reprend le combat. Il a voulu devenir un dieu, il a usurpé son rang, les prêtresses du nouveau culte le rappellent à son devoir.

Les vestales de l'honneur

Les femmes veillent sur la tradition, sur l'honneur. Par elles se transmettent les haines familiales. Dès le lever du rideau, dans *Noces de sang*, la mère est là, toute vibrante de haine, fascinée et dégoûtée par les couteaux qui entretiennent sa passion. Et l'on sait, par elle, que le drame s'achèvera dans le sang. De même les héroïnes de *La Maison de Bernarda* vivent-elles dans l'horreur et dans la hantise de l'homme qui rôde autour de leur demeure. C'est une constatation banale que les héroïnes de Lorca valent mieux que ses héros. Yerma est une furie attachée à un pauvre type qui la frustre de sa maternité : de sa vie. Il ne faut pas voir un hasard dans le fait que l'impuissance du mari soit congénitale. Il va de soi que les hommes, en Espagne, ne sont pas des impuissants : ils font des enfants aussi bien que les Français ou que les Italiens. Il n'y a d'ailleurs pas trente-six manières de rendre une femme enceinte. Mais l'impuissance de Juan est symbolique. C'est un homme qui s'esquive, qui s'occupe de ses terres et de ses troupeaux. Alors qu'elle s'occupe d'elle-même, de leur amour, de l'avenir du couple. Les véritables héros de Lorca sont des gitans « au teint de lune verte », qui marchent le long du Guadalquivir en faisant virevolter leur canne. Animaux sensuels, libres, assez vains, ils aiment les beaux costumes, les souliers vernis. Ils chantent et rêvassent. Parfois ils tuent ou meurent : pour des raisons toujours obscures, par jalousie, c'est-à-dire par envie. Ils ne sont pas tellement éloignés de Don José.

L'homme en Espagne est ombrageux, fier, orgueilleux. Il lui arrive aussi d'être faible. Il est brave et lâche en même temps. Malraux décrit très justement les débandades subites des armées républicaines. Mais soudain, les hommes se ressaisissent et deviennent des lions. Ils sont comme mon ami Manolo qui tremblait de peur dans sa chambre d'hôtel et qui, dans l'arène, devenait l'image même du courage.

L'une des choses qui forcent l'Espagnol à rester debout, c'est le regard de la femme : mère, épouse ou maîtresse. Il craint de démériter à ses yeux.

On comprend que l'homme espagnol adore et déteste la femme dans un même mouvement. Il ne peut s'empêcher de trahir ses sentiments. Dans la rue, en voyant passer une jolie femme, il lui adresse des compliments ou l'injurie. On ne sait jamais laquelle des deux réactions il aura. Elles sont, au fond, la même chose. Il n'insulte pas par dépit, comme on serait tenté de le croire. Il obéit à une impulsion irrésistible. Il ne lance pas non plus des injures banales. Il choisit les plus blessantes, celles qui abaissent et qui avilissent. Il le fait avec une moue de dégoût, avec fureur. Mais il est capable de se montrer d'une galanterie et d'une politesse extrêmes. Avec lui, on ne sait jamais. De toute façon, l'image stéréotypée qu'il a de la femme l'empêche de voir en elle autre chose qu'un adversaire. Il n'y a pas, en Espagne, cette complicité séculaire qui, en France, unit l'homme à la femme. Les Français acceptent fort bien qu'une femme puisse être intelligente. Les maîtresses royales n'étaient pas des idiotes. Les philosophes ne dédaignaient pas la compagnie des femmes. On trouve, en France, des couples cultivés. Mari et femme parlent de politique ou de littérature, de poésie ou de cinéma. En Espagne, on se méfie des femmes intelligentes. On les tient pour des phénomènes inquiétants dont il faut se garder. On admire leur courage, quand elles en ont, mais on méprise leur esprit.

Une société d'hommes

Les hommes agissent ainsi parce qu'ils ne sont pas très sûrs de leur virilité. Ce mot pourtant possède un pouvoir magique. *Hombre* est l'interjection favorite des Espagnols. Tous sont convaincus de faire partie de la race la plus mâle, la plus courageuse. On prend des poses, on roule la voix, on se veut *muy macho* (très mâle). Les hommes ne cessent de tripoter leur verge ; ils soupèsent sans cesse leurs parties, comme pour s'assurer qu'ils en ont vraiment. En avoir ou pas — c'est un des mots favoris des Espagnols. Mais un observateur lucide ne tarde pas à découvrir les failles de cette façade. Les jeunes gens marchent toujours par groupes, en bandes ; ils se tiennent enlacés. L'amitié est chose sacrée. On se promène, on fréquente les spectacles, on va chez les femmes entre amis. Cela ne signifie aucunement que les pratiques homosexuelles y soient plus fréquentes qu'ailleurs. Mais l'organisation sociale baigne dans un climat d'homosexualité latente.

Quand j'étais jeune, j'habitais une petite ville de province, je n'avais que le temps d'avaler mes repas. Les amis venaient me chercher, ne me lâchaient pas. Nous allions partout ensemble. Même au bordel, nous nous rendions en bande. Nous regrettions de ne pas monter tous dans la chambre. Même dans le lit, la présence des amis se faisait encore sentir.

Non seulement les Espagnols s'imaginent être plus mâles que les hommes des autres pays, mais ils croient également être les meilleurs amants. Cette prétention prête à rire. Non qu'il faille douter de leurs talents naturels, mais ni leur passé ni leur éducation ne les préparent à l'amour physique. Faire l'amour, pour un Espagnol, c'est baiser. Maîtresse ou putain, c'est toujours pareil. La femme est un instrument de plaisir. Qu'elle puisse avoir une sensualité propre : cela n'effleure pas la pensée du plus grand nombre. On enfourche une femme comme un cheval ; on se sent d'autant plus mâle qu'on le fait avec plus de brutalité. Ce n'est pas de la volupté, c'est un viol répété. Là encore, le mépris de la femme éclate.

Pourtant l'Espagnol continue de se prendre pour un séducteur. Des armées de Nordiques, blondes et pleines de vigueur, font un tourisme d'un genre très particulier : elles ne visitent pas les musées, mais collectionnent les amants. Cela remplit d'aise les

Espagnols. Ils se disent que les hommes de ces pays ne savent pas s'y prendre et que les malheureuses sont obligées de traverser l'Europe pour connaître les joies des sports amoureux. Car tout Espagnol se croit un Don Juan.

2

Le séducteur

Il n'y a rien à ajouter à ce mythe éculé : le séducteur de Séville, qu'il soit damné ou sauvé par l'amour, reste l'image du Méditerranéen : plein de vie, esclave de ses instincts, sensuel. Don Juan ressemble aux auberges de sa patrie : on trouve en lui ce qu'on y met. Cela prouve d'ailleurs l'universalité du mythe. Le pauvre Tirso de Molina, un brave clerc qui prétendait flétrir le péché, ne se doutait pas, en créant ce personnage, qu'il fournirait une arme terrible aux ennemis de Dieu. Le bon frère voulait montrer ce qu'était le Diable, il l'a seulement rendu trop aimable. Les femmes du monde entier s'en éprirent. Don Juan est d'ailleurs un être assez inconsistant, d'une intelligence qui ne dépasse pas la moyenne. C'est la raison pour laquelle beaucoup d'écrivains l'ont opposé à l'homme du Nord, qui est, comme chacun le sait, profond, idéaliste. Tirso de Molina n'imaginait pas qu'il flatterait le sentiment de supériorité des Allemands. Faust allait devenir un archétype de l'homme du Nord et la comparaison avec Don Juan tournerait fatalement à son avantage. Les Allemands oublieraient que le Méditerranéen, c'est aussi Héraclite, Platon, Aristote, Dante, Léonard de Vinci, Cervantès et Vélasquez. Le personnage de Don Juan les renforce dans leur sentiment de supériorité. À eux, la spéculation ; le Sud, c'était le soleil, les chansons, la comédie dans la rue et, bien entendu, Don Juan.

Le mythe de Don Juan est né en Espagne. Les érudits semblent s'être mis d'accord là-dessus. Ce n'est pas un fruit du hasard. J'ai signalé dans les chapitres précédents combien l'Espagnol était écartelé entre sa sensualité orientale et ses aspirations métaphysiques.

Dans une analyse très minutieuse et très pénétrante, le docteur Marañón défendait cette thèse que Don Juan n'était, au fond, qu'un inverti. Pour beaucoup de psychanalystes, c'est une cause entendue : l'homme à femmes, celui qui court sans répit de l'une à l'autre, fuit son homosexualité latente[1].

Le mythe est intéressant surtout par la manière dont il a évolué. Chaque année, le jour des Morts, les théâtres d'Espagne montent le *Don Juan Tenorio* de Zorilla. Ces représentations revêtent un caractère sacramental. La foule emplit les théâtres pour voir le Séducteur sauvé in extremis par l'amour. (Il est étrange que même le salut éternel soit assuré aux hommes par les femmes.) Le drame culmine, on le sait, dans la scène du cimetière où Don Juan assiste à son propre enterrement.

La moralité de cette fable est assez claire : le Don Juan de Tirso de Molina était damné. Cela ne plai-

1. On peut se demander ce qu'est alors un inverti : un homme à ce point épris des femmes qu'il les fuit dans les bras de ceux de son sexe ? Ô abîmes insondables de la psychologie des profondeurs ! (Note d'un ami.)

sait pas aux Espagnols. Ils voulaient bien commettre le péché, mais non payer le prix de leurs fautes. Un poète les sauva de l'enfer.

Don Juan, sauvé ou damné, reste un personnage typiquement espagnol. Les femmes pour lui sont des objets qu'on prend et qu'on rejette. Il ne m'a jamais paru démoniaque, mais d'une candeur admirable. Il croit avoir tout eu d'une femme quand il a réussi à la mettre dans son lit. Elle n'y reste d'ailleurs pas longtemps. La présence ou d'un mari ou d'un fiancé abrège les ébats. Don Juan court au plus pressé. Je me demande s'il en veut vraiment à la vertu des femmes ou à l'honneur des hommes. Mais voler un homme, surtout si l'objet dérobé est aussi intime que son honneur, c'est entrer en relation avec lui. Il y a une complicité évidente entre le séducteur et ses victimes. Ils veulent le tuer, c'est entendu. Mais la rivalité reste virile, les femmes n'en sont que le prétexte. Aucune des créatures trompées ne s'avise de saisir l'épée de Don Juan et de le tuer. Ce dénouement choquerait les Espagnols. Il faut que « l'honneur » reste une affaire d'hommes.

La trinité méditerranéenne

On retrouve, en Espagne, la très ancienne trinité méditerranéenne : Vierge-Épouse-Mère. Il semble qu'au commencement la déesse Terre ait été tout cela à la fois. Elle se fécondait elle-même et les artistes la représentaient avec les attributs des deux sexes : seins et phallus. La disparition du matriarcat et la prépondérance des hommes firent éclater cette notion. Mais l'image, maintenant séparée, continuait de hanter les esprits. Héra, Déméter et Pallas

Athéna allaient, après de nouvelles transformations, cristalliser dans la figure de la Vierge qui est Épouse (tout en restant vierge) et Mère. L'importance du culte marial en Espagne frappe tout le monde. Le catholicisme espagnol ignore presque complètement la figure de Dieu le Père. On le représente parfois, trônant au-dessus des nuages, affublé d'une barbe blanche. La religion espagnole ne connaît que la dualité Mère/Fils. Les images les plus vénérées sont celles qui représentent Marie « après » la mort du Fils : Notre-Dame de l'Angoisse, des Douleurs, de la Solitude. Quand ces statues sont promenées dans les rues, elles provoquent l'enthousiasme. On les installe sur des chars d'argent, on les entoure de fleurs et de cierges, on les pose sous un dais ; l'armée leur rend des honneurs.

L'Espagne de même s'intéresse peu au Christ triomphant, ressuscité. Elle le vénère humilié, pendu à la croix. Ses statues feraient peur à tous les enfants du monde, sauf à ceux d'Espagne. L'image qui résume toutes les autres est celle où la Mère, assise sur un trône, le visage baigné de larmes, se penche sur le cadavre du Fils, couché sur ses genoux. Cette image n'est pas non plus propre à l'Espagne. Le jeune dieu mort et ressuscité par une déesse est un mythe qu'on retrouve sur tout le pourtour de la Méditerranée. Parfois la déesse est une amante — ainsi Isis. Ce qui est propre à l'Espagne, c'est l'insistance sur la mort du Fils. Il semble que la Mère ne soit tout à fait elle-même que dans cet affreux malheur. Elle donne alors sa pleine mesure.

La femme espagnole s'installe assez bien dans cette trinité. Vierge, elle l'est farouchement jusqu'à son mariage. (Du moins en général. Les exceptions ne font que confirmer la règle.) Sa mère, son père et ses frères veillent d'ailleurs jalousement sur sa vertu. Les religieuses qui l'élèvent se chargent de lui inculquer l'horreur du péché. L'homme est un dangereux ennemi dont il faut se garder. Malheur à celles qui lui cèdent ! Elles auront toute une vie pour s'en repentir. Elles resteront vieilles filles. On n'épouse pas une femme sans honneur. La jeune fille séduite est insultée par celui-là même auquel elle s'est donnée.

Des fiançailles au veuvage

Cette situation exige d'elle des talents assez subtils. Elle doit séduire sans rien donner. Elle fait la pêche au mari avec un acharnement pathétique. Trouver un époux, c'est acquérir la liberté. Le spectre de la vieille fille la talonne. La peinture que Bardem fait dans *Grand'Rue* est d'une rigoureuse exactitude. Plus le temps passe et plus l'angoisse du célibat devient obsédante. Car être vieille fille, c'est n'être « rien ». Alors le *paseo*, la messe, les sorties sont autant d'occasions à ne pas manquer. Les yeux quêtent un regard complice, la bouche esquisse un demi-sourire, le cœur bat très fort dans la poitrine. Le système a bien fonctionné : la jeune fille se sent devenir un objet, elle « est » un objet. Les jeunes gens, qui paradent et qui passent devant elle, tiennent son sort entre leurs mains. Ils peuvent la tirer de son néant, ils peuvent l'y rejeter définitivement. Et, au cœur de la femme, un sentiment s'insinue : l'homme est un moyen, non une fin.

Le jour de ses noces est aussi celui de son triomphe. La jeune Espagnole sait coudre, cuisiner, parfois broder et jouer au piano *La Lettre à Élise* de

Beethoven. Elle ignore le plus souvent ce qui l'attend. L'homme se jette sur elle, sûr de son bon droit. Mais elle n'est que rarement satisfaite par ces élans brutaux. Elle s'habitue à sa frigidité qu'elle pense être le sort réservé aux femmes. D'ailleurs elle n'a pas épousé un homme, mais une institution. Tous ses espoirs, elle les reporte sur les enfants à venir. La maternité comble ses vœux. La femme s'épanouit alors. On n'a pas idée de l'amour dont un enfant espagnol est entouré. Rien n'est trop beau pour lui. Sa mère l'embrasse du matin au soir, le dorlote, le cajole. La figure du mari s'estompe. Il a son travail, ses amis. Il va au café, parfois au théâtre, rarement au bordel. (Du moins y allait-il avant qu'ils fussent fermés.) Elle reste à la maison, penchée sur ses gosses, les dévorant littéralement. Mais les enfants grandissent. La femme est devenue forte (elle mange trop de sucreries et ne pratique aucun sport), elle traverse un cap difficile. Le fils, ce fils tant chéri, lui échappe. Elle le traite durement. Elle coupe le cordon ombilical, elle tranche dans sa chair avec un courage inouï. C'est alors qu'elle se retire de la compagnie des hommes. Ils veulent être les maîtres ? Ils le seront. Mais il faudra qu'ils s'en montrent dignes. La maman s'efface, la femme forte apparaît. Silencieuse, laborieuse, elle ne passe aucune faiblesse. Ce tardif sevrage laisse l'adolescent désemparé. Il veut bien être un homme, il a besoin de prouver sa virilité. Mais il n'a guère été préparé à ce rôle. Sa mère s'acharne sur lui : « Tu n'as plus l'âge... Tu es un homme, oui ou non ? » Il essaie d'en devenir un, non sans peine. Autour de lui, tous célèbrent le culte de la virilité. Il est tellement peu sûr de la sienne qu'il en rajoute. Mais il ne pardonne pas aux femmes de lui refuser soudain l'appui qu'elles lui donnaient jusqu'alors. Aux femmes, c'est-à-dire à leur mère. Ils se trahissent d'ailleurs malgré eux. Un Espagnol supporte tout, hormis qu'on insulte sa mère. Mais, si on lui raconte une histoire trop drôle ou s'il assiste à un événement surprenant, il dit instinctivement : « Je chie sur ma mère. » Il dit la même chose de Dieu. Mais c'est qu'il nourrit envers Dieu les mêmes sentiments qu'envers sa mère : il les aime et les hait à la fois.

La femme espagnole ne s'épanouit pas seulement dans la maternité. Son plus beau triomphe, c'est le veuvage. Elle s'habille de noir de pied en cap, elle se cloître chez elle pour célébrer le culte du « feu mari ». Elle gémit, verse des larmes. Sur la scène du monde, elle peut enfin aller et venir à sa guise. Peut-être ne pleure-t-elle autant que pour expier sa satisfaction. Le veuvage, ce sont tous les avantages du mariage moins ses inconvénients. Il y a beaucoup de veuves en Espagne. Elles ont presque toutes cet air d'accablement réjoui.

Il reste cependant que les femmes jouent en Espagne un rôle important. Haïes ou adorées, elles sont l'un des moteurs de la société espagnole. Beaucoup sont des figures admirables. Presque toutes méritent mieux que leur destin. Elles le sentent d'ailleurs. Une lente révolution a lieu, dont les conséquences peuvent être incalculables. La femme quitte son foyer. Elle travaille et gagne sa vie[1]. À Barcelone, à Madrid, dans toutes les grandes villes et jusque dans certaines petites capitales de province, l'émancipation de la femme s'affirme par ce fait nouveau : les jeunes filles accèdent à l'indépendance financière et, par ce biais, à l'indépendance tout court. Il ne

1. Écrit en 1962.

faut pas se leurrer, le phénomène reste timide. Mais il a déjà transformé en partie le spectacle de la rue. Aux heures de sortie des bureaux et des fabriques, des armées de jeunes femmes, mises et fardées avec soin, s'activent comme des fourmis. Elles sont « pressées ». Elles n'ont plus le temps de flâner, de courir les pâtisseries, de fréquenter l'église. Et c'est une chose étonnante pour moi, qui ai passé mon adolescence et une partie de ma jeunesse en Espagne, de voir une femme pressée.

Pilar

(1960.) Je me suis installé, à Madrid, dans une cafétéria moderne de la Gran Via. Je viens de débarquer après un long voyage. Je hume voluptueusement l'air de la capitale. J'ai toujours aimé Madrid, un peu comme Montaigne aimait Paris. Je conviens que cette ville n'est ni très belle ni très intéressante. Hormis le Prado, le Vieux Quartier qui s'étend derrière la Plaza Mayor, il n'y a rien à visiter. Mais je ne songe jamais à Madrid en termes de laideur et de beauté, je ne le juge ni d'après ses monuments ni d'après ses quartiers. Il me plaît d'y flâner, d'observer les gens, de les écouter parler ; j'éprouve le plus vif plaisir à m'accouder aux comptoirs des cafés et à y manger des *tapas* en prêtant une oreille distraite aux conversations. Il me semble même que ne pas aimer Madrid, c'est ne pas vraiment aimer l'Espagne.

Ce soir, parce que je suis seul, rendu à moi-même, j'ai une extraordinaire impression de liberté et de jeunesse. Je fixe mes voisins avec sympathie. Lui, une vingtaine d'années, le visage très long couronné de boucles ; elle, le même âge, ronde et menue, avec des yeux couleur noisette qui ne cessent pas de rire. Ils parlent de cinéma. Lui aime Buñuel et le dit avec fougue ; elle préfère Visconti et notamment *Senso* parce qu'elle trouve que les images du film constituent un poème mélancolique et tendre. Il s'emporte et la traite de décadente ; elle résiste et lui répond qu'il n'est qu'un « cérébral ». Ils finissent par rire... Je ne puis résister. Sont-ils de Madrid ? *Eso parece*... me jette-t-il avec cet accent inimitable qui feint le dédain, l'indifférence hautaine. Je souris et leur confie que, bien que né à Madrid, j'habite Paris et suis français. Ils s'installent à ma table. Nous commandons d'autres boissons, puis d'autres encore. Ils veulent tout savoir, en vrac : Sagan et Malraux, Barbara et Brassens, Antoine et la mini-jupe. Je ne puis m'empêcher de leur dire combien leurs questions m'étonnent. Quand j'étais étudiant à Salamanque, mes camarades ne s'intéressaient qu'au football. On ne pouvait pas avoir une conversation qui fût autre chose qu'un échange de lieux communs. Ils rient. « L'Espagne a changé », déclare Pilar. J'acquiesce. Elle ajoute alors, sur un ton redevenu sérieux, que beaucoup de choses doivent encore changer, mais que cela se fait, insensiblement. Quoi, par exemple ? « Les rapports entre les sexes », lance Pilar avec un fin sourire. Elle est employée dans un grand magasin, elle a poursuivi des études secondaires jusqu'au baccalauréat mais sa famille n'est pas fortunée, ce qui explique qu'elle se soit mise à travailler. Elle s'intéresse à une foule de choses : au cinéma, au théâtre, à la littérature. Elle vient de lire un ouvrage écrit par une nonne, le récit de sa psychanalyse. Ce livre l'a touchée parce qu'elle y a découvert beaucoup de ses problèmes personnels, abordés avec une franchise qu'elle admire. « Les femmes espagnoles restent prisonnières d'une éducation dont les méthodes remontent au Moyen Âge. » Paco proteste. « Cela a tout de même évolué. — Oui, convient Pilar. Mais pas quant au fond. Combien d'Espagnoles acceptent d'avoir des rapports sexuels avant leur mariage ? » La question me plonge dans une profonde stupeur. Je regarde Pilar, vive et rieuse — heureuse. Elle semble s'être débarrassée du sentiment de culpabilité qui pesait, il y a seulement dix ans, si fort sur le comportement des femmes de ce pays. Non seulement elle est heureuse, mais elle se « veut » heureuse. Elle admet qu'une femme a le droit de choisir son bonheur personnel et de lutter pour l'obtenir. Elle n'attend plus de l'homme qu'il vienne la tirer de son néant. Elle est une personne consciente et responsable d'elle-même. Ni femme-enfant ni femme-objet : femme tout court.

Pilar reste une exception. Mais on trouve tout de même assez de jeunes filles pareilles à elle pour qu'il soit permis d'espérer.

— Songez, me dit cette femme avocate de quarante-cinq ans, aux problèmes que pose à la femme espagnole l'impossibilité de divorcer. Elle se marie dans l'ignorance, elle se retrouve liée pour la vie à un homme qu'elle connaît à peine. Elle sait qu'il n'y a pas d'issue pour elle. Le quitter, prendre un amant, c'est se couper de la société. Alors, que faire ? Supporter. Les femmes espagnoles ont une grande capacité d'endurance. Cette force dont vous me parliez les aide à tenir bon. Mais il va de soi que supporter n'est pas aimer. Si le divorce était instauré demain, des foules se précipiteraient vers les mairies[1]...

Les deux questions me paraissent liées. La jeune Pilar, elle me l'a avoué sans fausse pudeur, n'accepterait pas d'épouser un homme qu'elle ne connaîtrait pas, au sens le plus fort du terme. Paco, qui l'écoutait parler, hochait la tête pour l'approuver.

Le problème n'est pas résolu, mais un fait nouveau vient de se produire qui aidera peut-être à sa solution : Don Juan ne voit plus en Carmen un objet à conquérir, à posséder. Il regarde maintenant Carmen, il admet implicitement qu'elle soit son égale.

1. Prophétie avérée : la loi a été votée, les femmes ont divorcé par dizaines de mille.

SEPTIÈME PARTIE

Le royaume des clercs

Sancho Pança : *Et n'y aurait eu que ma foi, toujours ferme et sincère, en Dieu et en tout ce qu'enseigne et mande la Sainte Église catholique romaine, en outre que je suis ennemi mortel des Juifs, les historiens devraient avoir pitié de moi...* »

Cerventès.

1

Un pays très catholique

On ne peut pas parler de l'Espagne sans toucher un mot de la religion. Je m'en serais volontiers dispensé parce que la religion constitue un sujet délicat, sur lequel on risque d'avancer bien des niaiseries. Comment faire pourtant ? L'Espagne reste officiellement un pays catholique, apostolique et romain. Quand on approche d'une ville espagnole, la première chose qu'on remarque, c'est une multitude de tours et de clochers coiffant les toits des maisons. Si on se promène dans les rues ou si on s'attable à la terrasse d'un café, on a peu de chances de ne pas apercevoir la silhouette ventripotente d'un prêtre. On risque d'ailleurs d'en rencontrer plus d'un : les prêtres se déplacent souvent en groupe.

Je connais des catholiques pratiquants qui aiment l'Espagne parce qu'ils s'y sentent chez eux, entourés de gens qui partagent leur foi. Ils y sont libérés de la crainte d'avoir affaire à des athées, toujours enclins à voir dans un homme pieux un enfant attardé. En Espagne, les bigots n'ont rien à craindre de tel. La présence de l'Église est si évidente, sa puissance si éclatante, son influence si manifeste qu'il faudrait être atteint de la manie de la persécution pour redouter d'être moqué à cause de sa foi. Ceux qui comprennent l'espagnol n'ont d'ailleurs qu'à acheter un journal ou écouter la radio. Ils trouveront dans la presse des articles édifiants, toutes sortes d'informations religieuses, des photographies montrant des généraux, des gouverneurs et des prélats fraternellement réunis, la transcription fidèle des discours pontificaux et, avec un peu de chance, le récit d'un miracle.

Terre des miracles

À Barcelone, en juillet 1966, j'ai appris par la presse l'existence, à Londres, d'un crucifix qui suait le sang. Pareille nouvelle méritait tout à fait la place que le quotidien lui assignait : la première page, avec un titre à peine moins gros que les informations sur la guerre au Viêt-nam. Le gros titre n'avait d'ailleurs été attribué au Viêt-nam que pour flatter l'avidité des foules et mieux vendre le journal. La nouvelle essentielle était le récit de ce miracle, d'autant plus admirable qu'il avait lieu en Grande-Bretagne, pays d'hérétiques.

Les miracles ont généralement lieu en Espagne. Il s'en produit à Lourdes et en Italie, mais ceux de Lourdes constituent une exception consentie par Dieu en l'honneur de la France, fille aînée de l'Église, et ceux d'Italie manquent par trop de sérieux. Les vrais, les grands miracles se produisent en Espagne. Un de mes amis anglais, habitant depuis de longues années Barcelone, définit ainsi l'Espagne : *Peligro — Misterio — Milagro* (Danger — Mystère — Miracle). Les Espagnols lui pardonnent parce qu'il est anglais et catholique. Il ne manque jamais la messe dominicale, il a un profond respect pour les préceptes de l'Église ; alors on passe sur son humour, on oublie ses sarcasmes contre l'Église d'Espagne. En règle générale, il ne faut pas plaisanter sur les miracles, qui sont une affaire très sérieuse. On en parle à mi-voix pour que les étrangers n'entendent pas. S'ils allaient en prendre prétexte pour ridiculiser la religion ? Mais on vous glisse à l'oreille qu'une religieuse du couvent de l'Incarnation a des visions, que Notre-Seigneur lui a dicté une lettre, déposée par la mère supérieure à l'archevêché, où se trouve consignée la date de la fin du monde ; que le père Untel guérit des cancéreux condamnés par les médecins et que la statue de Notre-Dame des Angoisses a versé des larmes lors de la procession du Jeudi saint. Ce sont là des prodiges fort courants qui prouvent que Notre-Seigneur n'oublie pas l'Espagne.

Lorsque j'étais élève des jésuites, dans les années 1950-1951, nous étions abreuvés de miracles. Ma classe comptait même un saint. Un garçon chétif, étroit d'épaules, avec un teint livide. Il portait des besicles. Il ne se mêlait jamais à nos jeux, préférant s'enfermer dans la chapelle durant les récréations. Il mourut d'une méningite. Les pères nous contèrent qu'une lumière surnaturelle avait enveloppé son lit au moment de sa mort. Cela eut effectivement lieu. De nombreux témoins virent la lumière.

Je rencontrai un personnage plus étonnant encore : un capucin décharné, aux yeux caves, qui nous prêcha une retraite d'une voix d'outre-tombe. Je me rappelle que nous attendions sa venue avec crainte parce que nos maîtres nous avaient avertis qu'il avait le don de lire dans les pensées et qu'il accomplissait des prodiges. Prêchant un jour dans un village, il se serait écrié dans un état de transe : « Je vois des âmes tomber en enfer par milliers, je vois des pécheurs mourir en refusant la grâce qui leur est offerte ! » Et comme il disait cela, un homme tomba raide mort au milieu de l'assistance. On apprit par la suite qu'il vivait dans le péché, ayant délaissé la compagnie de sa femme pour s'enfuir avec sa maîtresse. Aucun de nous ne mourut ; mais nous eûmes très peur. Je n'ai pas été peu étonné de trouver le récit fidèle de ce miracle dans un ouvrage historique. Son auteur attribuait le prodige à Fray Diego de Cadix, moine mendiant ayant vécu au XVIIIe siècle. Mais, à la réflexion, je ne vois aucune raison pour qu'un même miracle ne se reproduise pas, à deux siècles de distance.

On aurait tort de croire que je plaisante. Je me doute bien que les touristes qui passent un mois en Espagne n'ont pas droit à des récits de miracles. Les Espagnols se défient des étrangers. Mais quand on vit longtemps en Espagne, il ne se passe pas un mois sans qu'un miracle se produise, ici ou là.

Une religion terrible

Les prêtres espagnols manquent d'imagination. Leurs méthodes n'ont pas varié depuis l'époque de Philippe II. Dieu devient, dans leur bouche, un ogre et un croque-mitaine. Ils crient, dans leurs sermons, que la mort rôde, qu'elle est là, tout près, qu'elle va frapper... L'Espagne n'est pas un lieu de séjour idéal pour les cardiaques. Les prédicateurs abusent d'une rhétorique emphatique, d'un pathétique de mauvais aloi. Leur voix tremble, ils remuent les bras pour produire des effets.

Ce mauvais goût n'est pas l'apanage des clercs. Les

laïcs, dès qu'ils touchent aux affaires religieuses, l'adoptent à leur tour. Une dame du meilleur monde fait chaque jour, à la radio nationale, une courte homélie destinée aux femmes espagnoles. Ses discours ôteraient la foi à saint Paul lui-même. La conférencière enfile les lieux communs avec une morose application, elle se roule dans le malheur. Tout y passe : les paralytiques, les Chinois qui meurent de faim, les affreux bouddhistes qui se font brûler vifs, les cancéreux et les victimes de la guerre. Je la soupçonne de découper dans la presse les nouvelles les plus atroces afin de les resservir, assaisonnées d'eau bénite, à ses auditrices. La note d'optimisme n'y fait jamais défaut : estropiés et invalides, mais le cœur léger !

Je voyageais, durant la Semaine sainte, d'une ville à l'autre. J'écoutais la radio pour me distraire. Les Jeudi et Vendredi saints furent jours de pénitence. Ici, une voix rauque et brisée chantait des *saetas* ; là, une voix caverneuse commentait les dernières paroles du Christ sur la Croix et attaquait chaque période par un tonitruant : *Meditad, hermanos*... (Méditez, mes frères...) ; ailleurs on diffusait la retransmission de la messe solennelle ; plus loin quelqu'un décrivait la procession de la Macarena à travers les rues de Séville et fondait brusquement en sanglots hystériques : *He aqui a Nuestra Madre, a Nuestra Santa Patrona... Bendita seas, Maria*... (Voici Notre Mère, Notre Patronne... Bénie sois-tu, Marie...)

Il n'y a pas lieu de s'étonner, après cela, que les étrangers se fient aux apparences et croient que l'Espagne est le pays le plus catholique au monde. Qu'on se rappelle le mot du cardinal primat : « En Espagne, on est catholique ou rien du tout. »

Malheureusement ce « rien du tout », quand il peut s'exprimer, devient la moitié du pays. Liberté d'expression égale, en Espagne, flambée d'anticléricalisme. Alors là, les étrangers ne comprennent plus.

2

L'Inquisition

On connaît les méthodes de l'Inquisition. Deux choses la rendirent si redoutable : l'anonymat garanti aux délateurs et l'ignorance dans laquelle le suspect était tenu du crime dont on l'accusait.

Le Saint-Office constituait une machine aux rouages multiples. Sa juridiction ne fut jamais clairement définie. En principe ne relevaient d'elle que les délits contre la foi : pratiques hérétiques et magiques, blasphèmes, opinions contraires au dogme, vols d'objets pieux, lecture ou publication d'ouvrages figurant à l'Index... D'autres crimes étaient néanmoins punis par elle : les perversions sexuelles notamment. L'essentiel de sa tâche fut pourtant la persécution et la liquidation des Nouveaux-Chrétiens, soupçonnés de pratiquer en secret leur religion première. Judaïsants et Moresques payèrent le plus lourd tribut au Saint-Office. Les archives de Simancas le prouvent : sur dix condamnés par l'Inquisition, on arrive à une moyenne de sept Nouveaux-Chrétiens dénoncés pour pratiques ou propos contraires au dogme chrétien et trois personnes poursuivies pour des délits autres. Je ne reviendrai pas sur les dessous de cette persécution raciste qui couvrait, en fait, une lutte économique.

Le Saint-Office disposait de milliers de « familiers », c'est-à-dire d'espions. Les uns étaient bénévoles — gens du peuple, paysans et artisans, tous les membres de la noblesse ou presque ; d'autres touchaient une rétribution (généralement un pourcentage sur le montant des biens saisis) ; beaucoup enfin étaient d'anciens suspects « réconciliés » avec l'Inquisition et désireux de se faire bien voir des inquisiteurs. Parmi ces derniers, on comptait un nombre important de juifs convertis. Ils furent de précieux otages entre les mains des juges du Saint-Office. Connaissant bien leurs coreligionnaires, ils permirent l'arrestation d'un bon nombre d'entre eux. Un seul *converso* en dénonça plus de cent à Tolède. Ces malheureux finirent d'ailleurs par être à leur tour jetés en prison ou brûlés vifs. On les éliminait dès qu'ils cessaient de servir. Un historien portugais a pu écrire que ce sont les *conversos* qui ont permis l'élimination des juifs de son pays.

L'Inquisition avait ses gardes, ses bourreaux, ses prisons et ses salles de torture. Elle gérait elle-même son budget qui, malgré les sommes encaissées, fut presque toujours déficitaire. Les entrées étaient assurées par les cinquante pour cent des sommes saisies et par les dons de personnes dévotes. Beaucoup de riches et de nobles léguaient en effet leur fortune à la Sainte Inquisition. Car il ne faudrait pas perdre de vue que le Saint-Office jouissait de l'appui de tous les Vieux-Chrétiens, d'une grande partie de la noblesse ; les rois le protégeaient. Aider l'Inquisition était un devoir pieux.

Les dépenses du Saint-Office étaient importantes. Il lui fallait rétribuer une armée de fonctionnaires, de scribes et de notaires, de soldats et de bourreaux ; il devait payer des milliers de familiers, éparpillés sur tout le territoire ; entretenir les prisons, les maisons et le palais des inquisiteurs, organiser enfin les *autos de fe*, cérémonies brillantes et coûteuses.

Il en était de deux sortes : les *autos de fe* majeurs et mineurs. Les premiers se déroulaient les jours de fête, au milieu d'une pompe extraordinaire ; les seconds donnaient lieu à des dépenses moins importantes. On gardait donc les condamnés les plus en vue pour les premiers.

Des auteurs catholiques ont entrepris de laver l'Inquisition des accusations qui pèsent sur elle. Ils se donnent beaucoup de mal pour démontrer qu'elle a tué moins de gens que les tribunaux réguliers. Ils déclarent, sans rire, que les peines du Saint-Office étaient plus légères que celles infligées dans d'autres pays, pour les mêmes délits. Je n'apprécie guère ces statistiques macabres. Beaucoup de condamnés furent brûlés en effigie parce qu'ils avaient pris la fuite, d'autres se « réconciliaient ». Ce qu'il convient de tenir présent à l'esprit, c'est ceci : tribunal religieux, soumis théoriquement à l'autorité du Saint-Siège, le Saint-Office appliquait une procédure d'exception. Ses victimes ne jouissaient d'aucune protection et d'aucune garantie légales. Elles ne pouvaient pas faire appel à un avocat. Elles ne disposaient que d'une ressource : convoquer des témoins à décharge. MAIS UN SEUL TÉMOIN À CHARGE — ASSURÉ DE L'ANONYMAT — SUFFISAIT À LES FAIRE CONDAMNER. Plus grave encore : le chef d'inculpation leur était caché. Elles se mouvaient dans un univers kafkaïen. Coupables, elles devaient l'être ; de quoi, personne ne le leur disait. Elles marchaient à tâtons dans une procédure faite de brouillard.

L'Inquisition condamnait à des peines légères ? J'ai pourtant, aux archives de Madrid, constaté que « peines légères » doit avoir un sens particulier pour certains esprits ; cinq, dix, vingt ans de prison ; confiscation des biens ; flagellations publiques ; port du *san benito* ; exposition dans des cages ou devant la prison (des colliers de fer y étaient fixés ; les condamnés y passaient la tête ; on serrait le collier ; l'infortuné demeurait ainsi, coiffé d'un bonnet jaune, une pancarte autour du cou, en plein soleil, sous les quolibets de la foule ; le supplice durait parfois deux ou trois jours) ; le bûcher enfin... Mais sans doute se trouvera-t-il quelqu'un pour me démontrer que les châtiments étaient plus cruels dans une autre partie de la planète. Je donne donc acte à tous les apologistes de l'Inquisition qu'elle fut le plus clément des tribunaux. Un détail le distinguait tout de même des autres : les juges du Saint-Office n'absolvaient jamais. Ils partaient de ce principe qu'un homme qu'on dénonce ne saurait être innocent. S'il s'avérait malgré tout qu'il l'était, ils lui infligeaient une peine minime : le port du *san benito*. L'heureux homme suivait, pieds nus, vêtu d'une tunique de couleur, coiffé du bonnet pointu, la procession de la Croix de l'Inquisition. La tunique qu'il avait revêtue, et sur laquelle son nom était inscrit, serait ensuite exposée dans la cathédrale, pour l'édification de ses concitoyens. Ses descendants, jusqu'à la cinquième génération, restaient marqués du sceau de l'infamie. Ni honneurs ni emplois publics : l'innocence de leur père les reléguait à une condition de parias.

Un cauchemar vécu

Un homme ou une femme de bonne réputation s'endorment, un soir, dans leur lit. Ils ne possèdent pas une fortune extraordinaire, ils ne sont pas davantage dans la misère. Ni nobles ni *hijodalgos* : gens du commun qui ont un patronyme quelconque : Alonso, Ruiz ou Martinez. Ils se disent Vieux-Chrétiens. Nul ne saurait démontrer qu'ils ne le sont pas. Ils mènent une existence obscure. Ils fréquentent régulièrement l'église, ils affichent le plus profond respect pour les ministres du culte. Jouissant de l'estime de leurs voisins, ils se croient à l'abri des persécutions.

Une nuit pourtant, des gardes viennent, au nom du Saint-Office, les tirer de leur lit. Les sbires ne leur laissent pas le temps de prendre congé des leurs. Les soldats ignorent d'ailleurs la raison qui motive leur arrestation. L'Inquisition les soupçonne : cela suffit pour les traiter sans ménagements.

On les conduit à la prison du Saint-Office, on les jette dans une oubliette. Ils y restent, transis de froid, à demi morts de terreur et d'angoisse, des semaines ou des mois[1]. Les malheureux ne savent toujours pas qui les accuse ni de quoi. Dans l'obscurité, couchés sur un grabat, disputant aux rats les croûtons de pain qu'on leur lance par un soupirail, ils ressassent sans répit les mêmes questions : « Qui, parmi mes relations ou mes proches, a pu me dénoncer à l'Inquisition ? Quel crime m'impute-t-on ? » La

1. Certains prévenus demeurèrent deux ans en prison, sans jugement, sans même connaître la nature du délit dont on les accusait.

procédure du Saint-Office ne leur laisse qu'un recours : nommer ceux qui auraient intérêt à leur nuire. S'ils visent juste, la question leur est épargnée ; on leur notifie l'acte d'accusation. Cela, hélas ! arrive rarement. Il est aisé de reconnaître des ennemis avoués : comment deviner l'identité du mouchard anonyme, du « familier » sans visage qu'on côtoie sans les connaître ?

Après un temps indéfini de ce supplice moral et physique, les prisonniers sont traduits devant leurs juges pour être interrogés.

On les mène dans la chambre des tortures. Trois religieux, installés dans des fauteuils posés sur une estrade, leur font réciter les prières usuelles, leur posent d'insidieuses questions sur le dogme. Dans un coin, assis à sa table, un scribe note consciencieusement les demandes et les réponses.

Le bourreau et ses aides attendent un signe des inquisiteurs, qui marmonnent des prières cependant que la victime hurle, sanglote, se débat, jure et s'évanouit de douleur.

Voici le compte rendu d'un de ces interrogatoires qu'un auteur espagnol a appelés « visites miséricordieuses ». On le trouve dans le livre du romancier italien Leonardo Sciascia *Morte dell'Inquisitore*, monographie historique relatant le meurtre de l'Inquisiteur général de Palerme par un moine sicilien.

« Je n'ai rien fait ! »

Et il fut ordonné qu'on la déshabillât (il s'agit d'une femme nommée Pellegrina Vitello) et qu'on l'attachât à la corde, et une fois dévêtue, elle fut attachée.

Elle dit : Me voici sans savoir quoi dire.

Et il fut commandé qu'on commençât la séance, et les liens furent attachés par les ministres, et, pleurant, elle dit : Si je savais quelque chose, je le dirais.

Et S. Seigneurie l'exhorte à dire la vérité.

Et elle ne répondit pas, mais se lamentait.

Et comme on serrait, elle dit : Aïe de moi, aïe de moi, ah ! Saint-Esprit ! Aide-moi car je n'ai rien fait, oh ! très Saint-Esprit ! comme je n'ai rien fait viens à mon aide !

Et comme on serrait la corde, elle continuait de dire : Mon Saint-Esprit, aide-moi, car je n'ai rien fait !

Et de nouveau S. Seigneurie l'admonesta pour qu'elle dît la vérité.

Elle dit : V.S. je n'ai rien fait — jamais !

Et comme on la déposait à terre, elle suait et disait : V. Seigneurie, je ne sais rien et ces traîtres m'ont accusée à tort ; aidez-moi, chrétiens ! Aïe ! V. Seigneurie me torture à tort.

Et on lui posa les planches aux pieds.

Elle dit : Que pourrais-je dire à V.S. sous la contrainte ? Sainte Catherine, ah Saint-Esprit ! répétant : Saint-Esprit et V.S. me torture à tort. Et comme on lui demande si elle a jamais été suppliciée, elle dit que non ; et on la suspend par la corde.

Et pendue, elle gardait le silence.

Questionnée si elle voulait dire la vérité.

Elle dit : Ou-i. Quoi dire, je ne sais.

Et, pendue, elle se tait.

Comme on lui demande d'avouer la vérité.

Elle dit : Oh, oui ! si je la savais, je la dirais.

Elle dit, pendue : Ah !

Et elle continue de se parler à elle-même.

Exhortée à dire la vérité.

Elle dit : Ou-i, je ne sais que dire ; que je vois V.S. morte si je mens.
Et exhortée d'avouer la vérité.
Elle ne dit rien.
Exhortée de nouveau, elle est tirée vers le bas.
Et une fois en bas, exhortée.
Elle dit : Je ne sais rien.
Et elle fut laissée
Et rouée, on l'exhorte
Elle dit : Je ne sais pas.
De nouveau hissée et de nouveau exhortée à avouer.
Elle dit : Je ne sais rien...

« Et cela continue de la sorte : enregistrement impassible d'un atroce moment qui s'est sans doute répété des milliers et des milliers de fois dans l'histoire de l'Inquisition, dans l'histoire des peuples qui l'ont subie. »

Il n'y a rien à ajouter à ce document ni au commentaire de Leonardo Sciascia.

La réconciliation

Pour échapper à la torture, les suspects avouaient n'importe quoi. Ils se « réconciliaient » avec l'Inquisition.

La réconciliation constituait l'une des peines prévues par le tribunal. L'homme qui s'y soumettait devait faire une confession générale, suivre la procession de la Croix du Saint-Office revêtu du *san benito*. Les « réconciliés », qui processionnaient derrière les inquisiteurs, portaient témoignage de la clémence de cette sainte institution et de l'infinie miséricorde de Dieu. Ils rentraient dans le bercail de l'Église, en laissant, au passage, quelques plumes. Leur punition devait servir d'exemple. Certains criaient à la foule leur repentir, beaucoup se flagellaient, d'autres portaient une lourde croix sur leurs épaules. Parmi les « réconciliés », l'Inquisition recrutait de nouveaux « familiers ».

La plupart des Nouveaux-Chrétiens choisissaient également la réconciliation. Il leur était moins aisé de l'obtenir. Les crimes dont on les soupçonnait comportaient des peines plus lourdes. Les plus heureux s'en tiraient avec une bastonnade ou une flagellation publiques ; parfois avec une exposition aux portes de la prison du Saint-Office ; plus souvent encore ils se voyaient condamnés à des peines d'emprisonnement. Sur la nature des délits, il est difficile de se faire une idée précise ; le Saint-Office usait d'un vocabulaire volontairement vague. « Hérétique, renégat, apostat, blasphémateur, ennemi de Dieu... » sont des étiquettes sur lesquelles les juges fourraient n'importe quoi. Un homme avait mis du linge propre un samedi : un « familier » le dénonçait comme judaïsant. S'il niait, on le condamnait pour « apostasie ». Le bon peuple s'arrêtait au mot ; il ne doutait pas que l'homme fût un grand criminel.

Certains pourtant revenaient, sous la torture, à leur foi première. Une haine telle les soulevait contre leurs bourreaux qu'ils éclataient en insultes et en propos sacrilèges. On les jetait, en attendant leur exécution, dans un cachot où ils étaient enchaînés et BÂILLONNÉS .

Le grand jour finalement se levait. La municipalité, la noblesse, tous les riches avaient contribué aux frais de la cérémonie. Les balcons étaient tendus d'étoffes et de châles ; sur la *plaza mayor*, un autel, magnifiquement décoré et fleuri, une chaire et trois estrades étaient dressés. Trois estrades : l'une pour les personnalités et la noblesse, une deuxième pour le clergé, la troisième pour les inquisiteurs. Les femmes arboraient leurs plus belles toilettes ; des galants s'empressaient autour d'elles ; on servait des sorbets, on buvait des rafraîchissements pour tromper l'attente. L'*auto de fe* durait en effet plusieurs heures.

Il s'ouvrait par une messe solennelle dans l'église de l'Inquisition, les cloches de toute la cité annonçaient ensuite le départ de la procession de la Croix du Saint-Office. Les notables, les fonctionnaires, les autorités civiles et religieuses, les Grands du royaume, tout ce qui compte enfin, défilaient dans les rues en liesse. La croix verte était placée sur la *plaza mayor*, face à l'autel où, le lendemain, serait célébrée la messe. Ainsi s'achevait le premier acte.

Un drame en trois actes

Les condamnés passaient leur dernière nuit dans la chapelle de la prison de l'Inquisition. Des religieux d'ordres parfois rivaux s'efforçaient de leur arracher une rétractation. Ils se relayaient sans répit autour des malheureux. La conversion in extremis de l'un d'entre eux assurait la gloire de celui qui l'avait obtenue. Cette renommée s'accompagnait de récompenses monétaires et d'aumônes généreuses. Franciscains, dominicains, augustins se livraient une guerre sournoise. Tous faisaient concours d'éloquence. Mais on enregistrait peu de conversions de la dernière heure parce que les condamnés au feu savaient qu'ils n'échapperaient pas à la mort et parce qu'ils étaient à bout de forces, le cœur empli de haine, et les lèvres mouillées de dégoût. S'ils se taisaient, on les conduisait enchaînés jusqu'au bûcher ; s'ils se démenaient et criaient, ils y allaient pieds et mains liés et BÂILLONNÉS[1].

Le lendemain se jouait le deuxième acte. Les condamnés étaient amenés sur la *plaza mayor*, en une longue procession. Les « réconciliés » communiaient devant la foule ; les autres assistaient à la messe. Tous devaient subir l'interminable homélie d'un prédicateur. L'un d'eux, à Tolède, exhorta si vivement les condamnés au repentir que l'émotion lui tourna la tête. Il tomba évanoui. Un autre orateur dut prendre la relève.

La cérémonie religieuse touchait à sa fin. L'Inquisition répétait les peines qu'elle infligeait aux uns et « relâchait » les hérétiques endurcis. « Relâchement » signifiait bûcher. L'Église se lavait publiquement les mains ; elle laissait aux autorités civiles le soin de verser le sang.

Il ne restait à la foule qu'à courir vers les bûchers. À pied ou juchés sur des ânes, vêtus de la tunique jaune, enchaînés ou seulement attachés par des cordes, les condamnés y arrivaient à leur tour. Des moines les poursuivaient jusqu'au pied du bûcher ; un franciscain, à Séville, se jeta dans les flammes pour adresser une ultime exhortation à un jeune homme particulièrement rebelle. Le religieux fut sérieusement brûlé ; son geste lui valut une réputation de sainteté.

Drame en trois actes qui s'achève par une mise à mort : l'*auto de fe* se déroulait comme une corrida.

1. Certains furent conduits au bûcher attachés sur une chaise et bâillonnés pour les empêcher de s'exprimer et par des gestes et par la parole...

C'était aussi une fête. Des villages environnants, les paysans accouraient pour admirer le faste des Grands, les draperies et les toilettes, les chevaux et les mules harnachés et empanachés, le défilé des communautés religieuses, l'apparition de l'Inquisiteur général, monté sur une mule dont les rênes étaient tenues par un Grand d'Espagne, tout ce déploiement enfin d'étendards et de drapeaux ; ils écoutaient, pâmés, les tirades des orateurs ; ils guettaient anxieusement les réactions des condamnés ; ils applaudissaient comme au théâtre. Et, le soir, dans les tavernes, ils commentaient, en experts, les mérites de la comtesse Unetelle ou de la marquise Unetelle, comparaient leurs beautés, supputaient le prix de leurs robes et de leurs bijoux. Ou bien ils s'émerveillaient du « miracle » auquel il leur avait été accordé d'assister ; ce condamné qui, à l'heure de monter sur le bûcher, était tombé à genoux devant le père X., orateur éminent. Nul ne se serait avisé de rester chez lui un jour d'*auto de fe*. Car on faisait œuvre de piété en y assistant ; on récoltait des indulgences.

Des villes de moindre importance tenaient quelques hérétiques en réserve pour la fête de leur patron. La municipalité d'Ecija écrit à celle de Séville pour qu'elle lui prête des draperies et des étoffes dans le but d'organiser un *auto de fe* car, écrivent ces braves fonctionnaires, « nous avons trois Juifs et un Moresque qu'il nous a été impossible de châtier avec quelque solennité, faute d'argent ».

Ces tableaux sanglants ont profondément marqué le pays. Ils ont marqué l'Église d'Espagne, qui a pris l'habitude du mépris de la personne humaine ; ils ont marqué les laïcs, qui ont appris à craindre l'Église plus qu'à la respecter.

3

L'hymne de Riego

L'esprit de liberté ne mourut pourtant pas. Des hommes éminents ne cessèrent, au cours des siècles, de prêcher le respect de la personne humaine. Si l'humanisme espagnol ne put s'exprimer avec autant de force qu'en Italie ou en France, il l'a en revanche fait avec une plus grande intensité. La littérature espagnole, aux XVIe et XVIIe siècles, rend un son d'urgence et de désespoir qui nous touche par le fond dont elle se détache. Chose à signaler : il y eut autant de clercs que de laïcs pour dire non à l'intransigeance et au fanatisme. Un moine, Bartolomeo de Las Casas, fonda le Droit des gens, protestant contre la violence faite aux populations de l'Amérique. Il défendait les Indiens par des arguments juridiques, lesquels découlaient de cette notion fondamentale : la dignité de la personne.

Il faudra pourtant attendre le XIXe siècle et, plus précisément, la mort de Ferdinand VII en 1833, pour que les idées libérales pénètrent les masses. Une ère de guerres civiles, sanglantes et implacables, si difficiles à saisir dans le détail qu'un historien français les qualifie de « chinoises », s'ouvrit alors. Le plus grand sujet de discorde est justement l'Église. Les libéraux inscrivirent à leur programme la *desamortización*, c'est-à-dire la saisie et la mise en vente des biens et des terres appartenant à l'Église. Le clergé se défendit âprement. L'épiscopat s'allia aux gros propriétaires terriens pour faire échec aux réformes des libéraux, qui répliquèrent en dispersant les communautés religieuses. Cependant que les âmes pieuses criaient au sacrilège, la foule se ruait sur les églises et les couvents, y mettait le feu, massacrait des centaines de prêtres. On chantait l'hymne de Riego :

Si los frailes y curas supieran
la paliza que les vamos a dar
subirian al coro cantando :
Libertad, libertad, libertad !

(Si les moines et les curés savaient / la raclée qu'ils vont recevoir / ils monteraient au chœur pour chanter : / Liberté, liberté, liberté !)

Un fait d'une exceptionnelle importance se produisit au milieu du XIXe siècle : l'intrusion de l'armée dans l'arène politique. Pauvres et humiliés, les officiers assurèrent d'abord le succès du libéralisme. Riego prépara la révolution ; Espartero mérita le surnom de « père de la Liberté ». La monarchie et les conservateurs firent de ces officiers des généraux grassements payés. Devenu duc de la Victoire, Espartero tira au canon sur les ouvriers de Barcelone. L'équilibre était rompu au profit des conservateurs. Le goupillon épousait le sabre.

Car l'Église n'avait jamais renoncé à ses méthodes. Des sociétés secrètes, copiées sur la franc-maçonnerie, se formèrent ; on établit des listes de « suspects » ; Goya y figura. Il préféra s'exiler à Bordeaux. Qu'on regarde les dessins et les eaux-fortes exposés au rez-de-chaussée du Prado : cela suffit pour comprendre sa disgrâce.

Ces confréries étaient, en Espagne, une tradition. Elle se perpétue de nos jours avec l'*Opus Dei*.

Le mysticisme

Le mysticisme espagnol possède un caractère très particulier. Il n'a ni la douceur de celui de saint François d'Assise et de sainte Catherine de Sienne ni la joie sereine de celui des mystiques allemands. Il m'est toujours apparu comme étant le paroxysme de cette passion détachée, qui est le fond du caractère espagnol. C'est un soupir, un spasme, un râle d'agonisant. Comment décrire d'un mot ce dernier degré de la tension intérieure ? Les mystiques espagnols n'ont pas le sentiment d'une unité supérieure, d'une harmonie universelle. Ils ne voient pas la création comme un tout organisé. Leur amour n'étreint ni les arbres ni les fleurs, il n'embrasse pas les bêtes, il ne s'arrête à aucun objet particulier. Les mystiques espagnols ressentent cet amour comme une blessure, une brûlure. Le mysticisme espagnol est un orgasme interrompu. Ce que les mystiques appellent de tous leurs vœux et de toutes leurs forces, c'est la fusion avec l'Aimé, le repos dans son sein, la détente. Ils parlent un langage d'amants, leurs poèmes et leurs ouvrages en prose ont le rythme précipité, haletant, saccadé des étreintes amoureuses. Ils disent n'en pouvoir plus d'aimer et de souffrir, de vivre et de mourir ; ils rêvent de fermer enfin les yeux, de se reposer sur la poitrine de l'Aimé et de s'endormir ainsi, confiants et comblés, pour l'éternité. Je ne crois pas abaisser le mysticisme en le liant à la sexualité, dont il constitue, je le crois, une des plus hautes manifestations.

La violence du mysticisme espagnol découle de la force terrible du désir érotique. Ce désir frénétique, jamais assouvi afin de mieux entretenir la flamme, éclate partout : dans les cris et les gémissements du *cante jondo*, dans les modulations du flamenco, dans la frénésie des danses qui miment l'appel et l'invitation à l'amour, le refus essuyé par l'amant et qui le jette dans une rage violente, dans la musique de Falla et de Granados, dans les compositions d'Albéniz, dans chaque vers de Lorca... Tout trahit cette volupté qui ne saurait être entendue que de ceux qui comprennent la langue. On ne peut expliquer à un lecteur français pourquoi ces simples vers de Lorca provoquent un frisson voluptueux :

Voces de muerte sonaron
cerca del Guadalquivir.
Voces antiguas que cercan
Voz de clavel varonil.

Et c'est pourtant un fait que dire ces vers suffisent à vous plonger dans un climat de mystère, d'attente — d'érection.

La volupté espagnole tire sa force et sa gravité du fond musulman de la race.

La volupté espagnole ne ressemble en rien à la sensualité italienne ou à la galanterie française. Elle n'est pas uniquement faite de désir et de passion, mais aussi de mystère. On fait davantage et peut-être mieux l'amour à Paris qu'à Madrid ; il y a plus de sensualité à Naples qu'à Grenade ; mais la volupté est un état qu'on ne connaît qu'en Espagne parce qu'elle s'accompagne de raffinement, de cruauté, de douleur et qu'elle a la mort pour complément. Écoutez les premières mesures de *L'Amour sorcier* : vous saurez aussitôt ce qu'est la volupté. Et qu'est-elle sinon une soif de possession que rien ne saurait étancher ? Cette volupté, l'Islam l'a léguée à l'Espagne et c'est pourquoi ceux qui la chantent la situent dans ce qui reste d'oriental dans le pays : la race des gitans.

Mon beau gitan !

Les Espagnols ont pour les gitans des sentiments contraires. Ils les traitent de fainéants, les accusent de vivre de vols et maquignonnages, s'en défient parce qu'ils craignent d'être bernés par eux, mais ils se sentent attirés, fascinés par cette race mystérieuse. Les Espagnols s'accordent pour reconnaître aux gitans un charme qu'ils appellent *embrujo* : l'ensorcellement. Leur sensualité, cette démarche libre et altière, la profondeur et la gravité de leur regard, leurs haines passionnées et leurs vengeances sanglantes les situent dans un monde à part.

Les gitans vivent dans leurs quartiers ou mêlés à la population, sans jamais perdre leurs traits distinctifs. Ils exercent de petits métiers, tressent des paniers et des tapis, font des objets de céramique, courent les foires et les marchés, vendent du bétail et des chevaux, ils chantent et dansent pour les touristes ; en réalité, ils font n'importe quoi qui leur permette de vivre sans renoncer à leur liberté. Ils tiennent le travail non pour une chose saine et sainte en soi, mais pour un mal nécessaire. Évidemment, ils aimeraient mieux vivre sans travailler et, quand ils le peuvent, ils s'en passent très volontiers. Ils sont éminemment asociaux au sens que les Allemands donnent à ce mot : *unsozial.* Ils n'en éprouvent ni honte ni remords. Ils aiment la vie, c'est-à-dire les promenades, les voyages, l'amour et la fête. Il n'y a pas de peuple plus joyeux que celui des gitans. Mais sa joie n'est pas niaise. Elle n'ignore rien des réalités tragiques de l'existence. Au bout de cette promenade sensuelle et gaie qu'est à leurs yeux la vie, les gitans savent fort bien qu'il y a la mort. Et les gitans ont très peur de la mort.

Les Espagnols se moquent de leur couardise. Il est vrai qu'un gitan ne se fait pas de l'honneur la même idée qu'un Castillan. Un *torero* gitan est très capable de faire preuve d'une témérité héroïque, mais il peut également se mettre à trembler de frousse, devant un taureau trop gros ou trop vicieux. Rien alors ne le retiendra : il courra se mettre à l'abri derrière les barrières du *callejon*. J'ai vu un *torero* gitan que ses *peones* traînaient par les pieds et par les jambes vers l'arène et qui se débattait, mort de peur, sans plus se soucier des hurlements, des injures de la foule que des coussins qui pleuvaient autour de lui. Avec un gitan, c'est tout l'un ou tout l'autre.

Les gitans ne pensent pas qu'un homme doive à tout prix maîtriser ses émotions et poser un masque sur son visage. Le gitan qui a peur montre sa frousse et prend les jambes à son cou ; s'il est héroïque un jour, cela tient uniquement au fait qu'il n'éprouve aucune crainte particulière. C'est pourquoi les Espagnols les traitent de *traicioneros*, traîtres. Non qu'ils trahissent plus que les autres, mais ils sont parfaitement capables de déserter en pleine bataille et de renseigner l'ennemi pour échapper à la torture. Ils sont capables de n'importe quoi, et même de se faire tuer pour rien. On a du mal à les comprendre parce qu'ils ne respectent aucune des règles du jeu social et les Espagnols, qui en leur fond détestent la contrainte sociale, éprouvent pour eux une tendresse mélancolique.

Une mère dit à son enfant : *Que gitano eres !* (quel gitan tu fais !) et cela n'a rien d'insultant ni de péjoratif. Et quand une femme murmure, au beau milieu de l'acte amoureux : *Gitano mio...*, cela constitue un très beau compliment. Parce que gitan, pour les Espagnols, est synonyme de grâce et de beauté. Les artistes font des gitans l'incarnation de leurs songes ; les gitans représentent, par contraste avec le reste de l'Espagne, l'absence de contrainte, la force et la sensualité animales — l'instinct à l'état pur. Mais il y a une autre raison, plus profonde, qui explique que les Espagnols aient une telle tendresse pour leurs gitans : ceux-là sont la vivante image de cet Orient auquel, en secret, rêve l'Espagne. Quand Lorca pleure la mort des gitans, quand il fustige la garde civile, symbole de l'ordre castillan, quand il regarde agoniser le fier gitan au « teint de lune verte », ce n'est pas seulement la mort de la beauté et de la liberté qu'il pleure mais, plus profondément, la mort de cette part orientale que chaque Espagnol doit étouffer en lui. C'est pourquoi l'assassinat de Lorca ne m'a jamais surpris. Les bourreaux savaient ce qu'ils faisaient en lui tirant une balle dans la tête. Ses poèmes ruinaient le mythe de l'Espagne castillane. Ils dévoilaient aux yeux de tous la réalité du pays.

On trouvera sans doute que ces digressions nous entraînent bien loin de notre propos, qui est le mysticisme. Nous sommes pourtant au cœur même de ce sujet. La volupté orientale, détournée de son objet, le monde, s'exprime dans les poèmes de saint Jean de la Croix et de sainte Thérèse. Je n'essaie pas, ce disant, de le réduire au niveau de la sexualité. Je ne fais qu'en démonter les secrets ressorts. Car le mysticisme demeure un phénomène en soi comme un corps chimique n'est pas un simple composé d'autres corps, mais une réalité nouvelle, une synthèse originale. Il convient seulement de savoir de quoi cette synthèse est faite.

La ferveur et la haine

En 1962, je me trouvais à Ubeda pour la Semaine sainte. J'entrai dans l'église San Salvador, où étaient exposées les statues qui seraient promenées par les rues. L'une de ces sculptures représentait un Christ au tombeau. L'artiste avait amoureusement sculpté les formes de ce jeune homme gisant. Je contemplais ce Christ lorsqu'une petite vieille, de noir vêtue, la figure à demi cachée par la mantille, s'en approcha à pas menus, s'agenouilla, remua les lèvres, puis s'étendit sur le corps de marbre et se mit à le caresser, à le palper avec une avidité, une voracité proprement effrayantes. Elle léchait la poitrine, les genoux, le front, reposait sa tête sur les pieds du Christ, appuyait avec la paume de ses mains sur la pierre avec une rage et une passion admirables et atroces.

Il va de soi que les impudiques caresses de cette vieille bigote n'ont rien à voir avec la ferveur exaltée des mystiques. Cette dévote montrait d'où le mysticisme tire son origine.

Deux jours plus tard, j'arrivais à Madrid à l'heure même où la statue du Christ de Medinaceli processionnait dans les rues. La circulation était arrêtée, la ville paralysée. Sur la place de Canovas, j'aperçus une femme d'une quarantaine d'années, avec un très beau visage, tenant d'une main une bougie allumée protégée par un chapeau de carton et de l'autre un bambin de quatre ou cinq ans. Elle était agenouillée sur le trottoir, sans se soucier de la foule qui était dense. Ses yeux fixaient l'image du Christ qu'on apercevait au-dessus des têtes, avançant et s'arrêtant au son des tambours et des trompettes. Elle fixait sur cette statue un regard éperdu d'amour. L'enfant restait coi, peut-être inquiet par l'émotion de sa mère, qui s'écria soudain : *Es Jesus, Manuel. Miralo bien.* (C'est le Christ, Manuel. Regarde-le bien). Et je voyais de grosses larmes glisser des paupières de la femme, couler sur ses joues, trembler sur ses lèvres. Elle ne s'occupait ni des passants ni des badauds : elle restait à genoux, sa petite lampe dans sa main gauche et serrant dans la droite celle de son enfant. J'étais bouleversé par ce spectacle parce que, vraiment, si le mysticisme a un regard, il ne saurait être différent de celui que cette femme posait sur le Christ de Medinaceli.

Il est malaisé de concilier ces deux aspects du sentiment religieux en Espagne : l'intolérance et le fanatisme, d'une part, et le mysticisme de l'autre.

Cela change insensiblement. Une partie du clergé, notamment du bas clergé, se rend compte que l'Église perd son influence et son prestige en s'accrochant à ses privilèges et en s'alliant aux possédants contre les classes sociales les plus défavorisées. Les décisions du concile[1], la volonté exprimée par la

1. Que le pontificat de Jean XXIII semble éloigné de nous ! Depuis sa mort, l'Église a retrouvé ses marques. Je ne modifie toutefois pas ce passage.

papauté d'entamer un dialogue avec le monde encouragent ces prêtres. Ces changements interviennent à un moment où l'Église prend peur, ce qui la fait taxer par certains d'opportunisme.

En se libéralisant, l'Espagne retrouve ses éternels problèmes et, en premier lieu, celui de l'Église. Aussi la hiérarchie tente-t-elle de se dégager timidement d'un régime qu'elle cautionna et dont elle a tiré de nouveaux et substantiels avantages.

Des évêques réactionnaires ont beau s'opposer à toute concession, l'impulsion est donnée. Le clergé de 1968 ne ressemble guère à celui de 1940. Mais la question reste posée de savoir ce que seront, dans un avenir proche ou lointain, les rapports de l'Église et de l'État.

4

L'Église sous le franquisme

L'Église espagnole n'a pas bonne presse. Depuis des siècles, on la présente, dans l'Europe éclairée, comme le parfait exemple de l'intolérance et du fanatisme.

Les souvenirs de l'Inquisition, de la colonisation, les images engrangées par les touristes qui ont pu visiter les basiliques espagnoles opulentes — tout se mélange dans la mémoire pour composer une fresque de scandale et d'horreur.

Plus près de nous, *Les Grands Cimetières sous la lune*, les fougueux articles de Mauriac nous ont imposé la vision d'évêques et de prêtres bénissant le troupeau des pauvres qui, la chemise collée à la peau par la sueur d'agonie, attend, serré contre un mur lépreux, la salve tirée par les *pistoleros* chrétiens.

Rien de cela n'est faux. J'ai beaucoup insisté moi-même, au fil de ces pages, sur le rôle joué par l'Église espagnole dans la situation du pays.

Il reste qu'on retient surtout les faits et les événements qui confortent les partis pris. Or, la mythologie intellectuelle, depuis la Révolution de 1789, se nourrit d'anticléricalisme et d'un déisme imprégné de protestantisme. L'Espagne, du coup — ce pays de prêtres et de la Contre-Réforme — devient un repoussoir commode.

En France, l'école laïque de Jules Ferry n'a pas peu contribué à propager ces fantasmagories. Dans leurs mythes manichéens, les instituteurs républicains opposaient les ténèbres du Moyen Age et de la féodalité aux clartés révolutionnaires et bourgeoises. Pour illustrer leurs propos, ils disposaient de l'Espagne, cet univers moyenâgeux prolongé jusqu'à nous.

Cette vision a déteint sur l'Histoire la plus récente. La guerre civile réveilla dans les imaginations toutes les images d'épouvante que la Troisième République y avait déposées.

Si j'essaie de me ressouvenir de cette Espagne noire, qu'est-ce que je trouve ?

L'Église, c'est un fait, constituait la trame même du tissu social. Pas une manifestation sociale où une brochette de prélats ne figurât au côté des dignitaires du régime : à chaque occasion, Dieu était convoqué pour bénir l'Espagne nouvelle.

Cette obsédante présence de la religion créait une atmosphère pesante et raréfiée. On y étouffait par manque d'oxygène. La vie quotidienne prenait un style doucereux et cafard. Il faut l'avoir connu pour comprendre ce que peut être une surveillance de tous les instants, exercée jusque sur les pensées les plus intimes. L'envie et le ressentiment se donnaient libre cours en prenant le visage de l'apostolat et du zèle pieux.

Si je veux être juste, je dois cependant ajouter que j'ai rencontré, dans cette Église « fasciste », de hautes figures. Mieux : dans son ensemble, ce clergé était rien moins qu'ignorant et fanatique. Pas davantage ne poursuivait-il le propos de maintenir les pauvres dans leur état misérable. C'est le contraire qui est vrai. Chez tous les jeunes prêtres, sortis des séminaires cinq ou six ans après la fin de la guerre, on trouvait le désir d'aider à la transformation sociale du pays. À combien ai-je entendu tenir des propos désabusés sur le franquisme !

Le souvenir me revient de ce jeune prêtre fixé dans une paroisse misérable du Haut-Aragon. Il avait fait ses études à Vitoria, puis à Rome. L'eût-il voulu, il aurait pu faire carrière dans l'administration ecclésiale et — qui sait ? — devenir évêque. Or, il avait réclamé une paroisse et il avait fini par obtenir ce village caché dans la Sierra.

En Aragon, on donne aux prêtres le titre de *mosén* et les misérables paysans de cette bourgade l'appelaient donc *mosén* Leon. C'était un homme jeune, athlétique, d'un blond tirant sur le roux. Il portait une vieille soutane élimée, usée aux coudes ; il habitait trois grandes pièces chichement meublées, pleines de courants d'air, où il entreposait le lait condensé, les vitamines qu'il allait quémander pour les gosses du village.

Son unique luxe était la lecture et ce fut lui qui me prêta l'édition française des *Grands Cimetières sous la lune* avec ce commentaire : « Nous ne l'avons pas volé. »

J'allais le voir souvent dans ce village distant d'à peine dix kilomètres de la ville où je résidais. Je partageais son maigre repas, nous discutions librement, puis je repartais à bicyclette.

Un soir que nous traversions à pied la place du village, il s'arrêta et, tourné vers moi : « Écoute... » J'écoutai. Il n'y avait rien à entendre cependant que le vaste silence plein d'abois espacés. « ... Nous leur avons déclaré que nous voulions les sauver du communisme parce que le communisme signifie l'esclavage. Qu'avons-nous à leur offrir à la place ? Est-ce pour imposer ce silence que nous avons béni le carnage ? »

On pensera que ce *mosén* Leon était une exception, comme on en rencontre dans les pires régimes. Je dois pourtant admettre que de telles exceptions étaient fort nombreuses.

Dans mon premier roman, j'ai peint sous les traits du père Pardo la belle figure de ce jésuite qui, bouleversé par la misère où vivaient tant d'enfants andalous, les recueillait, les installait dans des baraquements provisoires, s'en allait quémander auprès des autorités, des riches familles pour trouver de quoi les nourrir et qui, à force de persévérance, avait fini par créer cette œuvre où près de deux mille gosses, orphelins pour la plupart, poursuivaient des études ou techniques ou secondaires. J'ai moi-même marqué un temps de repos dans cette Maison où j'ai pu observer de près la foi la plus ardente et la plus exigeante.

Dans toute l'Espagne, on trouvait des institutions similaires. Partout l'Église jouait son rôle charitable, et elle le faisait avec dévouement, avec passion.

Naturellement, c'étaient des établissements de type paternaliste. Ce que je discerne mal, c'est en quoi une institution chrétienne et une autre laïque diffèrent quant aux relations qui s'y nouent. Si le paternalisme signifie une attitude protectrice, rassurante et condescendante, je distingue autant de paternalisme dans un foyer pour jeunes travailleurs de telle ville française que dans tel club créé par un prêtre espagnol.

Au fond, on entend, je crois, autre chose quand

on parle de « paternalisme ». On entend, outre des comportements, un état d'esprit qui se caractérise par le prosélytisme. Dans toutes les institutions religieuses, on parlait, c'est vrai, de religion. Les enfants y venaient s'assembler pour jouer, discuter ; ils y trouvaient l'hospitalité, la chaleur, parfois le pain, des livres et de la musique ; ils y trouvaient le prêtre également, qui leur parlait de Dieu. Et c'est là que beaucoup se rebiffent et accusent l'Église de distribuer la soupe pour mieux écouler sa propagande.

Existe-t-il donc tant de lieux ouverts, parfaitement neutres, où l'adolescent puisse entendre des points de vue divergents et où la liberté lui soit reconnue de se faire sa propre opinion ? Souvent, j'écoute des éducateurs, des moniteurs. Ils disent que les enfants dont ils s'occupent font ou ne font pas une « prise de conscience » et ils entendent par là qu'ils adoptent ou non leur propre système de pensée. Sans doute ces fonctionnaires ne font-ils pas une propagande « ouverte » ; ils croient se contenter d'écouter, de répondre aux questions. Mais ils nouent avec les jeunes un dialogue souterrain, parfaitement entendu de ceux à qui il s'adresse.

En cette Espagne franquiste, le clergé était animé d'un zèle indéniable pour le prosélytisme. Mais il restait, ce faisant, parfaitement dans son rôle. Aucun de nous n'attendait que les prêtres catholiques voulussent nous convertir à l'islamisme. En allant chez eux, nous savions qu'ils nous parleraient de Dieu, de la Vierge, des saints et de l'enfer.

Pour la politique cependant, il n'en allait pas de même. Nous supportions mal qu'ils nous fassent le panégyrique du régime. Or, ils le faisaient rarement. Beaucoup d'entre eux devaient avoir de la sympathie pour le franquisme. Ils n'en parlaient pas, ou guère.

Franco, c'était ce silence immobile où l'Espagne reposait depuis le XVe siècle. Il y avait donc peu de chose à en dire. C'était même ce qui fâchait si fort don Pedro et ses amis : l'absence de tout projet, le manque d'idéal.

L'Église s'accommodait de cette torpeur politique. Au-dessus des nuages, Dieu reposait ; plus bas, le général Franco, son élu, sommeillait ou pêchait le thon.

Du social au politique

Le clergé franquiste était loin d'avoir une attitude conservatrice. Une secrète aspiration le travaillait au contraire. S'il avait pris position contre la gauche, c'était d'abord pour des raisons religieuses. Certes, il est partout admis aujourd'hui que l'Église et l'armée déclarèrent la guerre à une République respectueuse des libertés et pleine de tolérance.

Les quelques partis « bourgeois » qui composaient ce qu'il est convenu d'appeler la République n'avaient, en réalité, qu'un programme et qu'un idéal : l'anticléricalisme. Ses membres étaient des notables issus de la bourgeoisie et, pour beaucoup, affiliés à la franc-maçonnerie. Tout leur travail législatif fut, pour l'essentiel, dirigé contre l'Église.

Rien ne serait plus faux que d'imaginer que l'Église adopta une attitude d'intransigeance devant les attaques dont elle était victime. Certes, elle disposait encore d'intérêts considérables qui, justement, l'inclinaient au compromis. Le Vatican ne cessa, en un premier temps, de négocier, espérant parvenir à un accord avec le gouvernement républicain. Ses avances furent repoussées et moquées.

On peut comprendre l'intolérance dont les Azaña firent preuve. Après tout, l'Église exerçait depuis quatre siècles une impitoyable dictature sur les esprits.

Sur le plan politique cependant, cette attitude se révéla désastreuse.

La guerre faite à l'Église se déroulait sur deux fronts. Au parlement, Azaña jetait cette phrase stupéfiante : « Je formule de cette manière la prémisse du problème : l'Espagne a cessé d'être catholique... » Voilà qui a le mérite de la netteté, à défaut de l'intelligence politique. S'étonnera-t-on que Manuel Azaña ait incarné pour le dévot Francisco Franco quelque chose comme l'Antéchrist, un monstre innommable ? On aura reconnu également au passage le ton sec et dur de l'intolérance ibérique et cet idéalisme radical que le problème est résolu du moment où on a su le balayer d'un revers de main. « Des lionceaux contre moi ?... »

On imagine le ton des discussions aux Cortès républicaines si l'on songe qu'Azaña était, sans doute possible, l'un des hommes les plus éclairés du nouveau régime.

Mais ce qui acheva de brouiller l'Église avec le gouvernement républicain, c'est la guerre que lui faisaient, dans la rue, toutes les autres organisations de la gauche, avec la complicité tacite des plus hautes autorités. Or, pourquoi Manuel Azaña eût-il levé le petit doigt puisque l'Espagne avait cessé d'être catholique ? Eût-il d'ailleurs voulu protéger le clergé des excès des partis révolutionnaires, il n'eût pu le faire qu'en recourant à l'armée, ce que lui conseillait un certain Francisco Franco. Azaña ne voulait pas en appeler directement aux forces armées et personne, à gauche, ne lui obéissait. Des anarchistes au

Parti socialiste, dont le principal chef, Largo Caballero, se laissait, avec une niaise satisfaction, appeler le Lénine espagnol, tous les partis et organisations de la gauche déclaraient publiquement qu'ils méprisaient la république bourgeoise et qu'ils l'abattraient pour fonder la république sociale des paysans et des travailleurs.

Pour résumer, un gouvernement républicain méprisé et publiquement condamné par la majorité des partis, tant de droite que de gauche, légiférait contre l'Église en déclarant paisiblement que l'Espagne n'était plus catholique, ce qui était plus qu'une provocation : une formidable niaiserie ; les organisations de gauche se ruaient sur les églises et massacraient les prêtres et les religieux sans que l'État intervînt pour les protéger.

Se sentant menacée de toutes parts, l'Église alla chercher protection auprès de l'armée et lui donna sa caution pour entreprendre une croisade destinée à anéantir les ennemis de Dieu.

Il faut bien considérer cependant que l'Église prenait une option politique, non forcément sociale. Une grande partie du bas clergé, issu lui-même du peuple, ne voyait pas d'un mauvais œil la tentative d'une transformation profonde des structures socio-économiques. Mal rétribués, isolés au fond de leurs villages, partageant la commune misère, les curés ne se considéraient aucunement comme les défenseurs naturels des riches contre les pauvres. Combien parmi eux attendaient un signe, un appel, afin d'apporter leur ferveur et leurs talents à une entreprise plus exaltante que le catéchisme et le prêche ? Or, loin de les associer à la tâche commune, la République les rejetait, les traitait en ennemis, les laissait massacrer.

Au lendemain de la victoire du général Franco, ces hommes demeuraient ce qu'ils étaient, d'indécrottables idéalistes. Les premières années, tout était à faire. Le pays ravagé, plusieurs millions de blessés, des centaines de milliers d'orphelins, villes et villages en ruine : dans la charité, dans le mouvement perpétuel, ces curés noyèrent leurs inquiétudes. Devant tant de misère, a-t-on seulement le temps de s'interroger ?

Durant les dix premières années du franquisme, les prêtres ne furent pas seuls à faire taire toute préoccupation politique. La majorité du peuple espagnol avait la même attitude, chaque homme n'étant occupé que de survivre au milieu d'une effroyable répression et d'une misère non moins terrible.

C'est dans les années 50 qu'avec la fin de la guerre en Europe la vie put reprendre, insensiblement, son cours normal. Certes, il y avait le boycott qui maintenait l'Espagne dans l'isolement, prolongeant la disette. Mais, déjà, la population recommençait de réfléchir à sa situation et à timidement revendiquer. En Catalogne notamment, les premières grèves éclatèrent. Or, des grévistes trouvèrent un appui et un refuge dans les églises.

Dans les usines, dans les entreprises, il se créait une nouvelle race de dirigeants syndicalistes pour qui la théorie importait moins que les réalités concrètes.

Ces hommes, trempés par la clandestinité, par la torture et par la prison, ils n'avaient aucun parti pris théorique. Dans leurs combats, ils ne mettaient aucune exclusive contre les hommes, ils ne faisaient preuve d'aucun sectarisme. Tout naturellement, ils acceptèrent l'aide de la poignée de curés de banlieue qui leur ouvraient les portes de leurs églises. Ces rencontres, d'abord timides, se firent plus fréquentes et plus nombreuses. Une estime réciproque naquit... Des luttes menées en commun achevèrent de sceller leur alliance.

Quand je tente de me rappeler ces années, je trouve, sous la chape de silence, une vibration secrète. Personne n'acceptait de parler, sauf par allusions. Pourtant le moindre incident se répercutait dans les consciences. Un jeune curé qui s'installait dans une banlieue ouvrière ou dans un bidonville ; qui prenait fait et cause pour des grévistes contre la police ; qui offrait l'asile dans son église : ces faits, rapportés de bouche à oreille, démesurément grossis, déformés par l'espoir, prenaient une importance considérable.

L'Église était une puissance, la seule face à l'État. Aussi ses moindres réactions avaient-elles, à nos yeux, valeur de signe. Elle seule pouvait élever la voix, elle seule jouissait d'assez de prestige et d'influence pour ébranler, si elle le voulait, le nouvel ordre.

Le discours sur la pauvreté

Je me pose la question : pourquoi gardions-nous un certain espoir dans cette Église compromise, depuis des siècles, avec les pires régimes ? Pourquoi est-ce d'elle, malgré tout, que nous attendions un signe, un encouragement ? Quelle part de nous, à notre insu, restait attentive à ce que faisait, à ce que disait un clergé tant décrié ?

Je m'aperçois qu'il n'est pas simple de répondre à ces questions. Elles renvoient en effet aux liens, si emmêlés, si difficiles à saisir, qui attachent les Espagnols à leur Église.

J'ai déjà signalé le rôle progressiste que l'Église avait rempli en Espagne jusqu'au XVe siècle environ. Cette longue suite de siècles où la chrétienté contenait la modernité, où l'Église sut engendrer une société relativement égalitaire, où enfin elle symbolisait la liberté, ce long temps a laissé dans les consciences espagnoles des sécrétions qui la lestent d'un poids chrétien, même chez ceux qui professent l'indifférence ou la haine de la religion.

Durant six cents ou sept cents ans, la foi chrétienne, en Espagne, a été vécue et ressentie comme une supériorité « politique ». Au fond, la majorité des chrétiens se trouvait alors dans l'état d'esprit des Français d'après 1789, engagés avec ferveur dans une croisade contre « les rois et les tyrans ». Le christianisme fondait les hommes en dignité, leur conférait l'égalité, leur apportait, avec la fraternité des communautés, la liberté de la personne humaine. Ils avaient conscience, ces hommes de la foi, qu'en luttant contre l'Islam, ils luttaient aussi contre la misère, la déliquescence morale, contre l'esclavage. D'où la fierté de ces croisés, d'où leur orgueil et d'où leur attachement fanatique à la cause du Christ.

Sans doute, en agrandissant ses conquêtes, en s'enrichissant en terres et en domaines, l'Église devenait un corps politique puissant. Elle s'enlisait dans cet Orient qu'elle ne parvenait ni à transformer ni à vraiment assimiler. Quelque chose lui restait cependant de son antique mission civilisatrice.

L'essentiel tenait peut-être dans un discours paradoxal sur la pauvreté.

Depuis ses origines, l'Église se montrait défiante

envers l'argent. Elle condamnait le prêt avec intérêt, l'usure, le commerce même, qu'elle assimilait d'ailleurs à une tromperie. Bref, elle s'opposait à la banque et au négoce.

Cela ne signifie pas pour autant qu'elle condamnait la richesse. La possession d'objets, la propriété lui semblaient non pas licites mais légitimes. Elles relevaient de l'ordre naturel. Ces inégalités de fortune, que Jésus-Christ lui-même paraissait avoir admises de son vivant, constituaient l'opacité du monde, sa face nocturne. Les riches héritaient de leurs biens comme d'une malédiction. Ils devraient faire leur salut non pas avec mais malgré leur argent.

Dans ses sermons, dans ses écrits, dans toute sa spéculation, l'Église ne cessait d'interroger la pauvreté. Elle ruminait cette triste parole : « Il y aura toujours des pauvres parmi vous... » Ce mot énigmatique semblait justifier le désordre du monde. D'un autre côté, chacun des hommes formant l'immense armée des misérables était, dans son dénuement, le Christ lui-même. L'Église se sentait envers eux des devoirs tout particuliers.

Cette situation inconfortable, Georges Bernanos la traduit à merveille dans *Le Journal d'un curé de campagne* quand il fait dire au curé de Torcy : « C'est à eux (aux pauvres) que le bon Dieu nous envoie d'abord, et pour leur annoncer quoi ? la pauvreté. Ils devaient attendre autre chose !... »

On peut voir dans cette attitude une révoltante hypocrisie. L'Église n'était-elle pas la première à s'enrichir ? à étendre ses domaines ? à étaler, dans ses bâtiments, un luxe inutile ? Au XVIe siècle, la Réforme ne manquera pas de condamner ce scandale et de stigmatiser un double langage, l'un pour les pauvres, invités à la résignation, l'autre pour les riches, rassurés dans leur égoïsme.

L'attitude de l'Église ne peut pourtant pas se réduire à une duplicité intéressée. Sa fortune la lestait, c'est vrai. Elle lui faisait ce visage adipeux, cette silhouette ventrue qui révoltaient tant d'esprits généreux. Sa parole cependant ne variait pas. Au milieu de ses richesses, elle continuait de déclarer : « Malheur aux riches... » Pour échapper à sa mauvaise conscience, elle ajoutait : « Je ne possède rien, puisque l'argent que je possède est l'argent des pauvres... » D'ailleurs, si l'institution était riche, le clergé, lui, ne l'était pas toujours.

Non, l'hypocrisie ne suffit pas pour expliquer ce paradoxe. C'est encore Bernanos, dans le même ouvrage, qui exprime ce désespoir : « Rien de plus facile, en somme, que de leur laisser entendre (aux pauvres) que la pauvreté est une sorte de maladie honteuse, indigne des nations civilisées, que nous allons les débarrasser en un clin d'œil de cette saleté-là. »

On touche là au nœud même du paradoxe où l'Église s'enferme. D'un côté, elle suspecte l'argent, elle lui attribue un aspect satanique, elle condamne toute activité dont ce vil métal constituerait le but avoué. De l'autre, elle accepte comme un scandale inéluctable l'inégalité des fortunes et, par souci de vérité, va jusqu'à prêcher la pauvreté. Ainsi voit-elle, dans les préoccupations humanitaristes, un mensonge subtil, une ruse du Malin tendant à écarter la pauvreté comme s'il s'agissait d'une tare honteuse, d'une infirmité qu'il conviendrait de soigner en cachette.

Il est bien vrai, on le constate, que sur de telles

questions la morale catholique diffère radicalement de l'éthique protestante, notamment calviniste.

Max Weber ne se trompait sans doute pas en discernant dans le calvinisme le moteur du développement économique et de l'entreprise privée.

Pour le catholique il ne s'agit pas de soulager la pauvreté mais de l'honorer, de la distinguer.

Faut-il donc ne rien faire ? Écoutons Bernanos, une fois encore : « Mais le bon Dieu prend notre pauvre société telle quelle, au contraire des farceurs qui en fabriquent une sur le papier, puis la réforment à tour de bras, toujours sur le papier, bien entendu ! Bref, Notre-Seigneur savait très bien le pouvoir de l'argent, il a fait près de lui une petite place au capitalisme, il lui a laissé sa chance, et même il a fait la première mise de fonds ; je trouve ça prodigieux, que veux-tu ? Tellement beau ! Dieu ne méprise rien. Après tout, si l'affaire avait marché, Judas aurait probablement subventionné des sanatoria, des hôpitaux, des bibliothèques ou des laboratoires. Tu remarqueras qu'il s'intéressait déjà au problème du paupérisme, ainsi que n'importe quel millionnaire. »

Dans sa démesure passionnée, voilà un texte qui traduit parfaitement la pensée profonde du catholicisme.

Pour commencer, Judas est assimilé à la figure du banquier, ce « mauvais juif » où a toujours puisé l'antisémitisme chrétien. Or, l'Église ne le condamne pas. Ou plutôt : elle ne lui reproche pas son raisonnement utilitaire (on se rappelle qu'il s'indignait qu'on se servît de l'argent pour acheter du parfum plutôt que de l'employer à soulager les pauvres). Bernanos admet même que l'attitude de Judas puisse se révéler plus immédiatement efficace. Il imagine l'intendant gérant des établissements de bienfaisance et il pousse la coquetterie jusqu'à supposer qu'il le ferait avec compétence.

Cela admis, il balaie d'un revers de la main ces vétilles pour mieux affirmer l'axiome. Il fait intervenir Jésus-Christ lui-même : « Je n'aime pas mes pauvres comme les vieilles Anglaises aiment les chats perdus, ou les taureaux des corridas. Ce sont là manières de riches. J'aime la pauvreté d'un amour profond, réfléchi, lucide — d'égal à égal... Je l'ai voulue humble et fière, non servile. »

On objectera : Bernanos n'est pas l'Église. J'aurais pu citer cent textes, depuis saint Augustin jusqu'à François d'Assise et Thérèse d'Avila. J'ai préféré laisser parler un contemporain dont les arrière-pensées se devinent puisque le curé de Torcy et son jeune interlocuteur font expressément mention, à un moment du dialogue cité, aux Russes, c'est-à-dire à la tentative d'instaurer le socialisme et que l'un des deux prêtres avoue : « Bref, je répète qu'il m'arrive de penser aux Russes avec une espèce de curiosité, de tendresse. »

L'Église délivrait donc un message paradoxal où le pauvre se trouvait à la fois dignifié et condamné à sa pauvreté. Allant plus loin, elle acceptait la nécessité de la pauvreté comme une part du mystère du monde. Elle redoutait l'humanitarisme, la philanthropie parce qu'ils risquaient d'avilir les miséreux en en faisant des assistés « serviles ». Elle tenait, en somme, à ce scandale vivant qui était comme un levain dans la molle pâte humaine, toujours prête à s'affaisser dans la torpeur.

Les excès dont l'Église s'est, en Espagne, rendue coupable, les terribles conséquences que sa tyrannie a eues sur le pays, je crois ne les avoir pas celés.

Il reste que, dans ses pires errements, l'Église a

maintenu cette dure parole. Sans doute, on peut prétendre que pareil discours n'est pas étranger à l'arriération du pays, à sa séculaire stagnation. Le capitalisme l'eût plus sûrement tiré de l'ornière que ce fatras de paradoxes échevelés.

La thèse webérienne

Cette thèse rencontre, depuis un demi-siècle, une grande faveur. On tend à voir dans l'Église catholique le principal facteur, parfois même l'unique cause de la stagnation économique et industrielle des pays latins.

Je veux bien l'admettre pour l'Espagne, que je connais mieux. Comment nier que, dès le Moyen Âge, le clergé faisait obstacle à la manipulation de l'argent et tenait pour chose immorale l'achat, fût-ce contre un salaire, de la force d'un homme par un autre ? Comment nier le mépris dont l'Église accablait non seulement le banquier, mais le négociant, l'entrepreneur ? Ce sont là des faits vérifiables.

Il est pareillement hors de doute qu'une telle attitude, partagée par la majorité du peuple, n'a pas peu contribué à freiner l'essor du pays.

Il faudrait cependant bien évaluer les termes de l'alternative qu'on pose : calvinisme-progrès d'une part, catholicisme-misère de l'autre.

À réfléchir statistiquement, les tenants du progrès coûte que coûte auront toujours raison. Ils l'ont d'autant plus qu'ils s'expriment justement au nom de la Raison.

La misère espagnole, je crois en avoir assez parlé. Je l'ai même connue de près.

Elle constitue, c'est indéniable, un scandale pour

l'esprit. C'est elle qui provoquait chez tant d'Espagnols illustres la fatigue, le dégoût, la colère. Inépuisable, aggravée par l'ignorance, elle s'étalait avec impudeur.

Voudra-t-on, pourra-t-on, me comprendre si j'affirme qu'elle a néanmoins sauvegardé l'existence d'un peuple fier, digne, courageux — d'un vrai peuple ? J'entends bien : la pauvreté ne sauvegarde rien, elle dégrade au contraire.

Je ne puis ici rien démontrer, sauf par l'absurde. J'ai touché en France, en Allemagne, sans parler des États-Unis, ce que peut être l'affaissement, la déréliction d'un peuple, réduit à une poussière d'individus qui se font une guerre sans merci.

Le franquisme libère l'Église

L'époque travaillait l'Église espagnole à son insu. Quelque chose s'insinuait en son sein de l'inquiétude générale. Elle souffrait de son divorce avec la classe ouvrière. Elle reconnaissait dans les anarchistes sa propre figure, mais inversée. Ces fous lui évoquaient sa propre démesure.

Étrangement, le franquisme la délivra. Elle avait vaincu ; elle avait gagné la croisade qu'elle avait inspirée et conduite. Sa victoire cependant la laissait insatisfaite.

Qu'allait-elle faire du répit que l'Histoire lui accordait ? Elle s'était, une fois de plus, imposée par la contrainte ; elle n'avait pas conquis les esprits. Tout demeurait en l'état, et l'Espagne restait à faire, comme après la prise de Grenade.

Je me rappelle encore le désespoir de *mosén* Leon, ce curé plein d'inquiétude et de ferveur. Quand il avait débarqué dans son village, il s'était heurté à la résistance passive des paysans. Malgré ses invectives, malgré ses prêches traversés de menaces, seules les femmes, et quelques rares hommes, assistaient à la messe ; les hommes faisaient exprès de travailler le dimanche ; ils passaient devant l'église avec leurs chariots dont les essieux grinçaient dans le vaste silence de ce paysage désolé. Le soir, la jeunesse se réunissait pour danser sous les fenêtres du curé. Plusieurs fois, j'ai vu *mosén* Leon à bout de nerfs, à bout d'espoir, saoulé de tristesse et cachant mal ses larmes.

Combien étaient-ils, en ces années 50, à découvrir l'inanité de leur victoire ? Dans leurs églises, ils retrouvaient leur clientèle habituelle. De la misère leur arrivait toujours le même terrible silence.

Je ne sais seulement pas s'il y avait un prêtre dans le village ouvrier serré autour de l'usine où je travaillais, près de Barcelone. Je suppose que oui. Le contraire me paraît impossible en effet, surtout à cette époque. Mes amis et moi ne l'avons jamais aperçu. Nous n'allions pas à la messe. L'Église, c'était un autre monde. Je ne prétends pas que mes camarades fussent anticléricaux, je dis que je n'en sais rien. Pourtant quelque chose les avait tous touchés du message catholique, et c'est la défiance du riche, la haine même, surtout de celui qui « fait de l'argent ».

5

*Ma rencontre avec l'*Opus

En 1952, un ami de don Pedro, titulaire d'une chaire à l'université de Saragosse, se mit à venir régulièrement dans la petite ville que j'ai mentionnée plus haut.

C'était un homme grand et corpulent, mis avec élégance. Il avait l'allure d'un bourgeois cossu et il s'exprimait avec recherche. Son visage plutôt rond, avec de grosses joues cireuses et un menton qui retombait par-dessus le col de la chemise, gardait un air de douceur et de condescendance. Oui, c'étaient bien là les caractéristiques de don Francisco : une douceur teintée de mélancolie et, aux commissures des lèvres, un sourire de supériorité condescendante.

Je ne l'avais jamais vu, j'ignorais qui il était, mais sa personne, dès notre première rencontre, éveilla ma curiosité. Il émanait de lui ce parfum subtil de la fortune et de la puissance. De toute évidence, don Francisco était habité par l'idée de sa propre importance. Pourtant, quelque chose en lui tendait à le séparer des autres bourgeois espagnols, pareillement corpulents et assurés de leur importance. Ce

« quelque chose » se lisait dans le regard ainsi que dans la voix sourde, étouffée. Don Francisco semblait s'excuser d'être un bourgeois et son sourire paraissait dire : « Ne vous fiez pas à mon aspect. »

Il arrivait le dimanche, ponctuellement, et il venait à pied depuis la gare. Il marchait d'un pas égal, celui d'un homme qui a tout son temps devant lui mais qui se fait un devoir de ne pas le gaspiller. Il passait dans la rue à arcades, devant les cafés où la foule buvait l'apéritif après avoir assisté à la messe de dix heures ; puis il prenait le boulevard sur sa gauche et il le suivait, regardant avec curiosité les quelques édifices publics : la succursale de la banque d'Espagne, le théâtre municipal bâti sous le règne d'Isabelle II, le cinéma Olympia avec son fronton néo-classique et sa colonnade corinthienne... Enfin, il sonnait chez son ami don Pedro et il s'enfermait avec lui pour bavarder, jusque vers deux heures environ, puis il repartait du même pas mesuré mais par un autre itinéraire qui lui faisait traverser le parc jusqu'au casino.

Ces visites ne manquaient pas de m'intriguer et je m'ouvris à don Pedro de ma curiosité. « Don Francisco, me dit-il, est membre de l'*Opus Dei*. Il veut me persuader d'adhérer à son institut. »

Avais-je déjà entendu parler de l'*Opus Dei* ? Je ne le crois pas. J'écoutai donc avec intérêt les explications de don Pedro. J'en retins surtout qu'un homme marié pouvait adhérer à cette institution. Cela me semblait très extraordinaire. S'agissait-il d'un ordre religieux, d'une association de laïcs ? Tout cela à la fois, crus-je comprendre, puisque l'*Opus* se composait de prêtres, de religieux menant une vie professionnelle ordinaire mais vivant en communautés, des membres associés, qui pouvaient être mariés et ne s'engageaient qu'à respecter l'esprit de l'ordre. Ces réponses, loin de m'éclairer, accroissaient ma confusion.

Deux ou trois fois, je raccompagnai don Francisco jusqu'à la gare. Nous devisâmes d'un peu de tout : littérature, philosophie. J'avais ce trait de caractère qui m'est resté : le désir d'admirer. Or, je fus séduit par la vaste culture de don Francisco et par ce ton d'ironique supériorité avec lequel il s'exprimait.

Je ne me rappelle plus comment cela se fit. Le plus simplement du monde, je présume. Un jour, don Francisco me dit : « Viens donc nous voir à Saragosse. »

Je revois l'appartement, ouvert sur une petite place tranquille, bordée de platanes, à quelques mètres du Grand Hôtel. Un appartement confortable, empli de livres et où don Francisco demeurait avec deux autres hommes, des professeurs également.

Je fus invité à m'asseoir, on m'offrit du thé. Nous bavardâmes d'une façon détendue.

Il y avait cette place ombragée, composée d'immeubles cossus ; ces meubles solides qui incitaient au repos ; ce service de fine porcelaine et l'intelligente conversation des trois hommes, penchés vers moi, attentifs.

Qu'on imagine un jeune homme de dix-neuf ans, seul au monde, survivant avec peine des leçons particulières qu'il donnait à des demoiselles de bonne famille...

Vers le milieu de l'après-midi, l'un des trois hommes, don Salusto, se tourna vers moi avec un sourire : « Pourquoi ne viendrais-tu pas à X ? » J'étais incapable de comprendre ce qu'était X. Les trois hommes, pour désigner ce X, disaient : la Maison. Ce pouvait être une maison de campagne, un hôtel particulier ; or, c'était un appartement sis dans le même quartier, plus vaste et meublé avec plus de raffinement, c'est-à-dire d'une manière plus rigoureuse. Si l'appartement de don Francisco évoquait l'appartement de n'importe quel avocat ou ingénieur, « la Maison » rappelait les meilleurs paradores. Le même luxe dépouillé, la même pénombre reposante, le même silence.

Don Salusto me montra les lieux, et je vis ainsi une bibliothèque, un salon de musique avec de nombreux disques, une salle de jeux, des coins de repos, une chapelle enfin, dont la nudité me surprit. Pas une statue, pas de fleurs, rien qu'une croix de bois au-dessus de l'autel nu.

Des jeunes gens bien mis, aux manières délicates, circulaient dans ce décor et don Salusto me présenta à quelques-uns qui me firent le meilleur accueil.

Je ne pouvais pas m'empêcher de trouver tout cela séduisant et bizarre. Non que ces jeunes gens de bonne famille eussent un aspect particulièrement extravagant. Au contraire, ils tenaient des propos fort sages, se montraient empressés et souriants à mon égard. Simplement, ils en « remettaient », comme des acteurs mal rodés. Leurs sourires étaient un brin trop larges, trop appliqués ; leurs propos rendaient un son théâtral que je ne m'expliquais pas. Manifestement, ils jouaient à quelque chose. À quoi, c'est ce que je ne discernais pas.

Il me souvient que l'un d'eux, qui s'accrochait à moi, m'interrogeant, me pressant de questions, faisait de constantes allusions à je ne sais quel Santiago que tout le monde semblait connaître, sauf moi. Je finis par comprendre qu'il s'agissait d'un jeune homme, mort en odeur de sainteté.

Ces jeunes gens ne cessaient de faire de discrètes allusions à ce Santiago et ils appuyaient leurs propos de sourires lourds de sous-entendus. On aurait dit qu'ils étaient fiers de partager entre eux un secret qui les retranchait du monde, c'est-à-dire de tous ceux qui ne savaient pas comment avait vécu, comment était mort ce Santiago.

Pendant un ou deux mois, je retournai à « la Maison ».

Je m'aperçus que don Francisco m'avait confié à don Salusto, lequel devait, en quelque sorte, se sentir responsable de ma personne. Pour autant que je me souvienne, cela ne me dérangeait guère[1]. Je trouvais don Salusto moins intelligent, moins subtil que son aîné, et je crois qu'il manquait en effet de légèreté. D'ailleurs, sa philosophie l'aurait à elle seule retenu à la terre, tant elle était étroite. Il y avait le christianisme et le mensonge ; on ne devait lire les ennemis de la vérité que pour mieux les confondre ou, selon son expression, les battre avec leurs propres armes.

Don Salusto m'avait offert un exemplaire de *Camino* dont je lus et relus les maximes. Je ne veux pas me moquer parce que je ne me remémore pas mon état d'esprit d'alors. Peut-être ai-je été sensible à leur ton « nietzschéen ». Être en tout et partout le premier, accepter de satisfaire l'ambition pour devenir un modèle, se montrer envers soi-même d'une inflexible exigence : ces appels à l'héroïsme petit-bourgeois, quel jeune homme, surtout s'il est pauvre, aurait la force de les balayer ? S'y mêlait en outre un très subtil orgueil, car il fallait non seulement mar-

1. Sans le savoir, j'avais fait ici l'exacte description du fonctionnement d'une secte, depuis le recrutement de ses membres.

cher sur les sommets mais encore joindre au succès la plus parfaite humilité. En somme, il fallait devenir tout, sans cesser d'être rien.

Pourquoi je ne fus pas convaincu ? Mettons que j'étais trop passionné, trop avide de comprendre, trop désireux d'échapper à cette atmosphère de bonnes manières et d'ambitions trempées dans l'eau bénite. Je cessai de fréquenter « la Maison » et je m'acoquinai avec une dame de petite (vraiment très petite) vertu.

Ce qu'il faut essayer d'imaginer, c'est qu'à la même époque, dans toutes les provinces d'Espagne, des don Francisco et des don Salusto repéraient tous les jeunes gens dont la personnalité paraissait s'écarter de la moyenne ; que cet « apostolat » drainait vers les Maisons de l'*Opus* une partie non négligeable des forces vives du pays.

De Loyola à Escrivá

L'Église tenait l'État, depuis ses origines. Elle lui avait donné ses fondements juridiques, en assurait la légitimité. Au point que, si l'on voulait définir ce qui est espagnol, on disait : l'Espagne, c'est une foi commune. Dans le contexte de la névrose espagnole, que signifie l'*Opus Dei* ?

Sa plus grande, sa plus éclatante victoire, l'Église l'emporta en 1939. L'armée des officiants de la mort la remit sur son trône.

Paradoxalement, son plus beau triomphe lui faisait prendre conscience de son déclin — que faire de cette atroce victoire ? Il était vain d'espérer régner contre les vaincus. L'édifice se fissurait de toutes parts, il menaçait de s'écrouler brutalement, dans l'indifférence générale.

Alors, le clergé cherchait. Que s'était-il passé en 1930 qui avait failli causer la ruine de l'Église ? Les philosophes, les « intellectuels » avaient réussi à submerger l'État, puis à s'en emparer. Ils l'avaient fait en gagnant les élites à leur cause, comme leurs modèles français du XVIIIe siècle.

Jusqu'alors, l'Église avait marché parallèlement à l'État. Elle se contentait de sacrer César et de bénir son glaive, refusant de paraître au premier plan. Elle ne constituait que l'armature morale, intellectuelle, des régimes qui la servaient. Or, elle venait de comprendre combien cette position pouvait devenir dangereuse, pour peu que l'État tombât entre des mains impies.

Un prêtre obscur, installé à Madrid avec sa mère et ses sœurs, eut une de ces idées simples, j'allais dire « bêtes », qui n'en recèlent pas moins des possibilités extraordinaires. Il pensa qu'il fallait opposer à la milice athée une armée chrétienne qui combattrait avec ses propres armes.

Comme les francs-maçons, ces soldats du Christ ne porteraient aucun uniforme, aucun signe distinctif.

Il s'agissait d'opposer la subversion à la subversion, l'intelligence à l'intelligence, le mouvement au mouvement.

Tout l'édifice reposerait, on le comprend, sur la qualité du recrutement. À de tels soldats on ne demanderait pas l'obéissance passive, mais l'esprit d'initiative, l'imagination, la volonté de puissance mise au service de la bonne cause.

Ce rêve fou réussit, on le sait, au-delà des espérances du fondateur, Mgr José Maria Escrivá de

Balaguer, devenu, en 1968, marquis de Peralta par l'achat d'un titre tombé en déshérence.

Pour la première fois dans l'Histoire, l'Église d'Espagne ne se contente pas de susciter un État conforme à ses vœux. Elle l'investit par l'une de ses institutions, la plus dynamique. Elle en arrive ainsi au terme logique de son évolution.

Naturellement, ce coup d'État clérical n'a pas manqué de susciter de violentes réactions. Dans l'Église même, nombreux sont ceux qu'une pareille attitude inquiète. Que se passera-t-il si les hommes de l'*Opus* échouent ? S'ils perdent la bataille engagée ? Leur ruine ne risque-t-elle pas d'entraîner celle de toute l'Église, compromise par cette « sainte Maffia » dont le secret fait peur et dont les méthodes provoquent des réactions de défiance et de soupçon ? Au fond, l'Église répugne à se trouver exposée, jetée hors de son bastion d'où elle domine, depuis tant de siècles, la société espagnole.

Parmi les plus acharnés adversaires de l'*Opus Dei*, il y a les jésuites. Il ne saurait en être autrement puisque l'œuvre recrute parmi les élites, chasse gardée des disciples de saint Ignace. De plus, l'*Opus Dei* apparaît à un jésuite comme l'image inversée de son ordre.

Ignace de Loyola, blessé au siège de Pampelune, en 1521, avait eu une réaction fort proche de celle de Mgr Escrivá dans le Madrid de 1926-1930, et cette réaction demeure parfaitement adaptée au tempérament espagnol.

Dans sa jeunesse, Ignace a été un de ces nobles qui s'exaltent dans la guerre et qui dépensent leur énergie vitale partout où des hommes s'entre-tuent. Or, il vient d'avoir trente ans quand il reçoit la blessure dont il restera infirme à vie. Brutalement, sa tension se relâche ; il coule dans cette tristesse judéo-arabe qui colore l'esprit de sa race. Comme Don Quichotte, il se plonge dans la lecture ; il a des visions, des extases ; il se persuade que Dieu lui confie cette haute mission : rétablir l'unité catholique, battre la Réforme, raffermir l'Église. Il s'arme chevalier de la Vierge, toujours comme l'auguste modèle de toutes les folies espagnoles ; il défie en duel un More qui ose mettre en doute la virginité de Marie ; il se flagelle, s'enivre de jeûnes, de privations ; pour s'humilier, il se fait mendiant. Il étudie également, avec cette rage espagnole que rien n'arrête. Le voici à Sainte-Barbe, en plein Quartier latin, toujours en proie à son obsession : fonder une milice catholique capable de remporter la victoire sur les réformés.

Certes, Mgr Escrivá n'est pas Loyola, ni *Camino* les *Exercices spirituels*. Les milieux d'abord diffèrent : Ignace descend d'une lignée noble, Escrivá d'une honnête famille de boutiquiers. L'époque ensuite : pour Loyola le monde est encore ouvert, d'où un esprit missionnaire qui mènera les disciples de la Chine au Paraguay.

Les ressemblances sont cependant plus éloquentes que les différences.

Il y a d'abord le volontarisme. Chez les deux hommes, un même acte de volonté se trouve à l'origine d'une aventure à première vue absurde et vouée à l'échec. Or, pas plus que Don Quichotte, ils ne s'arrêtent aux contingences. La réalité semble leur donner tort ? C'est elle qui pliera.

Le militantisme... on dirait que l'esprit de la croisade hante la mémoire des deux hommes. Comme Loyola, Escrivá pense en termes de stratégie, d'assauts, de citadelles prises, de sièges à tenir et d'embuscades à tendre. Tous deux déclarent la guerre sainte à de formidables armées, et ils vont de l'avant, imperméables aux sarcasmes et aux quolibets.

L'impérialisme spirituel : Pour l'un comme pour l'autre, il s'agit de recréer l'unité défaite. Nulle vision prospective. Au sens propre, ils sont tous deux de parfaits réactionnaires, agissant « contre » le modernisme « pour » l'ancien ordre catholique. Mais ils veulent étreindre toute la société. Personne ne doit échapper à leur influence. Les limites de leur ambition sont celles de l'univers.

L'élitisme enfin, qui découle de l'aristocratisme espagnol. Ce n'est pas le peuple que les deux hommes se proposent de convertir, mais les élites. Réactionnaires dans les buts à atteindre, ils se révèlent d'une étonnante modernité dans leurs méthodes, sachant parfaitement discerner où réside la source du pouvoir et comment procéder pour s'y insinuer.

Quand Don Quichotte devient un pâle technocrate

L'apogée de l'*Opus Dei* se situe vers les années 1962-1967. À cette époque, il semble que l'œuvre ait réussi à exercer directement le pouvoir au travers de ceux qu'on appelait « les technocrates de la sainte Maffia ».

Aujourd'hui (1976), l'*Opus Dei* fait moins peur. La percée démocratique rassure la majorité des Espagnols qui se persuadent que le temps désormais travaille contre l'Œuvre. Le bulletin de vote chassera ces soldats du Christ-Roi comme les lumières de la Raison écartant les ombres de l'irrationnel. Alors, on se moque, on plaisante, on traite par le dédain ce que, hier encore, on craignait si fort.

À mon sens, la question posée par l'*Opus* est seulement devenue plus subtile, plus insidieuse.

Les membres de l'Œuvre n'ont en effet pas tous la même orientation politique. C'est même l'une des trouvailles du père Escrivá que cette coupure entre le croyant et le citoyen. Les uns, fort rares, se réclament de la Phalange ; une bonne partie se situe franchement à droite ; d'autres cependant vont jusqu'à se dire socialistes. Ce qui les soude les uns aux autres c'est, outre l'appartenance au même ordre et les vœux, dont celui d'obéissance inconditionnelle au pape, un attachement indéfectible à la religion. Les gardiens de la foi veillent, installés à tous les postes clés.

L'engouement démocratique de l'heure présente ne saurait en rien gêner ces croisés de l'époque moderne. Après tout, pourquoi ne seraient-ils pas démocrates ? On peut, à la limite, concevoir que d'aucuns s'inscrivent au PCE, dans la mesure où les communistes espagnols ont solennellement renoncé à rouvrir la bataille religieuse et décidé que des chrétiens pouvaient devenir membres du parti. Or un membre de l'Œuvre se veut un chrétien parmi les autres, un catholique anonyme que seul son désir de perfection distingue. Dès lors, ne ferait-il pas un bon, un excellent communiste ?

Je signalais plus haut que si Loyola et Escrivá étaient, quant au but poursuivi, de parfaits réactionnaires, leurs méthodes se révélaient néanmoins d'une étonnante modernité.

J'avoue que ce mélange de délire — qu'y a-t-il de plus fou que ce rêve d'hégémonie de saint Ignace ? quoi de plus délirant que ces exercices, cette gymnastique rhétorique ? — et d'organisation maniaque, ce mélange ne peut manquer de surprendre. C'est un trait constant du caractère espagnol pourtant, et que j'ai maintes fois relevé : le raisonnement rigoureux à partir de prémisses aberrantes.

L'*Opus Dei*, c'est la chevalerie des gestionnaires. L'Œuvre confère à ces technocrates déracinés une sorte de légitimité. Ses membres ne seront plus seulement les plus travailleurs, les plus efficaces — mais ils seront « autres ». Ils forment une caste, une invisible prêtrise.

C'est là la modernité d'Escrivá, et le secret de sa prodigieuse réussite : dès 1950, il a su discerner quelles forces sociales allaient diriger le pays et il a trouvé le langage qui leur convenait. Surtout, il a flairé ce qu'elles attendaient : une légitimation.

Ainsi l'Église d'Espagne bouclait-elle sa boucle, allant au bout de sa logique. La Croisade connaissait son dernier avatar. Le chevalier des temps modernes était ce jeune homme bien mis, souriant de toutes ses dents, le teint hâlé, qui saute dans un avion, un attaché-case dans une main et un parapluie dans l'autre. Et qu'emporte-t-il dans sa petite mallette de cuir noir ? Un exemplaire de *Camino* qui le persuade à coups de points d'exclamation qu'il appartient à la phalange des élus, choisis par Dieu pour convertir et gouverner le monde.

HUITIÈME PARTIE

Terres sans eau

Tout comme cette terre espagnole, tombe et berceau, me saisira, je l'espère, dans l'ultime étreinte de la mort, ses paysages m'arrachent l'âme.

Miguel de Unamuno.

1

Le désert

Il y a des déserts tristes et d'autres qui ne le sont pas. Mais les gens accouplent toujours les deux mots. Ils disent « désert » et pensent « triste ». C'est la rime des lieux communs. Moi, j'aime certains déserts, il en est d'autres que je fuis. Je n'aime pas celui des Monegros, par exemple. Plat, d'un gris poussiéreux. Du moins, je le croyais. J'ai remarqué un jour avec surprise qu'il n'était pas vraiment gris — ni plat. Mais je continue, quand je l'imagine, à voir une étendue lisse, cendreuse. Mon impatience me le fait percevoir ainsi. J'ai trop hâte, quand je traverse les Monegros, d'atteindre Saragosse, puis la Castille. Je ne respire vraiment bien que sur la Meseta. Cela tient peut-être à l'air qui est sec, léger. Mais ce sont là des raisons inventées après coup, pour donner à des impressions subjectives des airs de sérieux et de pondération. Il m'arrive de feindre que je suis un adulte. Je camoufle mes passions sous des discours intelligibles aux grandes personnes. En réalité, je me sens bien en Castille parce que j'aime ce pays. Mais j'ai un peu honte de l'avouer, parce que je me méfie de certains mots. Il n'en reste pas moins que mon amour pour la Castille repose sur un accord profond entre cette campagne et ma personnalité. Ce pays, je le comprends. J'emploie le verbe « comprendre » dans son sens étymologique : je prends cette terre avec moi, je la porte en moi. Elle m'attriste cependant. Pour rien au monde, je n'accepterais d'y vivre plus de deux ou trois mois consécutifs. Mais si on m'empêchait d'y retourner, je deviendrais malade.

Mon attirance pour cette région n'a rien de littéraire. Je serais bien en peine de l'analyser.

Je suis le premier à reconnaître combien ces villages et leurs habitants sont tristes. Les hommes de ce pays me font peur. Ils n'ont rien de redoutable pourtant. Mais les fous qu'on croise dans les cours et les couloirs d'une clinique psychiatrique n'ont pas davantage un aspect effrayant. Ils vous inspirent de la gêne cependant, un malaise mêlé d'inquiétude. Parce qu'ils ne respectent pas les règles du jeu social, leur simple présence physique suffit à réveiller des terreurs séculaires : ce sont des êtres de mystère. Les paysans qu'on croise sur la route et qui, juchés sur une charrette tirée par une mule, coiffés d'un chapeau de paille qui masque leur front, les yeux rivés à un horizon qui ne cesse de reculer, de s'élargir et de se creuser ; ces hommes si humbles et qui trouvent néanmoins, sans effort, des attitudes et des phrases de monarques détrônés ; ces femmes endeuillées, hiératiques, dont les grands yeux noirs vous toisent avec une majestueuse bonhomie ; ce gosse qui vous sourit furtivement, puis, honteux de s'être livré, court s'abriter dans une ferme délabrée — toutes ces créatures baignent dans un climat de mystère. Ce ne sont, bien sûr, que des paysans. Du moins en ont-ils l'apparence. Mais un fou peut être ingénieur ou médecin, laboureur ou cordonnier : sa folie tient justement à ceci : qu'il n'a pas adhéré à son statut social. Un garçon de café, s'il est atteint de schizophrénie, ne joue pas les garçons de café. Il en effectue les gestes, il en prend les apparences, mais il le fait avec ennui. Pas un de ces paysans, du plus riche au plus misérable, qui n'ait le sentiment d'être plus et mieux que ce qu'il paraît. Les contingences ont fait de lui un métayer ou un journalier : il méprise ces contingences. Le regard qu'il promène sur sa terre n'est pas de possession. Il l'aime, bien entendu, il la chérit d'autant plus qu'elle se montre plus ingrate : il s'acharne sur elle. Mais il ne se sent pas son esclave.

Des villages rêvés

Il m'est arrivé, à un moment de mon existence, de demeurer plusieurs jours dans des villages perdus. Tous avaient la même place carrée, bordée par l'église, par un palais en ruine et par l'*ayuntamiento* qui reposait sur des arcades. Je visitais à peine ces villages. Je restais dans ma chambre, à lire, à écrire. Je fréquentais très peu de gens. J'étais trop timide pour me lier avec des inconnus et les Castillans ne sont guère bavards. Souvent je me disais que je perdais mon temps et que je ne savais pas voir. Mais un jour, la veille de mon départ généralement, je m'apercevais que j'étais attaché au village et que j'avais remarqué bien plus de choses que je ne le croyais. Mais ces détails restaient sans lien. Ce n'étaient pas des choses importantes et je me demande pourquoi j'essaie de me les remémorer. Il y avait ceci, par exemple : quand la cloche de l'église sonnait l'Angélus, l'air sentait le purin. J'ai fini par découvrir la cause de cette coïncidence : c'était l'heure où les paysans rentraient leurs troupeaux. Ceci encore : après le repas de midi, tandis que je faisais la sieste, je sentais l'éclat de la lumière brûler mes paupières closes. Je fermais cependant mes volets, je déroulais ces stores de sparterie dont Paul Morand écrit qu'ils font de gros sourcils aux maisons de Madrid — et de l'Espagne. Mais la lumière, me semblait-il, « imprégnait » l'ombre. Et ceci également : la nuit n'était pas silencieuse, mais emplie de rumeurs, alors que le jour baignait dans un silence pétrifié. Je l'écoutais en moi, il me rendait à moi-même : je pouvais entendre le sang circuler dans mes veines, courir vers le cerveau en frappant à mes tempes à très petits coups, comme le tic-tac d'une pendule.

J'ai eu beaucoup de conversations avec les paysans et je ne me souviens clairement d'aucune. Pourtant je songeais déjà à écrire et je me répétais que tous les écrivains sérieux prennent des notes. Peut-être ne suis-je pas un écrivain sérieux. Je préférais regarder leurs visages, me pénétrer du son de leurs voix. Je les entends me dire : *Pase Usted*. C'est une phrase très banale : « Entrez. » Je l'ai entendue des milliers de fois, sous toutes les latitudes, dans d'autres langues. Les Français aussi la prononcent. Mais ils la disent un peu à contrecœur et l'on sent qu'ils aimeraient mieux vous laisser dehors. Je généralise, bien sûr — et j'exagère. Aussi n'est-ce pas le fait qui importe. Ce que j'essaie de faire comprendre, c'est que ces paysans avaient une façon à eux de dire : « Entrez. » Ils ajoutaient invariablement, sur le même ton : *Está Usted en su casa* (Vous êtes ici chez vous). Et cela aussi, les Français le disent et parfois le pensent. Ils préfèrent cependant cette autre tournure : « Faites comme chez vous. » Mais ces Castillans jetaient cela sans emphase, sans souci de politesse, avec un naturel qui est celui d'un prince. Je me sentais intimidé et je les priais de m'excuser de les déranger. Ils souriaient comme devait le faire Philippe II à ceux que l'émotion rendait muets. Pour me mettre à l'aise, ces hommes m'interrogeaient sur mon métier, sur l'existence que je menais. Et je répondais au lieu de questionner. En les quittant, je me traitais d'imbécile.

Il m'apparaissait, à la réflexion, que ces hommes avaient beaucoup parlé. Seulement je n'avais pas eu le sentiment de les entendre. J'avais cette même impression quand le professeur d'algèbre couvrait le tableau noir de signes mystérieux. Et puis, à la fin de la démonstration, mon visage s'éclairait : je venais de comprendre !

En m'éloignant de leurs maisons, je revoyais la pièce blanchie à la chaux, la desserte au-dessus de laquelle les photos de famille étaient accrochées, la table de bois blanc, les chaises au siège rembourré de paille, adossées aux murs, le brasero dont les cendres chaudes tiédissaient l'atmosphère. J'avais sous les yeux le visage de la femme, baignant dans un clair-obscur. De noir vêtue, un châle tricoté jeté sur les épaules, les mains posées à plat sur les cuisses, la tête légèrement inclinée, elle m'était apparue comme une de ces statues qui ornent les tombeaux des rois de Castille. Elle se levait de temps à autre pour emplir nos verres, se rasseyait, arrangeait sa jupe, soupirait et replongeait dans son absence minérale. Parfois elle souriait. Et je découvrais, en y pensant, que ce sourire furtif, presque honteux, où la douceur se mêlait à la résignation, appartiendrait pour toujours à ma mémoire.

Qu'ils fussent habillés de velours noir ou d'une chemise de coton, sans col, rapiécée, qu'ils eussent la figure allongée des moines de Zurbarán ou celle, aplatie et carrée, des laboureurs de Goya, les propos de ces hommes se ressemblaient étrangement, au point de ne faire, dans ma mémoire, qu'un unique récit, une sorte de mélopée : ils n'avaient pas de terre ou celle qu'ils possédaient mourait de soif.

Je songe au roman de Castillo-Navarro qui retrace ce combat pour l'eau. Car l'eau est mise aux enchères. Les riches font monter les prix. Les pauvres ont le choix entre s'accrocher à un lopin que l'eau ne fertilisera jamais ou céder leur terrain à ceux qui ont les moyens de l'arroser. Il y a la révolte aussi. Mais les révoltes paysannes mettent des siècles à fermenter. Les hommes sont d'ailleurs trop pauvres pour y songer. Toute leur énergie est employée à lutter contre la faim. Aussi l'issue de ce combat est-elle presque toujours identique : les pauvres s'inclinent. Ils redeviennent des métayers ou des journaliers. La grande propriété se reconstitue. Les projets de réforme agraire se heurtent à cette réalité : il ne suffit pas d'avoir de la terre, encore faut-il pouvoir l'exploiter. Cela explique le scepticisme de la paysannerie. Elle ne croit pas à la politique, parce que les tribunes parlementaires sont à mille lieues de leur réalité quotidienne. Les paysans ne gardent pas un très bon souvenir de la République. C'était le désordre et ils n'aiment pas l'anarchie. Ils auraient peut-être penché pour la République, si elle avait su mener à bien la réforme agraire. Mais la démocratie, en mettant en pleine lumière la lutte des classes, exaspère la droite qui se montre plus cruelle encore. La peur rend les gros propriétaires féroces ; ils contournent la loi et s'acharnent sur les plus pauvres, en qui ils voient des massacreurs en puissance. La dictature a, au contraire, marqué des points avec sa politique d'irrigation, de coopératives agricoles. Les paysans en parlent avec respect. Ils disent aussi que si les choses ne vont pas mieux, c'est la faute d'Untel ou d'Untel, les caciques locaux. Ils ne voient pas que les structures féodales restent debout ni que l'amélioration de leurs conditions d'existence fait partie d'un réseau de causes infiniment complexes. Ils croient ce qu'ils touchent. Dans certaines provinces, la grande propriété occupe encore 32 % de la superficie cultivable. Les enfants émigrent en France ou en Allemagne, avec l'argent qu'ils envoient et le lopin que les parents cultivent, le reste de la famille se nourrit. On vit mieux qu'auparavant. Les paysans mettent cette hausse du niveau de vie au crédit du régime. Et c'est un fait que les systèmes totalitaires peuvent toujours se vanter de leurs réalisations. Il n'y a que l'esprit des réformes pour séparer les deux familles politiques : la dictature agit pour faire taire les mécontents, elle met un terme aux abus les plus révoltants, mais elle ne songe jamais à transformer les fondements mêmes de la société ; les hommes de gauche ont un idéal de justice qui souvent se traduit par des mesures maladroites ou inapplicables. C'est ce que la droite appelle de l'impuissance. Il y a des siècles que le problème de la terre reste posé, dans les mêmes termes ou presque. Or la réforme agraire, celle qui ébranlerait les assises de la société espagnole, ne pourra jamais se faire avec l'accord des hommes de droite[1].

1. La réforme agraire se fait (1996), elle porte un nom : désertification. L'Europe réussit en vidant les campagnes.

Un paysan

Un soir, je parcourais en voiture les routes de la province de Jaén. Je m'arrêtai pour admirer une vieille ferme, cachée par les oliviers. Je m'y dirigeai. Je fus accueilli par un paysan d'une parfaite beauté, d'une incomparable dignité. Nous échangeâmes quelques propos. Je lui offris des cigarettes, il m'apporta un verre de liqueur. La ferme, m'apprit-il, ne lui appartenait pas. Lui n'était que métayer. Il exploitait vingt hectares avec trois de ses fils, âgés de seize à vingt ans ; deux autres travaillaient en usine, près de Hambourg. L'homme avait cinquante ans, il touchait soixante-cinq pesetas par journée de quatorze heures : six francs environ. Ses fils gagnaient la moitié. Pour tout bien, en dehors de son mobilier, il possédait un mulet. Il racontait cela sur un ton égal, paisible et monocorde, qu'adoptent tous les paysans. Je regardais son visage tanné, parcheminé, couronné de longs cheveux de jais. Cela se passait en 1966, dans l'une des régions les plus fertiles du pays.

Ses paroles faisaient écho à d'autres, entendues les jours précédents. Je séjournais à Ubeda, je respirais, dans les rues bordées de palais de la Renaissance, le parfum des pierres mortes. Sur la place, à l'heure de l'apéritif, les hommes formaient des groupes compacts. Ils attendaient. Ils attendent ainsi depuis des siècles. Ils regardaient les touristes avec un air détaché. Ils savent que l'argent que ces étrangers dépensent ne changera pas leur sort. Il sera employé ailleurs, à Torremolinos, le long des côtes. Eux espèrent du travail. Chaque jour de la semaine, ils restent appuyés contre un mur exposé au soleil, dans l'espoir qu'un des contremaîtres des grandes propriétés vienne les embaucher. Je revenais du Levant, où j'avais pu constater des bouleversements profonds dans les habitudes et jusque dans le paysage : ce n'étaient partout que chantiers, usines nouvelles, immeubles poussant comme des champignons sur le littoral, routes élargies et mieux signalées ; dans les villages, la foule était rieuse, bien vêtue ; sur les toits des maisons, les antennes de télévision dessinaient des forêts de croix ; les jeunes déambulaient d'un air insouciant, dans des tenues fantaisistes et loufoques. Et voici que je retombais dans ce silence de ma jeunesse, dans ce temps d'éternité, à jamais figé ; voici que je respirais cette odeur qui devait être celle de la vallée des Morts ; et je m'enlisais à mon tour dans ce songe millénaire, au milieu d'un décor admirable et tragique.

Rien n'a donc changé dans les campagnes ? Je serais tenté de le croire. Mais je mentirais en disant cela. Je me souvenais de mon adolescence, de ces après-midi torrides où, couché sur un lit d'auberge villageoise, j'écoutais mon corps vivre dans le silence qui venait battre contre les volets de ma chambre. Il me semblait alors que tous dormaient, même les chiens, et que les habitants du village se cachaient dans leurs maisons comme au fond d'un tombeau. Mais les hommes ne se reposaient pas, ils pliaient l'échine sous le soleil, ils traçaient des sillons dans les pierres, ils tournaient avec leurs mules autour de l'aire. Et j'entendrais au crépuscule, dans l'air enfin détendu, le tintement des troupeaux et le grincement des roues des charrettes, sous ma fenêtre. Les changements passent plus inaperçus dans les campagnes que dans les villes, parce que la terre garde le même aspect et que rien n'annonce l'évolution des esprits. Pour me conter leur vie, les hommes employaient le même langage précis, rigoureux. Il me semblait pourtant qu'ils donnaient à ces mots un sens différent.

Peut-être ne sais-je pas écouter. Ou peut-être n'entends-je que ce que je désire inconsciemment entendre. L'histoire demeurait aussi triste que par le passé, mais le ton me paraissait changé. Ils se plaignaient moins, ils répétaient moins souvent : *Qué le vamos a hacer !* (Que faire ?) Ils me donnaient au contraire l'impression d'avoir une vague idée sur ce qu'il convenait de faire et le sentiment, faux peut-être, qu'ils s'y employaient.

Felipe ou l'espoir retrouvé

Felipe habite un hameau sis à une quinzaine de kilomètres de Ciudad Real, dans la Manche. Il possède une maisonnette construite dans une pierre grise, un lopin de dix hectares. Il y sème du blé et quelques légumes. Je l'ai rencontré alors qu'il rentrait des champs et qu'il s'avançait, monté sur une jument famélique, le poing sur la hanche comme un empereur romain. La campagne était plate, le village, sur ma droite, très bas, formé de maisons longues, à un seul étage ; le ciel était très haut. Entre ces deux lignes horizontales, Felipe s'avançait, très droit, comme s'il voulait combler l'espace entre le ciel et la terre. Nous avons bavardé sous un arbre et son histoire débutait comme toutes les autres ; il y avait trois mois que pas une goutte d'eau n'était tombée. Et la terre s'effrite, se lézarde. Chaque matin, Felipe scrute le ciel, puis, découragé, s'en va au village. L'eau y est mise aux enchères. Longtemps les caciques dictaient la loi, ils faisaient monter les enchères et les pauvres s'en retournaient chez eux, plus abattus encore. Un jour, ils réfléchirent à ceci qu'ils ne parviendraient jamais à obtenir de l'eau individuellement, mais qu'en mettant en commun leurs maigres ressources, ils réussiraient peut-être à briser le monopole des gros propriétaires. Leur raisonnement se révéla juste. L'eau est maintenant distribuée d'une façon équitable, à tour de rôle. Felipe rit en me contant la scène : la stupeur des commissaires en les voyant pousser aux enchères, la fureur des caciques, la dure bataille qui dura plusieurs mois, durant lesquels l'eau atteignit des prix exorbitants, le doute qui s'insinuait chez les plus faibles, la lassitude enfin des gros propriétaires qui finirent par s'incliner et convenir d'un arrangement. « Ce fut le plus beau jour de ma vie. » J'observe son visage d'Arabe espagnol. J'y crois lire une fierté légitime. Felipe n'est plus un esclave, il reste certes pauvre, mais il a pris conscience de sa dignité.

Le langage des paysans a changé. Du moins j'en ai le sentiment. Un peu partout, des mots nouveaux frappaient mes oreilles : coopératives, achats communautaires de machines agricoles, villages de colonisation, barrages et irrigation. Ce n'est pas une révolution, c'est une évolution. Le paysage même m'a semblé différent. Des campagnes jadis désertiques m'apparaissaient soudain sous un aspect plus riant. De grands travaux retiennent et distribuent cette manne des terres ibériques : l'eau qui fertilise. Des canaux courent le long des étendues pierreuses, composant un système qui tire ce corps moribond de sa léthargie. La culture elle-même change. Elle s'industrialise. Des fabriques et des usines surgissent un peu partout : les paysans vendent les fruits à meilleur prix. Jusque dans les villages les plus reculés, les représentants des sociétés fruitières viennent pour acheter les récoltes. La concurrence tourne à l'avantage des paysans. Les produits d'exportation — oranges, citrons, pêches — tendent à supplanter les céréales. Là où l'eau arrive, les vergers prolifèrent.

Il était trois heures passées. Je roulais, dans une moiteur étouffante, depuis Barcelone. Je me suis arrêté dans ce village de la province de Lerida pour me détendre et déjeuner. Le restaurant est bondé. Il y a des touristes qui épluchent le menu rédigé à leur intention et qui s'épongent le front avec un mouchoir bon à tordre ; des paysans endimanchés qui parlent très fort ; des routiers qui pressent les serveurs de s'occuper d'eux en priorité. Le patron, un Catalan actif et nerveux, m'installe à une table où deux routiers déjeunent. L'un, petit, râblé, le visage tanné et les yeux fiévreux, engage la conversation : il est navarrais, d'un village proche de Pampelune. Il se trouve ici avec son camarade pour acheter la récolte des pêches. Mais d'autres acheteurs l'ont devancé. Ils repartent donc plus au sud. Connaissais-je ce village ? Il est complètement transformé depuis que ses habitants ont décidé de planter des arbres fruitiers. Les *payés* se sont enrichis, des fabriques de conserves s'installent dans la région et les jeunes n'émigrent plus. Cette évolution déplaît au Navarrais. Elle n'arrange pas ses affaires : « Avant j'achetais les pêches pour une bouchée de pain. À présent les paysans connaissent les cours aussi bien que nous et ils ne cèdent plus leur récolte sans des marchandages épuisants. Je pensais remplir ici notre camion, nous voici forcés d'aller ailleurs. »

J'acquiesce. Une question me brûle les lèvres et je finis par la poser : le gouvernement ne fixe-t-il pas, d'un commun accord avec les organisations paysannes, un prix national pour les produits agricoles ? Cela faciliterait les choses et serait à l'avantage des vendeurs comme des acheteurs. Le Navarrais rit. Son compagnon, un Basque solide dont les yeux bleus gardent une candeur d'enfance, lui fait écho : « Les organisations paysannes ? Mais il n'y a qu'un syndicat unique, qui d'ailleurs est de mèche avec le patronat et qui ne représente rien ni personne. Mais alors rien ! » Je reste stupéfait : non par ce qu'il dit, et que je savais déjà, mais qu'il ose aborder la question avec une telle franchise. Le dialogue s'anime. Le Basque intervient à son tour. Il me raconte comment les choses se passent dans les usines : les délégués syndicaux perdent pied, ils ont conscience du discrédit dans lequel ils sont tombés, ils s'efforcent de remonter le courant, ils font du zèle. Mais personne ne les prend au sérieux. « Tous des pourris », dit le Basque avec une moue de dégoût. « Tout de même, les choses ont changé dans ce pays », ajoute le Navarrais. Son compagnon l'approuve, cite des chiffres, des faits. Et, se penchant vers moi, il demande : « C'est vrai que les syndicats sont libres en France ? » Je leur explique la situation. Ils semblent soulagés. Peut-être redoutaient-ils d'avoir été trompés ? « Mais la CGT est communiste, non ? » Oui, les choses ont changé : de telles questions, dans un établissement public, aucun Espagnol n'eût osé les poser, il y a seulement trois ans. Ces deux hommes ne se cachent pas, ils n'ont pas peur. Ils me disent très simplement qu'ils sont chrétiens, qu'ils n'aiment pas les communistes, mais que le régime leur fait horreur. « D'ailleurs, déclare le

Navarrais, c'est la fin. Franco va passer la main. Il est question d'une monarchie. » Sont-ils pour un roi ? « L'essentiel est qu'il y ait du nouveau. » Je leur serre la main avant de partir et, dans ma voiture, les propos qu'ils m'ont tenus s'agitent dans ma tête comme autant de questions. Je contemple le paysage qui défile : tout semble immobile, figé. J'avais cette impression dans mon adolescence, et je sais qu'elle était fausse.

Ces transformations des campagnes et cette évolution des esprits ont des causes différentes. L'émigration a beaucoup contribué à changer l'optique des paysans ; les Espagnols, qui rentraient de l'étranger, y rapportaient non seulement de l'argent difficilement amassé, mais aussi une certaine expérience. Leurs propos ont fini par rencontrer un écho. Les gens ont commencé à réfléchir. La vague touristique, en déferlant sur le pays, accélérait le mouvement ; les Espagnols regardaient, comparaient. Enfin l'industrialisation du pays achevait de créer les conditions favorables à une prise de conscience collective. L'essor industriel amenait la prospérité. Il y a une dynamique propre aux sociétés industrielles : elle suppose que les biens de consommation puissent être achetés par le plus grand nombre. Cela constitue le moteur du développement économique. Et c'est aussi ce qui arrive ; les prix montent, les salaires aussi[1]. Chacun rêve d'avoir sa part de bien-

1. La hausse des salaires ne suit pas, on s'en doute, celle des prix. Cet écart est de plus en plus ressenti comme une *injustice*. Tant que l'économie espagnole restait stagnante, les paysans et les ouvriers avaient tendance à s'abandonner au fatalisme ; l'industrialisation accélérée éveille leur appétit. On observe une prise de conscience politique facilitée par l'évolution économique.

être. Les foyers ouvriers s'équipent : la télévision, le réfrigérateur et le poste de radio trônent dans les maisons les plus modestes. La voiture maintenant devient un but accessible. Les échanges se multiplient, l'esprit de clocher perd du terrain. Les Espagnols, timidement encore, découvrent leur patrie. Ils commencent à voyager. Et la campagne, avec plus de retard, suit le mouvement général. Tout bouge en Espagne, tout bouge si vite que les mois y comptent pour des années. On reconnaît à peine une ville qu'on avait visitée trois mois auparavant. Mais cela ne signifie pas que tous les problèmes soient résolus. Ce qui a changé, c'est l'état d'esprit des Espagnols : ils ne se contentent plus d'espérer le salut, ils le veulent, ils l'exigent. Ils ont pris conscience que le bonheur est un droit. Et c'est cela surtout qui me frappait dans les entretiens que j'avais avec des paysans : cette faim et cette soif non plus d'une justice absolue, mais d'une justice à leur mesure, et qu'ils étaient prêts à réclamer, et qu'ils luttaient pour instaurer.

NEUVIÈME PARTIE

Le chant des Espagnes

Dans un grand, douloureux incendie, nous devrions brûler l'inerte apparence traditionnelle, l'Espagne qui a été, et ensuite, parmi les cendres... nous trouverons l'Espagne qui aurait pu être.

Ortega Y Gasset.

1

Barcelone, ma jeunesse...

(1967.) Certaines villes font à ce point partie de notre personnalité, nous y avons tant aimé, tant rêvé et tant souffert, qu'elles finissent par n'être plus que ce miroir un peu trouble où nous contemplons notre passé et confrontons ce que nous sommes avec ce que nous fûmes et que nous espérions devenir. Ainsi en va-t-il pour moi de Barcelone, où je me perds pour me mieux retrouver, dont j'arpente les ruelles napolitaines qui entourent la cathédrale ou les larges avenues des quartiers bourgeois, moins en promeneur qu'en rêveur, plongé dans mes souvenirs qui s'effilochent le long des façades, tantôt tordues et tourmentées, tantôt droites et armées de persiennes et de volets, et qui semblent se diluer dans l'étouffante moiteur de cette atmosphère brumeuse. Parce que j'y ai touché le fond du malheur et de la solitude, parce que j'ai promené dans ses quartiers, dans ses jardins et dans ses parcs ma misère ombrageuse, parce que j'y ai connu les premières voluptés de l'amour et que j'ai posé, sur les chaises branlantes des pensions sordides du Barrio Chino, mes loques et mes guenilles pour affronter, dans la pénombre éclatante de ses nuits, la nudité d'autres corps, parce que j'ai passé des heures à contempler le mouvement des navires dans son port, à me bercer de la tristesse poignante des sirènes des paquebots en partance pour les Amériques de chimère, parce que, bien que pauvre et malheureux, j'y fus jeune, enthousiaste, épris de justice et de liberté, pour tout cela je reste incapable de parler de cette ville comme d'un entassement de palais et de maisons. Elle est, cette ville, et à tout jamais, une part de moi-même, une confidente, une complice — une amante aussi. J'aime en Madrid l'Espagne, j'aime en Barcelone une cité populeuse, nordique et méridionale, flamande par son amour de la vie, par son goût de l'opulence, par sa folie qui tord la pierre et imprime aux colonnes des mouvements spiraux, par son rire un peu gras, par son individualisme ombrageux, par son culte enfin de la liberté. Flamande encore par son acharnement au labeur, par son respect des vertus bourgeoises, par ses marchands drapiers enrichis que leur aspect physique sépare seul de ceux que les Van Eyck portraituraient quelques siècles auparavant. Comme en Flandre et aux Pays-Bas, ces bourgeois catalans, entreprenants et hardis, aiment à se réunir en associations, ils défendent âprement leurs libertés municipales. S'ils s'inclinent devant la force, s'ils continuent, malgré le joug que la Castille fait peser sur eux, à fabriquer, à commercer, à vivre, c'est qu'ils puisent du contact avec leur terre et du souvenir de leur passé assez de forces pour résister au désespoir. Musiciens, épris d'harmonies, ils emplissent le Liceo et les salles de concert ; paysans, ils aiment les repas familiaux où les hommes, en manches de chemise, ayant défait leur cravate, empourprés par le vin, congestionnés par la *butifarra*, les sardines grillées, le riz à la catalane et les crèmes onctueuses, se lèvent pour mêler leurs voix à celles des plus jeunes d'entre eux ou pour s'incorporer à la ronde de la sardane, cette danse qui chante les vallées, les forêts, les monts et les fleuves de leur beau pays. Le Catalan le plus riche, le plus imbu de sa position sociale, sait redevenir l'humble paysan, mi-montagnard, mi-navigateur, qui est le fonds de la race. Il rit sans contrainte, danse sans que l'arrête la peur du ridicule. Il ne connaît d'autres critères que ceux du travail et de la réussite. Tant de races et tant de civilisations ont déposé leurs germes sur le littoral de ses côtes, tant de dieux ont sollicité ses prières, tant d'hommes lui ont appris les vertus du commerce, l'habileté et la ruse dans les affaires, que l'idée ne lui viendrait pas de se dire de *sangre limpia*. Il a conscience de ce qu'il doit à ce brassage incessant, il ne renie pas mais exalte au contraire ses origines diverses. Il a l'esprit naturellement ouvert aux idées que ces marchands et ces marins allaient chercher aux quatre coins du monde avec les étoffes, les vases, les épices et les fruits. Il hésite entre la France et l'Espagne sans trop savoir à laquelle des deux il appartient vraiment. Mais il sait bien, au plus profond de lui-même, qu'un Catalan n'appartient jamais qu'à son pays. Il aime sa langue avec plus de ferveur encore que les autres peuples, parce qu'il a dû la défendre, la protéger contre ceux qui réclamaient sa disparition. Il éprouve un plaisir malicieux à la parler devant les hommes du plateau central, quitte à s'écrier soudain, avec une feinte naïveté : « Parlons donc castillan : Untel ne comprend pas notre langue. » Il chérit ses romanciers et ses poètes parce qu'ils furent plus que des artistes : des combattants qui livraient une guerre d'usure aux Castillans. Ici, dans cette ville qui résume et incarne toutes les vertus d'un peuple hardi, attaché à ses coutumes et à son terroir, les germes de l'esprit critique, de l'intelligence pratique, du scepticisme et des libertés n'ont jamais cessé de fermenter. C'est une ville inquiète, fiévreuse, grouillante d'une foule active et imaginative. Je l'ai retrouvée, après trois ans d'absence, plus frémissante encore, tout emplie de rumeurs et de cris. Marins en bordée, touristes que cette atmosphère fascine, manœuvres et terrassiers d'Almeria et de Murcie, mauvais garçons des faubourgs industriels lui font ce visage bariolé, fardé au néon. Dans chaque ruelle, dans chaque impasse, les enseignes des bars et des bouges se font des clins d'œil complices. Des interminables avenues qui ceinturent San Gervasio aux mystérieuses petites places du quartier de Gracia, si pleines d'un charme désuet, avec leurs maisons couvertes de mosaïques et de faïences, leurs fers forgés arrondis en anse de panier, leurs fontaines où des angelots hilares pissent une eau poisseuse, des établissements du Paralelo et du Barrio Chino (si dangereusement menacé) aux tortueuses venelles qui zigzaguent autour de la cathédrale : partout une joie animale, une fièvre de plaisir, une rage de bonheur secouent les maisons et entraînent les hommes en des fleuves qui s'écoulent et que viennent, à chaque carrefour, grossir des affluents nouveaux. On danse, dans les cabarets, les pas les plus modernes, jeunes gens et jeunes filles fredonnent les succès de Barbara, les étudiants disputent autour des romans qui viennent à peine de paraître à Paris. Sur les Ramblas, les kiosques à journaux éclatent de revues, de livres que les marchands, à bout de ressources, entassent sur la chaussée. Des femmes, dans les cafés, s'indignent que les prêtres aient osé manifester sur la voie publique, les hommes commentent sévèrement la saisie d'*ABC* qui publiait un article en faveur de la monarchie. Jusqu'à l'aube cette ville flâne, discute, trépigne. Les premières lueurs du jour levant surprennent des gens de tout âge et de toute condition, assis sur les bancs des Ramblas ou sur les chaises des terrasses des cafés de la place de Catalogne, couchés en chien de fusil dans les allées de Montjuich ou étendus sur les bancs des places publiques. Il règne dans ce port, dans cette cité qui est la seule ville d'Espagne à être véritablement une métropole, il y règne une atmosphère exaspérée qui devait être celle de Paris dans les années 1925. Ses habitants se vengent soudain des longues années de deuil, de coercition, de tristesse bigote ; un irrésistible désir de vivre, de jouir, les pousse à déserter leurs maisons, à se mêler à la foule des touristes, à respirer l'air du large. Les cerveaux fermentent, les idées se heurtent, se propagent. L'expansion économique n'a pas surpris ce peuple, habitué depuis des siècles à la prospérité. Madrid joue avec sa richesse toute neuve, l'étale comme le ferait un parvenu. Il y a eu plus de changements à Madrid, et la capitale ne cesse de se transformer, au point que, d'un voyage à un autre, on hésite à la reconnaître. Il y a chaque jour davantage de voitures dans ses rues, de nouveaux quartiers surgissent comme par enchantement, les mœurs évoluent à un rythme accéléré. Mais les Madrilènes semblent ébahis par cette transformation. Ils jouent avec leurs automobiles toutes neuves qu'ils conduisent comme les gosses le font des autos tamponneuses, avec leurs récepteurs de télévision et leurs postes de radio à transistors, ils jouent encore dans les magasins où ils achètent dans la fièvre. Barcelone n'étale point ses richesses. La ville conserve ses allures miséreuses, ses faubourgs gardent cette tristesse faite de grisaille et de suie, ses lieux de plaisir semblent toujours louches. Mais ce qui a changé à Barcelone, c'est le rythme des poitrines qui ne halètent plus, mais se vident et s'emplissent dans un mouvement plus ample, plus régulier. Ce peuple respire. Plus qu'aucun autre il avait souffert de la dictature policière, des atteintes à la liberté, du climat de suspicion et de terreur. Aussi bien accueille-t-il avec gratitude et bonheur le relâchement de l'étreinte. La libéralisation du régime, il l'a voulue, exigée, préparée. À une époque où le silence moyenâgeux recouvrait la Péninsule, lui seul eut le courage de le briser. Barcelone n'a, depuis lors, jamais renoncé à son combat. Elle a lutté tantôt sournoisement, tantôt ouvertement. Ses prêtres prêchaient en catalan, les familles parlaient cette langue, le peuple entier se retrouvait au sanctuaire de Montserrat, aux pieds de la Vierge brune, éperdu de reconnaissance, transporté d'allégresse en se sentant exister, en éprouvant sa vigueur demeurée intacte malgré les persécutions et les représailles. Sur ces roches escarpées, entre les murs de l'abbaye, battait le cœur d'une nation opprimée, s'épanchait l'âme d'une race fière et patiente. Les abbés de ce lieu saint lui disaient de ne pas désespérer et ils le lui disaient en catalan, afin que le message eût davantage de force. Elle a fait, Barcelone, de chaque esprit une citadelle. La Castille avait beau dominer la ville, commander aux hommes, elle ne pouvait vaincre parce qu'elle aurait dû, pour y réussir, réduire chaque esprit. Or ils étaient des centaines de milliers à chanter, à danser en ronde leur sardane, à gravir les pentes abruptes de Montserrat, à lire et à réciter leurs poèmes, à feuilleter, dans les salons vieillots et douillets, les manuels de leur histoire. La guerre changeait de théâtre, elle passait de l'usine à l'université, des sacristies aux cénacles littéraires. Le régime frappait à droite et à gauche, au hasard. Barcelone avait beau ne combattre que pour ses libertés, une liberté en entraîne une autre. Ses étudiants réclamaient le droit d'élire librement leurs représentants. Comment douter que ces représentants, s'ils étaient démocratiquement élus, seraient autre chose que des Catalans ? N'importe. Les étudiants de Madrid entendaient leurs revendications, se lançaient à l'assaut de ce bastion qui déjà se lézardait sous la poussée des forces neuves. Le régime usait de sa seule arme : la violence armée. Les professeurs prenaient fait et cause pour les étudiants contre les policiers. On les chassait des facultés, on leur infligeait des amendes. Déjà la guerre s'allumait ailleurs.

Si la Catalogne a, la première, levé l'étendard de la révolte, si elle reste l'âme de la résistance, cela tient à son histoire et à sa vocation profonde. Il avait suffi, au XVIIe siècle, que la Castille optât pour le candidat des Bourbons et qu'elle se ralliât au petit-fils de Louis XIV, pour que la Catalogne embrassât la cause de l'Autrichien. Elle saisit tous les prétextes pour combattre le centralisme castillan. Il serait vain de se leurrer : le séparatisme, ou ce qu'on appelle ainsi, n'a rien perdu de sa vigueur. La plupart des étudiants qui se battent pour la démocratisation de l'université sont issus de milieux bourgeois ; ils ne peuvent apparaître comme des révolutionnaires qu'à des esprits pour qui toute revendication, si minime fût-elle, semble un crime. J'ai pu parler avec beaucoup d'entre eux, je les observais avec une attention compréhensive : tous finissaient par se découvrir.

Être libéral, pour eux, c'est être catalan. La bourgeoisie, elle-même, évolue. Les industriels, les financiers commencent à se rappeler qu'ils sont issus de ce peuple, qu'ils en ont et les vertus et les défauts. On sent partout une impatience qui se contrôle avec peine. On n'entend que des plaintes, des remarques ironiques ou désabusées, des plaisanteries cyniques. Les Catalans se sentent brimés. Madrid les oublie et les humilie. Ce peuple réaliste, au sens le plus terre à terre, goûte les réalisations prestigieuses. Les magnifiques paradores qui se multiplient du nord au sud ? Soit. Mais la route qui de Perpignan à Alicante longe le littoral, reste l'une des plus mauvaises, des plus dangereuses. Il faut parfois quatre ou cinq heures pour couvrir la distance qui sépare Perpignan de Barcelone. L'aéroport de la ville a des installations vétustes ; les usines attendent les crédits nécessaires pour se moderniser. Madrid songe à la grandeur alors que Barcelone, elle, pose la question en termes d'investissements prioritaires. La capitale rêve d'autoroutes, de paradores luxueux, de monuments coûteux ; Barcelone répond : réseau routier, chemins de fer, écoles, hôpitaux. C'est un dialogue de sourds.

Une longue tradition ouvrière

Il y a aussi, dans cette cité qui, quand on la regarde du haut de Montjuich, étend chaque jour plus loin ses tentacules de pierre, l'une des plus denses concentrations ouvrières de la Péninsule. Ce prolétariat est l'un des mieux organisés, des plus instruits politiquement. Il a derrière lui une séculaire tradition de lutte et de combat. Pour l'heure, il se tait. On dirait que l'agitation des esprits ne le concerne en rien. Quelques grèves, quelques secousses, mais, dans l'ensemble, le silence, un calme inquiétant. Il est difficile de dire ce que cache ce silence. J'ai visité l'usine où j'avais travaillé comme manœuvre. Je me suis entretenu avec les ouvriers, surtout les jeunes. J'ai été saisi par leur calme allié à une conscience très aiguë des problèmes. Ils savent et disent que toute action importante serait non seulement prématurée, mais néfaste au mouvement ouvrier dans son ensemble. Ils laissent les fils des bourgeois essuyer les plâtres, frayer un chemin par où, un jour ou l'autre, ils s'engouffreront. Curieusement apolitiques, ils ne s'inquiètent guère des mots d'ordre des anciens partis politiques ni même des centrales syndicales qu'ils trouvent surannées. C'est au niveau de l'entreprise que se forge une race nouvelle de responsables. Il y a déjà des centrales syndicales clandestines, mais limitées dans leur action comme dans leur programme. Un mot revient sans cesse : efficacité. Je ne fus pas peu surpris d'entendre un jeune ouvrier me déclarer : « La condamnation en bloc du capitalisme ne sert à rien. Il s'agit pour nous d'abord de profiter de son dynamisme, de le transformer dans un sens qui nous convienne. Plus tard seulement, la question des fondements de la société se posera. » Et un autre, plus âgé, de surenchérir : « Vois-tu, le romantisme révolutionnaire conduit à l'anarchie et au désordre. Les hommes, pour l'instant, veulent vivre mieux. » Assurément, il faut se garder des généralisations. J'ai également rencontré des nostalgiques de la révolution, des anarchistes sentimentaux, des socialistes qui me parlaient de

Largo Caballero, des hommes qui rêvent au POUM[1]. Mais ils restaient minoritaires et faisaient sourire leurs camarades. La plupart sont occupés par des revendications précises : un salaire décent, une Sécurité sociale réelle et efficace, des congés payés, une retraite. Ils rêvent d'avoir leur part de bonheur, ils veulent quitter leurs logis étroits, s'épandre sur les plages. Tout ce qui tendrait à compromettre l'essor économique du pays leur semble dangereux. Ils n'entendent pas renoncer au bien-être immédiat pour un paradis éloigné dans le temps. Le socialisme, pour ces hommes nouveaux, c'est davantage de justice, davantage de bonheur.

C'est en Catalogne, et plus précisément à Barcelone, que j'ai compris que le mouvement qui entraîne l'Espagne était irréversible. Le régime s'est laissé, à bout de souffle, arracher quelques concessions ; elles ne suffisent pas à étouffer cette volonté de liberté qui anime les masses. Certes, le combat sera peut-être long. Il y aura encore des soubresauts dangereux de la part d'une caste qui se sent menacée. Mais il y a une dynamique des libertés : dès qu'un empire devient libéral, c'est qu'il est condamné.

C'est à Barcelone aussi que j'ai éprouvé la plus vive inquiétude sur l'avenir. Car cette ville, par tant d'aspects nordiques, n'en reste pas moins, qu'elle le veuille ou non, profondément espagnole. Elle posera à l'Espagne la question que l'Histoire n'a cessé de poser au centralisme et à l'absolutisme castillans. Comment les successeurs du général Franco répondront-ils à cette question ? On imagine mal, quand on n'est pas espagnol, la haine que les revendications

1. Parti ouvrier d'unification marxiste.

catalanes inspirent aux tenants d'une Espagne libre et grande. Tout chez le Catalan déplaît au Castillan : sa bonhomie, son naturel, son amour de la vie, son idéal un peu terre à terre. La Catalogne incarne aux yeux des Castillans le pire des péchés : le bonheur de vivre. Haine d'autant plus vivace, d'autant plus implacable qu'elle repose sur la peur. L'idéal catalan menace la Castille dans son essence.

Guindé, raidi, tendu dans un effort qui le laisse souvent privé de ressort, le Castillan oppose à cette tentation son énergie indomptable. Il insulte ce bonheur de peur d'y succomber : le labeur devient du mercantilisme, l'épargne de la ladrerie, le naturel du laisser-aller. Il n'a pas assez de mots pour fustiger ces vertus qu'il abhorre. Que de fois, parlant de la Catalogne, m'aura-t-on répondu : « Ne mentionnez pas ces gens-là ! » Et sur quel ton de rancœur sourde, frémissante, ces mots étaient jetés !

2

Un pèlerinage au Pays basque

Deux raisons m'avaient incité à accepter l'idée d'un reportage au Pays basque : le désir de revoir l'Espagne et la curiosité pour la région que je connaissais le moins.

C'était le printemps. Il pleuvait à Paris depuis novembre. J'en avais assez de lever les yeux, chaque matin, sur cette chape grise. J'étais fatigué de beaucoup de choses, y compris de moi-même. D'ailleurs le thème du reportage me séduisait assez : « Guernica, vingt ans après... » Il y a des noms qui se suffisent à eux-mêmes : Hiroshima, Auschwitz, Guernica. Je n'imaginais rien. Je revoyais le tableau de Picasso, tel qu'il m'avait été donné de le regarder reproduit dans un album consacré au peintre. Je m'aperçus que je l'avais oublié. Non pas oublié, à vrai dire, mais « perdu » : mon souvenir courait sur des gris et des noirs. Certains détails me revenaient pourtant : le taureau, le visage terrifiant de la mère, une lampe ou une lanterne. Je me reprochais de ne l'avoir pas examiné avec assez d'attention. On ne regarde jamais assez soigneusement. Toujours les émotions et les sentiments troublent la vision. Et ce que je retrouvais au fond de ma mémoire, c'était une musique de révolte et de pitié.

Le train me déposa à Saint-Sébastien. Ciel nuageux, trouées de lumière et de soleil. Sous les tamaris, des écoliers et des pensionnaires d'un institut religieux, dans des uniformes du XIXe siècle, flânent et rient. Des bonnes à tout faire promènent des landaus ; des soldats leur font une cour balourde. Je me suis assis sur un banc, face à la mer. Je contemple les collines tapissées de verdure, décorées de villas luxueuses. Il fait bon vivre dans ce pays. Je sens la ville dans mon dos, elle m'épaule. Une vraie ville, avec des avenues larges emplies de magasins, des places tranquilles, des églises baroques et des ruelles fleurant bon l'huile d'olive, une ville bruyante et pourtant rangée, bourgeoise en somme. Suis-je en Espagne ? Je n'en ai pas le sentiment. Je comprends Barcelone, je partage sa fureur, je m'abandonne à son rythme trépidant. J'ai l'impression ici de m'éveiller dans une maison étrangère, habitée par des gens très comme il faut. Les bruits qui m'entourent sont ouatés, semblables à ceux qu'on perçoit le matin, dans une demeure allemande. On est au lit, un peu abasourdi de se réveiller dans une chambre inconnue, excité par la nouveauté de l'environnement, on respire une bonne odeur de café, on entend des pas furtifs, des chuchotements complices. Il y a de la douceur dans cette respectabilité, ce conformisme, cette routine enfin.

Tout au long de mon voyage, ces mêmes sentiments m'habitent. J'ai la certitude de me trouver dans un pays éminemment civilisé. Ses habitants vont et viennent, avec l'air de gens qui savent toujours ce qu'ils ont à faire. Pour un peu, je me sentirais coupable de paraître oisif. Les filles sont solides, bâties en largeur, bien installées sur leurs jambes robustes. Rassurantes comme des infirmières. Dans les restaurants, elles font leur travail avec diligence. Ni lentes ni rapides, chacun de leurs gestes correspond à une intention définie. Les hommes sont de haute taille, fortement charpentés. Quand ils vous serrent la main, ils ne se contentent pas d'un contact superficiel : ils prennent la vôtre dans leur patte droite qu'ils referment. Leurs yeux vous décochent un regard franc et direct. S'ils vous tapent sur l'épaule en signe d'amitié, vous sentez vos jambes fléchir. Leur sympathie se manifeste au poids.

J'ai roulé sur des routes sinueuses, entre des collines noyées dans une pluie fine et ténue ; j'ai aperçu, entre des marronniers et des hêtres, des fermes aux toitures en pente. Partout des pâturages, des prés, des champs d'un beau marron presque noir. Des troupeaux de vaches, dans des enclos, paissaient une herbe détrempée. Les animaux levaient la tête pour me voir passer. Et puis c'était à nouveau la montagne, la mer toujours perdue et retrouvée, un hameau, un village gris baignant dans une vapeur légère. Et des églises, toujours des églises : trapues, carrées, parfois flanquées d'un clocher comme on en voit en Bavière, elles étaient indissolublement liées aux maisons dont elles se distinguaient à peine.

Il pleuvait. L'essuie-glace balayait le pare-brise de ma Dauphine de location. Tra-a-p, tra-a-p. Mes pensées épousaient ce rythme. Mon souffle projetait de la buée contre la vitre. Les virages débouchaient inévitablement sur une vallée, traversée par un ruisseau ou par une rivière. Et dans chaque vallée, il y avait des fabriques et des usines dont les fumées, au lieu de monter, glissaient à l'horizontale, entre les nuages et la terre gorgée d'eau. Alentour on voyait des maisons aux façades noircies. Par l'ouverture que j'avais laissée au-dessus de la vitre gauche, une odeur de charbon et de suie me parvenait. J'ai traversé lentement des dizaines de villages également noirs et tristes ; je me suis péniblement frayé un chemin au travers d'une foule dense. Partout les mêmes silhouettes engoncées dans un imperméable couleur de papier mâché et coiffées d'un béret, partout des femmes, marchant à vive allure, défendues contre la pluie par un parapluie trop large. Et puis des bicyclettes, des armées de bicyclettes enfourchées par des matrones qui me décochaient, en me doublant, un regard sévère.

Maintenant, je suis installé dans un fauteuil de cuir, devant un feu de bois, je bois un scotch en écoutant cet industriel qui habite, comme tous ses semblables, une villa victorienne, cernée de pelouses bien tondues, dans un quartier résidentiel de Bilbao.

— Les Basques ne sont pas séparatistes mais autonomistes. Vous n'avez qu'à regarder et qu'à interroger autour de vous : les séparatistes se comptent sur les doigts d'une main. D'ailleurs comment vivrions-nous coupés du reste du pays ? Tout ça, c'est une plaisanterie !

Il répète « plaisanterie » avec un geste brusque. Instinctivement, je déplace mon verre.

— Le malentendu vient du fait que les Castillans ne conçoivent qu'une manière d'être espagnol : la leur. Je les comprends, remarquez. Au fond, nous autres Basques, comprenons et aimons la Castille parce qu'elle nous ressemble : têtue, énergique, tout à son idée. Mais elle commet, en refusant de reconnaître la légitimité de nos aspirations, la plus grosse erreur. Elle crée la haine là où elle n'existait pas. Car, vous le savez, les Basques ont contribué largement à faire l'Espagne actuelle : de nos montagnes est partie la Reconquête, jamais les Mores n'entrèrent chez nous, nos marins ont participé à la découverte puis à la colonisation du Nouveau Monde. « Votre » Unamuno était des nôtres...

Il a changé de ton. Il parle maintenant avec détachement, comme qui n'espère ni ne désire convaincre :

— Si le Pays basque s'est rangé aux côtés de la République en 1936, vous en connaissez la raison... Au fond, les Basques ne demandent pas grand-chose : le droit de se sentir chez eux dans leur pays, de parler leur langue, de gérer leur budget, d'être représentés à Madrid... Ce peu paraît exorbitant au gouvernement. Alors un jour[1]...

Le 27 avril 1937...

Rien ici de la douceur et de l'exaltation catalanes. Austérité, pondération, sérieux. L'océan gronde sous les falaises creusées, déchire et engloutit des rochers épars qui émergent à marée basse. Dans les ports aux maisons peintes de couleurs pastel, les pêcheurs reprisent leurs filets.

Il y a dix jours que je suis ici. Comme je sais peu de chose pourtant sur ces hommes et ces femmes que je croise ! Je me suis fait des amis. Le soir, nous allons boire du vin rouge dans les tavernes. Nous finissons par tous chanter en chœur. Je rentre tard à Guernica. J'habite l'unique hôtel convenable. Les fenêtres du restaurant donnent sur une place plantée d'arbres dénudés. Leurs doigts noueux

1. Ce « jour » arriva, on le sait. Il s'appelle l'ETA.

s'agrippent aux nuages très bas. Un kiosque à musique se dresse au centre de la place qui dégringole vers des maisons à arcades. Au sommet de la pente, il y a une église. Son horloge sonne les heures, les demies et les quarts. J'entends ses coups dans ma chambre. Je dors mal. Souvent je me lève pour arpenter les rues désertes. Mes pieds s'enfoncent dans des flaques. Le vent parfois souffle de la mer. Je respire alors avec force. Que fais-je ici ? Pourquoi tourné-je en rond ? Je suis un mauvais reporter, décidément. Je ne rencontre personne, hormis des pêcheurs et des ouvriers. Encore évité-je de leur parler de « ça ». Mais « ça » n'est plus même un souvenir. Rien ici ne « l' » évoque. Les maisons sont neuves, la ville a un air fringant. Pourtant je respire souvent l'odeur des chrysanthèmes que la pluie a fanés. Ces pierres neuves abritent des tombes. On marche ici sur une ville ensevelie. J'ai déjà ressenti cela... à Francfort, à Munich, à Berlin : impression de circuler dans un décor. La ville ne reflète plus l'esprit de ses habitants ; elle est pour eux un vêtement d'emprunt. Le marché circulaire de Guernica, par exemple : si joli avec ses portiques, sa rotonde à ciel ouvert dans lequel des centaines de mulets attendent ! C'est ici que « ça » a commencé pourtant. Un lundi. Quel temps faisait-il ? Peut-être y avait-il, comme ce lundi-ci, des nuages et du soleil en alternance. Et sous les portiques, des paysans pareils à ce vieillard qui agite une longue tresse d'aulx ; partout cette même foule sérieuse, paisible, ordonnée : des mulets aussi, des ânes aux regards mélancoliques. « Ils » ont alors surgi. Par-dessus les collines. Gros oiseaux métalliques sous le gris uni du ciel. La terre a dû frémir. J'ai connu cela, en Allemagne : le frisson de la campagne, le silence des bêtes, l'attitude figée des hommes. Les regards surtout. Des yeux trop ouverts qui ne voient plus. L'instant solennel de l'attente. La vie s'arrête, reste suspendue... Beaucoup ont dû regarder en l'air, d'autres ont eu sans doute ma réaction : baisser la tête, attendre l'inévitable. Le sifflement enfin... Non, les bombes ne sifflent pas. Elles font ce bruit aigu et strident d'une corde de violon qu'on gratte. Le bruit... Non, entre le son et l'explosion, il y a place pour cette soudaine détente de l'air, ce souffle à la fois brutal et brûlant qui semble vouloir vous arracher à la terre. C'est « ça » le pire : la seconde d'apesanteur. Le bruit assourdit, abrutit, effraie, mais curieusement rassure. La vie ensuite ne compte plus. La mort frappe trop vite. On n'a plus le temps d'y penser. Elle est partout à la fois. Les cris fusent, les sanglots — les appels —, où donc ai-je vu cette mère hagarde, le visage en sang, qui courait, bras tendus devant elle, en criant : Werner ! Werner ! Où l'ai-je « entendue » surtout ? Les mourants ont une façon à eux d'appeler. Ni plainte ni cri : un ululement qui s'achève en sanglot. Des milliers de cris, de pleurs, d'appels, des courses folles qui ne mènent nulle part, des chutes et des bousculades, toute une ville affolée, errant parmi les décombres, dans un nuage de fumée, des bêtes traquées, prises au piège de la mort ; la fumée rend aveugle, elle pénètre dans les poumons. On tousse, on crache, on hurle, on fuit, on revient, on appelle « Maman », on implore les dieux qui ont béni le départ des assassins. Et puis on se réveille, on époussette ses vêtements, on arrange une mèche de ses cheveux, on essuie, du revers de la main, les dernières larmes de terreur ; les lèvres et les jambes continuent de trembler ; on marmonne des phrases confuses ; on se meut avec une terrible lenteur, on regarde autour de soi... Ce fut « ça », Guernica. Pour les aviateurs allemands, c'était une expérience : ils « répétaient » avant le déclenchement du vrai drame. Pour les franquistes, c'était un avertissement : « ça » apprendrait aux Basques ce qu'il en coûte de trahir son clan. Pour les Basques... Ils parlent si peu ! J'ai beau les épier : ils ne livrent rien. Peut-être n'y pensent-ils plus ? Peut-être ce chêne symbolique sous lequel les rois d'Espagne venaient jurer de respecter les *fueros*, peut-être ce chêne n'évoque-t-il plus aucun souvenir pour eux ? Je me trompe, je le sais. Des faits me sont rapportés, ici ou là, qui démentent mes impressions : tel prêtre a été déplacé parce qu'il prêchait en basque, la police a sauvagement battu un étudiant qui griffonnait des inscriptions hostiles au gouvernement central sur les murs de Bilbao, les dockers ont fait grève, des renforts de police arrivent de Madrid, une imprimerie clandestine a été découverte, un groupe de jeunes prêtres a signé un manifeste... J'enregistre ces indices, j'écoute ces rumeurs. Mais, si je les mets bout à bout, je n'en perçois pas le sens. La trame secrète m'échappe de ces drames quotidiens. Je « sais », bien sûr. Savoir ne m'a jamais suffi : je cherche à comprendre. S'il n'y avait « rien » à comprendre pourtant ?

Souvent je prends des routes de montagne. Elles mènent à des villages propres et paisibles. Je m'assieds au milieu de la foule des villageois pour regarder une partie de pelote ou pour admirer la force des athlètes qui soulèvent des poids. Les Basques aiment qu'on les traite de « brutes ». Ils ont le culte de la force physique. Un bel homme, ici, c'est un géant qui sourit naïvement en montrant ses muscles. Les plus costauds s'affrontent en des compétitions impitoyables ; les gens, autour de moi, échangent des paris. Je comprends mal ce qu'ils crient. Deux gardes civils fument d'un air ennuyé.

— Vous êtes espagnol ?

L'homme qui m'a posé la question est petit, avec un visage sec et fortement dessiné. Il porte un imperméable sali, il est coiffé du béret traditionnel.

— Oui et non. Mon père est français, j'habite Paris...

Il m'explique l'enjeu de la compétition. Tous les athlètes sont des amateurs. Ils se rencontrent régulièrement. Parfois les épreuves s'achèvent en un combat général entre spectateurs de villages rivaux.

— Les Basques adorent se battre, dit-il.

J'acquiesce.

— Mais nous sommes francs et loyaux. Il faut nous pousser à bout pour que nous nous fâchions...

Les deux gardes civils bougent. Mon voisin crache par terre, leur décoche un regard meurtrier.

— Ce sont des étrangers... des ordures... L'un est de Valladolid, l'autre d'Albacete...

L'explosion que j'attendais se produit. Mon homme n'arrête plus. Les reproches coulent de sa bouche en un torrent irrésistible. Même « ça » est évoqué. Tout y passe, en vrac. Il veut que je sache, que je dise en France... Il me présente des amis, il me conduit dans d'autres villages, il m'introduit dans certaines réunions, à Bilbao. Le décor a crevé. Je découvre un peuple aux aguets, remâchant ses griefs, cuisinant sa haine.

Notre rencontre remonte à quinze jours. Il pleut toujours. Il bruine plutôt. Parfois un soleil tiède déchire les nuages. Les rues et les parcs de Bilbao s'emplissent alors d'une foule active et pressée. Les usines alentour rejettent sur la ville, nichée au fond d'une cuvette, des fumées et des vapeurs. Tout est noir à Bilbao et l'air sent la poussière de charbon.

Je reste dans ma chambre du Carlton, à lire, à écrire. Le soir, je marche dans les vieux quartiers. Des images, des souvenirs littéraires ou historiques : les romans d'Unamuno, le siège de Bilbao, Zumalacarregui... Un siècle de combats, d'héroïsme vain, d'atrocités sans nombre. Les bérets rouges des carlistes... Tout cela pour quoi ? Tout reste à refaire ou plutôt à « défaire ». La Castille a échoué ici comme elle a échoué en Catalogne.

Des gardes civils symboliques

Dix ans ont passé depuis le voyage au Pays basque que je viens d'évoquer.

En ce laps de temps, si bref et si long, je suis plusieurs fois retourné en Biscaye. J'ai retrouvé le charivari, le ciel tout agité de nuages, la lumière mouvante, les villes et les villages noircis par les fumées des usines, et cette atmosphère d'ordre, de respectabilité.

À chacun de mes séjours, je pouvais constater une aggravation de la situation. Entre Burgos et Vitoria, les patrouilles de la garde civile se faisaient plus nombreuses et, dans le regard des policiers, on lisait une tension où la crainte le disputait à la haine. Ces hommes étaient de toute évidence fatigués de traquer un ennemi insaisissable. Ils examinaient mes papiers avec un air plein de soupçons, ils fouillaient rageusement mon véhicule. On aurait dit qu'ils étaient déçus de ne rien découvrir. Du reste, ils l'étaient. D'avance ils savaient que l'ennemi passerait au travers des mailles du filet. Tous leurs efforts se révéleraient vains. Pas un mois ne passait sans que l'un des leurs fût tué dans une embuscade ou dans un attentat.

Ces hommes du Sud, habitués à la chaleur, au soleil, erraient dans ce paysage de collines boisées. Engoncés dans leurs capes, le teint cendreux, ils marchaient sous la fine pluie. On eût dit une armée de fantômes lancés à la poursuite d'une ombre.

Le ciel gris, le brouillard créaient autour d'eux une atmosphère d'hostilité. Je les voyais flâner dans les villages, l'air égaré. Ils auraient aimé pénétrer dans une taverne, s'accouder au bar, boire un verre au milieu des habitants du pays. Mais ils n'osaient pas. Malgré leur nombre, malgré leur armement, ils étaient un misérable gibier, traqué par d'invisibles chasseurs. Alors, ils tournaient dans les rues du village, attendant l'heure de rentrer dans leurs casernes.

Dans toute la Biscaye, je sentais, chez les policiers, ce même découragement, cette même fatigue. Parfois la rage les saisissait. Ils tuaient, torturaient. Sans plus de résultat.

Comme les nuages dans le ciel, la réalité glissait. Partout la haine, le mépris, l'indifférence dédaigneuse répondaient à leurs invectives ou à leurs sourires, ils étaient déjà morts, et ils patrouillaient sous le crachin, tous leurs sens en éveil.

Trente ans de franquisme n'avaient rien pu résoudre. La Biscaye secouait durement le joug. Ébahis, les Espagnols s'interrogeaient : qu'est-ce que c'est que ça, l'ETA ? Ils écoutaient le fracas des explosions. Ils plaisantaient.

Un *torero*, aux arènes de Madrid, n'arrive pas, malgré des tentatives répétées, à tuer le fauve. Le visage baigné de sueur, il essaie, une fois encore, et il échoue. Le public ne bronche même plus. Un silence terrible s'abat sur les arènes. Alors une voix fuse, gouailleuse :

— Coiffe-le donc d'un bicorne et envoie-le à Bilbao !

3

En pays d'Islam

Mojacar, lorsque j'y suis arrivé pour la première fois, n'était qu'un entassement de maisons carrées, blanchies à la chaux et coiffées de terrasses, qui s'étageaient sur la pente d'une colline d'où le regard embrassait une plaine immense, ourlée par la mer.

Au bas du village, il y avait une fontaine imposante autour de laquelle de petits ânes aux regards mouillés attendaient, résignés, leurs maigres flancs chargés de gros paniers d'osier.

Depuis le littoral où l'on venait de bâtir le parador, la route grimpait sur deux kilomètres, bordée d'eucalyptus et de figuiers de Barbarie.

C'était le mois de juin. L'été s'abattait lourdement sur cette terre oubliée. La lumière défaisait les volumes, brouillait les lignes, buvait les couleurs, ne laissant qu'une vacuité brûlante où le silence résonnait du souffle terrible de ces hauts-fourneaux cosmiques dans lesquels la terre, aspirée, semblait se fondre et se liquéfier.

Le sable des plages qui s'étendent, vastes et nues, vers Carboneras au sud et vers Garrucha au nord brûlait comme s'il eût été recouvert d'une couche de lave incandescente. Même la mer, qui, avant chacune de ses avances, paraissait marquer une hésitation, même cette mer aveuglante donnait, enveloppée d'une épaisse brume, l'illusion de s'évaporer.

Venant de Grenade, je m'étais enfoncé dans un paysage convulsé, soulevé de montagnes pleines de rides et de crevasses, d'un rouge profond. Ce sombre et vaste chaos minéral, il ne pouvait pas ne pas m'évoquer l'Islam.

Plus j'avançais dans ce désert désolé et plus le sentiment m'habitait que je m'enfonçais dans l'épaisseur du Temps, avalant les siècles avec les kilomètres. Jusqu'aux noms des rares villages traversés qui, dans ma mémoire, chantaient un air rauque et syncopé, Alhucemas, Aljama, Benalua, Benadix...

Avec la nuit, j'étais arrivé à Mojacar, où je m'étais endormi au souffle alangui de la mer.

Depuis, je restais le plus souvent reclus dans la chambre, fuyant la fournaise. La pénombre m'enveloppait avec une attention pleine de douceur. Tout, au-dehors, fuyait, je le sentais. C'était comme une immense débâcle, un sauve-qui-peut cosmique.

J'éprouvais un malaise obscur. J'étais brûlé de fièvre. Mes nerfs à vif me causaient d'étranges douleurs, notamment aux articulations. Ma poitrine était oppressée et je respirais avec peine, ahanant dans l'obscurité comme un poisson tiré de la mer et jeté dans un bocal.

À dire vrai, ce malaise ne me quittait pas depuis que j'avais mis les pieds en Andalousie. Il m'arrivait même de singulières aventures.

Un incident bien étrange

Au bar de l'Alhambra Palace, alors que je devisais avec un groupe d'amis, j'avais brusquement ressenti un malaise intolérable.

La conversation roulait, j'en conserve la mémoire, sur Philippe II, que José-Maria appelait « le fossoyeur de l'Espagne ». Cécile Rémy m'interrogeait alors sur Al-Andalous et sur la chute du royaume de Grenade. Commençant de répondre, l'angoisse se saisit de moi.

Ce ne fut d'abord qu'une inquiétude diffuse, telle qu'on en ressent alors qu'on se trouve seul dans une pièce et qu'on se persuade que quelqu'un vient d'entrer et nous observe à notre insu.

Puis, l'angoisse grossit, me submergea tout à fait. Je crus être victime d'une hallucination : ce moment, je l'avais déjà vécu. Illusion banale, me dira-t-on. Certes, et ce fut également ma première pensée, à laquelle je m'accrochai dans l'espoir de desserrer l'étau qui m'étouffait. Mais il ne s'agissait nullement du sentiment du déjà-vu. C'était l'à-venir au contraire qui me causait cette panique. D'avance je savais ce que chacun de mes interlocuteurs allait dire, et il le disait en effet. J'aurais voulu leur crier : « Ne dites pas cela. Changez, à tout le moins, l'ordre des mots... » Mais, comme si je m'étais trouvé dans une salle de cinéma où passait un film déjà connu de moi, l'action se déroulait avec une atroce et impitoyable inéluctabilité. Du moins aurais-je voulu bouleverser l'ordre ou le contenu de mes interventions, au lieu de quoi je m'entendais, affolé, dire les mots mêmes que j'avais entendus dans mon esprit, une ou deux minutes auparavant. Les gestes de mes amis répondaient, eux aussi, à l'obscure nécessité qui faisait de toute la scène, pour moi, un véritable supplice.

À bout de nerfs, je me levai et, m'excusant, marchai vers les ascenseurs, bientôt rejoint par Michel Rémy, qui s'inquiétait de mon état. « Ce n'est rien, fis-je. Simplement, il m'arrive une chose déconcertante et fort angoissante... — Tu savais à l'avance ce que chacun ferait ou dirait ?... » Et il me décrivit mes propres sensations qu'il avait pareillement éprouvées.

Pourquoi conté-je cela ? Pour illustrer d'un exemple l'état singulier dans lequel j'étais.

Que se passait-il ? Je ne trouve pas d'autre mot que celui de « possession ». Ce pays d'où je suis originaire, où je n'ai point vécu, dont je répugne à parler tant il me paraît que les mots ne peuvent que trahir ce que je ressens, ce pays dont le sous-sol est agité, depuis des millénaires, de mouvements profonds, il me pénétrait, il m'ébranlait.

Rien, autour de moi, n'évoquait le mystère.

Les jours se levaient, limpides et lumineux ; les bruits de la ville résonnaient, familiers, à mes oreilles ; les cars de touristes sillonnaient les jardins de l'Alhambra.

Chaque après-midi, je me promenais sur la colline, goûtant l'ombre bruissante ; je marchais dans les ruelles de l'Albaycin...

Je cherche un mot et je trouve : *Yerma*, comme la pièce de cet autre Andalou. Il me semble en effet que l'Andalousie ressemble à cette dure et sombre paysanne qui bat ses flancs stériles.

Dans ce pays de lumière et de soleil, il y a tout un monde d'ombre et de silence, de terreur et de haine.

Dans les rues odorantes du parfum des orangers en fleur, ça crie, ça rit, ça chante.

Sous cette fête, dans les maisons tournées vers un patio fleuri, la mémoire veille ses morts, le souvenir attise la rancune. Chaque goutte de sang crie vengeance, par-delà les siècles. Ce n'est pas l'odeur du jasmin que ces femmes sèches et endeuillées respirent en dodelinant de la tête. C'est un parfum qui lui ressemble, certes, pas vraiment un parfum, une trace, une marque imperceptibles : celles de la maison de l'Embaumeur où les gestes pieux et solennels tentent à coups d'aromates d'écarter l'horreur.

Parfois, je croyais rêver. Je m'enlisais dans un univers déliquescent.

Quand « ça » monte avec le chant

À Séville, nous allions chaque soir à un spectacle de flamenco, ou *tablado*. La troupe, gitane, était composée de chanteuses et de danseuses jeunes et jolies. Dans l'ensemble, le spectacle était le moins truqué de ceux qu'on offre habituellement aux touristes. Je ne m'y ennuyais donc pas, sans toutefois ressentir jamais ce frisson qui vous fait comprendre que, cette fois, « ça » y est...

Ce que c'est que « ça » ? Pour être franc, personne ne le sait. Il existe mille noms pour désigner cette chose mais aucun ne renseigne. Car « ça » s'éprouve ; « ça » se sent ; « ça » se vit ; mais « ça » ne se laisse ni comprendre ni désigner.

Une nuit donc, au sortir du spectacle, je suivis la troupe dans une auberge des environs de la ville. Tout à fait décor du deuxième acte de *Carmen* : les tonneaux de vin rangés devant un mur de pierre sèche, quelques tables de bois sombre, un éclairage parcimonieux.

Nous buvions du vin, nous mangions du jambon cru, nous discutions du sort de l'univers, depuis que Dieu le créa.

C'était un de ces moments d'amitié, de sympathie mutuelle, de générosité un peu facile, comme il arrive qu'on en vive en Espagne, au hasard des rencontres.

Parfois, l'un des *cantaores* jetait un cri, dessinait une arabesque, ou quelqu'un grattait les cordes de la guitare, puis nous reprenions nos discours alambiqués sur le sexe des anges. Et le temps s'écoulait, léger.

Brusquement, « ça » fondit sur nous. À peine un murmure, un gémissement rauque. Électrisés, nous fîmes silence. Et la plainte grossissait, enflait, menaçant de devenir cri, pleurant dans les aigus, rageant soudain dans les graves ; éclatée, syncopée, elle rebondissait entre les murs, pénétrait nos chairs, transperçait nos fronts, pinçait nos nerfs, contenant à elle seule toute la peine des hommes, toute leur fureur impuissante, et leur défi aussi, leur rage, leur haine rentrée. « Et voilà comment nous sommes, nous autres ! — Oui, monsieur, c'est ainsi qu'on chante... — Et bénie soit la femme qui a écarté ses cuisses pour que tu voies le jour ! — Olé, olé, olé. » Car « ça » s'était propagé comme un feu de brousse, « ça » s'était communiqué à toute l'assemblée. Le décor tourbillonnait, les mains battaient avec fureur, une voix succédait à l'autre, créant des mots, inventant des paroles neuves pour dire la plus vieille solitude, l'infinissable misère, et tant de sang versé, coulant dans les ravins, se noyant dans le Guadalquivir. Tous les *muezzins* d'Al-Andalous, toutes les synagogues de Tolède et de Valence éclataient de pleurs dans cette auberge d'opérette, dans l'odeur des quinquets à huile. Et c'était tout « ça » qui levait, qui transportait les corps, les raidissant, les arquant et les rejetant... « Ça » : le souffle, l'esprit, le feu sacré dont les antiques forgerons étaient les pieux zélateurs. Du fond de la Perse, ses lueurs éclairaient notre joie comme remontaient du fond du Nil, portés à travers le désert libyen, les chants des pleureuses d'Osiris, gisant dans son noir vaisseau...

L'aube enfin descendit jusqu'à nous. Silencieux, nous repartîmes vers Séville. *Bueno, hombre, hasta pronto*. Nous évitons de nous regarder, nous nous serrons la main, gênés. Nous venons de célébrer un mystère. À qui pourra-t-on dire que « ça » est venu et ce que c'est que « ça » ?

L'ensorcelé de Séville

Cette face ténébreuse de l'Andalousie, faut-il rappeler qu'elle constitue le refoulé de l'Espagne ? Ce qui n'a jamais pu être dit, ni crié, éclate ici en sanglots, en trépignements, en arabesques des bras et des poignets.

Voilà sans aucun doute l'unique « secret » de ce pays. En nul autre lieu, comme en ces huit provinces auxquelles je joins, spirituellement, le Levant, en nul autre endroit la répression n'a été plus féroce, plus implacable.

D'où, sous la façade peinte, sous les refrains sucrés — *Andalucía mía*, ta-ca-ta-ca-tacq —, ces zones de silence, ces maisons muettes, cet orgueil blessé qui se cache.

Il arrive qu'on visite cent fois le pays et qu'on ne

s'aperçoive de rien. Mais pour peu qu'on accepte de se pencher...

Dans le théâtre où se produisait la troupe gitane dont je viens de parler, le regard aigu de Michel Rémy avait remarqué un homme d'un âge avancé qui assistait chaque jour au spectacle, depuis le commencement jusqu'à la fin.

Il approchait de la soixantaine, il avait un air étrangement las.

Invariablement, il s'asseyait seul à une table du fond, devant une unique consommation qu'il faisait durer jusqu'à la fin de la représentation. On le sentait attentif, tendu, et on le voyait applaudir à tout rompre certains numéros, toujours les mêmes.

De toute évidence, il n'était pas espagnol et nous nous posions à son sujet cent questions, plus folles les unes que les autres.

Or, un soir, mon ami vint vers moi avec une expression triomphante. « C'est un Français, m'apprit-il. Il a été journaliste. — Il ne l'est plus ? — Je n'ai pas très bien compris son histoire. »

Nous l'invitâmes à notre table et, comme dans un récit de Mérimée, sauf que je ne suis pas archéologue, il nous tint de singuliers propos. Il était venu à Séville peu avant la guerre civile, vers 1934 ou 1935. À cette époque, il travaillait pour un journal parisien et il écrivait des reportages sur la situation économique et politique de l'Espagne. L'insurrection nationaliste l'avait surpris à Séville et il avait passé toute la guerre auprès du général Queipo de Llano, faisant de nombreux articles pour la presse française et internationale. Au lendemain de la victoire du Caudillo, il se fixa à Séville, épousant une gitane du faubourg de Triana qui lui avait donné une fille, danseuse dans la troupe que nous venions, chaque soir, applaudir.

Qu'on imagine une jeune fille de seize ans, au corps tout ensemble gracile et pulpeux, avec de beaux cheveux dorés, de vastes yeux mi-bleus, mi-verts.

Avec son père, la ravissante danseuse se montrait d'une attention touchante. À l'entracte, elle allait s'asseoir à sa table, posait sa tête blonde sur son avant-bras, tournait vers lui son visage rond et doré où de grands yeux luisaient, mouillés d'on n'eût su dire quel secret.

Après le spectacle, ce couple singulier, tout droit sorti d'un roman de Victor Hugo, s'en retournait ponctuellement, s'enfonçant dans les ruelles sinueuses en direction du Guadalquivir.

Cette belle histoire d'amour possédait cependant son envers. Pour évoquer ces forces ténébreuses qui l'avaient épuisé, l'ex-journaliste ne trouvait que des avertissements qu'il prodiguait à Michel Rémy d'un ton d'urgence, presque de désespoir : « Surtout, lui disait-il, ne restez pas longtemps ici. Ne vous laissez pas tenter par la beauté du décor, la douceur du climat, le charme des habitants. Ne vous abandonnez pas au bonheur de vivre qu'on ressent dans cette ville. Si vous cédiez à ses charmes, vous deviendriez, comme moi, un homme fini. J'avais, je puis l'avancer sans prétention, du talent, de l'ambition. J'aurais pu réussir deux ou trois choses qui eussent justifié mon existence. Or, arrivant ici, je me suis abandonné au charme de l'endroit. Chaque jour, je me disais : « Je repartirai dans huit jours. Je retournerai à Paris. » Et quand la date que j'avais fixée pour mon départ arrivait, je reculais l'échéance, incapable de me dégager du piège où je m'étais pris moi-même.

Insensiblement, je me suis enlisé, j'ai cessé de vouloir. Je buvais la mort à petites gorgées. Je n'avais plus la force de travailler, je n'écrivais pas une ligne, les livres me tombaient des mains. Je passais mes jours au café en compagnie d'amis, en promenades et en discussions interminables. J'aimais passionnément les gitans de Triana et c'est parmi eux que je connus celle qui devint ma femme et qui était — puisqu'elle est morte voici cinq ans — plus belle encore, si cela semble possible, que notre fille... Voilà comment a passé ma vie : tel un merveilleux songe. Je me retrouve usé, vieilli, vidé, sans avoir rien tenté, rien entrepris. J'ai gâché mes dons et j'ai renoncé à toutes mes ambitions. Aussi, mon jeune ami, suivez mon conseil : Ne vous attardez pas à Séville. Défendez-vous contre ses sortilèges. Partez. Fuyez... » Et, derrière ses binocles à monture d'écaille, il clignait des yeux comme un vieux hibou aveuglé par la lumière du jour.

Cet inconnu, il avait rencontré « ça », qui est la face nocturne de l'Andalousie.

Le malaise que je retrouvais à chacun de mes séjours, cette sourde inquiétude, ces poussées de fièvre, tous ces symptômes, l'ex-journaliste les avait ressentis, vingt-cinq ans plus tôt. Il avait cherché à y échapper, il avait tenté de fuir. En vain. La Mort avait refermé ses bras d'albâtre autour de son cou, lui murmurant à l'oreille des câlineries mortifères. Et il restait là, dans cette ville étrangère dont les maléfices l'avaient ruiné, anéanti, ne lui laissant que sa fille, créature aussi belle qu'énigmatique, possédée par le démon de la danse. Sa famille, son passé, sa mémoire profonde, tout avait péri. Il ne savait plus qui il était, et il marchait dans la nuit tiède et odorante, fantôme égaré dans cet Islam lascif.

L'Andalou, cet exilé

N'était-il pas naturel que je touche le fond du malaise espagnol dans cette Andalousie débarrassée de tout élément pittoresque et, pour ainsi dire, rendue à elle-même ? Mojacar m'apparaissait comme le pur diamant de cette terre opprimée depuis des siècles.

Ce pays absurde m'évoquait irrésistiblement le Mexique, cet autre puits empoisonné de la paranoïa castillane. L'Andalousie ne possédait ni passé ni avenir. Amputée de sa mémoire, elle gisait au soleil, sans forces, sans désir. Elle marchait en aveugle au milieu des vestiges de son histoire prestigieuse, et elle ne les voyait pas. Elle me faisait penser à une orpheline qui feuilletterait un album de photos sans savoir que les personnages qu'elle regarde sont sa famille. Distraitement, elle tourne les pages ; parfois elle ressent une émotion inexplicable... Quand les Andalous se regardent dans l'un des miroirs de l'Histoire, ils voient apparaître un sombre *hidalgo* qui les toise avec mépris. Nulle part, ces enfants de l'Islam ne voient le fil qui leur permettrait de remonter à la source. Ils ne disposent d'aucun mythe où ils puiseraient réconfort ou fierté. Une nuit profonde les enveloppe. Parfois une lueur traverse ces ténèbres. Mais la lumière aussitôt s'éteint et le monde redevient opaque, impénétrable et rempli de dangers. Point de repères, c'est-à-dire de significations. L'existence ressemble à une gigantesque farce ourdie par des divinités capricieuses et cruelles. Pourquoi cette misère, cette déchéance ? Pourquoi cette passivité et cette résignation ? Les Andalous, privés de leur passé, n'arrivent pas à s'orienter dans l'épaisseur du temps. D'où leur superstition. Ils baignent dans un univers magique par manque de représentations intellectuelles. Le plus banal incident, l'événement le plus insignifiant trahissent à leurs yeux la présence de forces occultes. Ici, tout peut arriver, et tout arrive en effet. Les *duendes* courent la campagne, hantent les sources et les rivières, s'insinuent dans les maisons, rôdent dans les cimetières. Dans les villages, les vieilles femmes concoctent des potions, cueillent des herbes, écrasent la corne du bouc, font bouillir le crapaud et piquent d'épingles les figurines de cire. Toute la campagne retentit du souffle des monstres lâchés par des peurs séculaires.

Pourtant, les Andalous sont de bons, d'excellents catholiques. Pour être francs, ils en remettraient même un peu. Il suffit pour s'en convaincre d'entrer dans une église. Les femmes se traînent à genoux dans la pénombre, elles tiennent les bras levés dans l'attitude de la crucifixion. Même les bourgeoises se couvrent de médailles et de chapelets. En réalité, c'est le soupçon qu'elles essaient d'écarter.

Les Andalous sont, paradoxalement, les plus espagnols des Espagnols. C'est qu'ils constituent, en quelque sorte, la vérité de l'Espagnol. L'Andalou est la part du refoulé qui sommeille en chaque Castillan. Pas vraiment arabe, pas tout à fait chrétien, un peu juif certainement : bref, le produit d'une Histoire mouvementée.

Aussi les Andalous poussent-ils au paroxysme les défauts et les vertus de l'Espagnol. Si vous voulez savoir à quoi ressemble un Espagnol, observez un Andalou, il vous montrera ce que d'autres s'efforcent de cacher. Pour commencer, il vous mentira. Pas par intérêt ni par peur, par fantaisie et par sport. Il vous inventera une histoire si drôle ou si touchante que vous serez tenté de la croire, même si vous possédez la preuve qu'elle ne peut être vraie. Remarquez, il ne vous demandera pas de la croire mais de l'écouter. Car il n'espère pas en tirer un bénéfice quelconque. Non, il désire seulement enfiler des phrases aux sonorités joyeuses ou tristes. Ensuite, il vous séduira. N'essayez pas de résister surtout, car il a besoin que vous l'aimiez. D'ailleurs comment n'aimerait-on pas quelqu'un qui dit « moi » vingt fois par minute et qui vous assure candidement qu'il est le plus beau, le plus intelligent, le plus drôle, et qui, par-dessus le marché, peut très bien être ce qu'il dit ? À moins qu'il ne se taise ou qu'il vous dédaigne. S'il vous fait en effet le coup du Castillan, tous les *hidalgos* de Soria paraîtront des clowns facétieux comparés à lui. Car, vous l'avez compris, il fait tout avec excès. S'il est de Cordoue, il peut porter sur son visage toute la tristesse de Manolete et toute la sévérité de Sénèque ; de Grenade, son regard vous paraîtra baigné de mort et de tendresse ; Sévillan, il jouera les Don Juan.

L'Andalou est la chair du drame espagnol. Sur sa peau le malheur du pays est écrit en caractères de feu. Or, ce qu'est en dernier ressort l'Andalou, c'est un manque. Il vacille au sommet du temps, s'avance dans la vie comme un somnambule, vous demande comme le sphinx : qui suis-je ? et il fait une cabriole. Il prodigue ses dons, jette ses talents, se dépense sans compter, pour rien, pour oublier le temps qui passe. Mais derrière son rire, vous entendez l'angoisse.

DIXIÈME PARTIE

Yerma

Tu dis bien. Notre pays est une terre d'envie et de superbe ; tu peux ajouter : de barbarie.

Rodrigo Manrique
à Juan Luis Vivès.

1

Juan Carlos Ier

Deux mois après la mort de Franco, je me retrouvai à Madrid. J'avoue que je n'espérais pas que l'intelligence dût marquer l'après-franquisme. Du roi Juan Carlos, je savais peu de chose. Son regard bleu, sa carrure de sportif, son lourd menton n'évoquaient rien pour moi. Les Bourbons, excepté Charles III qui fut peut-être l'un des plus grands monarques espagnols, les Bourbons ne s'étaient pas fait remarquer par leur intelligence. Braves, comme on le dit dans mon Midi, simples, pacifiques, très *castizos*, ils n'en avaient pas moins présidé, avec une pompe touchante et surannée, à l'enlisement et au déclin de l'Espagne. On pouvait discuter du degré de leur sottise, se demander lequel, de Charles IV ou de Ferdinand VII, avait été le plus crétin, mais en aucun cas on ne se serait avisé d'accorder l'intelligence à cette cohorte de gros balourds tout juste capables d'ourdir des intrigues. Or ; à contempler les portraits du roi Juan Carlos Ier, on ne voyait pas très bien pourquoi on ferait une exception en sa faveur. Il semblait la caricature de sa race. On le sentait loyal, plein de bonnes intentions, physiquement courageux, désireux de bien faire, naturellement majestueux, c'est-à-dire d'une courtoisie attentive et familière. Mais intelligent ?

À Madrid, la question avait déjà été balayée avant d'être posée. Ce roi, me disait-on partout, était un idiot congénital. Des bourgeois fortunés me contaient mille *chistes* dont voici un exemple :

Un concours national pour la désignation de l'Espagnol le plus absolument nul est ouvert. Le roi décide d'y participer. Il passe toutes les épreuves. Enfin, le président du jury annonce les résultats : Don Juan Carlos de Bourbon n'obtient que la deuxième place ! L'émotion est grande, on s'en doute. Une personnalité interroge le président du jury :

— Mais enfin, cher ami, comment se fait-il que le roi ne soit pas le premier ?

— Ne m'en parlez pas. J'ai fait ce que j'ai pu, je vous assure. Mais il est vraiment trop bête !

Des histoires semblables, on m'en contait des dizaines.

Une telle unanimité aurait pu m'ébranler. Elle m'inquiéta au contraire. Comment les Espagnols, si conformistes, étaient-ils devenus, en l'espace de quelques mois, si critiques ?

Je lisais la presse, regardais la télévision, marchais dans les rues. Je m'apercevais que la libéralisation n'était pas un vain mot. Les opinions s'étalaient au grand jour, différentes tendances s'affirmaient à longueur de colonne. Impossible de nier que quelque chose eût changé.

Du coup, je m'aperçus qu'un grand nombre d'Espagnols se vengeaient de leur peur passée. Beaucoup se faisaient téméraires et bombaient fièrement le torse quand tout danger réel était écarté.

J'en venais à m'interroger sur cette monarchie décriée, imposée par Franco, et qui, loin de suivre le mouvement, l'animait et le précédait. Il y avait là un phénomène tout à fait remarquable.

Peut-être le roi était-il cet idiot qu'on me peignait. Sa politique, elle, était tout sauf inintelligente. On avait même l'impression qu'un esprit parfaitement lucide concevait les buts vers lesquels courait le pays. En somme, Juan Carlos Ier semblait s'être fait de la situation de l'Espagne une idée tout à fait claire et il jetait ses cartes, l'une après l'autre, avec une incontestable maestria.

Sous mes yeux, le passage de la dictature à la démocratie s'effectuait avec le moins de désordres possible. Jour après jour, une nouvelle société prenait forme, avec ses tensions, ses contradictions et ses conflits.

Dans ces conditions, comment se contenter de traiter la monarchie par le dédain et par la dérision ? Suffisait-il de jeter, avec un haussement d'épaules : Ce n'est rien — *nada* ?

Dans un article publié dans *Le Monde*, mon ami Claude Manceron, citant j'ai oublié quel conventionnel, posait ce principe qu'une monarchie constitue une sorte de scandale pour l'esprit. J'entends bien la pensée de l'historien. Je reconnais que sur le plan des principes, Manceron a peut-être raison. Mais j'avoue que je n'oserais trancher en ce qui concerne l'Espagne.

Pour cette raison d'abord que l'État, dans ce pays, ne possède aucun fondement autre que théologique. Vouloir pour l'Espagne une république laïque, c'est rouvrir la guerre civile, c'est-à-dire religieuse.

L'Église a certes perdu en Espagne beaucoup de

son influence. Les rapports de forces ne sont pas à ce jour ce qu'ils étaient en 1936.

Ce n'est pas à Manceron que j'apprendrai qu'il aura fallu plus d'un siècle pour que la révolution laïque, proclamée en 1789, s'impose en France avec les lois du petit père Combes.

N'en déplaise à tous les Azaña, la question religieuse n'est pas révolue en Espagne. Même déchu, le catholicisme imprègne les consciences. Des dizaines de milliers d'inquisiteurs sommeillent, qu'un mot trop haut pourrait réveiller. Ils ne sont du reste pas tous dans le camp de la droite. Ai-je insisté sur l'intolérance ibérique, sur le fond fanatique de la race ?

Je ne soupçonne pas la gauche espagnole de manquer d'ouverture ni d'intelligence. Je la crois au contraire tout à fait consciente des dangers qui la peuvent menacer. Des hommes tels que Santiago Carrillo ou Felipe González font preuve, depuis des mois, d'une remarquable lucidité et d'une très belle prudence. Aussi bien ne s'agit-il pas d'intenter un procès d'intention.

La tyrannie menace l'Espagne de tout le poids formidable de six siècles de gouvernement théocratique. C'est la pente naturelle des esprits qui peut, ici, entraîner les hommes vers des régions familières. Qu'un ébranlement en effet se produise, comme dans la Russie tsariste en 1917, les « conditions objectives » favoriseraient la tyrannie. Un gouffre se creuserait que les hommes voudraient combler avec ce qu'ils connaissent. Et ils ne connaissent rien d'autre que le despotisme.

Mon rappel de la Russie tsariste ne concerne d'ailleurs que l'état des deux pays. Je ne soupçonne pas le moins du monde les communistes espagnols d'aspirer à la tyrannie. En fait, je soupçonne toute l'Espagne, et les communistes moins que d'autres. En tout cela la volonté n'intervient pas, ni le désir des hommes.

Bien entendu je comprends la position de Claude Manceron. Elle me semble — je lui demande pardon — parfaitement française, c'est-à-dire vue de l'esprit, prédication intellectuelle vers l'univers. Or, je ne dirai pas que les Espagnols sont autres ; je rappelle seulement que leurs réactions induites découlent d'une histoire spécifique dont le poids les accable encore.

Que peut donc bien signifier la monarchie pour l'Espagne ? Elle pourrait, je pense, constituer le fondement d'un État viable.

Naturellement, le conditionnel marque une réserve. Il dépend en effet de la monarchie elle-même de devenir ou non la pierre angulaire d'institutions durables ou de reprendre, dans un délai plus ou moins long, la route de l'exil.

Le peuple et la monarchie

À l'extrême nord de la Galice, près d'une immense plage déserte, battue par le vent du large, je rencontrai un vieux paysan au visage tanné, creusé de rides. Il était adossé à un muret de pierres sèches clôturant un champ de blé. Il m'adressa la parole et nous devisâmes quelques instants en fumant une cigarette. Il était d'un village voisin et il menait là ses deux vaches qui broutaient dans un pré. L'homme évoqua la guerre civile qui, me dit-il, avait été particulièrement cruelle dans son village. Il exprima son espoir qu'une pareille épreuve ne se reproduirait pas. Puis il me parla du roi qui venait d'effectuer un voyage aux Asturies, l'antique bastion de la Révolution espagnole : « C'est un brave homme, me dit le vieux paysan avec un sourire malicieux. On sent qu'il ne méprise pas les petites gens. Il aime sûrement le peuple. L'ennui, ce sont les autres, l'entourage, quoi... Ils étaient là "avant", n'est-ce pas ? »

Ce vieux Galicien exprimait là le sentiment populaire. Le roi est une apparition, une ombre que les Espagnols apprennent à connaître. Petit à petit, le monarque a su gagner l'estime des plus humbles. Mais il reste l'entourage, et il y aura toujours un entourage, quel qu'il soit. Or, la durée de l'institution monarchique dépendra de la confusion ou de la séparation de ces deux éléments : le pouvoir et la puissance.

D'autant plus puissant sera le roi qu'il consentira à ne détenir et à n'exercer que le minimum de pouvoir. Car sa force ne découle ni de ce qu'il fait ni de ce qu'il entreprend, mais de ce qu'il symbolise : une légitimité.

C'est peu dire que la monarchie n'a rien à redouter des libertés. Elles constituent son meilleur atout au contraire, elles lui font un rempart. Ce sont les progrès de la liberté qui, jusqu'au fin fond des provinces les plus reculées, ont valu au monarque les sympathies des populations. Les plus misérables suivent avec passion les efforts du roi pour se dégager du franquisme.

Le Parti communiste espagnol lui-même, que dit-il d'autre ? Refusant de prendre parti pour ou contre l'institution monarchique, il laisse à l'ensemble des Espagnols le soin d'en décider par le truchement d'élections libres. C'est reconnaître le fait monarchique et accepter de jouer le jeu à l'intérieur, s'il le faut, du cadre institutionnel. Une telle attitude témoigne non seulement de la lucidité des militants communistes mais encore de leur courage.

Tout de même, les pouvoirs du monarque restent à définir. S'il devait se révéler qu'il conduit, ouvertement ou en sourdine, les affaires du pays, sa position s'en trouverait affaiblie. Régner ne peut pas être gouverner. Ou alors, le roi s'expose à être démis de ses fonctions comme le premier politicien venu. Sa fonction perdrait son prestige symbolique. La monarchie serait l'État et non pas son fondement. Or, n'est-ce pas d'une légitimité symbolique que l'État espagnol aura le plus profond besoin, c'est-à-dire de cette idée vaste susceptible de remplacer l'unité de foi imposée par la contrainte ?

Lénine et Staline ont hérité des attributs du tsar parce que l'immense peuple russe était accoutumé, depuis des siècles, à vénérer ses rois. Staline le savait si bien qu'il sut, quand tout menaçait de crouler, retrouver le vieux ton tsariste pour réveiller l'ardeur patriotique.

Or, l'Espagne sort aujourd'hui du même sommeil séculaire dont la Russie avait été tirée en 1917. La situation économique, la relative prospérité ne doivent pas, là-dessus, faire illusion. Les esprits gardent l'empreinte de la servilité, l'angoisse se love dans tous les cœurs. Il faudra un long temps avant que les Espagnols, guéris de leurs infirmités, aient la force de porter leur liberté.

Toute thèse maximaliste, toute attitude irréfléchie, même dictées par les meilleures intentions, peuvent en Espagne conduire aux pires excès. Ce dont le pays a besoin, je le répète, c'est d'intelligence.

Alors, pourquoi pas la monarchie ?

Si la monarchie se révèle capable de restituer les

libertés civiles et politiques, si elle s'érige en gardienne du Droit, si elle tolère, sans intervenir, le libre jeu des forces sociales, alors, c'est mon intime conviction, elle peut rendre à l'Espagne les plus grands services.

Aujourd'hui, il y a une petite chance pour que la paix civile, en Espagne, soit sauve, et cette chance s'appelle Juan Carlos Ier. Certes, je conçois qu'on s'en afflige. Pour moi, c'est toute l'histoire de l'Espagne, depuis 1492, qui m'afflige et me désole. Seulement voilà, on ne refait pas l'histoire d'un peuple avec des principes, fussent-ils les plus généreux. Il nous faut prendre l'Espagne telle qu'elle vient à nous, du plus profond des siècles. Sans doute n'arrive-t-elle pas coiffée du bonnet phrygien et dansant la carmagnole.

Je dis que le roi incarne une « petite » chance parce que bien des périls menacent l'institution monarchique, à commencer par sa structure. C'est que le roi n'est pas toute la monarchie. Une monarchie, c'est aussi une certaine conception du monde, des adeptes, des fidèles, en bref une aristocratie. Or, l'aristocratie espagnole a causé la ruine de bien des rois, même parmi les meilleurs. Aveugle à tout ce qui n'est pas ses intérêts les plus étroits, souverainement ignorante et fière de l'être, elle constitue un redoutable bouillon de culture où germent tous les bacilles infectieux.

Ce milieu « porteur de mort », le roi réussira-t-il à l'écarter ?

L'Europe devant l'Espagne

Pour l'heure, les Européens ne se soucient guère de ce que fait ou dit ce jeune roi au regard transparent et au sourire contraint. Dans la gauche française, la cause semble entendue : il doit régler les élections, puis plier bagages. Il sert de rempart momentané contre l'extrême droite et il devra disparaître dès qu'il aura rempli sa fonction, qui est d'assurer la transition. Bien entendu, les choses ne sont pas dites si crûment. On se contente de les suggérer en multipliant les nuances et les restrictions. Juan Carlos ayant été désigné et choisi par Franco, il lui manque, nous dit-on, la légitimité populaire, et il faudra donc que le peuple se prononce souverainement pour ou contre la monarchie. Naturellement, on s'incline d'avance devant le verdict populaire.

L'argument ne manque pas de poids.

En accédant au trône, Don Juan Carlos ne jouissait d'aucun préjugé favorable. La bourgeoisie moquait d'avance sa sottise, déduite probablement des exemples de ses aïeux ; le peuple ne l'aimait ni ne le haïssait, car ce jeune roi lui apparaissait comme l'ombre portée du Caudillo. Or, en un peu plus d'un an, ce monarque timide et débonnaire a réussi à gagner l'estime des pauvres gens. Il l'a fait en apportant la liberté et en préparant les esprits à une réconciliation.

Du coup, les arrière-pensées de la gauche s'expliquent mal. Que désire-t-elle en effet ? Si elle pense qu'une possibilité existe pour que l'Espagne devienne, dans un avenir plus ou moins proche, une démocratie socialiste, son attitude ambiguë se comprend ; si, au contraire, elle pense que le pays a besoin d'une phase plus ou moins longue de démocratie bourgeoise, son intérêt lui commanderait de raffermir l'institution monarchique, tout en exigeant qu'elle se fixe des limites institutionnelles.

Cette seconde hypothèse paraît être celle que le Parti communiste espagnol retient, du moins si l'on en juge par les déclarations de son secrétaire général, M. Santiago Carrillo. Ainsi les communistes espagnols se prépareraient à une période durant laquelle l'Espagne reprendrait lentement l'habitude des usages démocratiques. Dans cette éventualité, une monarchie constitutionnelle serait le meilleur garant de la paix civile. Par-dessus les partis, dans une neutralité absolue, la Couronne assurerait la permanence de l'État.

Une telle évolution serait évidemment la plus favorable à un pays qui demeure, malgré les progrès accomplis depuis une quinzaine d'années, un vaste corps malade, toujours près de se disloquer. Cette démarche exigerait de tous les chefs politiques une extraordinaire intelligence jointe à une prodigieuse maîtrise des événements.

Certes, je ne désespère pas. En Espagne, tout est possible, y compris les miracles. D'ailleurs, il s'en produit là-bas tous les jours, grands et petits. Alors, pourquoi le miracle politique n'aurait-il pas lieu ?

M. Santiago Carrillo, avec sa bonne tête ronde, ses rides joviales, son regard malicieux et naïf, ressemble à un vieil instituteur près de la retraite et nommé, pour sa fin de carrière, directeur d'un collège d'enseignement général. Au reste, il a l'air tout à fait ravi de sa promotion.

Aux questions des journalistes, il répond avec une placide malice et un bon sens très terrien. Non, M. Carrillo n'a vraiment pas l'air d'un doctrinaire. Il sourit avec bonhomie, bavarde sans cesser de fumer, dit des choses très simples et très évidentes.

Ses rondeurs rassurent ; ses rides de bon vivant appellent la sympathie ; l'étincelle du regard amuse.

C'est une sorte de grand-père débonnaire fait pour des temps où la révolution doit d'abord convaincre et rassurer. Or, M. Santiago Carrillo ne fait absolument pas peur. Toute sa personne baigne dans l'huile.

Par-dessus le marché, il s'exprime en bon français, il a vécu à Paris où il compte de nombreux amis. Or, les Français ne doutent pas qu'un homme qui parle leur langue ne soit pas le plus apte à gouverner. Un rayon du génie français éclaire ainsi le regard de M. Carrillo.

Dès qu'il est question de l'Espagne, depuis des mois, toutes les radios et toutes les télévisions se tournent donc vers M. Carrillo. Je crois bien que ses traits sont plus familiers au public français que ceux du roi lui-même.

Cette préférence s'explique par la situation où se trouve le Parti communiste espagnol, toléré sans avoir été légalisé, reconnu tout en ne l'étant pas.

Il n'en reste pas moins que beaucoup de Français se font une singulière idée de l'Espagne où Juan Carlos et M. Carrillo constituent les deux termes d'une alternative. Hormis eux, il semblerait qu'il n'y eût rien.

Peut-être faudrait-il attribuer cette simplification à l'ignorance. Dans le souvenir des Français, l'Espagne demeure figée dans la guerre civile. Le « fascisme » ayant disparu, ils se reprennent à espérer que la gauche, cette fois, l'emportera. Or la gauche se réduit aux seuls communistes depuis que les anarchistes ont été désignés comme les responsables, de par leur indiscipline et leurs excès, de la défaite de la République.

Remarquez que cette vision manichéenne de

l'Espagne n'est guère éloignée de l'idée que les Espagnols eux-mêmes se font de leur pays.

Au fond, ce vide politique qu'on favorise sans peut-être le vouloir depuis la France, il pourrait un jour se combler dans le sang. Une fois de plus, les Espagnols feraient les frais des débats idéologiques. Ils se massacreraient comme ils savent si bien le faire pendant que l'Europe « civilisée », comme elle en a, elle aussi, l'habitude, assisterait au spectacle, penchée au-dessus des Pyrénées.

On s'imagine parfois que l'Espagne a besoin d'idées et on s'empresse de lui en fournir avec une touchante générosité. C'est à qui lui refilera sa cosmogonie. Cette erreur, bien des libéraux espagnols l'ont commise et continuent de la faire. Ils n'ont pas confiance dans leur pays et, en bons disciples de Rousseau, ils s'imaginent que ses maux dérivent de son ignorance. Qu'elle mette donc sa montre à l'heure européenne, pensent-ils, et elle se relèvera, ragaillardie. Malheureusement, ces remèdes importés, le pays les a tous rejetés. Car ce n'est pas d'idées que les Espagnols manquent. Ils en auraient même trop, à la réflexion. Ce qui leur fait défaut, c'est la confiance en eux-mêmes, le goût de la responsabilité personnelle.

La démocratie, un dur apprentissage

Naturellement, on pensera que j'ironise. Les Espagnols, si infatués d'eux-mêmes, manqueraient en même temps d'assurance en leurs propres mérites ? Je reconnais que cette proposition a de quoi surprendre. Mais l'infatuation candide des Espagnols exprime justement leur insécurité intérieure. Ils réagissent comme des adolescents, en bombant le torse et en criant très fort qu'ils sont les plus beaux et les plus vaillants. Dans leur for intérieur cependant, ils tremblent, ils vacillent, et ils se font raides pour échapper au vertige.

On pourra, sur le papier, bâtir la démocratie la plus parfaite, elle restera lettre morte si elle ne pénètre d'abord dans les consciences. Or combien de temps faudra-t-il à ce peuple pour se réconcilier avec la liberté ? Non qu'il la méprise : il la vénère au contraire, il y aspire de toute son âme. Seulement voilà, la belle déesse ne sera sans doute jamais assez parfaite. Comme Dulcinée, son haleine pourrait bien sentir l'ail et, de peur de lui trouver un défaut, il vaut mieux ne la courtiser qu'en rêve. Bref, l'Espagnol continuera peut-être longtemps d'éprouver des désirs velléitaires susceptibles, au moindre prétexte, de se retourner en leur contraire.

Pense-t-on que le poids des siècles s'efface avec quelques chansons et quelques harangues ? Ce dont l'homme espagnol a le plus pressant besoin, c'est de temps, de continuité. Toute rupture violente le ramènerait dans son passé, quelque beau nom qu'on donne à cette rupture.

Tout récemment, je regardais à la télévision un auteur suisse, professeur à je ne sais quelle université, qui a publié un pamphlet retentissant sur son pays. Effroyablement naïf, de cette candeur helvétique susceptible, avec les plus pures intentions, de faire sauter la planète, il déclarait que non seulement la France et l'Italie allaient devenir des pays socialistes, mais aussi l'Espagne, qu'il doit, je n'en doute pas, admirablement connaître. Pour ce subtil exégète des « impérialismes secondaires », la chose était d'évidence. D'ailleurs l'Espagne était, dans ses tréfonds, déjà acquise au socialisme et tout à fait mûre pour l'eurocommunisme.

L'écoutant, je me demandais quel besoin il y avait de consulter les Espagnols eux-mêmes. N'était-ce pas du temps perdu que d'attendre des élections générales ? Il suffisait, depuis Genève ou quelque haut lieu de la pensée moderne, de proclamer le nouvel État qui lèverait aussitôt l'enthousiasme des populations.

De pareilles sottises me font parfois rire et, à d'autres moments, elles me plongent dans la mélancolie. Je ne trouve d'ailleurs rien à rétorquer à ce prophète de la révolution herbagère.

Je m'étonne seulement qu'un esprit féru de révolutions ait si peu médité sur ce qui nous oppresse tous, depuis deux décennies. Dans le regard limpide, absolument philanthrope, du professeur genevois, le Goulag se réfléchissait.

N'existerait-il donc nul lien entre la situation historique de certains pays, comme la Russie tsariste, et les « déviations » que la doctrine y a subies ? Est-ce un hasard si les nations les plus marquées par l'absolutisme et le féodalisme sont celles qui nous offrent le spectacle de « cultes » inquiétants, de purges inquisitoriales, d'intrigues de palais et de répressions impitoyables ? N'y aurait-il aucune relation entre Ivan le Terrible et Staline, qui pourtant admirait l'autocrate ? ni entre les empereurs emmurés dans la Cité interdite et le vieux Mao trônant au-dessus de ses peuples ?

Comme la Russie, l'Espagne, malgré ses airs de modernisme, demeure un pays malade de son histoire. Les Espagnols sortent à peine d'un de ces sommeils profonds où ils ensevelissent leurs espoirs. Ils crient, c'est vrai, ils trépignent. Ils disent des mots que nous croyons comprendre et, pourtant, ces mots ont, dans leur pays, un autre sens qu'à Genève ou à Paris.

C'est d'abord d'intelligence que l'Espagne a besoin. M. Felipe González (auquel on ne s'intéresse guère en France, sans que je puisse comprendre pourquoi)[1] est un des esprits politiques les plus perspicaces. Il travaille sans désemparer à créer un Parti socialiste et un syndicat susceptibles d'éviter ce tête-à-tête, communistes-extrême droite, que notre Europe libérale se plaît à imposer.

M. Felipe González ne combat pas les communistes, ne cherche pas à susciter une troisième force. Résolument, il se situe à gauche et il lutte pour que le Parti communiste espagnol soit enfin légalisé. Mais il ne désire pas que la gauche se trouve déséquilibrée ni qu'un parti puisse apparaître comme son incarnation. M. Felipe González est hostile à tout ce qui pourrait instaurer le parti unique. Il pense (du moins je le présume car je ne l'ai jamais rencontré), il pense donc que les socialistes espagnols ont un rôle important à jouer à l'intérieur de la gauche.

Bizarrement, son action politique n'intéresse pas grand monde en France. Peut-être M. González ne possède-t-il pas une « bonne » image de marque ? Peut-être parle-t-il mal le français ou encore manque-t-il de rondeurs ?

Je ne serais pas étonné cependant que M. González soit appelé à jouer un rôle très important dans les mois et les années à venir. Personnellement, je m'en réjouirais. Sans doute suis-je un sombre réactionnaire aux desseins tortueux et un valet, mal

1. Écrit, je le rappelle, en 1976.

payé, de l'« impérialisme secondaire ». J'admets très volontiers que je suis cela. Je n'arrive pas à me persuader que l'Espagne ait besoin, à l'heure présente, de théories germées dans un cerveau suisse. Non, je pense au contraire que la vraie révolution, en Espagne, s'appellerait : tolérance. Je me résigne toutefois à ne pouvoir convaincre aucun professeur, ni de Suisse ni d'ailleurs.

2

Un ouvrage de Ricardo Paseyro

Dans un livre récemment paru aux éditions Robert Laffont, *L'Espagne sur le fil*, M. Ricardo Paseyro brosse une sombre peinture de la situation actuelle en Espagne.

À l'en croire, les gauches menacent de jeter le pays dans l'abîme. Encouragées par des étrangers qui leur prêchent la « rupture », elles se préparent à rouvrir les guerres idéologiques.

À l'appui de sa thèse, M. Paseyro analyse longuement l'attitude de ces mêmes gauches au printemps de 1936. Il rappelle leurs déchirements, leur violence physique et verbale, leur politique du tout ou rien. À partir de ces exemples, il suggère que la gauche espagnole reste ce qu'elle était à la veille de la guerre civile ; il établit de constants parallèles entre Manuel Azaña et les chefs actuels de la gauche.

Je n'ai, pour ma part, pas caché les erreurs de la gauche en 1930-1936. Je ne pense pas cependant qu'on puisse rejeter sur la gauche seule la responsabilité des événements. Sans doute cette gauche se montra-t-elle irréaliste, d'un idéalisme baigné de romantisme, intransigeante et cruelle. La droite cependant n'offrait pas le spectacle d'une mansuétude évangélique.

Comparer la gauche actuelle à celle de 1936 me semble une opération tout ensemble suspecte et discutable. N'en déplaise à M. Paseyro, je n'ai entendu aucun chef de la gauche espagnole d'aujourd'hui prêcher la revanche, pas même, tout au contraire, M. Carrillo. Alors, pourquoi cette fureur, pourquoi ce mépris ? Et pourquoi tout mélanger, la poésie « déliquescente » (*sic*) de Pablo Neruda et le complot communiste, l'esthétique bassement réaliste des écrivains espagnols contemporains et la sottise de la gauche ?

Je ne connais pas M. Paseyro. Je le crois quand il crie son amour de l'Espagne, même s'il s'en fait une idée qui me laisse perplexe. Car pour l'auteur, l'Espagne reste, citant Ganivet, le pays de l'absurde. Baroque est son génie, surréaliste sa vision du monde, fantastique son inspiration la plus profonde. Or, comparés aux géants qui ont fait le grand art foisonnant, les artistes actuels seraient des nains qui pataugent dans les marécages du réalisme.

J'avoue que ces fusées qui partent de tous côtés m'aveuglent quelque peu.

L'Espagne serait surréaliste ? Son art exprimerait donc son génie profond ? Je l'admets volontiers. J'ajouterais seulement ceci, qui était aussi la pensée de Ganivet : c'est toute la situation historique de l'Espagne qui relève de la dérision et du baroque le plus fou. L'art espagnol exprime cette histoire autant qu'il révèle l'« âme ». Ce sont les échecs, les désillusions, la cruauté, joints à la rhétorique chevaleresque et mystique, c'est cette radicale scission entre, d'une part, une réalité insupportable et, de l'autre, des idées sublimes, c'est cette rupture qui a, effectivement, nourri un art de cruauté, de dérision, de fantastiques divagations.

Je sais bien que je ne manquerai pas de paraître sottement matérialiste à M. Paseyro. Le fait est que j'imagine mal des artistes se mouvant dans les nuées et chantant les paroles que d'obscures puissances leur dictent. Leur génie, à mes yeux, a été, au contraire, de vivre plus intensément et plus profondément les avatars de leur peuple. Ils ne sont pas nés du vent, et ils ne créaient pas du vent. Déçus, amers, désenchantés et moulus comme leur seigneur Don Quichotte par les muletiers, ils partaient d'un rire féroce ou ils se levaient pour déclamer des discours alambiqués sur le sexe des anges ou la sans pareille beauté d'une forte paysanne coiffée d'une couronne imaginaire. Folle, l'Espagne ? C'est une évidence, mais on le serait à moins.

Or le plat réalisme dont se plaint M. Paseyro, s'il est vrai qu'il se répande, ce que j'ignore, marque peut-être un changement dans la situation du pays. Peut-être l'Espagne d'aujourd'hui est-elle moins « folle » en effet, parce qu'elle mange à sa faim, ce qu'elle n'a pas toujours pu faire, et qu'elle travaille au lieu de chanter des cantiques ou de dormir au soleil pour préserver son honneur. Est-ce l'art seul qui change ou, avec lui, toute la conscience des hommes de ce pays ?

Naturellement, M. Paseyro demeure tout à fait libre de détester la poésie espagnole contemporaine et de rendre « l'ignoble » (*sic*) Neruda responsable de cette déchéance. Ce sont là chamailleries d'hommes de lettres dans lesquelles je n'entrerai pas, craignant d'en ressortir tondu.

Il y a cependant dans la thèse de l'auteur un point qui mérite qu'on s'y arrête. Pour de tout autres motifs que José Antonio Primo de Rivera, M. Paseyro refuse le changement. Il craint, lui, que l'Espagne ne renonce à son génie. Si je le comprends bien, l'esthétique condamnerait le pays à l'immobilisme. J'avoue que pareil purisme artistique me plonge dans un ébahissement admiratif.

Je comprends bien que telle n'est pas la pensée profonde de M. Paseyro, lequel ne veut que dénoncer le péril totalitaire que la gauche espagnole fait courir au pays. C'est parce qu'il est persuadé que, face au *bunker* fasciste, il existe un *bunker* communiste qu'il s'emporte avec tant de démesure.

M'est-il permis d'indiquer à M. Paseyro que, durant les quarante années écoulées, le danger totalitaire du communisme n'a pas été, en Espagne, le plus pressant ni le plus grave ? Je crois avoir, au fil de ces pages, parlé avec détachement de ce que fut l'expérience franquiste. Je suis le premier à m'indigner du conformisme intellectuel qui gagne certaines élites espagnoles, converties avec une miraculeuse soudaineté à la nouvelle religion. Il faut cependant mesure garder.

On peut ne pas aimer les communistes. Faut-il pour autant les calomnier ?

Malgré ce qu'en ait dit M. Paseyro, le PCE fait preuve d'une louable prudence. Il ne semble pas essayer d'imposer son hégémonie.

Cela posé, l'ouvrage de M. Paseyro s'articule autour d'un incident que j'ai moi-même suivi de près.

Soljénitsyne et l'Espagne

Je séjournais, je me le rappelle, à Lugo. De ma chambre, je voyais les eaux du Minho, des champs, des collines boisées. Dans ce décor paisible, je trouvai dans l'un des hebdomadaires les plus lus de la Péninsule, un article scandaleux et révoltant.

Voici l'affaire : Alexandre Soljénitsyne voyageait alors en Espagne. Que venait-il faire là ? pourrait-on me demander. Comme des milliers d'ouvriers français avant lui, il accomplissait un voyage touristique privé. L'écrivain russe n'était l'invité d'aucun organisme. Il n'avait rencontré ni le roi ni aucun de ses ministres. Mais, quand on s'appelle Alexandre Soljénitsyne, on ne passe pas inaperçu et la télévision espagnole l'invita à l'un de ses programmes. Or, ce sont les déclarations du prix Nobel de littérature qui déclenchèrent, dans une grande partie de la presse espagnole, une polémique virulente.

M. Paseyro cite dans son livre les propos du romancier. Il me paraît en effet indispensable de savoir d'abord ce que Soljénitsyne a vraiment déclaré. En reproduisant ses paroles, M. Paseyro remplit donc scrupuleusement son rôle d'écrivain, qui est de défendre, dans toute la mesure du possible, la vérité.

Le discours de Soljénitsyne s'articule tout entier autour d'un axe, l'avenir politique de l'Espagne, tel qu'il le prévoit.

Pour commencer, le romancier russe relève les affinités existant entre l'Espagne et sa patrie. Il rappelle que l'Espagne appartient, de longue date, au paysage culturel russe et que, chez tous les grands créateurs de son pays — poètes, romanciers ou compositeurs —, on retrouve la thématique espagnole. À cette sympathie mutuelle, il cherche ensuite une explication : « On peut supposer qu'il y a quelque chose de commun entre les deux nations, situées l'une dans le lointain Orient, l'autre à l'extrême pointe de l'Occident. » Il n'y a rien là à reprendre. J'ai moi-même relevé à plusieurs reprises la parenté entre les deux peuples[1]. Mais où se situe ce point de rencontre, à quel niveau ? « Et, de fait, poursuit Soljénitsyne, la Russie et l'Espagne ont défendu l'Europe contre deux invasions : la Russie des Mongols, l'Espagne des Mores. »

Que contiennent ces propos qui paraissent marqués du sceau de l'évidence ? Pour la Russie, l'écrivain reproduit ici la thèse des slavophiles en assignant à son pays un rôle messianique d'inspiration religieuse. Le destin de sa patrie consisterait, selon lui, à être un rempart de la chrétienté où les vagues asiates sont allées s'échouer.

Pour ce qui concerne l'Espagne, la thèse est voisine et nous l'avons rencontrée tout au long de cet ouvrage, c'est celle que les conservateurs défendent, depuis des siècles. C'est la foi qui a fait l'Espagne ; le destin du pays est de défendre et de propager le catholicisme. La Reconquête, dès lors, reste l'épisode crucial, hautement symbolique, de l'histoire d'Espagne parce que ce combat séculaire révèle la mission historique de la nation.

Les Mores, il va de soi, n'ont rien apporté à l'Espagne ; ils ne pouvaient d'ailleurs rien lui apporter puisqu'ils incarnent, a posteriori, le Mal absolu. Leur défaite, leur expulsion sont le triomphe et l'exaltation de l'Espagne. Que dis-je de l'Espagne, de l'Europe entière, préservée du virus islamique par les armées chrétiennes. « Et s'il n'en avait pas été ainsi (c'est-à-dire si l'invasion more n'avait pas été

1. Venant l'an passé, 1995, de publier *Mon frère l'Idiot*, il me semble que j'ai fait plus que relever cette parenté.

arrêtée) l'Europe d'aujourd'hui ne serait certainement pas ce qu'elle est. »

Remarquez que cette dernière réflexion est indiscutable. Rien ne serait pareil si les choses avaient évolué différemment. Si l'Allemagne nazie avait gagné la guerre, par exemple, l'Europe ne serait pas non plus ce qu'elle est, de même si les Turcs s'étaient emparés de Vienne et de Paris. Aussi bien la phrase ne constitue-t-elle pas une constatation mais un jugement de valeur. La grandeur de l'Europe est due au christianisme ; à chaque extrémité du continent, la Russie et l'Espagne ont défendu la foi. Ces deux antiques nations, comme ces servantes négligées ou ignorées qui font marcher une maison, ont veillé sur le repos spirituel d'une Europe menacée par la barbarie. Soljénitsyne insiste également sur le fait que, seules, elles s'opposèrent aux conquêtes napoléoniennes. Quand on sait que, pour le romancier russe, la Révolution française se trouve à l'origine de la révolution bolchevique et du Goulag, qu'elle incarne donc un principe diabolique, on saisit mieux la coloration de tous ses propos.

Sa pensée, il la livre du reste plus nettement en parlant de la guerre civile dont, dit-il, toute sa génération rêva, brûlant du désir de s'enrôler dans le camp républicain. Il se rappelle l'émotion que ces noms : Tolède, Badajoz, l'Èbre, Teruel, suscitaient chez ses compatriotes. « Tel est le trait de l'idéologie socialiste, ajoute-t-il en guise de commentaire. Elle fait que des âmes jeunes, enthousiasmées par leurs propres illusions, se laissent guider par leur inspiration, oubliant la réalité, et en viennent à ne plus prêter attention à leur propre pays... » En bref, le grand écrivain pose, sur l'émotion ressentie par sa génération, un regard sévère et désenchanté.

Soljénitsyne a, certes, le droit d'être résolument anticommuniste. Je comprends du reste qu'il ne puisse regarder l'histoire de son pays que du fond du Goulag qui l'a fait ce qu'il est. Nous lui devons une immense gratitude d'avoir, avec quelle force, fait éclater le scandale. Mais que penser de ceci : « Mais votre guerre civile a connu une fin différente de la nôtre. Dans votre pays a prévalu une conception de la vie de type chrétien grâce à laquelle on tenta de mettre fin aux hostilités et de panser les blessures » ?

Soljénitsyne juge l'Espagne depuis sa foi chrétienne qui l'a sans doute aidé à survivre pour témoigner de l'horreur du Goulag. Mais déclarer, paisiblement, que le franquisme a « pansé les blessures » ! Faudrait-il rappeler l'impitoyable répression, le mépris des adversaires politiques, la haine de tout ce qui osait réclamer la justice ?

Enfin, le romancier exilé en arrive à la situation présente. On lui a parlé, dit-il, de dictature. Or que voit-il ? Les Espagnols peuvent se déplacer librement ; on ne leur interdit pas de voyager au-delà de leurs frontières ; ils trouvent partout en vente libre les journaux étrangers, les revues marxistes ou contestataires, la grève est tolérée, du moins dans certaines limites. Savent-ils donc, ces Espagnols, ce qu'est le totalitarisme, la dictature ? Et de donner des exemples de ce qui se passe en Union soviétique. Alors, de prophétiser : « Tout ce qui se passe dans vos pays a déjà eu lieu dans le nôtre, il y a nombre d'années... Et depuis votre futur il m'est impossible de vous dire comment tout cela finira. » Relevons cependant cette phrase : « Les aspirations de vos milieux progressistes sont aujourd'hui naturelles quand ils veulent obtenir la plus grande liberté possible... Ainsi, je m'interroge : ceux d'entre vous qui aspirent à une Espagne démocratique sont-ils assez clairvoyants pour ne pas songer seulement à demain, mais aussi à après-demain ?... » Soljénitsyne paraît donc admettre l'aspiration démocratique d'un bon nombre d'Espagnols. C'est cependant pour ajouter aussitôt que le monde occidental se trouve menacé par le totalitarisme, lequel se nourrit du matérialisme, qui, malgré les divergences politiques, sévit à l'Est comme à l'Ouest. Pour défendre la liberté, il y faut une détermination qui ne saurait être que spirituelle.

Au total, on le constate, Soljénitsyne, par ses propos, se plaçait à l'intérieur d'une problématique familière aux Espagnols. À la télévision, il symbolisait parfaitement le type du catholique (en l'occurrence du chrétien), partisan de réformes prudentes, d'une action sociale soutenue et d'une mobilisation des énergies « spirituelles ». À partir de ses déclarations, il était aisé d'imaginer le despote chrétien mais éclairé qui, comme le roi Charles III, réformerait les structures du pays tout en maintenant fermement la tradition catholique.

On conçoit que ces propos aient heurté un grand nombre d'Espagnols, notamment dans les cercles libéraux ; on comprend de même qu'ils aient pu provoquer des réactions mitigées. Renvoyer en effet l'Espagne à sa « mission » de gardienne de la foi catholique, prétendre que le franquisme, après sa victoire, avait instauré un genre de vie de type chrétien, c'était raviver des plaies encore suintantes.

Le discours paradoxal du célèbre romancier commandait bien des réserves et il appelait une discussion sérieuse de ses « arguments », dont certains se révèlent à tout le moins légers.

Or que se passa-t-il ? Que lisais-je, avec combien

de tristesse, dans ma froide chambre de Lugo ? Les réponses furent non pas mesurées, intelligentes, étayées par des réflexions, mais dans le plus pur style espagnol, c'est-à-dire passionnées, méprisantes, insultantes et, parfois, calomnieuses. Une fois encore, le tempérament ibérique se déchaînait, s'emportant jusqu'à des excès d'un fanatisme enragé.

Une nouvelle Inquisition

« Alexandre Soljénitsyne a élevé une fois de plus la voix pour réveiller la conscience endormie de l'Occident », commençai-je de lire[1] dans la chambre d'hôtel alors que le soleil se cachait derrière les montagnes et que les eaux de Minho prenaient une légère teinte rosée... « Et tout ça pourquoi ? Parce qu'il a écrit quatre romans ? Parce qu'il a été lauréat du prix Nobel ? Qu'il a souffert dans sa propre chair — *et il en a bien tiré parti* (c'est moi qui souligne) — les horreurs du camp de concentration ? »

J'ai pu poursuivre ma lecture, malgré le dégoût, malgré la tristesse... « Cet homme est si bête qu'il ne se rend même pas compte que personne ne fait attention à lui et que ses paroles et actions publiques ne sont tolérées et diffusées que pour maintenir en activité le commerce de l'édition... Moi, je crois fermement que tant qu'il existera des gens comme Alexandre Soljénitsyne, *les camps de concentration subsisteront et doivent subsister* (souligné par moi, toujours). »

Non, vous ne rêvez pas. Cela a été écrit, im-

1. La traduction de tous les textes cités est celle de Ricardo Paseyro, dans l'ouvrage mentionné.

primé dans l'une des revues les plus prestigieuses d'Espagne. Un M. Juan Benet a pu mettre son nom au bas de cette prose. Et ce n'est pas un esprit léger, M. Benet, car il revient à la charge, de peur sans doute d'avoir été mal compris : « Peut-être devraient-ils (les camps de concentration, cela va de soi) être mieux gardés afin que des personnes comme Alexandre Soljénitsyne ne puissent en sortir tant qu'elles n'auront pas acquis un peu d'éducation. » J'espère que vous avez bien compris, cette fois. M. Benet a, bien sûr, des opinions sur les ouvrages d'Alexandre Soljénitsyne... « les plus insipides, les plus fossiles, littéralement décadents et puérils de ces dernières années ». Voilà qui s'appelle nuancer ou je ne m'y connais pas.

Vous me direz : c'est une exception. Ce M. Benet ne saurait aucunement symboliser la gauche espagnole. Malheureusement, ce... — peut-on appeler cela un article ? — bref, cette chose, constitue un simple échantillon. M. Paseyro a rempli plusieurs pages de son livre d'extraits tirés de toute la presse ou presque. Ce fut une véritable curée. On écrivit que Soljénitsyne était un « milliardaire », qu'il exploitait les souffrances de ses concitoyens ; on ironisa sur son nom, on se moqua de sa barbe...

Ricardo Paseyro relève avec raison l'exception : Carlos Semprun éleva seul la voix pour s'indigner de semblables méthodes. Il osa, au milieu de ce concert de haine, déclarer que l'écrivain russe avait eu raison de dire ce qu'il avait vu : « Il a tout à fait raison. En Espagne, il n'y a pas de démocratie mais il n'y a plus de camps de concentration. »

Cet « incident » vaudrait à peine qu'on s'y arrête s'il ne révélait au grand jour la secrète et très ancienne maladie de l'Espagne, je veux parler du fanatisme : le mépris pour l'adversaire, la certitude de détenir la vérité, l'incapacité pathologique à supporter la contradiction.

Contrairement à M. Ricardo Paseyro, que j'approuve par ailleurs d'avoir mis le doigt sur cette plaie, je ne songe pas à l'attribuer à la gauche ni aux communistes. J'ai rencontré les mêmes transports de violence, une identique fureur chez bien des hommes de droite. Non, ce qui s'est fait jour à propos de l'intervention de Soljénitsyne, c'est la vieille tentation espagnole d'écraser l'adversaire, de le piétiner, de l'insulter et de le tuer après lui avoir arraché les yeux. Le ton de M. Benet et de ses émules est le ton des inquisiteurs espagnols.

Il reste qu'un tel incident démontre les périls qui guettent l'Espagne. Comment se fait-il qu'aucun des chefs des partis de gauche n'ait protesté contre de pareils propos ? Comment une telle « prose » n'a-t-elle pas provoqué un haut-le-cœur général ? Comment des hommes qui se disent libéraux et démocrates ont-ils pu avoir recours à la xénophobie, au racisme, sans éprouver la moindre gêne ?

Et M. Santiago Carrillo, quelle réaction ce déchaînement a-t-il suscitée en lui ? « Le Parti communiste espagnol a défendu son droit à la liberté d'expression quand il était en URSS. (Bien entendu, il s'agit de Soljénitsyne.) Mais à Madrid il s'est comporté en propagandiste du gouvernement. Je crains que la prochaine fois Brejnev ne me dise : “Vous voyez bien, nous avions raison !”»

Ces propos, rapportés par *Le Monde*, appellent un double commentaire : Alexandre Soljénitsyne n'avait jamais fait de propagande pour le gouvernement ; l'eût-il fait que la question demeure : un écrivain est-il oui ou non libre d'exprimer son opinion et, même, si ça lui chante, d'apporter son appui à tel ou tel gouvernement ? Combien d'artistes ont-ils exprimé leur appui inconditionnel à tel dirigeant communiste ? Fallait-il expédier M. Louis Aragon dans un camp de concentration quand il chantait les louanges de Staline, en qui il n'hésitait pas à voir, entre autres, le plus grand écrivain russe depuis Tolstoï ? Que dirait M. Carrillo si un gouvernement de droite faisait mine de vouloir arrêter un auteur parce qu'il aurait fait l'apologie du communisme ?

On le voit, cet incident, somme toute, mineur, jette une lumière inquiétante sur les dangers qui menacent l'Espagne.

Ce pays n'a pas exorcisé ses vieux démons qui peuvent, au moindre prétexte, se réveiller.

Luis et le socialisme

(1976.) À aucun Espagnol, je n'ai touché un mot de ma déception et de mon écœurement à la lecture des articles publiés dans la presse sur Soljénitsyne. Du reste, je me fais une règle, sur place, de ne donner mon avis sur rien de ce qui touche aux affaires du pays. Plus j'avance en âge, plus s'éloigne de moi le souvenir de mes errances espagnoles, et plus aussi je me mure dans le silence, me contentant d'écouter et d'observer.

Ravalée, ma tristesse n'en devient que plus lourde, plus compacte. Je regarde Madrid avec une sorte de désespoir. Ne sera-ce donc jamais fini ? Entendra-t-on toujours retentir le cri barbare ? — La Mort !

En ce mois d'avril, le temps est d'une radieuse clarté et l'air des altitudes est si ténu que je le bois les yeux fermés.

En compagnie de Luis, qui devait être mon assistant pour *La Guitare*, je déjeune dans un modeste restaurant du quartier de Las Ventas, à deux pas des arènes.

Dans notre dos, la télévision, allumée, débite un ronronnement inaudible. Toutes les têtes, au bar, restent tournées vers l'écran, sur tous les visages on lit la même expression d'hébétement.

Luis est un garçon athlétique, au visage ouvert, au regard simple et direct. Luis et moi n'avons guère eu l'occasion de bavarder longuement. Parce qu'il donnait l'impression d'être naïvement heureux de vivre, je m'étais persuadé qu'il ne pensait guère. Or le voici qui me fait des confidences. Il craint que je ne sois dupe du faux air de prospérité, il me dépeint sa situation, qui est celle de toutes les classes moyennes. Attentif, je l'écoute, surpris par son ton mesuré, par la justesse de son analyse... Oui, les classes moyennes paient cher la prospérité. Elles courent sans désemparer, elles doivent travailler avec fureur pour régler leurs traites, elles tremblent d'angoisse à la pensée qu'elles pourraient tout perdre, du jour au lendemain. Peu de garanties, aucune assurance. C'est une course en avant, une fuite éperdue. Aussi Luis, qui se dit « socialiste », souhaite-t-il la disparition de ce capitalisme sauvage. Il aspire à une règle sociale qui rendrait ce jeu moins cruel. Autour de lui, ses amis s'effondrent, rompus par ce paroxysme qui les vide, les anéantit.

Soudain, Luis baisse la voix : il a été choqué, blessé par le ton des attaques contre Soljénitsyne. Le socialisme dont il rêve ne peut pas être cette fureur fanatique. L'écrivain russe a parfaitement le droit d'avoir son opinion sur la dictature dans les pays de l'Est ; du reste, il est le mieux placé pour savoir ce qui s'y passe. C'est aussi son droit de trouver que, comparé à celui du régime soviétique, celui de l'Espagne est un modèle de démocratie, et Soljénitsyne doit pouvoir dire ce qu'il pense à la télévision espagnole, sans qu'on l'insulte et qu'on le calomnie. « Tu sais, dit Luis, je pense que le socialisme doit être la tolérance et la liberté — ou alors, ce n'est rien... Une farce. »

Je regarde le bon visage de mon interlocuteur, un de ces visages qu'on dit avenants parce qu'ils manquent de personnalité... Ainsi, il se trouve, malgré tout, des Espagnols pour éprouver de l'écœurement devant la prose d'un Juan Benet ? Il y a des jeunes Espagnols (Luis n'a pas trente ans) pour affirmer que le socialisme, à leurs yeux, c'est la tolérance et la liberté ?

Et, aujourd'hui, je lis dans *Le Nouvel Observateur* cette déclaration de M. Azcaraté, l'un des dirigeants du PCE : « Nous avons voulu signifier au monde que, pour les trois plus grands PC d'Europe, la démocratie et la liberté ne représentent pas un simple moyen d'aller vers "autre chose" mais qu'elles sont les objectifs essentiels, des valeurs intouchables, transcendantales. »

Bon, des mots ne constituent pas une pratique et je ne suis pas assez naïf pour croire quiconque sur parole. Il reste que je ne puis suivre M. Paseyro dans ses conclusions. Il a eu raison de relever un incident grave et troublant. C'est tout à son honneur d'avoir jeté un cri d'alarme. Mais je crois sincèrement qu'il élargit par trop cet incident.

En Espagne, n'en déplaise à M. Paseyro, les communistes ne menacent pas les libertés. Si l'on veut que le pays sorte de l'immobilisme idéologique, leur voix doit pouvoir se faire entendre, avec la force que leur prête leur influence dans le pays.

Il n'y a pas le Bien et le Mal. Il y a des hommes, des conflits d'intérêts, des violences, beaucoup d'ignorance et pas mal d'égoïsme. Il y a la volonté de puissance qui se loge dans tous les partis politiques. D'où qu'il faille beaucoup de discussions, de polémiques, de votes à bulletin secret, beaucoup d'opinions divergentes enfin — dont celles des communistes.

3

« C'est mauvais, l'Espagne... »

(1970.) Dix ans après mon premier séjour, je suis retourné à Mojacar. J'ai retrouvé la vaste solitude des éléments originels, le même vide immense et la même mer affaiblie, ayant à peine la force de rouler les vagues jusqu'aux longues grèves abandonnées.

Au village cependant, les maisons avaient un air pimpant ; leurs murs anguleux éclataient d'une blancheur nouvelle, rendue blessante aux yeux par la brutalité d'un soleil africain. Sur leurs terrasses, on pouvait voir des géraniums retombants. Des flots de cette musique internationale, creuse et insipide comme l'époque, s'en échappaient, ponctués de rires, d'une voix de femme appelant : John !... Werther !... Massimo ! Neuves étaient les portes, neuves les fenêtres et, dans les ruelles filant à la recherche de l'ombre, on trouvait deux boîtes de nuit. Parfois on croisait une famille d'« artistes » en des tenues faussement débraillées, parlant très fort. Au café où, dix ans plus tôt, les hommes du village se chauffaient au soleil ou jouaient aux cartes, on trouvait des Allemands aux épaisses figures cramoisies, des Anglaises coiffées de capelines romantiques et enveloppées d'écharpes de tulle ou de mousseline. C'était le « boom », la secousse de l'immense déferlante touristique qui avait fini par arriver jusqu'à l'antique village more. Les misérables paysans avaient vendu leurs maisons à moitié écroulées, leurs champs caillouteux posés sur les flancs de la montagne. Maintenant, ces hommes pouvaient enfin satisfaire leurs rêves : vivre en rentiers, assis au soleil, en observant les étrangers.

Tout autour du village, dans la plaine, des maisons surgissaient. Deux agences immobilières écumaient le pays, harcelant les paysans. Chaque mètre carré de rochers devenait soudain de l'or et toute la contrée paraissait prise d'une frénésie de construction.

Plusieurs fois je dus me rendre à Garrucha. Le pauvre village posé au bord de la mer n'avait pas changé, lui, et il m'évoquait toujours les Chiapas, au Mexique, avec leurs maisons carrées, peintes dans des couleurs pastel, framboise écrasée, rose violacé, vert pâle. L'endroit était vraiment trop moche pour attirer les touristes. Ici, nul pittoresque, mais une sorte de déréliction. Dans les rues rectilignes se coupant à angle droit, des enfants scrofuleux, chassieux, couverts de morve ; des chiens couleur de terre, sans une once de graisse et délaissés de tous.

Lui, enfin : un balayeur municipal revêtu d'un grotesque uniforme de velours côtelé marron, coiffé d'une casquette à visière. Quel âge pouvait-il bien avoir ? Quarante-cinq ans peut-être, mais on lui en donnait soixante à cause de son visage fripé, creusé de rides, de sa bouche sans dents ou presque. Machinalement, il maniait son balai fait de branches de genêt. Peut-être avait-il décidé qu'il ne servait à rien de chasser la saleté dans ce trou enseveli dans la poussière. Ses gestes exprimaient un découragement infini. Tout en remuant mollement son balai, il fixait sur moi son regard brûlant, caché très profond sous l'arcade sourcilière. De toute évidence, il me jaugeait. Je n'avais pas l'air d'un étranger, mon physique d'Arabe espagnol lui évoquait une obscure complicité. Mais je portais des vêtements venus d'ailleurs et ma voiture était immatriculée en France.

À la fin, il s'enhardit et, posant son balai, approcha.

— Tu n'aurais pas une cigarette ?

Je lui tendis du feu et il aspira une bouffée en hochant la tête pour remercier.

— Tu es français ?

— Moitié-moitié. Je suis né à Madrid et de sang andalou ; mon père, lui, est français...

— Tu habites là-bas ?

— Nous sommes partis en 1939, juste avant la fin...

Au fond des orbites, le noir regard se posa sur moi. Un instant, l'homme garda le silence. Sur tout le corps, il portait les séquelles d'une séculaire misère. Il donnait l'impression d'être revenu de tout, de ne plus rien espérer.

Nous devisions sur le trottoir. À ma gauche, la rue filait, écrasée sous le poids du soleil. J'observais les efforts d'un clebs pour relever ses vieux os et se traîner jusqu'à l'ombre.

L'homme avait suivi la direction de mon regard. Avec lenteur, il hocha la tête :

— Tu as bien raison de rester en France... C'est mauvais, l'Espagne...

Les Espagnols riches

Je ne saurai jamais ce que le balayeur municipal de Garrucha entendait par là. Je le devine, remarquez. Il y mettait sa fatigue et son découragement, et tout le poids de la misère qui nous environnait.

Ces mots, il les avait dits sans révolte, avec une étrange douceur au contraire. Il ne protestait pas. C'était comme ça, voilà tout.

La pauvreté, je m'aperçois que j'en ai peu parlé, ou indirectement. En fait, j'ai très peu parlé d'économie. Pourtant, que vaut, aujourd'hui, un livre sans chiffres, sans graphiques, sans statistiques ? Je ne l'ai pas fait, par ignorance d'abord. Pourquoi poserais-je à l'économiste ? Toutes les statistiques m'ennuient. Ensuite, parce que l'injustice sociale, en Espagne, saute aux yeux.

Durant des siècles, le capitalisme espagnol a eu des traits caractéristiques. Ce qui définit le mieux les hommes riches, en ce pays, c'est leur égoïsme et leur paresse. Leur idéal n'est pas, n'a jamais été d'entreprendre ni de risquer, mais de conserver. Si un Espagnol riche fait des rêves, soyez certain qu'il ne s'imagine pas à la tête d'un complexe industriel, commandant des hommes, élargissant son empire économique ; il ne s'endort pas en admirant son nom sur la tour Eiffel. Michelin, Citroën, Ford : cela n'évoque rien pour notre homme. Non, son ambition est de couler des jours paisibles, entre sa propriété à la campagne, son cercle où il passe de longues heures à somnoler en fumant un cigare, quelque *tertulia* où il sera beaucoup question de femmes, peut-être de corrida, et enfin des promenades à travers sa ville. Son ambition n'est pas d'augmenter sa fortune ni de créer quelque chose, fût-ce une boutique. Il n'aspire qu'à mettre son or à l'abri des secousses et qu'à vivre de ses rentes, montrant à tous qu'il est un homme d'honneur, puisqu'il n'a pas à se salir les mains pour gagner son pain. Encore une fois, il ne se sent pas la vocation du *mandón*. Il se veut mandarin, couché sur des coussins ou enfoncé dans un large fauteuil d'où il puisse, en fumant son cigare, jeter un regard de mépris sur la foule des sous-hommes, obligés de s'agiter pour avoir de quoi manger.

Je revois encore, dans la rue des Las Sierpes, à Séville, ces quinquagénaires ventripotents, assis à la file et regardant à travers une vitre défiler les passants.

Pour l'Espagnol, la fortune n'est pas un mérite, c'est un « état ». Dans l'idéal, l'argent aurait dû tomber du ciel et c'est ce dont les riches tentent de se persuader.

Amasser de l'argent implique un effort, une malice, une volonté. Il s'agit donc de quelque chose de bas et de vil. Les hommes d'honneur ne gagnent pas leur argent, ils en héritent et ils le transmettent.

Naturellement, il y a bien des Basques, des Catalans ou des Levantins pour investir en toutes sortes d'entreprises commerciales ou industrielles. Il leur arrive même de bâtir des empires. Il n'empêche que ce sont là des activités indignes d'un *caballero* qui doit refuser, résolument, cet esprit mercantile. Du reste, ces personnes n'appartiennent pas tout à fait à l'Espagne. Pour les Basques, ce sont vraiment des êtres à part, les spécimens d'une race bizarre ; pour les autres, leur sang n'est pas pur et ils cèdent à leur trouble nature en brassant des affaires suspectes.

Une fortune « respectable », c'est autre chose.

C'est la conviction d'appartenir à une espèce supérieure, de descendre d'une famille où, de père en fils, les hommes gardent les mains blanches.

En Espagne, les riches ne se sentent aucun devoir envers la société. Leur argent s'identifie à leur être. Ils ne le possèdent pas, ils « sont » l'Argent.

Les historiens anglais, qui se sont beaucoup intéressés à la politique financière de l'Espagne, s'ébahissent de ce qu'ils appellent l'incurie des différents gouvernements espagnols.

Au XVIe siècle, l'Espagne retire de l'Amérique de fabuleux trésors. Or, la Couronne espagnole se trouve sans cesse menacée de la banqueroute, qui aura d'ailleurs lieu sous Philippe II. Des quantités extraordinaires de métaux précieux sont débarquées à Séville et prennent le chemin des coffres-forts des banques hollandaises et allemandes.

L'Espagne possède une industrie anémique, mal équipée, et elle doit importer les produits manufacturés.

C'est ainsi que, durant des siècles, elle détenait les plus vastes troupeaux de brebis et de moutons de l'Europe, dont les célèbres *merinos*, et elle devait importer la toile, le tissu et la laine peignée.

On pourrait multiplier les exemples, jusqu'à une date récente.

Au XIXe siècle, l'industrialisation sera le fait des capitalistes étrangers auxquels la monarchie d'Isabelle II vendra des « concessions ». L'Espagne devenait ainsi une colonie pour les entrepreneurs anglais, allemands et français.

C'est que l'esprit aristocratique méprise le travail. Or toute l'Espagne — Catalogne et Pays basque exceptés — communiait dans ce mythe superbe.

Aujourd'hui, on serait tenté de penser que tout a

changé. Les Espagnols ne méprisent plus le travail, c'est un fait.

Souvent, je me suis amusé à observer les vieilles rentières espagnoles dans les palaces de la Péninsule. De noir vêtues, peintes comme des guenons, chargées de bijoux qu'elles font sonner à chacun de leurs mouvements, engraissées de sucreries et de chocolat, elles cancanent en jouant au bridge. Elles ont d'ailleurs un mouvement pour ramasser l'argent, tout ensemble avide et obscène, qui reflète parfaitement leur psychologie. C'est le geste des riches Espagnoles qui entassent leur or, le convertissent en terres, en bijoux, en lingots, en choses tangibles, solides et pesantes. Les Espagnols veulent palper, humer, tenir. Ils se défient du mouvement, des écritures, de tout ce qui bouge et qui circule. Leur fortune, ils la veulent immobile, compacte.

Depuis une quinzaine d'années, les capitalistes espagnols ont accepté de risquer, c'est-à-dire d'investir. Moins cependant qu'on ne l'imagine. Pour une bonne part, la prospérité espagnole est faite de poudre aux yeux. On a brassé beaucoup d'air, saccagé les sites, ravagé les paysages ; on a amassé beaucoup d'argent qu'on s'est empressé d'exporter en Suisse. Pour l'essentiel, l'économie espagnole demeure soumise aux capitaux étrangers.

Jusque dans un village comme Mojacar, par exemple, les deux principaux promoteurs immobiliers sont des étrangers. L'État leur a cédé de vastes terrains à des prix ridiculement bas et ils bâtissent vite et médiocre, pressés de s'enrichir. Ailleurs, ce sont des Allemands et des Belges. Quant aux Espagnols, ils touchent des commissions, des ristournes, des pots-de-vin.

Voilà des siècles qu'on répète les mêmes complaintes : égoïsme, cupidité, corruption, incurie.

Ainsi, six siècles après la fin de la Reconquête, l'Espagne demeure un projet, une espérance. Pour l'heure, comme Yerma, l'héroïne de Lorca, elle se morfond dans sa maison vide, parlant à l'enfant qu'elle imagine.

Les officiants de la mort, raidis dans leur orgueil, ont échoué à bâtir un pays, ils ont jeté l'Espagne dans un songe morbide où elle oubliait sa misère, ils ont tué l'intelligence, empêché le progrès et semé partout la haine et le fanatisme.

Ils ne sont pas toute l'Espagne, c'est vrai. D'autres hommes n'ont cessé, tout au long des siècles, de prêcher la tolérance et la liberté, de réclamer la justice.

C'est l'un d'eux que je veux regarder en guise de conclusion, pour maintenir l'espoir.

L'Espagne de l'espoir : Vivès

Combien d'Espagnols connaissent Juan Luis Vivès ? Certes, des lycées, des institutions scientifiques portent son nom. Mais qui, hormis une poignée d'érudits, étudie sa pensée, lit ses ouvrages ? Pour la majorité, c'est un nom légendaire, une figure quelque peu mythique, une de ces gloires nationales qui reposent dans le panthéon de l'Espagne. Il vécut au XVIe siècle, il fut avec Érasme et Budé l'une des figures marquantes de l'humanisme ; il s'intéressa à la pédagogie et à la psychologie, qu'il contribua à libérer de la métaphysique. Voilà ce qu'un bachelier espagnol a peut-être retenu du philosophe valencien. Si cet étudiant a fréquenté l'université et lu Menendez Pelayo, il n'ignore pas que le vivisme est l'un des courants profonds de la pensée espagnole.

Juan Luis Vivès naquit à Valence, en 1492, l'année même de la prise de Grenade par les Rois Catholiques et de la découverte de l'Amérique par Christophe Colomb. Je vois un symbole dans cette coïncidence. L'Espagne impériale s'affirme comme une puissance catholique ; elle rejette l'antique tolérance et la démocratie forale ; elle devient une nation artistocratique, hostile au progrès et fermée aux influences extérieures. Or, Juan Luis Vivès appartient, lui, à un milieu social, la bourgeoisie commerçante, que l'Église et l'aristocratie vont détruire. Issu d'une famille de *conversos*, c'est-à-dire de juifs convertis, il aura à souffrir durement de l'Inquisition.

N'est-il pas significatif également qu'il naisse à Valence, alors la plus peuplée des villes espagnoles, dont la physionomie ainsi que l'aspect de la campagne environnante, avec ses *huertas* irriguées de canaux creusés par les Mores et ses blanches *barracas*, gardent la marque de l'Islam ?

C'est dans cette ville et dans cette campagne qu'il passera son enfance et son adolescence jusqu'à l'âge de dix-sept ans.

Toute sa vie, il conservera le souvenir de sa terre natale et, dans chacun de ses écrits, se retrouvent des images, des métaphores tirées de son pays, dont il célèbre la lumière éclatante, les parfums, les sons.

Il n'a que huit ans quand l'une de ses tantes, Leonor, ainsi que l'un de ses cousins, Miguel, sont arrêtés par l'Inquisition, accusés de pratiquer en secret le judaïsme. Jugés, ils se voient condamnés au bûcher.

Avec ses parents, Juan Luis demeure à Valence,

poursuivant ses études. Autour d'eux cependant, l'étau se resserre. Soupçonnés, on les épie, on les guette. Dans le milieu des *conversos*, l'angoisse s'est installée et, l'une après l'autre, les familles prennent le chemin de l'exil, fuyant la surveillance des familiers du Saint-Office. Or, le nom de Vivès est à présent affiché dans la cathédrale, sur le *san benito* jaune accroché à l'intérieur de la nef. Aussi bien, malgré leur prudence et leur piété, les parents de Juan Luis ne peuvent guère se faire d'illusions. Tôt ou tard, le destin les frappera. Quelqu'un ne manquera pas de les dénoncer et ils seront jetés en prison.

C'est donc avec soulagement qu'ils voient leur fils partir pour Paris, où il étudiera à la Sorbonne et où lui sera décerné le bonnet de docteur.

Pressentaient-ils, ses parents, qu'ils lui faisaient des adieux définitifs ? Juan Luis ne reviendra en effet plus jamais dans son pays. Jusqu'à sa mort il résidera dans le Nord, notamment à Bruges, où de nombreux *conversos* avaient trouvé refuge. Il habitera d'ailleurs chez l'une de ces familles, les Valldaura, dont il épousera l'une des filles, Marguerite.

Les portraits que nous possédons de lui montrent le visage de l'un de ces Espagnols sémitiques, avec un bel ovale, des sourcils parfaitement dessinés, de grands yeux au regard mélancolique.

Très tôt, sa personnalité s'affirme. Avec courage, il combat les sorbonnards, c'est-à-dire l'École. Il leur reproche leur jargon, leur suffisance, leurs querelles oiseuses, leur terrorisme intellectuel enfin, qui consiste, par le choix d'une terminologie barbare autant qu'absconse, à éloigner le plus grand nombre de la science. Aristotélicien, Vivès n'en proteste pas moins contre la tyrannie de l'autorité et il demande que les maîtres soient réellement étudiés, c'est-à-dire discutés et, au besoin, réfutés.

Dès ses premiers ouvrages polémiques, on distingue ainsi la double pente de sa personnalité : d'un côté, une préoccupation didactique, l'homme de science ne devant pas, selon Vivès, se refermer sur son savoir mais, au contraire, diffuser sa pensée, communiquer avec ses semblables, faisant ainsi reculer l'ignorance ; d'un autre côté, un goût de la vie intérieure, de l'étude et de la méditation.

Ce dualisme, toute l'œuvre de Vivès en restera marquée. Il y a ses écrits de combat : contre la scolastique, contre le conformisme intellectuel, contre la guerre, contre la misère, pour une pédagogie rénovée, pour la dignité de la femme... Avec fougue, Juan Luis Vivès prend parti pour la liberté et pour l'égalité humaines, raillant les nobles : « Pour la noblesse, qu'est-ce d'autre qu'un hasard de la naissance et un préjugé engendré par la sottise du vulgaire ? », condamnant la richesse : « Car l'argent est la servitude des idoles », prêchant sans jamais se lasser un pacifisme intégral. Il ne se contente du reste pas d'énoncer de grands principes : il descend dans les détails, il se préoccupe de l'application pratique des idées qu'il défend. Il décrit les nouvelles écoles, jusque dans leur emplacement ; il conçoit une répartition des richesses, notamment des biens de l'Église ; il demande pour chaque homme le droit au travail. En un mot, Juan Luis Vivès n'hésite pas à s'engager sur le terrain social et à réclamer des réformes économiques. Passionnément pacifiste, il parle avec émotion des malheurs de la guerre, des ruines qu'elle accumule, des ravages qu'elle fait dans les esprits. Et toujours, sous sa plume, les mêmes mots reviennent : égalité, justice, paix, fraternité.

Cet érudit, ami d'Érasme et de Guillaume Budé, par l'ouverture de son esprit, par son sens de l'observation, par ce qu'on pourrait appeler son positivisme, incarne la conscience de la modernité. Sa problématique, c'est déjà la nôtre : comment arrêter ce scandale — l'inégalité des fortunes —, comment préserver la concorde et la paix entre les hommes ? « Ainsi, par notre malignité, nous faisons notre propriété, de ce que la nature libérale avait fait commun à tous. » Ce sont les mots mêmes de Don Quichotte dans son discours aux chevriers.

Par un autre côté de sa nature, Vivès se rattache à toute la tradition mystique du Moyen Âge espagnol. Le fonds de stoïscisme dont l'âme ibérique est imprégnée se manifeste chez le philosophe valencien dont l'existence s'accorde à la pensée. Toujours il vivra précairement. Il refuse le luxe, s'habille et se nourrit simplement. Auprès de sa femme, toute dévouée à sa personne, il coule des jours paisibles, consacrés à l'étude. En Angleterre, il a été jeté en prison pour avoir osé déconseiller à Henri VIII la répudiation de Catherine d'Aragon. Car cet homme chétif possède une âme bien trempée. Le sort d'ailleurs lui assène de terribles coups. En 1524, son père est arrêté par l'Inquisition et, accusé de retour au judaïsme, condamné à être brûlé vif ; cinq ans plus tard, le corps de sa mère est exhumé et carbonisé par le Saint-Office.

Ces épreuves auraient pu à tout le moins ébranler la foi chrétienne de Vivès. Or, c'est le contraire qui se produit. Il s'enfonce chaque jour un peu plus dans la prière et la méditation ; il rédige des ouvrages apologétiques. Un équilibre surprenant s'établit en lui entre sa culture gréco-latine, sa foi catholique, nullement commandée par la peur ou par la prudence comme on serait tenté de le penser, et ses exigences sociales et politiques. On dirait que par un prodige inouï, toutes les vertus, tous les élans de l'Espagne culminent dans cette conscience sereine et lumineuse, embrasée de l'amour de ses prochains. Sa santé est défaillante, sa bourse peu garnie, sa famille a été exterminée, il vit dans l'exil ; or, pas une plainte ne lui échappe et il demeure fidèle à sa patrie comme au christianisme. Sa ferveur mystique se creuse, s'approfondit. La religion de Vivès s'intériorise, se purifie, annonçant par bien des aspects la mystique protestante. Cet homme, éminemment religieux, fait souvent preuve d'un anticléricalisme difficilement contenu. S'il ne se détache pas de l'Église, c'est qu'il voit en elle un vaste corps mystique, l'assemblée des fidèles unis au Christ. Mais il n'hésite pas à fustiger les moines, à condamner les ordres religieux qui entassent des richesses alors que le peuple des pauvres gît dans la misère aux portes mêmes des couvents et des monastères opulents.

Pour parler de l'amour, Vivès trouve des accents tremblés, une sorte d'extase verbale qui, arrachant les mots à leur pesanteur naturelle, les élève en un hymne plein de grandeur et de majesté. Il fut, certes, un esprit moderne, c'est-à-dire positif, voulant que la science fût au service de l'humanité. Mais il sut également demeurer un homme de haute culture, vénérant les Anciens au point de ne s'être jamais tout à fait décidé entre Aristote et Platon, qui correspondaient chacun à l'une des faces de sa personnalité. Chez le Stagirite, Vivès admirait la curiosité universelle, le sens et le goût de l'observation, tout cet aspect enfin qui rencontrait un écho dans son propre tempérament ouvert à l'univers et attentif aux faits ; il vénérait en Platon le poète, l'inventeur de mythes et le mystique pour qui la recherche du vrai s'identifiait à l'aspiration au Bien. Or, le philosophe valencien condense la triple tradition mystique, chrétienne certes, mais aussi musulmane et juive. Il n'a pas oublié sa jeunesse où il accompagnait ses parents à la synagogue clandestine. Tout naturellement, il retrouve le grand rythme biblique et certaines de ses pages ont la souveraine tendresse du *Cantique des cantiques*. C'est que le cœur de Juan Luis Vivès, tout pénétré de la *caritas*, s'épanchait en un amour mâle et combatif pour ses semblables, notamment les déshérités, et qu'il resta toujours fermé à la haine et à l'intolérance.

À Bruges, la cité des eaux et des brumes, le philosophe mourut en 1540, âgé de quarante-huit ans, sans avoir jamais revu sa patrie. Pourtant, il avait joui de l'amitié d'hommes considérables dont Charles Quint lui-même, l'université d'Alcalá de Henarés lui avait offert la chaire du célèbre Nebrija : rien n'y fit.

Vivès savait qu'il ne pourrait trouver en Espagne cet air de liberté qui lui était indispensable. Il rejoignait la cohorte des Espagnols voués à l'exil pour pouvoir penser et écrire librement.

Le philosophe valencien ne fut pourtant pas un déraciné. L'Espagne, il la portait en lui. Toujours il vécut entouré de compatriotes apportant une nouvelle preuve de ce fait que, tout comme le Russe, l'Espagnol ne s'assimile pas.

Toute l'œuvre de Vivès recueille les courants profonds de la pensée ibérique. En ses écrits, toutes les sources se mêlent. Le philosophe apparaît ainsi comme le vivant exemple d'une Espagne harmonieuse enrichie de ses différences, véritable pont jeté entre l'Orient et l'Occident.

Peut-être est-ce à Vivès que je pensais en écrivant, au lendemain de la mort de Franco, le mot d'intelligence ? Sur Vivès, les officiants de la mort s'acharnèrent, le réduisant à l'exil perpétuel. Or, la pensée de Vivès demeure ; ses questions réclament toujours une réponse.

L'Espagne saura-t-elle enfin s'ouvrir aux profondeurs de son Esprit ? Sera-t-elle assez vaste pour recueillir tous ses enfants ou, une fois de plus, succombera-t-elle à sa sombre passion qui la pousse à réduire tous les songes à un modèle unique ?

Grenade, 1958.
Saint-Victor-de-Malcap, 1977.

DU MÊME AUTEUR

Aux Éditions Gallimard

RUE DES ARCHIVES, 1994, Prix Maurice Genevoix (Folio n° 2834)

TANGUY, nouvelle édition revue et corrigée, 1995 (Folio n° 2872)

Aux Éditions du Seuil

LA NUIT DU DÉCRET, 1981, Prix Renaudot 1981 (Points-roman n° 88)

GÉRARDO LAÏN (Points-roman n° 82)

LA GLOIRE DE DINA, 1984 (Points-roman n° 223)

LA GUITARE (Points-roman n° 168)

LE VENT DE LA NUIT, 1973, prix des Libraires et prix des Deux-Magots (Points-roman n° 184)

LE COLLEUR D'AFFICHE (Points-roman n° 200)

LE MANÈGE ESPAGNOL (Points-roman n° 303)

LE DÉMON DE L'OUBLI, 1987 (Points-roman n° 337)

TARA (Points-roman n° 405)

ANDALOUSIE (Points-Planète), 1991

LES CYPRÈS MEURENT EN ITALIE (Points-roman n° 472)

LE SILENCE DES PIERRES, prix Chateaubriand 1975 (Points-roman n° 552)

UNE FEMME EN SOI, 1991, prix du Levant (Points-roman n° 609)

LE CRIME DES PÈRES, 1993, Grand Prix R.T.L.-Lire

Au Mercure de France

MORT D'UN POÈTE, 1989, prix de la R.T.L.B. (Folio n° 2265)

Aux Éditions Fayard

MON FRÈRE L'IDIOT, 1995, prix de l'Écrit intime (Folio n° 2991)

LE SORTILÈGE ESPAGNOL, 1996 (Folio n° 3105)

LA TUNIQUE D'INFAMIE, 1997 (Folio n° 3116)

DE PÈRE FRANÇAIS, 1998 (Folio n° 3322)

Aux Éditions Stock

COLETTE, UNE CERTAINE FRANCE, prix Femina Essai 1999 (Folio n° 3483)

LES ÉTOILES FROIDES, 2001 (Folio n° 3838)

COLLECTION FOLIO

Dernières parutions

3794 Luigi Pirandello	*Première nuit et autres nouvelles.*
3795. Laure Adler	*À ce soir.*
3796. Martin Amis	*Réussir.*
3797. Martin Amis	*Poupées crevées.*
3798. Pierre Autin-Grenier	*Je ne suis pas un héros.*
3799. Marie Darrieussecq	*Bref séjour chez les vivants.*
3800. Benoît Duteurtre	*Tout doit disparaître.*
3801. Carl Friedman	*Mon père couleur de nuit.*
3802. Witold Gombrowicz	*Souvenirs de Pologne.*
3803. Michel Mohrt	*Les Nomades.*
3804. Louis Nucéra	*Les Contes du Lapin Agile.*
3805. Shan Sa	*La joueuse de go.*
3806. Philippe Sollers	*Éloge de l'infini.*
3807. Paule Constant	*Un monde à l'usage des Demoiselles.*
3808. Honoré de Balzac	*Un début dans la vie.*
3809. Christian Bobin	*Ressusciter.*
3810. Christian Bobin	*La lumière du monde.*
3811. Pierre Bordage	*L'Évangile du Serpent.*
3812. Raphaël Confiant	*Brin d'amour.*
3813. Guy Goffette	*Un été autour du cou.*
3814. Mary Gordon	*La petite mort.*
3815. Angela Huth	*Folle passion.*
3816. Régis Jauffret	*Promenade.*
3817. Jean d'Ormesson	*Voyez comme on danse.*
3818. Marina Picasso	*Grand-père.*
3819. Alix de Saint-André	*Papa est au Panthéon.*
3820. Urs Widmer	*L'homme que ma mère a aimé.*
3821. George Eliot	*Le Moulin sur la Floss.*
3822. Jérôme Garcin	*Perspectives cavalières.*
3823. Frédéric Beigbeder	*Dernier inventaire avant liquidation.*
3824. Hector Bianciotti	*Une passion en toutes Lettres.*

3825. Maxim Biller — *24 heures dans la vie de Mordechaï Wind.*
3826. Philippe Delerm — *La cinquième saison.*
3827. Hervé Guibert — *Le mausolée des amants.*
3828. Jhumpa Lahiri — *L'interprète des maladies.*
3829. Albert Memmi — *Portrait d'un Juif.*
3830. Arto Paasilinna — *La douce empoisonneuse.*
3831. Pierre Pelot — *Ceux qui parlent au bord de la pierre (Sous le vent du monde, V).*
3832. W.G Sebald — *Les émigrants.*
3833. W.G Sebald — *Les Anneaux de Saturne.*
3834. Junichirô Tanizaki — *La clef.*
3835 Cardinal de Retz — *Mémoires.*
3836 Driss Chraïbi — *Le Monde à côté.*
3837 Maryse Condé — *La Belle Créole.*
3838 Michel del Castillo — *Les étoiles froides.*
3839 Aïssa Lached-Boukachache — *Plaidoyer pour les justes.*
3840 Orhan Pamuk — *Mon nom est Rouge.*
3841 Edwy Plenel — *Secrets de jeunesse.*
3842 W. G. Sebald — *Vertiges.*
3843 Lucienne Sinzelle — *Mon Malagar.*
3844 Zadie Smith — *Sourires de loup.*
3845 Philippe Sollers — *Mystérieux Mozart.*
3846 Julie Wolkenstein — *Colloque sentimental.*
3847 Anton Tchékhov — *La Steppe. Salle 6. L'Évêque.*
3848 Alessandro Baricco — *Châteaux de la colère.*
3849 Pietro Citati — *Portraits de femmes.*
3850 Collectif — *Les Nouveaux Puritains.*
3851 Maurice G. Dantec — *Laboratoire de catastrophe générale.*
3852 Bo Fowler — *Scepticisme & Cie.*
3853 Ernest Hemingway — *Le jardin d'Éden.*
3854 Philippe Labro — *Je connais gens de toutes sortes.*
3855 Jean-Marie Laclavetine — *Le pouvoir des fleurs.*
3856 Adrian C. Louis — *Indiens de tout poil et autres créatures.*
3857 Henri Pourrat — *Le Trésor des contes.*
3858 Lao She — *L'enfant du Nouvel An.*

3859	Montesquieu	*Lettres Persanes.*
3860	André Beucler	*Gueule d'Amour.*
3861	Pierre Bordage	*L'Évangile du Serpent.*
3862	Edgar Allan Poe	*Aventure sans pareille d'un certain Hans Pfaal.*
3863	Georges Simenon	*L'énigme de la* Marie-Galante
3864	Collectif	*Il pleut des étoiles...*
3865	Martin Amis	*L'état de L'Angleterre.*
3866	Larry Brown	*92 jours.*
3867	Shûsaku Endô	*Le dernier souper.*
3868	Cesare Pavese	*Terre d'exil.*
3869	Bernhard Schlink	*La circoncision.*
3870	Voltaire	*Traité sur la Tolérance.*
3871	Isaac B. Singer	*La destruction de Kreshev.*
3872	L'Arioste	*Roland furieux I.*
3873	L'Arioste	*Roland furieux II.*
3874	Tonino Benacquista	*Quelqu'un d'autre.*
3875	Joseph Connolly	*Drôle de bazar.*
3876	William Faulkner	*Le docteur Martino.*
3877	Luc Lang	*Les Indiens.*
3878	Ian McEwan	*Un bonheur de rencontre.*
3879	Pier Paolo Pasolini	*Actes impurs.*
3880	Patrice Robin	*Les muscles.*
3881	José Miguel Roig	*Souviens-toi, Schopenhauer.*
3882	José Sarney	*Saraminda.*
3883	Gilbert Sinoué	*À mon fils à l'aube du troisième millénaire.*
3884	Hitonari Tsuji	*La lumière du détroit.*
3885	Maupassant	*Le Père Milon.*
3886	Alexandre Jardin	*Mademoiselle Liberté.*
3887	Daniel Prévost	*Coco belles-nattes.*
3888	François Bott	*Radiguet. L'enfant avec une canne.*
3889	Voltaire	*Candide ou l'Optimisme.*
3890	Robert L. Stevenson	*L'Étrange Cas du docteur Jekyll et de M. Hyde.*
3891	Daniel Boulanger	*Talbard.*
3892	Carlos Fuentes	*Les années avec Laura Díaz.*
3894	André Dhôtel	*Idylles.*
3895	André Dhôtel	*L'azur.*
3896	Ponfilly	*Scoops.*

Composition Jouve.
Impression Bussière Camedan Imprimeries
à Saint-Amand (Cher),
le 17 octobre 2003.
Dépôt légal : octobre 2003.
1er dépôt légal dans la collection : août 1998.
Numéro d'imprimeur : 034999/1.
ISBN 2-07-040339-4./Imprimé en France.

127846